# BESTEIGUNG DES DRACHENTURMS

LITRPG FANTASY

HAN YANG

Übersetzt von

MICHAEL WENDTORFF

ROYAL GUARD

# KAPITEL EINS

## ABREISE NACH ILISIA

Ein kalter Schauer ließ mich unter meiner warmen Decke frösteln. Der neblige Dunst eines erwachenden Geistes versuchte, die Punkte zu verbinden, warum ich das Klirren von Karrins Schmiedehammer hörte. Er hatte erst weit nach Sonnenaufgang angefangen, und das sollte nicht möglich sein.

Der Hahn war dazu bestimmt, mich zu wecken. Wenn nicht er, dann sollte die Jalousie des einzigen Fensters unserer Hütte genug Licht hereinlassen, um mich aus dem Schlummer zu wecken. Wenn das nicht klappte, sollte mein Vater -

"Aufstehen", sagte Pa und betrat unsere Einzimmerhütte. Sein Bett an der gegenüberliegenden Wand war fein säuberlich gemacht. Helles Tageslicht strömte in den kleinen Raum, ohne mich an diesem großen Tag zu rühren. "Die Karawane bereitet sich auf die Abfahrt vor."

Ich schoss aus dem Bett. "Mist zwischen den Zehen, ich habe verschlafen", krächzte ich den sanften Fluch heraus.

Ich schmatzte mit den Lippen, der trockene Mund vom langen Schlaf hinterließ einen bitteren Nachgeschmack. Ein mit Wasser gefüllter Holzbecher stand auf meinem Nachttisch. Ich schüttete den Inhalt in meinen Mund und beeilte mich, mich anzuziehen.

Das grobe Lederwams glitt über meinen Kopf, während ich das Wasser gurgelte. Als die minimale Rüstung fest an meinem Körper saß, spuckte ich das Wasser zurück in den Becher. Pa runzelte die Stirn, aber wenigstens würde er heute zum letzten Mal hinter mir herräumen müssen. Die Lederhose rutschte schnell an meinen Beinen hinauf und ich schnallte sie fest an.

An meiner linken Hüfte hing ein Dolch, an der rechten eine Tasche. Ein Mantel bedeckte die Ausrüstung, und ich trug ein feines Paar Stiefel an meinen Füßen.

"Mach die nicht kaputt", sagte Pa mit einem Hauch von Traurigkeit in der Stimme.

Ich lächelte zu ihm hoch, während ich das feine Schuhwerk festschnürte. "Die werden eine lange Zeit halten. Sie sind die zusätzlichen Kosten wert und werden sehr geschätzt."

"Ich hatte erwartet, dass du dich beschweren würdest, wenn ich dir nicht dein Schwert kaufe, das du bei Karrin im Auge hattest", sagte Pa und verschränkte seine dicken Arme.

"Nein, Qualitätsstiefel können in jedem Beruf verwendet werden. Ein Tag nach dem anderen, Pa. Ein Tag nach dem anderen", sagte ich mit einem warmen Lächeln. Seine Haltung änderte sich, und nachdem ich zweiundzwanzig Jahre mit ihm zusammengelebt hatte, wusste ich, dass etwas nicht stimmte. "Äh... Du hast diesen Blick."

Pa war nicht mein leiblicher Vater. Während er klein, stämmig und schnell zornig war, war ich groß, schlaksig und zurückhaltend in meinem Temperament. Er hatte dunkle Gesichtszüge, ich hatte blondes Haar und blaue Augen. Trotz unseres unterschiedlichen Aussehens waren wir eine Familie, und ich war sein Sohn - daran würde sich nie etwas ändern.

Da er keine eigenen Kinder haben konnte, kaufte er mich von Banditen, ein Waisenkind aus einem Raubüberfall. Seine Frau erkrankte an Fieber und starb, bevor ich mich an sie erinnern konnte. Der Planet Lon und das Königreich Ilisia waren kein Ort der Vergebung und der Tod war allgegenwärtig.

Meine wahre Familie und diejenigen, die um sie trauerten, waren für mich verloren. Ich versuchte, meine Herkunft zu erforschen, fand aber nicht viel heraus. Banditentum war in Ilisia weit verbreitet, und der König war zu nachlässig mit seinen Vollstreckern. Sowohl Adlige als auch Händler zahlten für ihren eigenen Schutz, wodurch ein einzigartiges Gleichgewicht von Recht und Ordnung geschaffen wurde.

Pa bewegte sich wieder und wippte sogar mit dem Fuß. Ein verräterisches Zeichen, dass er nervös war - eine Seltenheit für ihn. "Am besten, du gehst durch die Tür. Tem, ich bin stolz auf den Mann, der du geworden bist. Egal, welches Schicksal die Ätherischen dir bescheren, ich werde dich unterstützen, so gut ich kann."

"Ominös, und deine Worte sind weniger raffiniert als..." Ich versteifte mich, als ich die logische Schlussfolgerung gezogen hatte. "Palina ist draußen, nicht wahr?"

Er nickte. Ich kramte in meiner Tasche und ignorierte die Tatsache, dass ich mich von einem Freund und Vater verabschieden musste. Alle meine Habseligkeiten passten in eine Tasche: ein Tagebuch, Lebensmittelkonserven, drei Garnituren Unterwäsche, sechs Paar Socken und ein halbes Dutzend Bücher, die von Ilisias Geschichte bis zu taktischen Studien reichten. Die Bücher wogen am meisten, aber ich liebte das Lernen.

Ich würde alles Wissen brauchen, das ich bekommen konnte, denn heute war ein großer Tag. Ich würde die Bauerngemeinde Onno verlassen, einen Monat lang in einer Karawane nach Ilisia ziehen und dort vor den Ätherischen stehen, um gerichtet zu werden.

Ich hätte nicht gehen müssen. Die Entscheidung war eine Wahl und bei Palina sehr umstritten. Früher taten das alle, wenn sie volljährig wurden. Jetzt wollten nur noch wenige Männer oder Frauen vor die körperlichen Wesen treten und ihr Schicksal mit dem Reich in Empfang nehmen, denn in letzter Zeit waren die Ergebnisse nicht gerade ideal.

Ich könnte an die Front geschickt werden und als Soldat gegen den Einfall der Zwerge kämpfen. Man könnte mich in den Hafen von Kersi schicken, wo ich die Meere nach Ilisia befahren würde. Ich könnte zur Aufstockung der Bevölkerung einer Kommune geschickt werden und für immer meine Fähigkeit verlieren, hier in Onno zu leben. Oder ich könnte nach Hause zurückgeschickt werden.

Es gab jedoch noch eine letzte Möglichkeit. Diejenige, die sich die meisten Reisenden wünschten: den Drachenturm zu besteigen, um die Chance zu haben, ein Drachenreiter zu werden. Der Turm, der in den Himmel ragte, wurde für die Menschen des Reiches zu einem legendären Symbol.

Erreiche die Spitze, erhalte das Drachenei und werde zum Drachenreiter.

Eine vielversprechende Zukunft, die viele gewagt und nur wenige erreicht haben.

Ich glaubte nicht, dass ich etwas Besonderes war, und ich wusste, dass der Krieg gegen die Zwerge schlecht lief. Das heißt, ich könnte sehr wohl an die Front geschickt werden, aber... Dieser Funke Hoffnung brannte hell in meiner Brust und verzehrte mein Verlangen.

*Ich könnte der Richtige sein. Wenn ich es nie versuchen würde, würde ich es nie erfahren.*

Ein fester Knoten versiegelte meine Tasche so gut vor Dieben, dass sogar die Klinge eines Diebes nötig wäre, um sie aufzusägen. Ich warf die Tasche über den dicken Mantel und ging auf Pa zu.

"Ich werde schreiben. Ich weiß nicht, wann sie hier ankommen, und ich werde das Skript schön groß für Sie machen. Nochmals vielen Dank für alles", sagte ich und umarmte den alten Mann.

Seine schwieligen Hände schlugen voller Stolz in meinen Rücken. Er ertappte mich dabei, wie ich das Fenster anstarrte und darüber nachdachte, vor Palina wegzulaufen. Bevor er etwas darüber sagen konnte, wie er mich besser erzogen hat, eilte ich zur Haustür.

Seine Abschiedsworte waren: "Ilisia braucht einen Helden. Nicht alle Helden sind Champions, manche sind Bauern."

Die Aussage klang in meinem Herzen, genauso wie sie in meinem Kopf ankam. Wir alle hatten einen Zweck, und

Diskriminierung aufgrund des Status sollte keine Rolle spielen.

In der Realität schon, aber das sollte es nicht.

Ich öffnete die Tür und täuschte ein Lächeln vor, um die Traurigkeit des Augenblicks zu überspielen.

Ich habe Onno geliebt. Ich liebte Pa. Ich hasste nicht einmal unsere Bruchbude. Auf den Feldern zu arbeiten, die Tiere zu hüten und zu versorgen und gerade genug zu verdienen, um über die Runden zu kommen, war anständig. Ich wollte mehr, aber gleichzeitig wusste ich, dass das, was ich zurückließ, mehr als genug war.

Palina stand vor unserem Haus. Ihr kastanienbraunes Haar war zu zwei Zöpfen geflochten, die ihr vorne über die Schultern fielen. Sie trug ihr schönstes Kleid - ein seltener Anblick. Sie hasste Kleider, und dieses Outfit stammte wahrscheinlich von ihrer Mutter. In einem anderen Leben wären wir verheiratet, hätten drei bis acht Kinder, hätten nie genug, aber immer einander und die Familie, die wir geschaffen haben.

Ihre braunen Augen funkelten schelmisch, als sie mich sah. Ich hatte erwartet, dass sie traurig sein würde, so wie ich. Stattdessen grinste sie, als würde sie einen teuflischen Plan aushecken.

"Manchmal machst du mir Angst", sagte ich und umarmte sie.

Palina war ein Schlingel. Sie liebte es, zu jagen, zu fischen und sich zu amüsieren. Palina war diese Art von Freundin. Die Art von Frau, die von einem verlangte, dass man auf ihre Eskapaden achtete. Wir kamen uns näher, als es für eine Frau ihres Alters angemessen war, mit Männern zu verkehren. Die alten Werte von Ilisia waren tief verwurzelt und schwer zu brechen; um in der Gesellschaft anzukommen, brauchte sie ihre Tugendhaftigkeit, die wir dadurch bewahrten, dass wir platonisch blieben.

Ein scharfer Stoß in den Rücken ließ meine Brauen in die Höhe schnellen. Palina blickte zu mir auf und die Traurigkeit, die ich erwartet hatte, zeigte sich.

"Du großer Trottel. Ich werde dich vermissen. Ich habe das hier für dich", sagte Palina, trat einen Schritt zurück und präsentierte einen Dolch. "Es ist nicht viel, aber es ist etwas. Ich nenne sie Lucky, aber du kannst sie umbenennen, wenn du willst."

Ich nahm den Dolch entgegen und verstaute Lucky in einem Stiefel. "Das wird wunderbar sein. Ich danke dir. Ich meine es ernst, und ich werde ein Geschenk zurückgeben, wenn ich es mir leisten kann." Sie schmunzelte, glücklich darüber, dass ich mich über ihr Geschenk freute. "Und ich dachte schon, du würdest mich anflehen, zu bleiben", sagte ich.

"Nein. Ich habe mein bestes Kleid angezogen, habe dir meine Ersparnisse gegeben und möchte dir alles Gute wünschen. Ich werde dich vermissen. Daran gibt es keinen Zweifel. Du bist der beste Mann, den ich kenne. Niemals ein langweiliges Gespräch, mein Herz schlägt schneller, wenn ich dich sehe, und ich muss dich gehen lassen. Du bist nicht für die Landwirtschaft gemacht", sagte Palina mit einem kichernden Kopfschütteln. "Du kannst nicht einmal die Schafe dazu bringen, Lämmer zu machen."

In der Ferne läutete eine Glocke. Die Karawane setzte sich in Bewegung. Ich umarmte sie wieder, anstatt über meine landwirtschaftlichen Fähigkeiten zu streiten. Außer Jagen und Fischen war alles, was ich kannte, Ackerbau. Ich hielt mich zufällig für einen guten Bauern.

"Ich bin vielleicht in zwei oder drei Mondzyklen zurück", sagte ich zuversichtlich.

"Das wirst du nicht. Also... Das ist der Abschied von Tem. Ich werde zusehen, wie du gehst und mich verabschieden. Wenn du jemals durch diesen Teil des Reiches kommst, bist du in meinem Haus willkommen, und mein zukünftiger Ehemann wird sich einfach damit abfinden müssen", sagte sie und schob mich in Richtung der klingelnden Glocke.

Ihre Handfläche klatschte auf meinen Hintern, und wir kicherten gemeinsam.

"Es muss nicht so sein, Palina. Ich kann schreiben", sagte ich.

"Wir sind nie über Freunde hinausgekommen, Tem. Wir haben beide dieses Schicksal gewählt, wissend, dass es passieren würde. Ich werde dich vermissen, aber ich setze die Ätherischen nicht aufs Spiel. Ich werde mich niederlassen, während du die Meere befährst, gegen die Zwerge kämpfst oder die Gesetze von Ilisia durchsetzt", sagte Palina.

Ich verdrehte die Augen und ging mit ihr an den Rand der Kommune. Onno war winzig. Dreißig Häuser, fünf Produktionsgebäude und ein einziger Brunnen mit einem Wasserturm. Die Straßen waren eine Mischung aus Schmutz und Tierscheiße. Ein schwerer Hauch von Stroh vermischte sich mit dem Gestank der Tiere.

Die Gebäude bestanden aus einer Kombination von Steinböden, Holzwänden und Strohdächern. So weit im Inneren hatten die Strukturen eine Chance, die Zeit zu überdauern, anstatt im Krieg zu versinken. Deshalb haben wir uns die Mühe gemacht, etwas von anständiger Qualität zu bauen.

So viel Arbeit wurde in Onno investiert. Ein anhaltender Stolz erfüllte meine Seele beim Anblick unserer Errungenschaften.

Palina schob einen Arm durch meine Ellenbogenbeuge. Ich sagte: "Nur edle Kinder werden Gesetzeshüter. Das werde ich natürlich nicht sein, denn ich werde ein sagenumwobener Drachenreiter werden."

Sie zuckte zusammen, weil sie den Begriff hasste. "Tem... Wir wissen beide, dass das nicht passieren wird. Seit hundert Sommerfesten hat niemand mehr ein Ei aus dem Drachenturm geholt. Die Reiter sind heutzutage nur noch eine Legende, mehr nicht."

"Dann werde ich den Turm plündern, etwas Beute machen und mich in ferne Berge wagen, wo Zwerge keine geflügelten Schönheiten erschlagen. Die Bastarde können nicht überall sein", brummte ich den letzten Satz.

*Verfluchte Zwerge und ihr unstillbares Verlangen nach Krieg.*

Wir winkten Palinas Eltern zu, und ihre Augen waren auf ihre Tochter fixiert. Sie war noch nicht reif für eine Beurteilung. Noch drei Jahre und sie würde die Wahl haben, beurteilt und zugewiesen zu werden. Viele junge Geister waren bereit, Dokumente zu fälschen und zu versuchen, vor ihrer Zeit vor die Ätherischen zu treten, und im dreiundzwanzigsten Sommer vor ihnen zu stehen, war eher eine Empfehlung als eine harte Regel.

Ich konnte ihre Eltern sehen, wie sie darüber nachdachten, ob das nächste wilde Abenteuer ihrer Tochter genau das sein würde - ihre Flucht aus Onno mit mir. Stattdessen ließ sie ihren Arm aus meinem Ellbogen gleiten und ließ ihre Finger über meinen Handrücken gleiten, während ich weiterging.

"Schreib mir. Ich werde immer dein Freund sein, Tem. Nur wenige Männer haben diese Ehre", sagte Palina mit Überzeugung. Ihre Worte waren eine Bestätigung meines Charakters und brachten mich in diesem trüben Moment zum Lächeln. "Die ganze Stadt wird dich vermissen."

Es fiel mir schwer, die richtigen Worte zu finden. Als ich den Trab aufnahm, winkte ich allem, was ich kannte, liebte und zu dem ich gehörte, zum Abschied. Der größte Teil von Onno winkte mir zum Abschied, als die Karawane aus der Stadt rollte. Alle würden mich vermissen, ich hatte auf die eine oder andere Weise zu allem und jedem beigetragen. Man konnte einfach nicht in einer Kommune leben, ohne die anderen um sich herum zu beeinflussen.

Ein letzter Wink an Pa besiegelte mein Schicksal.

Er strahlte ein stolzes Lächeln aus, und der Abschied zerriss mir das Herz. Der Wunsch, mehr als ein Landwirt zu werden, überstieg meine Sehnsucht zu bleiben.

Als ich mich umdrehte, schaute ich nicht mehr zurück. Die Karawane zog bereits an Lemircks Hof vorbei, und ich würde joggen müssen, um sie einzuholen. Ich hatte vor, den Karawanenführer zu treffen, bevor er loszog, aber... ich beschloss, mich nicht auf das Negative zu konzentrieren und mich zu beeilen, um aufzuholen.

In dreißig Tagen würde ich wissen, was Ilisia für mich bestimmt hatte, und ein neues Kapitel in meinem Leben beginnen. Allein die Vorstellung davon durchströmte meinen Körper mit einem kribbelnden Gefühl. Ich musste nur hoffen, dass die Reise reibungslos verlief.

# KAPITEL ZWEI

## AUFGABEN FÜR DEN BAUERNJUNGEN

Unsere Tage später schleppte ich einen Eimer Wasser, während ich am Rande der Karawane entlangging. Ich ging an dem mit Bienen gefüllten Wagen vorbei und nutzte die breite Straße, um ihrem Zorn zu entgehen. Ich bezahlte zwar für einen Platz unter den Reisenden, ein paar mickrige Bronzemünzen, aber ich hatte auch Pflichten und Aufgaben gegenüber der Karawane. Eine dieser Aufgaben bestand darin, dafür zu sorgen, dass die Tiere bei den Zwischenstopps schnell gefüttert und getränkt werden konnten.

Die Reise in die Hauptstadt Ilisia City sollte voller Gefahren sein, da wir so weit von der Zivilisation entfernt waren. Die Wälder, die die abgenutzte Straße säumten, ragten groß auf und bildeten einen Baldachin über der drei Wagen breiten Fahrspur. In den riesigen Eichenwäldern lauerte die Gefahr in vielen Formen: menschliche Banditen, wilde Raubtiere, Fabelwesen und sogar Wesen des Chaos. Es gab sie zwar, aber sie wüteten nicht, zumindest wurde mir das gesagt.

*Die Augen, die aus dem Wald herausschauen, sind nur neugierige Kreaturen*", pflegte Pa zu sagen. Sein Ziel war es immer, mir zu helfen, meinen Mut zu finden. Die Dunkelheit, die das Blätterdach schuf, ließ die Gedanken schweifen, bis man die wilden Gedanken zur Ruhe brachte.

Nach einer Weile wurde ich zu dem Ding in den Wäldern, vor dem man sich verstecken wollte, und jagte über ein Jahrzehnt lang in diesen Wäldern. In dieser Zeit habe ich nur ein einziges Mal einen Oger gesehen, und vor diesem großen, stinkenden Tier konnte man leicht fliehen. Er floh bei meinem Anblick, und ich floh bei seinem Anblick, so dass ich das Gefühl hatte, die meisten Befürchtungen des Waldes seien Aberglaube.

Der Karawanenmeister ging jedoch kein Risiko ein. Es würde noch Wochen dauern, bis wir die Stelle erreichten, an der der Königsforst begann, und er hielt selten lange an, wenn er nicht eine gute Verteidigungsposition hatte. Sobald wir den Königsforst erreichten, würden wir uns entspannen. Diese Region war sicherer, weil die Bedrohung durch Männer mit spitzen Waffen und ihre Hengste vermieden wurde. In der Zwischenzeit legten wir nur kurze Pausen ein, um die Straßen an der Grenze zu bezwingen.

Nicht weit vor uns verbreiterte sich die Straße, und halbmondförmige Einschnitte boten links und rechts Campingplätze. Diese gab es alle paar Meilen, so dass die Reisenden während ihrer beschwerlichen Reise eine Möglichkeit zum Ausruhen finden konnten. Pa hatte mich gewarnt, dass die Reise aufgrund der Bedingungen schrecklich werden würde, und er hatte Recht.

Ich schlief kaum, meine Stiefel gaben mir Blasen, und mein Körper sehnte sich nach einem weichen Bett, das nicht der

Boden war. Ich hatte die verrückte Vorstellung, dass ich einige Studien nachholen und gleichzeitig die Sehenswürdigkeiten neuer Länder von einem schönen Sitzplatz aus genießen könnte. Die lange Reise würde meinen langweiligen Erfahrungen neues Leben einhauchen und etwas sein, wovon ich meinen Enkeln in fünfzig Jahren erzählen könnte.

Nö.

*So viel zum sanften Leben. Ich kann das problemlos bewältigen, und eines Tages werde ich Zeit finden, mich zu entspannen, damit ich ein paar Tagebucheinträge schreiben kann.*

Ich konzentrierte mich auf meine Aufgabe und setzte den schwappenden Eimer vorsichtig auf einen verlängerten Seitenhaken. Der Deckel verhinderte, dass die Flüssigkeit überschwappte, nun ja, das tat sie meistens. Der Karawanenmeister war Aroufius, ein fieser Veteran, vor dem man Fehler verbarg. Er verhöhnte die Männer, grinste die Frauen an und vermittelte mir den Eindruck, dass er sich kurz vor dem Krieg als Sklaventreiber an der Nordgrenze zur Ruhe gesetzt hatte.

Ich hielt meinen Kopf unten, erledigte meine Aufgaben und verschwand aus dem Blickfeld. Eine Taktik, die mir Pa beigebracht hat. '*Wenn man dich nicht sieht, bist du kein Thema.*'

Eine Glocke läutete und signalisierte, dass wir Halt machen würden. Nach sechs Stunden hartem Marsch wäre die Pause fantastisch. Kleines Problem - meine Arbeit würde gerade erst beginnen.

Die Karawane bog nach rechts von der Straße ab. Alle sieben Wagen, die mit Vorräten beladen waren, knarrten, als sie zusammen mit der einen Kutsche an der Spitze über das unwegsame Gelände holperten. Die Wachen streckten sich aus und setzten sich eifrig um ein schwelendes Feuer, das sie wieder aufgebaut hatten, um sich zu entspannen.

In der Zwischenzeit trieb ich die Wassereimer zu den Ochsen, einen nach dem anderen. Solcher Luxus, wie ein Platz am Feuer, war reserviert und nicht für Blutsauger gedacht. Ein Begriff, den die Söldner gerne für diejenigen von uns verwendeten, die mit ihnen reisten.

Delin, die andere junge Frau, die vor den Ätherischen stehen wollte, half mir dabei, den Tieren ihr Wasser zu geben. Sie sagte nicht viel, denn sie hasste das Leben auf dieser Reise. Sie war weich: Ihre Haut wies keine Anzeichen von anstrengender Arbeit auf, und ihr Fleisch hatte eine Rundheit, die bei den Ilisianern selten war. Ich nahm ihr die Arbeit ab, denn ich wusste, dass es sich um eine Teamarbeit handelte und dass jede Aufmerksamkeit, die Aroufius ihr schenkte, negativ sein würde.

Von den vierzehn Eimern habe ich zehn geschafft. Die schwarzhaarige Frau mit den haselnussbraunen Augen starrte mich an, als ich sie auf den zehnten Platz verwies.

"Danke", flüsterte sie unglücklich. "Tut mir leid."

Nachdem das Wasser geliefert worden war, beeilten wir uns mit der Fütterung. Sobald das erledigt war, musste ich die andere Seite der Straße bewachen. Delin konnte sich zum Feuer zurückziehen, schloss sich aber meiner Aufgabe an. Sobald wir in Position waren, ließen wir uns beide auf den Hintern plumpsen und stießen zufriedene Seufzer aus, weil wir nicht mehr auf den Beinen waren.

"Du brauchst dich nicht zu entschuldigen", sagte ich ihr.

Sie warf die Hände in die Luft, aufgeregt vor Leben. Delin warf einen Blick über ihre Schulter und betrachtete die Familie Remon. Sie reisten in einer Privatkutsche und zahlten etwas mehr als der Durchschnitt, um den Schutz einer Karawane zu genießen und trotzdem den Luxus der Privilegierten zu haben.

"Eines Tages", sagte sie voller Sehnsucht. "Eines Tages werde ich nicht mehr überall hinlaufen müssen."

"Gehen ist toll, nur das Tempo ist brutal", sagte ich und versuchte, das Ganze positiv zu sehen. "Wie kommt es, dass du neben mir sitzt?"

"Ich bin nicht daran interessiert, sexuelle Annäherungsversuche abzulehnen, um auf dem Dach eines Wagens zu schlafen", sagte Delin mit einem Spott. "Außerdem bist du die einzige Person in der Karawane, die sich nicht über mich zu beschweren scheint."

Ich zuckte mit den Schultern. Ich konnte mich über jeden beschweren, auch über mich selbst, wenn ich mich nur genug anstrengte. Solche Gedanken waren reine Zeitverschwendung. Mein Vater pflegte zu sagen: *"Positives Denken ist eine mächtige Waffe, wende sie oft an.*

Ein Knacken aus einem nahen Busch erregte meine Aufmerksamkeit. Ich tastete ihn ab, bevor ich in den düsteren Wald starrte und versuchte, Bewegungen oder neugierige Blicke zu entdecken. Was auch immer den Zweig zum Brechen gebracht hat, hat sich verdammt gut versteckt.

Als ich nicht antwortete, fuhr sie fort, offensichtlich in der Absicht zu reden: "Man sollte meinen, König Hori würde die Bedrohungen auf seinen Straßen beseitigen."

"Zu viele Probleme, zu wenige Problemlöser. Außerdem sind wir zu weit weg. Wenn die Zwerge ihren Vormarsch verlangsamen, wird er wahrscheinlich jede noch so kleine Verseuchung ausrotten. Zum Glück verlief die Reise bisher reibungslos. Wenn auch etwas überstürzt", gab ich zu.

"Du sprichst wirklich wie ein gebildeter Adliger. Ich bin etwas überrascht, da du aus Onno kommst."

Ich schob die Tasche von meinem Rücken und knüpfte den Knoten auf. Nach ein paar Versuchen konnte ich die Öffnung öffnen und ein Buch über die richtige Etikette herausziehen.

"Oh wow, das habe ich tatsächlich gelesen. Vor ein paar Sommern hat mein Mann es mir zur Hochzeit geschenkt", sagte Delin.

Es war nicht ungewöhnlich, dass junge Leute heirateten, und Delin schien mit ihren dreiundzwanzig Sommern noch recht jung zu sein. Ich hatte mich von außen unter Druck gesetzt gefühlt, mich für immer an die Kommune zu binden. Delin war unscheinbar, aber ihr Lächeln war etwas, das einem Mann ans Herz wachsen konnte. Ich war nicht auf der Suche nach Liebe oder Lust. Ich vermied es, sie so anzusehen, und das war wahrscheinlich der Grund, warum sie an meiner Seite saß.

"Warum hat er sich nicht zu Ihnen gesellt?" fragte ich.

Sie seufzte und legte sich hin, um sich in den letzten fünf Minuten unserer Pause voll und ganz zu entspannen. "Die Ätherischen schickten Oathurn aufs Meer, statt in den Turm. Er kam früher nach Hause, und er war... Nun, er hat sich verändert. Er hat mich gedrängt zu gehen, in der Hoffnung, dass mein Schicksal anders sein wird. Wenn ich an der Front oder auf dem Meer lande, kann ich ein paar Jahre absitzen und nach Hause kommen. Aber wenn ich den Drachenturm bezwinge, kann ich legendär werden. Oder wohlhabend. Ich glaube... Ich weiß, dass er das will. Reichtum. Um ehrlich zu sein, will ich das auch."

Wieder wechselte sie den Blick auf die Kutsche und die Annehmlichkeiten, die sie bot.

"Du bist der Frage ausgewichen."

"Ich will sie nicht beantworten, Klugscheißer. Aber... da wir noch Wochen unterwegs sind und ich einen Verbündeten brauche, ist es, weil Oathurn ohne einen Arm zurückkam." Ihre Augen wurden glasig und sie starrte ausdruckslos in den Wald. "Er schreit nachts wegen der Schrecken, die er auf dem Meer erlebt hat. Die Marine hat ihn entlassen, ich kann es mir nicht leisten, uns beide zu ernähren, und eines Tages, möge der Große Geist Lon mich segnen, unsere Kinder. Der Hof ist nicht genug. Jedenfalls noch nicht. Hundert weitere Schweine oder Kühe und ja. Deshalb verlasse ich die Landwirtschaft an der Grenze und versuche mein Glück im Drachenturm."

"Tut mir leid."

Sie zuckte mit den Schultern. "Was ist deine tragische Vorgeschichte?"

Ich schmunzelte und starrte weiter in den langweiligen und auffallend stillen Wald. Dann dämmerte es mir. Ich hörte die Pferde Hafer fressen, die Männer am Feuer brüllten über einen Scherz, Herr Remon versuchte, sein unglückliches Kleinkind zu beruhigen, und das war's.

Die Geräusche des Waldes unter den Eichen fehlten. Die Karawane war laut und hat die meisten Tiere vertrieben. Aber... die fernen Geräusche sollten zu mir treiben, weg von dem Krawall.

Was auch immer diesen Knacks verursacht hat...

"Aroufius!" rief ich und eilte auf die Beine. "Aroufius!"

Der Glatzkopf lugte aus einem Fensterschlitz in einem der Waggons hervor. Er grinste mich an, weil ich ihn belästigt hatte. "Was?"

"Irgendetwas verschreckt die Wildtiere", warnte ich.

Es war nicht viel, was ich ihm geben oder sagen konnte. Ich konnte ihm nicht sagen, dass sich mein Magen verkrampft hatte und dass meine inneren Sinne mir sagten, dass Gefahr drohte. Ich hielt mich an die Fakten, und das war fast nichts. Ich zog Lucky aus meinem Stiefel, während er mich verächtlich ansah.

Ein leichter Pfiff.

Nur ein leises Surren.

In der einen Sekunde beobachtete ich Aroufius und wartete auf seine Antwort, in der nächsten sah ich, wie sich ein Pfeil in sein Auge bohrte.

Es dauerte ein paar Blinzler, um das zu verarbeiten.

Ich wusste, dass ich vom Kämpfen und Jagen in diesen Wäldern blitzschnelle Reflexe haben sollte, aber ich zögerte.

Der Grund: Ich hatte Aroufius indirekt getötet. Ich schrie den Anführer an, der versteckte Feind beobachtete, wie der alte Mann antwortete, und tötete ihn zuerst.

"Bei dem Geist", stöhnte ich. Meine freie Hand umklammerte Delins Wams und zog sie von den Bäumen weg. Sie hatte sich inzwischen nur noch auf die Ellbogen gestützt. "Steh auf, schnell!"

"Lauf und du stirbst", sagte ein Busch. Die Stimme war nicht mehr als ein Dutzend Schritte entfernt. "Bleib da stehen und -"

Frau Remon stieß einen schrillen Schrei aus, als sie das zusammengesunkene Gesicht von Aroufius sah. Die ungünstige Halshaltung und der Pfeil, der aus seinem Auge ragte, waren zu viel für sie. Die Wachen der Karawane stürzten aus ihrem Feuer, zückten ihre Waffen und machten ihre Schilde bereit.

Als die Karawanensöldner auf die Bedrohung zuliefen, schossen Pfeile aus den Bäumen. Wer auch immer den ersten Pfeil abgeschossen hatte, war eindeutig der beste Schütze, denn die erste Salve prallte meist gegen Schilde oder Wagen. Verdammt, einige trafen Bäume, bevor sie überhaupt die Straße erreichten.

Eine Welle der Hoffnung durchflutete uns, dass dies ein verteidigtes Scharmützel sein würde, bei dem unsere Seite dank einer starken Verteidigung gewinnen würde. Ein nicht allzu weit entferntes Kriegshorn dröhnte über den Lärm der Schlacht hinweg.

So schnell, wie die Pfeile aus der Baumgrenze aufstiegen, kamen sie auch wieder zum Stehen. Der sprechende Busch erhob sich, rannte so schnell er konnte, verschwand im

Wald und ließ uns zurück, während er sich von der Straße entfernte.

Eine unheimliche Stille herrschte in der Gegend, und Delin erhob sich schließlich auf die Füße. Sie zog ihren Dolch und schwang die Waffe in Richtung des Feindes, der sich zurückzog.

"Was ist hier los?" fragte Delin. Ihr Kopf peitschte von einer Seite zur anderen, während sich ihre Brust vor Panik hob.

Ich warf einen Blick über die Schulter, da ich den Wald noch nicht aus den Augen lassen wollte. Ein kreischendes Gebrüll aus mindestens zwanzig Kehlen erzählte eine Geschichte, die ich hoffte, niemals zu hören.

Eine Minotauren-Kriegerbande war über uns.

"Was zum Teufel?" murmelte ich.

Menschliche Banditen zur Linken, Minotauren zur Rechten und in der Mitte unsere Karawane. Vor mir ertönte ein Schrei. Ein Mensch schrie verzweifelt um Hilfe. Ihre sterbenden Schreie verstummten mit einem entsprechenden lauten *Schlag* einer Axt, die auf etwas Festes traf.

"Lauft weg, ihr mickrigen Menschen", dröhnte eine tiefe Stimme.

"Das ist ... das ist ... nah dran", stammelte Delin.

"Wir haben nur eine Chance, wenn wir mit den -"

Ein Minotaurus tauchte aus dem Wald neben Herrn Remons Kutsche auf. Er schwang eine riesige Keule und war bereit, ein Pferd zu töten. Ein Wächter hob rechtzeitig einen Schild, wehrte den Schlag ab und rettete das Tier.

Das wurde ihm zum Verhängnis. Das Klirren von Metall auf Metall war kaum zu hören, als sein Arm brach. Ein tiefes Glucksen entkam den höhnischen Lippen des Minotaurus. Mit einem mächtigen Aufschwung machte sich die Keule bereit, den armen Soldaten zu zerquetschen. Der Wächter fiel auf ein Knie und stieß verzweifelt sein Schwert in einen Oberschenkel.

Die mörderische Absicht in den Augen des Minotaurus flackerte hell auf, während er durch den Schmerz der Wunde hindurch eine Grimasse zog und seinen Angriff nicht verlangsamte. Als die Keule niederfuhr, erhob sich kein Schild, um sie aufzuhalten.

Der Schädel zerbrach, bevor er zerfetzte.

Eine Sekunde später kamen weitere Minotauren zu Dutzenden aus den Bäumen und stürmten auf die Wachen zu, die eigentlich keine Chance hatten. Ich musste eine sofortige Entscheidung treffen: Starb ich mit den anderen oder rettete ich die, die ich retten konnte?

Ich rannte los und ließ Delin hinter mir. Mein Weg war vorgezeichnet und führte mich direkt auf den Führungswagen und das gehörnte Ungeheuer zu, das auf die Tür zuhumpelte.

Als der Minotaurus mich sah, wich er aus. Ich trug nur Lucky, einen sieben Zoll langen Dolch gegen seine sieben Fuß lange Keule und sein zehn Fuß hohes Gestell. Ich rannte hinter die Kutsche, um nicht zu riskieren, dass unser Kampf die Pferde einfing.

Wenn meine beste Chance zu entkommen unterging, würde ich wohl nie entkommen.

Ich beobachtete seine Füße von unter dem Wagen aus. Auch er muss mich von unter dem Wagen aus beobachtet haben, denn er blieb stehen. Die logische Vermutung war, dass er mich kommen sah und einen Angriff vorbereitete.

Es ging nicht darum, dass ich einem Reh auflauerte oder gegen ein Wildschwein kämpfte. Es handelte sich um einen Minotaurus, ein legendäres Wesen und eine Geißel, die innerhalb der Grenzen von Ilisia nur selten vorkommt.

In der Hoffnung, dass er schon mitten im Schwung ist, wenn ich in Sicht komme, tauche ich um die Ecke. Der Schläger flog über meinen Körper, der sich bereits in Bewegung befand.

***Peng!***

Die Waffe schlug in die Seite des Wagens ein, das Holz splitterte und die Risse breiteten sich von der Einschlagstelle aus. Ich rammte Lucky in das Knie des großen Bastards und trieb die Klinge tief hinein. Der Widerhall des schabenden Knochens hörte auf, als die Klinge auf weichen Knorpel traf.

Mein Ausfallschritt führte dazu, dass ich an dem Schwert des zerstörten Soldaten vorbeirollte.

Ohne zu zögern, riss ich die Klinge aus dem Kiesbett. Mit einem wilden Kampfschrei hob ich vom Boden ab, die Klinge hoch gerichtet, mit einem Alles-oder-Nichts-Stich.

Der Minotaurus riss den Dolch aus seinem Knie und merkte nicht, dass ich so schnell einen zweiten Angriff startete.

Die Spitze der Klinge durchbohrte seinen Hals, bevor sie an seiner Wirbelsäule zum Stehen kam. Die Klinge zitterte durch den erschütternden Aufprall so sehr, dass ich sie unwillkürlich losließ. Die Signale vom Gehirn des Minotaurus an seinen Körper hörten auf und der Minotaurus taumelte mit dem Gesicht voran in den grasbewachsenen Straßenrand.

Das Klirren des Kampfes schallte laut über die Karawane. Ein Blick in Richtung der Kämpfe zeigte, dass die Menschen überrannt wurden und immer mehr der Macht der größeren Minotauren zum Opfer fielen. Da ich wusste, dass mir der Kampf meines Lebens noch bevorstand, versuchte ich, das Schwert zurückzuholen. Der wuchtige Minotaurus starb mit dem Schwert unter sich und ließ mir keine andere Wahl. Lucky lag zu meinen Füßen, die nicht blutverschmierten Teile schimmerten, als wollten sie mich ermuntern, es nicht zu vergessen.

Ich schnappte mir den Dolch, sprang auf die Kutscherbank und half Delin in die Kutsche. Sie trug meine Tasche und überraschte mich mit ihrer Voraussicht, die mir fehlte. Ich war nicht perfekt und gab auch nicht vor, es zu sein, aber ich wusste, dass ich Vorräte brauchte, um nach Ilisia City zu kommen.

"Was sollen wir tun?" fragte Delin mit besorgt aufgerissenen Augen.

Der Wagen war geparkt, ein Unterlegkeil verhinderte, dass der Wagen vorwärts rollte. Ich zerrte an dem Holzklotz, der mit einem Seil angebunden war. Die Pferde kämpften seit Beginn des Angriffs gegen die Blockade an, und jetzt, da sie frei war, stürzten sie mit berechtigter Angst davon.

Ich hielt meinen Kopf gesenkt und schob Delin unter die Kutschenwand, als sie versuchte, einen Blick darüber zu werfen.

"Bei den vier Höllen, hör auf damit", schimpfte ich.

Sie warf mir einen verächtlichen Blick zu, doch als wir uns weiter entfernten, wurde ihr Verhalten weicher. An der Vorderwand befand sich ein Schlitz, um mit dem Inneren zu sprechen, und er ließ sich aufschieben.

Mr. Remons haselnussbraune Augen blickten zu uns auf. "Sind wir in Sicherheit?"

Delin sagte: "Ich weiß es nicht. Papa hier lässt mich nicht nachschauen."

"Was soll der Anblick schon bewirken, außer ein Ziel zu bieten. Du wirst nicht mit einem Bogen oder einer Armbrust auf sie schießen. Wenn sie jagen, wird sich daran auch nichts ändern. Ich werde diese Pferde so lange wie möglich hart rannehmen. Schließlich gab es viel mehr Minotauren, als im Königreich sein sollten. Das war eine Kriegsbande."

"Haben Sie sie getötet?" fragte Mr. Remon neugierig.

Ich schüttelte den Kopf, da ich die Bedeutung nicht erkannte.

Delin sagte aufgeregt: "Tem hat denjenigen außerhalb der Kutsche getötet. Ich habe nur die Leiche fallen sehen, aber das war der einzige Tote, den ich bemerkt habe."

"Ist das wahr, Tem?", fragte der älteste Sohn in der Kutsche.

"Unwichtig. Wir müssen am Leben bleiben. Aroufius und die anderen sind weg. Entweder tot oder zu Sklaven gemacht. Onno wird nie einen Gewinn aus ihren Waren ziehen können. Das Schlimmste ist, dass ich die Stimme der Menschen erkannt habe. Ein Händler aus Jibbi. Er war immer sehr nett zu Pa und mir. Was ihn zum Banditentum gebracht hat, werde ich nie erfahren, aber er hat mich verschont", sagte ich mit einem schweren Seufzer.

"Doppelter Überfall? Zur gleichen Zeit? Scheint unmöglich", sagte Frau Remon.

Ich müsste ihre Namen lernen. Bis zu diesem Zeitpunkt waren sie nur die wohlhabenden Leute in der Karawane mit ihren bedürftigen Kindern.

*Das hat sich geändert. Junge, Junge, das hat sich geändert.*

Ich bemerkte, dass mich alle nach Antworten fragten.

*Wie soll ich das machen? Richtig. Richtig. Ruhig bleiben. Bleiben Sie gelassen. Geben Sie die beste Antwort, die Ihnen einfällt.*

"Es gibt nur alle zwei Monate eine Karawane. Vorhersehbar. Jibbi hatte sogar einen Wagen in der Kette. Mit Tomaten, glaube ich", antwortete ich ruhig. "Die Menschen, die uns jagen, und die Karawane waren eine große Chance für die Minotauren."

"Wie kannst du so lässig sein? Da ist ein Loch in unserer Kutsche!" sagte Frau Remon.

Ich spähte hinter sie und sah ein faustgroßes Loch in der Nähe des Kinderbettes.

"Erstens: Ich flippe innerlich aus. Zweitens... Ich habe keine Sekunde. Wie auch immer. Es hilft niemandem, wenn wir durchdrehen und uns anschreien. Delin, siehst du nach, ob sie uns folgen?" fragte ich.

Sie keuchte und blinzelte mich mit ihren Augen an. "Ich will nicht sterben!"

Ich rollte mit den Augen. Wir befanden uns mitten auf der Straße, also riskierte ich es, aufzustehen und hinter uns zu schauen. In der Ferne waren einige Kämpfe zu sehen, die letzten Schwünge führten zu Todesfällen. Etwa dreihundert Schritte weiter hinten stand ein einsamer Minotaurus, der uns verfolgt hatte und vor einer Minute oder so stehen geblieben war.

Er starrte uns mit purem Hass in seinen roten Augen an. Als unsere Blicke sich trafen, spürte ich seinen Wunsch, mich zu töten. Ich hatte noch nie einen Feind, ich habe immer einen Weg gefunden, Situationen zu entschärfen.

Heute habe ich zwei gemacht. Eines mit dem Buschmann, den ich erkannte, weil es nicht seine Stimme war, die vor Schmerzen schrie, und er wahrscheinlich überlebt hatte. Der zweite war dieser Minotaurus mit drei Tätowierungen unter seinem linken Auge. Aus der Entfernung war es schwer zu erkennen, aber die Markierungen waren Totenköpfe. Ein zweiter Blick in den Hintergrund zeigte, dass die Karawane eine Katastrophe war. Fünfundzwanzig Söldner lagen verstreut in ihren letzten Ruhestätten.

Ihre Leichen lagen auf der Straße verstreut. Es war mehr als klar, dass die Minotauren kein Interesse an Gefangenen hatten.

Soweit ich das beurteilen kann, haben sie die besten Vorräte und das Metall der Toten abgeladen und die Pferde gestohlen. Die Jibbi-Räuber würden wahrscheinlich den Rest aufräumen. Bis dahin würde ich längst weg sein und es hoffentlich sicher nach Ilisia City schaffen.

Ich ging wieder in Deckung und sagte: "Die Karawane hat es nicht geschafft." Delin legte verwirrt den Kopf schief. "Äh, das ist nicht schön. Die gute Nachricht ist, dass wir nicht mehr verfolgt werden, aber die Straße gabelt sich erst in ein oder zwei Tagen. Ich schlage vor, wir fahren heute Nacht mit nur vier Stunden Aufenthalt weiter."

"Das wird Ark und Kornish ziemlich unter Druck setzen", sagte Herr Remon.

Ich zuckte mit den Schultern. "Wenn sie sterben, fliehen wir. Ohne die beladene Karawane können wir eine vierwöchige Reise in eine einzige verwandeln."

Das Fenster schloss sich, und das Pärchen war im Begriff, ein hitziges Gespräch darüber zu führen, dass alle Wachen tot waren und sie mit zwei jugendlichen Eingeweihten festsaßen. Wenn ich raten müsste, würde uns die Tötung eines Minotaurus zumindest bis zur nächsten Stadt bringen.

Ich säuberte Lucky an meinem Mantel, bevor ich die Klinge in ihre Halterung schob.

*Danke, Palina. Möge deine nette Geste mir weiterhin Glück bringen, denn ich werde es brauchen.*

## KAPITEL DREI

### AUF EINEM SOCKEL BIN ICH AUFGESTANDEN

David und Rebecca Remon erlaubten uns, während der gesamten Fahrt nach Ilisia City auf dem Dach ihrer Kutsche zu schlafen. Ich habe mich mit jedem in gewisser Weise angefreundet und war wieder einmal unglücklich, nach zwei Wochen enger Kameradschaft Abschied nehmen zu müssen. Wir hörten auf, so sehr zu drängen, als klar wurde, dass die Minotauren nicht hinter ein paar Menschen mehr her waren, die sie töten konnten. Außerdem wurden die Pferde überanstrengt und die Kinder brauchten Pausen außerhalb des geschlossenen Raums.

Der Tausch von Zeit gegen Vernunft erwies sich als fruchtbar, und ich war erfrischt, als ich in der Hauptstadt ankam. Die Wachen riefen einen Sondergesandten herbei, der Delin und mich zu einer Art Kaserne in der Nähe des Tors begleitete. Wir erhielten Zimmerzuweisungen und eine Halskette mit einem Zeichen. Ihre Nummer war siebenundzwanzig, meine sechshundertvierzehn.

Wir verschränkten zum Abschied die Unterarme, und später erfuhr ich durch einen Brief, der mir unter der Tür durchgeschoben wurde, dass sie mit mehr Vieh, das vom Königreich geliefert wurde, auf ihren Hof zurückgeschickt wurde und ihre Geschichte ein glückliches Ende fand. Jeden Morgen erhielt ich eine neue Halskette, deren Anzahl sich um etwa fünfzig verringerte. Am Tag des Geistes, dem Tag der Entspannung, wurden keine Eingeweihten aufgenommen.

Es war mir nicht erlaubt, die Kirche zu besuchen oder das Gebäude zu verlassen. Ich aß die bereitgestellten Mahlzeiten, las meine Texte und fand die Zeit, einige Briefe und einen ausführlichen Bericht über den Kampf abzuschreiben. Das Ganze hatte eine gewisse Ironie. In meinem Kopf spielte ich den Kampf tausendmal durch und dehnte ihn zu einer stundenlangen Tortur aus. In Wirklichkeit waren es nur Sekunden, in denen ich richtig geraten und die richtigen Züge gemacht hatte, um einen größeren Gegner zu besiegen.

Die Zeit verging schnell, und ich fand mich in meinem Zimmer wieder, wo ich ebenso viel Sport trieb wie ich las. Die Bücher waren eine willkommene Abwechslung zur Langeweile. Die meisten der anderen jungen Männer hatten etwas zu beweisen, wenn ich mich mit ihnen unterhielt. Ihre Vorstellung von einer angenehmen Unterhaltung war es, darüber zu reden, wie toll eine Hirschjagd war.

Ich blieb für mich, weil ich wusste, dass jede Kameradschaft später zu einer unwahrscheinlichen Paarung führen würde. So sind die Wege des Introvertierten. Am letzten Tag erhielt ich eine Halskette mit einer eingravierten 3 auf der Vorderseite und wurde aus der Kaserne geschickt.

Eine Gruppe von uns ging in die Mitte der Stadt. Bislang hatte ich die Slums und den Hauptmarkt gesehen, unsere Kaserne lag nicht weit von der Pracht Ilisias entfernt. In Wirklichkeit stank es in den Slums, die Straßen waren genauso gefährlich wie eine Grenzstraße, und niemand war mein Freund. Je weiter wir in die Stadt vordrangen, desto weniger Wäsche wurde zwischen den Wohnungen drapiert. Hohe Häuser mit mehreren Treppenaufgängen gingen in kleine Siedlungen über.

Eine massive Kirche von Lon beherrschte eine halbe Straßenbreite und überspannte mindestens zehn Gebäude. Das Grundgerüst war weder verziert noch mit Wasserspeiern verziert. Das machte sie durch ihre schiere Größe wett. Große Bögen ließen diejenigen herein, die beten oder sich einfach in der Gegenwart des Großen Geistes sonnen wollten. Das Gebäude war gewaltig, viel größer als alles, was ich bisher gesehen hatte. Die schiere Menge an Stadtbewohnern, die sich hinein- und herausschlängelten, war bezeichnend. Ilisia City war dem Großen Geist Lon gewidmet, und ich musste mich fragen, wie hoch die Spenden für eine solche Kirche waren.

Die Siedlungen setzten sich danach fort und befanden sich zwischen Spezialitätengeschäften und schicken Restaurants. Die Menschen waren die saubersten, die ich je gesehen hatte, und schienen den Luxus zu haben, regelmäßig zu baden. Ihre Kleidung war gepflegt, für die Freizeit gedacht und ohne Flecken von Schweiß oder Mühsal. Ich hatte das erwartet, aber es war schwer zu begreifen, wie gut sie es in der Innenstadt hatten. Seltsamerweise fürchtete ich mich vor diesen Menschen mehr als vor denen in den Slums, und diese Leute waren geradezu unheimlich.

Ein Unbehagen schien der Grund dafür zu sein. Die Blicke der Schaulustigen, die beobachteten, wie wir durch ihre nette Nachbarschaft geführt wurden, waren bösartig. Sie wussten es. Sie wussten, wohin unser Schicksal führte, und es war wahrscheinlich ein grausamer Tod zur Verteidigung des Königreichs. Andere starben, damit sie hier so leben konnten, und am Ende waren sie nicht dankbar. Nein, es war ihnen lieber, dass wir nie in ihrer Nähe waren, eine ständige Erinnerung daran, dass ihr Privileg seinen Preis hatte.

Ich musste mich fragen, ob dies ein zweischneidiges Schwert war. Wollten die Ätherischen, dass die, die vor ihnen kamen, wussten, wofür sie sich freiwillig gemeldet hatten? Wenn ich an die Front ging, würde ich die Belohnung ernten. Nicht Pa, er war nützlich, und wenn die Zwerge gewannen, würde Pa Arbeit haben.

Das ultimative Monument, das die Debatte beendete, erhob sich natürlich im Herzen der Stadt. Ein Turm drehte und wendete sich, bis er die Wolken hoch am Himmel durchstieß. Ein magischer Energiewirbel tanzte über das schuppige blaue Äußere.

Der Drachenturm.

*Es ist wundervoller, als ich es mir je vorgestellt habe. Beim Großen Geist, danke, dass du mich gesegnet hast.*

Die blauen Schuppen des riesigen Gebäudes reflektierten das Sonnenlicht. Die Magie, die ich zum ersten Mal gesehen hatte, zog mich in ihren Bann.

Ich konnte nicht umhin, mich zu fragen, warum es hier magische Energien gab, aber fast nirgendwo sonst. Die Magie wurde nie verboten oder vergessen, sie wurde vielmehr gestohlen. Die Akademien, die Zauberer in ihren versteckten Häusern und sogar die Kampfmagier verschwanden nach und nach, bis der größte Teil der Magie auf Lon verschwunden war.

Ein Teil der Initiation war die Prüfung auf die arkanen Künste, aber seit Generationen war keiner mehr positiv getestet worden. Ich zeigte zwar keine Anzeichen für magische Neigungen, aber der Anblick des Wirbels aus knisternder Macht in dem entfernten Turm machte mich ehrfürchtig und unglaublich neugierig.

Wir kamen in einen anderen Teil von Ilisia City, wo die Regierungsgebäude durch die ständigen Schatten eine dunkle Straße bildeten. Mein Blick auf den Drachenturm verschwand, und ich widmete mich wieder der Inspektion der Stadt. In diesem Abschnitt waren weder Tiere noch große Wagen erlaubt. Die Menschen strömten aus allen Richtungen in das Regierungsviertel, auch über eine restriktive und schwer bewachte Route aus den Slums.

Die Bürger von Ilisia hatten in dieser Gegend eine andere Art von Menschlichkeit an sich. Vorbei war es mit der exklusiven Mentalität, die besagte, dass man es nicht wagen sollte, sich in mein Revier zu begeben. Was an ihre Stelle trat, war fast schon komisch, denn jeder wollte irgendwo anders sein.

Die Wachen hassten es, angeschrien zu werden, die Bevölkerung wollte eine Lösung für ihr Problem, und die Magistrate machten den Eindruck, als verdienten sie nicht genug. Selbst die Lebensmittelverkäufer schienen unzufrieden zu sein. Ich saugte alles in mich auf und konzentrierte mich auf die steinernen Gebäude.

Für einen einfachen Bauern wie mich waren Gebäude aus Stein eine Seltenheit. All die Arbeit und das Einkommen in Mauern zu investieren, die ein Minotaurus oder ein Oger umstoßen könnte, schien mir eine Verschwendung. Aber hier, hier wurden sie in so beeindruckende Kunstwerke gemeißelt, dass ich mich in ihren Schöpfungen verlor.

Ich hatte nie vermutet, dass das Reich Ilisia superreich war, aber hier im Regierungsviertel war der durch Steuern erwirtschaftete Reichtum deutlich zu sehen. Selbst die Wachen trugen nur eine oberflächliche Rüstung. Ich konnte mich nicht entscheiden, was ich von dem hier zur Schau gestellten Reichtum des Königreichs halten sollte.

Auf der einen Seite wollte ich, dass das Königreich wohlhabend, mächtig und reich wird. Andererseits würde ich lieber in Onno bleiben, nicht besteuert werden und die Wälder von Onno mit Fallen versehen, um unsere Kommune zu schützen. Ganz gleich, wie sehr meine Gedanken abschweiften, das Bild des Drachenturms blieb in meinem Kopf haften.

Ich war wie weggetreten und folgte dem Führer wie ein guter kleiner Eingeweihter, der ich war. Als wir vor einem dunklen und düsteren quadratischen Lagerhaus anhielten, erbrach sich ein Mann hinter mir. Er starrte auf das Gebäude, vor dem wir angehalten hatten.

In diesen Doppeltüren warteten die Ätherischen darauf, uns zu richten. Der geisterhafte bleiche Mann floh, und niemand eilte herbei, um ihn aufzuhalten, außer einer Wache, die ihn anbrüllte, er solle eine Strafe für öffentliches Ärgernis zahlen. Einige der anderen lachten über die Tatsache, dass der junge Mann vor einer fünf Bronze Gebühr davonlief.

Das habe ich nicht, rief er.

Zwei andere standen vor mir, und einer von ihnen wurde schnell hineingeholt. Fünf Minuten später kam er nicht mehr heraus und Nummer zwei wurde hereingeholt. Das war's nun. Zu diesem Zeitpunkt könnte ich immer noch legal fortgehen, aber nachdem ich das Wunder des Drachenturms gesehen hatte, musste ich wissen, wo ich hingehörte.

Einige Minuten später verließ ein Mann in Robe und mit tief heruntergezogener Kapuze den Haupteingang des Gebäudes. Sein Gesicht war niedergeschlagen und emotionslos, und sein Blick richtete sich nicht auf die Reihe der Wartenden.

"Drei", sagte er, als ob er sich am schlimmsten Ort der Welt befände.

Ich trat vor, unglücklich darüber, dass ich die anderen nicht mehr herauskommen sah, um zu erwähnen, wie es gelaufen war. Papa sagte, er sei vor den Rat getreten und nach Hause geschickt worden, um Bauer zu werden... wieder. Seitdem hat niemand mehr Onno verlassen, um zugewiesen zu werden. Von unseren Handelspartnern erfuhr ich, dass sich die Dinge im Laufe der Jahre verändert hatten und die Veranstaltung immer einfacher wurde, da die Erlaubnis, gesehen zu werden, zunahm.

Ich betrat das Gebäude. Weiße marmorierte Böden trafen auf hellbraune Schieferwände. Gelegentlich schmückten Gemälde und Skulpturen die lange Halle. Was sich links oder rechts im Inneren des Gebäudes befand, blieb ein Geheimnis. Als ich den schmalen und hohen Gang hinunterging, erblickte ich das Gemälde eines Ätherischen.

Es hieß, die Wesen kämen direkt vom Gott von Lon. Lon war der Geist, und dies war seine Welt. Seine Ätherischen wachten über seine Schöpfungen, einige griffen ein, andere versteckten sich im Schatten. Viele der Informationen waren Mutmaßungen, die in Büchern der Schriften niedergeschrieben waren, ohne dass es Berichte aus erster Hand gab.

Es war das erste Mal, dass ich die körperlichen Wesen auf Gemälden sah, und ich muss zugeben, dass ich gedacht habe, sie wären einem Menschen ähnlich. Stattdessen waren es Drachen, die nur so groß wie ein Mensch waren. Drachen waren sehr real, äußerst selten, aber real. Eine Tatsache, die mich bei jedem meiner Schritte vorwärts trieb.

Die Statue eines Mannes, den ich noch nie zuvor gesehen hatte, starrte mich an, und für eine Sekunde erkannte ich ein Stück von mir selbst. Ich konnte nicht anders, ich hielt inne und fuhr mit dem Daumen über die steinernen Züge.

"Hatte dieser Mann einen Sohn?" fragte ich.

Der gelangweilte Wärter, der das Leben hasste, hielt plötzlich inne. Er zog seine Kapuze zurück und betrachtete erst mich, dann die Skulptur.

"Alan der Große? Ja, viele. Sechs, nein sieben. Sieben. Ja, sieben. Was für eine tiefgründige Frage. In all meinen Jahren ist das die erste, die mich innehalten lässt."

"Und sein Ableben?"

"Vor Tausenden von Jahren. Ihr seht euch ähnlich, aber Adel sieht man nur am Tag des Geistes, und das seid ihr nicht."

Ich fuhr fort, die Gesichtszüge zu studieren. "War er ein König oder so?"

"Ein harter Krieger, der viele große Kämpfer hervorbrachte, die den Turm bestiegen, die Feinde des Königreichs bekämpften und dem Reich mit Ehre dienten. Du wirst heute nicht wegen einer gewissen Ähnlichkeit zu einem Adligen werden. Aber ich sehe es."

Ich zuckte mit den Schultern. "Ich bin stolz darauf, woher ich komme, und traurig, dass meine richtigen Eltern nie die Gelegenheit hatten, Zeit mit mir zu verbringen. Ich würde wetten, dass dieser Alan ein fantastischer Mensch war."

Er zog eine Schriftrolle aus der Innentasche seines Gewandes. "Tem? Ungewöhnlicher Name."

"Pa sagte, er liebe es, und so wurde ich Tem."

Wir starrten uns unbeholfen an, während er meinen Bericht las. "Sie werden nicht versuchen, mich zu bestechen oder mich anzuflehen, die Entscheidung des Rates zu ändern?"

Ich schüttelte den Kopf, weil mich sein Spiel nicht interessierte. Er ging weiter und ich hörte auf zu reden. Ein dünnes Lächeln breitete sich aus, als mir klar wurde, dass ich einen Hinweis darauf hatte, wer meine Eltern waren. Ein Nachkomme Alans des Großen war mein leiblicher Vater oder meine Mutter. In der Stadt der Adligen mit ihrer selektiven Zucht würde es mich nicht überraschen, wenn sich dieselbe Abstammung im Laufe der Generationen ein paar Mal gekreuzt hätte. Hoffentlich waren meine Eltern nicht beide Nachkommen von Alan.

Wir erreichten eine letzte Reihe von Doppeltüren. Der Wärter hielt sich wieder den Kopf und wartete auf ein Signal, um uns einzulassen. Eine kleine Glocke läutete über der Tür, eine Schnur löste sich.

Seine Hand griff nach dem Griff und erstarrte. "Wie alt warst du, als du entdeckt wurdest?"

"Ein Baby, vor einundzwanzig Sommern, und ich hatte kein Glück, meine Abstammung herauszufinden. Banditen kamen nach Onno, boten gestohlene Waren billig an, was, ja, ich weiß, ein Verbrechen ist, und mein Vater brach das Gesetz, um eine Familie zu gründen und mich zu retten. Es wurde nichts gesagt, und ich kam nackt wie am Tag meiner Geburt an", sagte ich.

Er spottete. "Es gibt hier eine Ironie. Ich begrüße deine Wiedergeburt, missratener Sohn. Du bist in Ilisias Umarmung zu Hause, unabhängig davon, wer deine Eltern sind oder wie du hierher gekommen bist."

Die Tür öffnete sich, und wir betraten einen privaten Raum. Eine mütterliche Dame mit buschigen weißen Augenbrauen und einem gelangweilten Gesichtsausdruck sagte: "Legen Sie Ihre Kleidung dort ab. Sobald Sie nackt sind, betreten Sie den Raum."

*Ah, das erklärt die ironische Bemerkung.*

Ich ging zu einer Bank, vor der ein halbes Dutzend Fächer standen. Ich war kein Nudist und fand diesen Teil ein bisschen viel. Ich tat jedoch, was mir gesagt wurde, und nahm ein dünnes lila Gewand entgegen, bevor ich den nächsten Raum betrat.

Als ich die alte Tür aufstieß, bemerkte ich, dass mein Führer gegangen war, um den nächsten Rekruten zu holen. Ich schluckte meine Befürchtungen herunter und betrat den nächsten Raum.

## KAPITEL VIER

## PA HATTE RECHT

Zehn Steinsäulen stützten ein Dach mit einer einzigen Säule in der Mitte, die sich bis zur Spitze der Kuppel erhob. Extravagante Schnitzereien schmückten jede Säule mit ätherischen Drachen, die um die Steinkreationen herumtanzten. Auf dem Boden wogte und floss ein Pool aus grässlich weißem Stoff.

Am ehesten konnte ich mich mit dem Material mit einer Wolke identifizieren. Eine Wolke mit magischen Eigenschaften, die einen Teich füllte. Ein Mann trat heraus, mit einem Lächeln auf dem Gesicht, sein Gewand hatte einen blauen Farbton.

"Ich gehe zur Ilisia Navy", sagte er aufgeregt.

*Was in den vier Höllen?*

Das erschien mir mehr als merkwürdig. Zweifellos war ich auf die Reise zu diesem heiligen Gebäude auf den Drachenturm fixiert gewesen. Aber trotzdem hörte ich zufällig, wie er gegenüber dem Mann vor mir damit prahlte, dass er nur den Drachenturm nehmen würde, sonst nichts.

*Offensichtlich hat sich seine Einstellung etwas geändert.*

Der Rat ruhte an der Rückseite der Wolkengrube und wachte über seine Abreise und meine Ankunft. Selbst diese mächtigen Menschen schienen gefühllos gegenüber der kalten Realität ihrer Tätigkeit.

"Warum darf ich das sehen?" fragte ich, bevor er gehen konnte.

"Würden Sie in die Grube steigen?", fragte eine engelsgleiche Frau. Sie war nicht die Hauptperson der fünf, aber sie war in der Nähe des Mannes auf dem mittleren Platz.

"Ich werde ablehnen, wenn es eine Option ist", antwortete ich, und zwei Türen schlugen gleichzeitig zu. Die eine besiegelte mein Schicksal in diesem Raum, die andere ließ den neuen Rekruten der Marine gehen. "Er wollte nicht zur Marine."

"Nur wenige tun das. Was wünschst du dir?", fragte der Mann in der Mitte. Die Frau neben ihm strahlte vor Schönheit und hatte wallende goldene Locken. Dieser Mann sah aus, wie ein General aus meinen Büchern aussehen sollte. Ein straffer Haarschnitt, strenge Augen und ein gemeißelter Kiefer mit einem frisch rasierten Gesicht. "Sicherlich könnt Ihr sprechen."

"Was ich mir wünsche, können Sie mir natürlich nicht geben. Deshalb zögere ich mit meiner Antwort."

Er spottete. "Wir fünf sprechen für den König."

Ich zuckte mit den Schultern. "Ich bin gekommen, um von den Ätherischen beurteilt zu werden, nicht von einfachen Menschen."

Die Wolken materialisierten sich und hielten den Mann von seiner wütenden Erwiderung ab. "Komm Tem. Du bist geduldig gewesen." Die Stimme kam nicht aus der Wolke, sie kam von überall und nirgends. Die dröhnende Stimme hallte ein paar Mal wider. "Beeil dich, bevor ich meine Meinung ändere."

Ich trat in den Nebel, und alles wurde schwarz.

∞∞∞

Eine Vision materialisierte sich und verwirrte mich in vielerlei Hinsicht. Die erste war, dass ich nicht mehr in meinem Körper war. Die nächste war, dass ich auf dem Rücken eines Drachens durch den Himmel flog, während die Bäume unter mir nur noch Flecken waren. In den weißen Schuppen des Drachens spiegelte sich der sonnige Tag. Auf jeder Schuppenspitze bildeten blaue Lichter ein surreales Farbmuster. Der riesige Drache reckte seinen Hals und starrte mich verwirrt an.

"Interessant", dröhnte die Stimme, und die Vision verschwand.

Ich tauchte über einem Wagen auf, der auf einem Feldweg rangierte. Auf der Fahrerbank saßen ein junger Mann und eine Frau, und zwischen ihnen lag ein Baby in einem Stubenwagen mit einer blauen Decke.

"Das sind deine Eltern. Ihren letzten Erinnerungen nach zu urteilen, wurden sie vom Boss geschickt, um ein Grenzhandelsabkommen zu schließen." Er sah, wie ich mich anspannte.

"Und ihre Namen?"

Der Drache schüttelte den Kopf. "Nicht in meinem Wissen. Die Seelen halten die letzten Gedanken fest. In diesem Fall waren sie aufgeregt, weil sie genug für ein zweites Schlafzimmer für ihr Neugeborenes verdient haben. Ich kann ihren Weg durch deinen Geist finden", sagte er nach einer Pause.

Pfeile schossen blitzschnell aus der Baumreihe. Die versteckten Bogenschützen zielten perfekt. Jeder Pfeil traf das schöne Paar mitten ins Herz und beendete ihr Leben im Nu. Ich grunzte traurig bei diesem Anblick.

Zwei Seelen verließen die Körper meiner Eltern, die ihren Sohn mit entsetzten Blicken beobachteten. Ein Dutzend Banditen beruhigte die Pferde, zerrte die Leichen in den Wald und ritt mit dem Baby in seinem Korb davon.

Der Drache hielt das Bild auf den dreisten Dieben an. "Erkennst du sie?"

"Keinen von ihnen. Wie traurig. Was für eine Verschwendung von Leben nur für zwei Pferde und eine kleine Kutsche", sagte ich angewidert. Meine Stimmung hellte sich auf. "Ich hatte immer den leisen Verdacht, dass Pa etwas damit zu tun hatte... Zum Glück war er es nicht. Trotzdem, sie haben es fast umsonst getan. Was für eine grausame und schreckliche Welt."

"Wenn das Leben perfekt wäre, wäre es dann lebenswert?", fragte der Drachengeist.

Ich zuckte mit den Schultern, wie betäubt von dem Moment zuvor.

"Ihre Antwort kann sich sehr wohl auf Ihre Zukunft auswirken."

*Was für ein Arschloch. Zeigt mir, wie meine Eltern sterben, und lässt mich keine Sekunde aus den Augen. Wenn meine Zukunft nicht auf dem Spiel stünde, würde ich ihm sagen, er soll einen großen Drachenschwanz fressen.*

"Ich denke, wir können gehen", sagte der Drachengeist und drängte auf eine Antwort. "Ich habe nur wenig Zeit, Tem. Und es hat keinen Sinn, sie zu verschwenden. Wenn das Leben perfekt wäre, wäre es dann lebenswert?"

"Seit ich denken kann, habe ich jeden Tag Felder bestellt, Mist geschaufelt, Kälber gefüttert und Wasser geschleppt. Als ich fähiger wurde, nahm die Arbeit zu, und ich schuftete bis zu dem Tag, an dem ich ging. Onno war nicht makellos, aber verdammt nah dran. Ich verließ den Ort als ein unglaublich glücklicher Mann. Für mich war jeder anstrengende Tag eine eigene Form eines perfekten Lebens. Das Leben ist vielleicht nicht jedermanns Sache, aber es war es auf jeden Fall wert. Ich weiß, was Sie jetzt fragen werden. Warum bin ich dann weggegangen? Die Antwort ist einfach. Etwas rief nach mir, ein Feuer in meinem Inneren.

Ich starrte auf den Anblick der vor Magie erstarrten Verbrecher hinunter. Sie standen da, ohne einen Hauch von Traurigkeit, nachdem sie meine Eltern getötet hatten. Meine Vision wurde zweitrangig gegenüber meinem emotionalen Zustand. Nach ein paar ruhigen Atemzügen fügte ich hinzu: "Seit ich Onno verlassen habe, habe ich Urlaub gemacht und die Arbeit und den Gewinn, den die Landwirtschaft mit sich bringt, vermisst. Nun, ein Urlaub abgesehen von der Tötung des Minotaurus. Das hat drei kleine Kinder und drei Erwachsene gerettet."

Es kam so lässig rüber, dass ich dachte, das erklärt den plötzlichen Lachanfall. Der ätherische Drache kicherte, dann lachte er noch mehr. "Ein schlaksiger Mensch tötet keinen Minotaurus."

"Vor fast einem Vollmondzyklus, wahrscheinlich nicht allzu weit von diesen Seelen entfernt", sagte ich. Die Geistergestalt hielt inne und wirbelte in einem Kreisflug herum. Er beobachtete nichts außer mir. "So arbeitest du also, indem du die letzten Momente der Seelen aufspürst, richtig?"

"Ja, nein, und es kommt darauf an. Oh, und es ist kompliziert. Gut, ich glaube, ich habe es gefunden. Tja, ach ja, mein Name ist Woron. Nur wenige hören meinen Namen, aber mein Lachen war ungerechtfertigt. Du hast eine große Leistung vollbracht." Wir sahen uns die Wiederholung meines Dolches ins Knie an. "Clever, aber nicht tödlich. Ein Stich in den Innenschenkel hätte eine Arterie getroffen und wäre tödlich gewesen."

Ich sah mir die Wiederholung an und verteidigte mein Handeln. "Ich musste ihn ablenken, um die längere Waffe zu bekommen, um meinen größeren Gegner mit der größeren Reichweite zu besiegen."

"Oder du hättest die Arterie durchstechen und von ihm wegrennen können, während er verblutet."

"Vorausgesetzt, sie haben keinen Heiler", kommentierte ich schlau.

Woron wedelte mit einem krallenbewehrten Finger mit mir. "Das tun sie nicht. Die Magie auf Lon hat sich aufgelöst, als der Dunkle uns näher an sein Versteck heranführte. In der Realität geht es um Astrophysik und Sternenkunde, Konzepte, die du nicht verstehst. Im Grunde wird der Planet in sein Verderben gezogen."

Die Szene hielt inne und ich fragte: "Äh, okay. Wie bekommen wir die Magie zurück?"

"Lon hat mit dem Teufel der vier Höllen, wie man ihn in Ilisia nennt, eine Vereinbarung getroffen. Im Grunde haben zwei Seiten ein faires System geschaffen, um ihre Differenzen beizulegen. Klingt klug, nicht wahr?"

Ich zuckte mit den Schultern. "Wie schlimm ist dieser Teufel? Und reden wir von dem Dämonenfürsten, der die vier Höllen beherrscht?"

"Ja. Der Dämonenlord funktioniert hier am besten. Semantik. Betrachten Sie ihn als den großen Bösewicht. Der Schlimmste der Schlimmen." Woron beschwor die Nebel, bis sie sich zu einer Form verwirbelten, die eine Kreatur auf zwei Beinen zeigte, die so groß wie ein Drache war, mit zwei Händen und Klauen, die größer als ein Pferd waren.

Ich tippte mir ans Kinn, während der Finger durch meinen Körper fuhr. Ich wollte fragen, warum der Finger stärker war als die Form, aber ich beschloss, mich auf die große Enthüllung zu konzentrieren, warum die Magie verschwunden war. Das schien äußerst wichtig zu sein.

"Der Dämonenfürst ist also der Schlimmste der Schlimmen. Ich schließe keinen Pakt mit ihm. Ich bekämpfe ihn. Jeder Deal müsste eisenhart sein, und selbst -"

Ein zweiter Ätherischer Drache erschien. "Selbst dann wird er einen Weg finden, die Abmachung zu unterlaufen."

"Ja. Ich meine, würden Sie das nicht tun? Wenn es im Regelwerk steht oder, was noch wichtiger ist, nicht verboten ist, nutze es zu deinem Vorteil. Palina hat mir das beigebracht, als sie einen Popel nahm und ihn bei der Berührung nach mir schleuderte. Eklig, aber ein Teil von ihr hat einen Teil von mir berührt."

Der zweite Drache verschwand bei diesen Worten und ließ mich mit einem glucksenden Woron zurück. "Das war Lon. Du bist eines von sechs lebenden Wesen auf diesem Planeten, die ihm begegnet sind. Wenigstens hat er dich nicht erschlagen. Selbst wenn deine Worte wahr sind, können sie stechen."

"Schien ein netter Kerl zu sein. Was war das mit dem Dämonenlord?" fragte ich und versuchte, ruhig zu bleiben.

"Die Drachentürme waren der Deal. Ein Held betritt sie und erhält eine Punktzahl. Ihr Charakterbogen vom ersten Tag generiert automatisch hundert Etagen, die auf Sie und Ihren Vertrauten zugeschnitten sind. Die Kreationen des Dunklen Lords werden immer schwieriger, je höher man kommt, je nach den Fähigkeiten, die man beim Eintritt in das Spiel erworben hat. Das Konzept ist einfach: lernen, leveln, anpassen und aufsteigen.

"Ich habe von den Türmen gehört. Die meisten stürzen sich auf das Drachenei im obersten Stockwerk", sagte ich, begierig darauf, alles zu erfahren, was ich konnte.

"Ich habe genug zu diesem Thema gesagt. Meine Worte werden nicht verändert, und ich möchte, dass das so bleibt. Das Löschen zu vieler Erinnerungen kann Probleme verursachen. Als ich mich zum Beispiel mit dem Marinesoldaten vor Ihnen unterhielt, sagte ich ihm, dass er im Turm mitmachen kann, wenn er fünf Jahre im Reich Ilisia dient. In Wirklichkeit wird er das Gespräch vergessen und sich freuen, der Ilisia-Marine zu dienen."

Ich hielt eine Handfläche vor. "Ich kann die Punkte hier nicht verbinden. Sie brauchen Leute für den Wettbewerb, aber Sie schicken Leute weg. Das scheint kontraintuitiv zu sein. Warum lassen Sie ihn nicht einfach antreten?"

"Du hast studiert, wenn du solche großen Worte kennst, Tem. Hier ist die Sache. Ich kann es sagen, also werde ich es tun. Es gibt einen Turm im Bargg-Reich. Die eindringenden Zwerge sollten auch dabei helfen, die Magie wiederherzustellen und Lon vor der Zerstörung zu bewahren. Stattdessen ist ihr Turm verboten, und sie führen Krieg gegen das Königreich Ilisia. Er kann versetzt werden, aber viel Glück dabei, an den Wachen und Fallen vorbeizukommen, um die Versetzung zu aktivieren. Jetzt, wo der Turm gesperrt ist, marschieren sie mit aller Macht los, um diesen Turm zu schließen."

"Oh Scheiße!" Ich platzte damit heraus. "Der Dämonenlord hat Lons Untertanen überzeugt, gegen Lon zu rebellieren. Wenn es keinen Konkurrenten gibt, bedeutet das automatisch -"

"Der Dämonenlord gewinnt. Früher konnten wir die Helden endlos durch den Fleischwolf drehen. Langsam aber sicher begannen wir, uns von dem schwarzen Loch zu entfernen, das der dunkle Lord kontrolliert. Tut mir leid, der Magiereduzierer oder das schwarze Portal des Untergangs funktionieren auch. Dann kam es zu Verrat, und die Bedürfnisse des Königreichs änderten sich ebenfalls. Wenn ich keine fähigen Offiziere auswähle, um die Zwerge abzuwehren und unsere Handelswege zu sichern, wird dieser Turm fallen. Ein starkes Militär ist ein Muss. Und ja, die Punktzahl des Turms leidet darunter. Es ist ein Rätsel, um es gelinde auszudrücken."

Ich stöhnte. "Die Zwerge sind stur, aber es muss doch einen Weg geben, ihnen klarzumachen, dass das, was sie tun, schlecht ist."

"Zwerge erschaffen und begraben dann ihren Groll. Das ist so ihre Art. Im Grunde genommen muss Kaiser Shid ein paar entscheidende Schlachten verlieren, um Druck zu verspüren und zu reden. Selbst dann glauben sie leidenschaftlich daran, dass der Krieg gerecht ist, dass Lon böse ist und dass die Magie abgeschafft werden sollte", sagte Woron niedergeschlagen.

"Kann ich helfen?"

"Unbedingt. Geh in den Drachenturm und besiege die strukturierten Herausforderungen, die vor dir liegen. Die Stufen lassen Beute fallen, die du im unteren Stockwerk im Drachenladen für so ziemlich alles verkaufen kannst. Ich ermutige dich, deinen Gewinn zu verwenden, um den Kriegsanstrengungen zu helfen. Wenn du es schaffst, die hundertste Etage zu erreichen, erhältst du ein Drachenei. Du kannst ein zweites Ei gewinnen, es wird nur unendlich viel schwieriger sein", sagte Woron und wirbelte über den Boden.

Wieder einmal saß ich auf seinem Rücken und schwebte über Städte, die zehnmal so groß waren wie Ilisia City. Ich konnte nicht anders, als den Moment zu genießen und mich an der Freude zu erfreuen, die er mir brachte. Der Schmerz über den Tod meiner Eltern schien zu schwinden. Ihr Tod lag schon lange zurück, und ich hatte nichts Böses, auf das ich meine Rache richten konnte. Die zufälligen Banditen von vor zwanzig Jahren waren wahrscheinlich tot oder nicht mehr aktiv.

Aber ich hatte eine Aufgabe, eine Gabe. Ich konnte wirklich etwas bewirken, wenn ich meinen Geist und meine Seele auf die Aufgabe konzentrierte. Angenommen, Worons Worte bedeuteten, dass ich ein Abenteuer im Drachenturm erleben würde.

"Sie wollen mir nicht den Verstand rauben oder mich an die Front schicken?" fragte ich.

"Du wirst Lon wahrscheinlich vergessen, er hat dich nicht begnadigt, außer um seine eigenen Ziele zu erreichen. Andererseits tut er selten etwas ohne Grund. Aber der Rest ist wichtig. Wir müssen diese Niederlagenserie beenden und ein paar Siege einfahren. Einem Minotaurus-Töter schenke ich mein volles Vertrauen. Die Front würde deinen Wert nicht so sehen wie ich. Außerdem schlägt sich die Armee anständig, aber die Tatsache, dass sich Minotauren in unseren südlichen Ländern befinden und Zwerge im Norden, bedeutet, dass wir uns weiter konsolidieren und den Gürtel enger schnallen müssen. Nun, Ilisia wird es tun müssen."

Ich lächelte, aufrichtig begeistert. "Und dieser Vertraute, den Sie kurz erwähnten?"

Er wickelte uns um einen Berg und flog schnell, bevor er seine Flügel ausbreitete, um unseren Flug zu verlangsamen. In einem Bauerndorf lebten Hunderte von Drachen. Dies musste eine Drachenfarm sein, und ich erschrak bei der

Vorstellung, dass dieser Ort existierte. So schnell, wie ich ihn gesehen hatte, verschwand das Bild, und mein Verstand konnte sich nicht mehr daran erinnern, worüber ich mich so aufgeregt hatte.

"Der Vertraute wird nach dem Zufallsprinzip ausgewählt. Sie erhalten drei Optionen für drei Auswahlmöglichkeiten: Waffe, Klasse, Vertrauter."

"Klingt gut, wann soll ich anfangen?" fragte ich.

Ein Strudel von Magie zerriss meine geisterhafte Gestalt. Alles wurde schwarz und ich verließ die Geisterebene.

# KAPITEL FÜNF

## ES WAR EINMAL

Ich kam in demselben trüben Nebel an, den ich verlassen hatte. Die Grube war zwar um Säulen herum, aber die Situation war anders. Ich trug immer noch eine Toga, aber jetzt war sie weiß mit goldenen Verzierungen. Hinter den zehn Säulen saß kein Rat, und kein Geisterdrache schwebte in der Nähe, um mich zu führen. Ich trat aus dem Nebel heraus und scannte meine Umgebung.

Drei leere Wände aus erdfarbenem Stein verrieten nichts. Als ich einen Blick hinter mich warf, sah ich eine einsame Kabine an der Wand mit zwei Türen auf beiden Seiten. An einer stand "Eingang", an der anderen "Ausgang". Einfaches Zeug.

Ich näherte mich der Kabine in der Erwartung, dass ein Ätherischer mich über das weitere Geschehen aufklären würde. Kein solches Wesen erhob sich aus den Nebeln oder schwebte aus der Kabine und ließ mich ratlos zurück. Jeder Schritt hallte in dem kastenförmigen Raum deutlich wider und erinnerte mich daran, dass ich allein war.

"Hallo", sagte ich und wartete darauf, dass das Hüpfen aufhörte. "Hallo, mir wurde gesagt, dass ich im Drachenturm drei zufällige Auswahlmöglichkeiten für drei Gegenstände bekomme."

Die hüpfenden Worte wiederholten sich und erzeugten eine Kakophonie meiner Stimme. Ich runzelte die Stirn wegen der unaufhörlichen Geräusche. Schließlich verstummte der Lärm, als ich die Kabine erreichte. Auf dem Schreibtisch lagen drei Outfits, drei Waffen und drei Figuren.

*Ich frage mich, warum es keinen Leitfaden gibt.*

Ich ging zu den Figuren hinüber. Das Konzept des Vertrauten war auf Lon weit verbreitet. Ein Händler in Jibbi hatte einen Fuchs von der Größe eines Pferdes. Das Tier und der Händler waren geistig miteinander verbunden und konnten kommunizieren, wenn es sonst niemand konnte. Das war zwar großartig, hatte aber auch seine Nachteile. Der Fuchs wurde faul und entwickelte ein Verhalten. Wenn jemand ihn um Hilfe bitten wollte, musste er seinen Menschen als Übersetzer benutzen.

Ich habe nie mit dem Duo interagiert, fand das Arrangement aber merkwürdig. Ich schlenderte zu den Figuren hinüber. Einem Teilnehmer am Drachenturm wurde immer ein Vertrauter zugeteilt. Ich wusste, dass das passieren würde, auch wenn ich nur zögerlich optimistisch war, was die Realität anging. Der nächste Teil, den ich wusste, war, dass die Optionen super zufällig waren.

In einer Erzählung wurden ein Papagei, eine Katze und ein Stinktier als Opfergaben genannt. Der Krieger wollte keines von ihnen, entschied sich aber für das Stinktier und starb im dritten Stock. Was dann geschah. Der Drachenturm forderte die Seelen ebenso wie er die Kämpfer belohnte. Die Stockwerke mögen etwas sein, das die Götter manifestiert haben, aber ein Tod war ein Tod.

"Ein Golem, ein Hirsch und ein Wyvern", sagte ich und verschränkte die Arme, während ich die Skulpturen studierte.

Ich beugte mich hinunter, um einen nach dem anderen zu untersuchen. In dem Moment, als sich mein Gesicht dem klobigen Golem näherte, geschah etwas Magisches. Über dem Golem erschien ein grünes Rechteck, in dem sich Buchstaben in Phantasieschrift befanden.

***Golem-Vertrauter.***

***Die Rolle: Panzer***

***Name: Nicht zugewiesen***

***Geheimdienst: Nicht zugewiesen***

***Weisheit: Nicht zugewiesen***

***Stärke: 7***

***Geschicklichkeit: 1***

***Ausdauer: 2***

***Mana: Nicht zugewiesen***

***Gesundheit: 100 (Abgehärtetes Äußeres X 10)***

***Besondere Fähigkeit: Spott.***

. . .

"Wow. Im Buch stand, dass dies möglich ist, aber es ist wirklich... magisch", sagte ich zu mir selbst.

Als Bauer, der mit Tieren sprach, in den Wald scheißte, stundenlang allein fischte oder sogar allein lebte, wenn sein Vater auf Handelsreise ging, schuf ich mir meine eigene Gesellschaft. Ich hatte keinerlei Schamgefühl, wenn ich mit mir selbst sprach. Allerdings fand ich es surreal, mit dem Finger durch ein magisches schwebendes Bild zu stechen. Ich hatte noch nie Magie aus der Nähe gesehen.

"Ich frage mich, warum so viel nicht zugewiesen ist."

Der Kasten verschob sich und veränderte die Worte über dem Golem.

***Ich bin der Drachenturm von Ilisia. Ich kann mich nur in der Orientierung und in der Werkstatt unterhalten. Bitte denke daran, dass jede Anfrage an mich innerhalb des Drachenturms unbeantwortet bleiben kann. Willkommen in meiner Heimat Tem. Der Grund, warum die Attribute nicht zugewiesen sind, ist, dass diese Statuen seelenlos sind. Wenn du einen Vertrauten auswählst, erhältst du eine von drei Seelenoptionen, die du in die Kreation einfügen kannst, die dir zu Hilfe geschickt wird.***

Ich lächelte und nickte, froh, eine Antwort zu haben. Natürlich fragte ich: "Warum nur drei?"

. . .

***Regeln.***

Diese Antwort gefiel mir zwar nicht, aber sie hatte eine gewisse Logik. Als Nächstes starrte ich das Reh an und war gespannt auf die Optionen, die sich mir boten.

***Vertrauter Hirsch.***

***Rolle: Schlepper***

***Name: Nicht zugewiesen***

***Geheimdienst: Nicht zugewiesen***

***Weisheit: Nicht zugewiesen***

***Stärke: 1***

***Geschicklichkeit: 12***

***Ausdauer: 25***

***Mana: Nicht zugewiesen***

***Gesundheit: 28***

***Besondere Fähigkeit: Entlasten***

"Schwach. Nicht, dass ich den Hirsch wählen würde, aber wenigstens habe ich zwei Möglichkeiten."

Ich blickte zu dem Flügeldrachen.

. . .

***Wyvern-Vertraute.***

***Rolle: Heilerin***

***Name: Nicht zugewiesen***

***Geheimdienst: Nicht zugewiesen***

***Weisheit: Nicht zugewiesen***

***Stärke: 2***

***Geschicklichkeit: 11***

***Ausdauer: 12***

***Gesundheit: 25***

***Mana: Nicht zugewiesen***

***Besondere Fähigkeit: Blutegel Leben.***

Ein Heiler oder ein Tank. Ein Tank oder ein Heiler. Der Tank wäre in manchen Situationen besser, wirklich. Ich war ein guter Schütze mit einem Bogen. Ich habe nie Wettbewerbe gewonnen, aber ich habe auch nie die Zeit gefunden, in die Waffe zu investieren, um sie zu beherrschen. Ich würde mich als guten Schützen bezeichnen und liebte es, das Klirren der Sehne zu hören, die einen Pfeil freigibt.

Das brachte mich zum Nachdenken. Der Golem war nicht heimlich. Nicht ein einziges Mal auf meinen Jagden kamen Raubtiere und suchten den Kampf. Ich war mir sicher, dass der Drachenturm anders sein würde als ein scheuender Bär, der in den Wald scheißt, aber es blieb die Tatsache, dass ein Bogenschütze die Tarnung nutzte.

Ein weiterer Faktor spielte bei meiner Entscheidung eine Rolle. In meinem begrenzten Lesematerial über den Drachenturm wurde erwähnt, dass es aggressive Arten geben würde, die angreifen. Ein Panzer wäre nützlich, wenn ich ihre Aufmerksamkeit erregen würde. Ein Reittier oder ein Lasttier war nach den ersten drei Stockwerken von außen erlaubt. Das heißt, ich könnte auf dem Bauernmarkt nach einem Jagdhund oder etwas Heimlicherem als einem Golem suchen.

Einen Heiler gab es nicht mehr, abgesehen von den üblichen Behandlungen wie Aderlass und Kohletränken. Die magische Art wäre ein großer Segen, vorausgesetzt, sie könnten heilen.

"Wird der Flügeldrachen magisch begrenzt sein?" fragte ich. "Lass mich das klarstellen. Gibt es im Drachenturm Magie, und wenn ja, wird die Magie des Flügeldrachen mich heilen können?"

***In meinem Turm ist die Magie präsent. Jeder Vertraute und sogar jeder Konkurrent hat einen Manawert. Je höher die Zahl, desto mehr Magie kann der Benutzer wirken. Dies gilt für alle Seiten der Gleichung. Die neutralen Wesen, die ich erzeuge, die freundlichen Wesen, die Lon erzeugt, und die Wesen, die Inor erzeugt, um euch am Weiterkommen zu hindern.***

Inor muss der Name des Dämonenlords sein. Also ... nicht abscheulich oder abstoßend. Das brachte ein wenig Klarheit in die drei Dinge. Wer auch immer der Geist des Drachenturms war, er genoss das Vertrauen beider Seiten, was mich faszinierte.

Ich schmunzelte über die Tatsache, dass der Flügeldrachen Magie einsetzen konnte. Gleichzeitig konnte ich meine Neugier nicht unterdrücken. "Was bist du? Abgesehen davon, dass du offensichtlich der Geist bist, der den Drachenturm kontrolliert?"

***Regeln.***

Schwach. "Ich wähle den Flügeldrachen", sagte ich fröhlich.

***Ihr Vertrauter braucht eine Seele. Diejenigen, die sich bereithalten, verstehen, was passieren wird. Sie erhalten eine zweite Chance im Leben, eine Rarität. Ihr neues Leben wird darin bestehen, den Konkurrenten im Drachenturm zu führen, zu helfen und zu unterstützen. Sie wissen, dass, wenn du stirbst, auch sie für immer untergehen werden.***

***Wählen Sie 1 von 3 Optionen:***

***<u>Option 1</u>***

***Merideth***

***Eine elfische Ärztin, die viele Leben gerettet hat. Sie lebte Äonen lang, studierte, verstand und erweiterte ihr Wissen. Schließlich verärgerte ihre Liebe zu den Damen einen boshaften Ehemann. Nach ihrem Tod hatte der Große Geist Lon Mitleid mit ihrem Ableben und gab ihr die Wahl, ein Vertrauter zu werden.***

***Option 2***

***Carlin***

***Ein zwergischer Magier der Heilkunst. Carlin beherrschte die arkanen Künste seines Fachs. Nach einer Nacht des Feierns wurde er ausgeraubt. Die Verbrecher entkamen und er schwor Rache. Als er ihr Versteck betrat, starb er in einer Bodenfalle. Die Inor hatten Mitleid mit seinem Ableben und gewährten ihm die Möglichkeit, ein Vertrauter zu werden.***

***Option 3***

***Suzie***

***Eine Koboldfee mit Temperament. Sie war selten angenehm, aber die beste Heilerin in der Region. Aufgrund ihrer Fähigkeiten war sie sehr begehrt und ihr Temperament wurde ignoriert, da sie überragende Fähigkeiten besaß. Sie starb an Altersschwäche. Der Drachenturm von Ilisia***

***wählte Suzie aus, eine Vertraute zu werden und weiterzuleben. Sie lehnte lange Zeit ab, bis sie akzeptierte.***

"Kann ich ihre Statistiken sehen, wie sie sich bewerben würden?" fragte ich.

***Nachdem Sie ausgewählt haben. Denn Sie werden fragen, dies ist, um Sie zu verärgern, und die nächste Antwort ist... die Regeln sind die Regeln.***

"Der Furz einer Kuh!" platzte ich heraus. "Gut, gut. Nehme ich die sichere Elfe oder die schrullige Fee?"

Der Geist antwortete nicht. Ich verschränkte meine Arme und ließ meine Fingerspitzen über meinen Bizeps tanzen, während ich nachdachte. Dies war eine große Entscheidung, und schließlich wollte ich leben. Ich konnte den Drachenturm jederzeit verlassen, wenn die Böden eine zu große Herausforderung darstellten. Und dennoch ... ich wollte ein Drachenei gewinnen. Das ging nicht ohne Risiko.

"Gibt es sonst nichts, was Sie mir sagen können?" fragte ich.

***Nein.***

"Kann ich mit Suzie sprechen?" fragte ich.

. . .

***Für einen kurzen Moment, ja.***

Die kleine Figur bewegte sich, die weiße Wolkenmagie strömte in ihre Form. Die Schwingungen hörten auf und die hölzernen Flügel flatterten, aber sie flogen nicht.

"Figuren. Endlich die Geisterwelt verlassen, nur um wieder gefangen zu sein. Wo bin ich?" fragte Suzie, ihre Stimme war weit entfernt und schwer zu verstehen.

"Im Drachenturm kann ich dich als meinen Vertrauten auswählen. Du wirst ein Wyvern sein, aber deine Biografie macht mir Sorgen", gab ich zu.

"Finde dich damit ab. Ich bin die Beste der Besten", sagte sie selbstbewusst.

"Ich mag zwar die Frechheit, und ich habe kein Problem mit dem Mut. Aber ich befürchte, dass du uns mit deiner Einstellung noch umbringst", sagte ich ihr.

"Nein, während der Raubzüge bin ich ein Profi. Danach bin ich eine Nervensäge, aber ich neige dazu, Zweifler zu besiegen, oder sie bringen sich um. Semantik. Und jetzt beeil dich und befreie mich", forderte Suzie.

Die Statue erstarrte und Suzie verschwand. Ich fuhr mir mit der Hand durch die Haare. Suzie schien ein Knallfrosch zu sein, aber ich konnte eine freche Frau tolerieren. Zum Teufel, Palina war großartig in dieser Hinsicht. Meine größte Sorge war, dass sie im falschen Moment mit den Lippen klappte und uns umbrachte.

Die Besten der Besten, die von diesem Drachenturm ausgewählt wurden, waren die richtige Wahl.

Ich sagte entschieden: "Ich wähle Suzie".

**Sie haben nicht ausgewählt:**

***Wyvern-Vertraute.***

***Rolle: Heilerin***

***Name: Meridath***

***Intelligenz: 19***

***Weisheit: 23***

***Stärke: 2***

***Geschicklichkeit: 11***

***Ausdauer: 12***

***Mana: 42***

***Gesundheit: 25***

***Besondere Fähigkeit: Blutegel Leben.***

***Wyvern-Vertraute.***

***Rolle: Heilerin***

***Name: Carlin***

***Intelligenz: 7***

***Weisheit: 3***

***Stärke: 2***

***Geschicklichkeit: 11***

***Ausdauer: 12***

***Mana: 10***

***Gesundheit: 25***

***Besondere Fähigkeit: Blutegel Leben.***

**Sie haben ausgewählt:**

***Wyvern-Vertraute.***

***Rolle: Heilerin***

***Name: Suzie***

***Intelligenz: 14***

***Weisheit: 18***

***Stärke: 2***

***Geschicklichkeit: 11***

***Ausdauer: 12***

***Mana: 32***

***Gesundheit: 25***

***Besondere Fähigkeit: Blutegel Leben.***

. . .

Interessant. "Wie wirken sich die Statistikpunkte auf die Drachenprüfungen aus?"

***Je höher der Wert, desto besser die Leistung. Suzie wird alle diese Informationen haben. Wählen Sie nun Ihre Klasse und Ihre Waffe.***

Ich ging zum nächsten Tisch hinüber. Ich sah Gewänder für einen Magier, aber keine Waffe für einen Magier neben den Gewändern. Tatsächlich gab es nur einen Speer, eine Keule und ein Kurzschwert. Neben den Gewändern lagen ein ledernes Wams und ein Kettenhemd.

***Magier, Bogenschütze, Infanterie.***

"Okay, ich bin ein bisschen verwirrt. Es gibt drei Rüstungstypen, aber nur drei Waffen, die alle für Infanterie sind. Ich bin ein Bogenschütze. Ich habe einen Bogen ausgiebig benutzt. Was ist los?"

***Du wolltest den Drachenturm betreten und dir wurde der Zutritt gewährt. Das ist mit Risiken verbunden. Sie müssen die drei Etagen abschließen, bevor Sie den Turm verlassen können. Ihrem Profil nach sollten die angebotenen Waffen etwas sein, mit dem Sie nicht vertraut sind. Alle, die an dem Wettbewerb teilnehmen***

***wollen, sollten in allen Formen des Kampfes ausgebildet sein, aber die meisten sind es nicht. Vielleicht gibt es eine Etage, in der der Wind so heftig ist, dass ein Bogen nicht funktioniert - was werdet ihr tun?***

"Ich wähle die Klasse der Bogenschützen und werde einen Speer mitnehmen", sagte ich, ohne zu zögern.

***Willkommen im Drachenturm, Tem Onno.***

***Tem Onno.***

***Klasse: Bogenschütze***

***Höchste fertiggestellte Etage: 0***

***Intelligenz: 19***

***Weisheit: 12***

***Stärke: 6***

***Geschicklichkeit: 7***

***Ausdauer: 8***

***Mana: 31***

***Charisma: 9***

***Glück: 5***

***Gesundheit: 21***

***Arkan: Nicht zugewiesen.***

***Besondere Fähigkeit: Durchdringender Pfeil.***

***Vertrauter: Suzie der Wyvern.***

***Halterung/Begleiter: Nicht verfügbar***

Die Tür auf der rechten Seite der Kabine öffnete sich knarrend, und ich blickte in eine Savannenlandschaft.

"Äh, ich habe ein paar Fragen. Wie bekomme ich arkane Magie zugewiesen? Wie schieße ich einen durchdringenden Pfeil? Wie erhalte ich Attributspunkte und warum sind manche höher als andere, abgesehen vom Offensichtlichen? Wie besiege ich ein Stockwerk?" fragte ich.

***Jedes Stockwerk hat zwei Türen. Die, durch die man hereingekommen ist und durch die man wieder herauskommen kann, wenn man die Herausforderung zu groß findet. Wenn Sie dies im vierten Stockwerk tun, müssen Sie wieder in den dritten Stock zurückkehren. Für die einen eine kleine Strafe, für die anderen eine harte. Die andere Tür ist der Sieg. Finden Sie sie einfach und treten oder springen Sie hindurch.***

***Sie sind mit einem natürlichen Satz von Attributspunkten ausgestattet. Sie sind durch ständiges Lernen intelligent und denken weise in die Zukunft. Das gibt Ihnen überdurchschnittlich viele Punkte. Jetzt, da Sie bewertet wurden,***

*können Sie Ihre Werte ändern. Die erste und einfachste Möglichkeit besteht darin, eine Etage abzuschließen und einen Attributspunkt zuzuweisen. Wenn du 100 Punkte in Stärke investierst, erreichst du je nach deinem Körperbau eine Obergrenze, wirst aber zweifelsohne innerhalb und außerhalb des Turms stark sein. Bevor Sie Punkte zuweisen, sollten Sie einen Plan haben. Die zweite Möglichkeit ist, dass du auf natürliche Weise Attributpunkte erhältst, aber es gibt eine harte Grenze von zehn.*

*Um einen durchdringenden Pfeil abzuschießen, spanne einen Pfeil in einen Bogen und wünsche dir, dass er schärfer wird. Am Anfang ist es am einfachsten, die Worte zu sagen, um zu zaubern. Mit der Zeit musst du den Zauber nur noch denken. Der Zauber wird jedes Mal Mana verbrauchen, wenn du die Pfeilspitze in etwas Besonderes verwandelst. Deine arkane Aufgabe erhältst du, nachdem du die erste dreistöckige Prüfung bestanden hast.*

*Nach der Prüfung gibt es ein Foyer mit drei Türen und einer Lagerwand zwischen den einzelnen Etagen. Eine Tür führt nach unten, eine Tür nach oben und eine Tür führt zurück nach Ilisia. Wenn du die Tür nach oben öffnest, kann es sein, dass du den nächsten Schritt siehst oder dass er verschwommen ist. Wenn sie unscharf ist, soll sie dich dazu zwingen, dich auf eine zufällige Etage vorzubereiten, und du*

***wirst nicht angegriffen, wenn du sie betrittst. Kurze Zeit später ist es möglich.***

"Interessant. Mir gefällt die Idee der Magie, aber ich bin sicher mit dem Bogen. Ich kann Magie genauso einsetzen wie einen Speer?" fragte ich.

***Ja, aber die Freischaltung von Spezialfähigkeiten beschränkt sich auf Bogenschützen und Magie.***

"Was den Türausgang betrifft. Gibt es keine Regel, dass ich alles töten muss?" fragte ich.

***Nein.***

"Was ist mit der Beute und dem Laden, von dem ich gehört habe?" fragte ich und sah in der Ferne einen Elefanten grasen.

***Töte Bedrohungen, verdiene Essenz. Hebe Schätze auf, verdiene Essenz. Rette die richtigen Leute, verdiene Essenz. Später gibt es Quests für Reisemissionen, aber dafür erhalten Sie ein separates Briefing. Bevor du fragst: Essenz kann für alles und jeden im Zwischengeschoss des Drachenturms verwendet werden. Die Essenz***

***kann den Turm nicht verlassen, während die erworbenen Waren, Ausrüstungsgegenstände und sogar Reittiere dies können.***

"Und wenn ich den Elefanten töte?"

***Essenz verdienen. Das System ist so einfach, dass ein Landwirt es verstehen kann.***

"Verdammt... Das nehme ich übel. Ich bin auch kein Fan davon, dass ich umso mehr verdiene, je mehr ich töte. Das gibt mir den Eindruck, dass ich, je höher ich aufsteige und mich abschlachte, umso tiefer in eine Grube der Grausamkeit krieche."

***Bitte versuchen Sie, den Elefanten zu töten, das würde ich gerne sehen.***

"Wann wird Suzie lebendig?" fragte ich.

***Wenn du den ersten Stock betrittst. Wenn sie stirbt, wird sie nicht ersetzt. Riskiere ihr Leben auf deine eigene Gefahr.***

. . .

"Ausgezeichnet, ich hole nur schnell Lucky, etwas Wasser und ein paar Snacks und bin gleich wieder da", sagte ich.

***Du hast eindeutig nicht genug gelesen. Du kannst nicht während der Initiation gehen und zum Drachenturm zurückkehren. Du musst die dreistöckige Prüfung bestehen. Tritt ein oder verabschiede dich für immer. Möge das Glück dir hold sein, Tem Onno, denn der Drachenturm ist nichts für schwache Nerven.***

"Diesen Teil verstehe ich. Ich freue mich auf die Herausforderung. Drei Stockwerke, das kann doch nicht so schwer sein", sagte ich grinsend und betrat die Savanne.

## KAPITEL SECHS

### EIN ELEFANT

"Was ist das?" fragte Suzie von ihrem Sitzplatz auf meiner Schulter.

Der Wyvern war nur einen Meter lang und wog weniger als eine Katze. Wenn ich raten müsste, würde sie ziemlich schnell sterben, wenn sie getroffen würde, weil ihr Körperbau so dünn ist. Obwohl ihr Maul mit scharfen Zähnen gefüllt war, ihre orangefarbenen Augen scharf waren und sie unglaublich schnell war, würde sie als schwache Heilerin nicht viele Kämpfe gewinnen.

Als ich den Drachenturm betrat, verschwand mein Gewand und verwandelte sich in eine enge Lederhose, die perfekt an meine Form angepasst war, wenn auch etwas dünn. Die Stiefel waren auch schön, aber nicht so schön wie die, die Pa für mich gekauft hatte. Ich trug einen Speer, den ich auf das Tier mit den Stoßzähnen richtete, nach dem Suzie gefragt hatte.

"Das ist ein Elefant", sagte ich, nachdem ich zuvor in einem Zoologiebuch über sie gelesen hatte. "Der tötet mich problemlos da ich nur einem Speer habe."

"Ich habe Lebensentzug." Die Wyvern wirbelte mir unbehaglich um den Hals. Da sie keine Vorderbeine hatte, schlängelte sie sich wie eine Schlange. Der Vorgang war... beunruhigend. "Vielleicht kann ich ihm einfach die Gesundheit entziehen."

"Äh, ich kenne mich mit Magie nicht aus. Der Spruch scheint schwach zu sein", sagte ich achselzuckend.

Wir saßen neben der Tür, eine unsichtbare Wand stützte meinen Rücken. Als Jäger habe ich mich nie auf ein Wildschwein oder einen Hirsch gestürzt, man tötet ein übermüdetes Tier einfach nicht, indem man es angreift. Nun ja, man konnte schon, aber man musste sich auf sein Glück verlassen, und meins war nur eine Fünf. Diese Tatsache ließ mich innehalten, ebenso wie mein natürlicher Instinkt, zu beobachten und abzuschätzen, anstatt rücksichtslos den Tod zu riskieren.

Der Flügeldrache vollführte eine zweite Drehung und kam auf meiner rechten Schulter zum Stehen. Ihre stumpfe braune Färbung hatte keinen Glanz oder Überschwang. Um ehrlich zu sein, jetzt, wo sie ihre volle Größe erreicht hatte, erinnerte sie mich an eine Schlange mit Flügeln.

"Ich habe den Zauber nie benutzt. Ich weiß zwar, wie er funktioniert, aber ich kenne seine Wirkung nicht. Im Grunde genommen wirke ich diesen Zauber auf einen Feind, um Gesundheit zu gewinnen. Das ist meine besondere Fähigkeit. Meine normale Magie ist es, andere zu heilen. Für jede zehn Mana, die ich verbrauche, um dich zu heilen, gebe ich auch eine Gesundheit ab. Ihr erhaltet drei Lebenspunkte. Die Verhältnisse sind sicherlich nicht in Ordnung und müssen vor einem Einsatz gut überlegt werden. Die Mistkerle, die dafür verantwortlich sind, haben das mit Absicht gemacht", sagte Suzie mit einem Grunzen.

"Interessant. Ich schieße einen Pfeil ins Knie, reiße ihn heraus, und du heilst ihn. Dabei verlierst du auch eine minimale Menge an Gesundheit. Du kannst die Gesundheit eines Gegners abzapfen und ihm Schaden zufügen?" fragte ich.

"Ja. Auch hier werden die Verhältnisse verzerrt. Für je zwei Schaden, die ich zufüge, gewinne ich einen Lebenspunkt. Wenn der Feind sich zurückzieht, kann er den Zauber brechen. Wenn sie sich hinter einer Barriere verstecken, wird der Zauber gebrochen. Wenn sie einen Schild errichten, dann -"

"Bricht den Bann. Okay, nicht schlecht, aber auch nicht wunderbar. Besser als ein durchdringender Pfeil", brummte ich.

"Ja, wo ist dein Bogen, *Held?* ", fragte Suzie.

Sie hielt mich eindeutig nicht für den Heldentyp. Ihre urteilenden orangefarbenen Augen schienen unglaublich ungehalten darüber zu sein, dass ich derjenige war, der sie aus ihrem Schlummer riss.

*Am besten zeige ich das, anstatt über meine Fähigkeiten zu reden. Sie scheint nicht der Typ zu sein, den man mit Worten beeindruckt.*

"In den ersten drei Stockwerken ist es mir untersagt. Um fair zu sein, der Jagdbogen, den ich in Onno benutzt habe, war Gemeinschaftseigentum. Ich konnte mir nie einen eigenen guten Bogen leisten", sagte ich unverblümt.

"Arm und schlecht ausgebildet. Schockierend. Ehrlich gesagt, ist es das. Ich dachte, ich würde an einen Champion mit unglaublichen Fähigkeiten gebunden sein. Das war jedenfalls der Vorschlag, den Woron mir gemacht hat", sagte Suzie enttäuscht.

Ich zuckte mit den Schultern. "Viele werden abgelehnt, ich wurde angenommen. Ich nehme meine Siege, so gut ich kann. Ich bin ehrlich gesagt überrascht, dass du dich freiwillig als Führer durch den Turm gemeldet hast."

"Wenn du das Drachenei im obersten Stockwerk erreichst, werde ich als ich selbst wiedergeboren. Der Große Geist Lon wird mich in der Nähe eines unbekannten Elfen-Dorfes absetzen, und ich muss so tun, als sei ich ein verirrter Reisender, der ein neues Zuhause gefunden hat. Nicht perfekt, aber besser als in der Seelengrube festzusitzen."

Ich runzelte die Stirn, weil ich das nicht wusste. "Und wenn ich weitergehen will?"

"Wie ein zweiter Durchgang? Nein, das geht nicht. Niemand hat die Turmspitze je zweimal geschafft."

Es war immer etwas zu gewinnen, wenn man so tat, als sei man bescheiden statt überheblich. Zumindest dachte ich, dass es so war.

"Vielleicht. Ich bin kein traditioneller Mensch. Die meisten, die hierher kommen, wollen Ruhm und Ehre, ich bin ein dummer Bauer", sagte ich ihr mit einem Grinsen.

Sie schüttelte ihren kleinen Kopf. "Offensichtlich. Ich will meine echten Flügel zurück, und du willst ein langweiliger

Champion sein, der wahrscheinlich sterben wird. Wir haben unsere Macken."

Ich kicherte und vermisste Palina. Sie würde sich zweifellos mit Suzie vertragen. Ich beobachtete den Elefanten und ignorierte die offensichtliche Tür, die nur ein paar tausend Meter entfernt war. Das kniehohe Gras wurde nur von ein paar Bäumen, dieser Tür und einem dreiköpfigen Dämonenhund in der Mitte unterbrochen.

Suzie und ich waren Teamkollegen, ein überstürztes Treffen erschien mir... unklug. Unsere kurze Interaktion trug dazu bei, ein gewisses Maß an Beziehung aufzubauen.

"Wie würdest du durch diese Tür kommen?" fragte ich und bewegte meinen Speer, um über die flachen Felder zu zeigen.

Ein klarer blauer Himmel sorgte für warmen Sonnenschein in der Region. Der Wind war minimal, was mir sagte, dass der Gegenwind keine große Rolle spielen würde.

"Da du an einer anderen Waffe ausgebildet bist, würde ich dir raten, um den wütend aussehenden dreiköpfigen Hund herumzugehen und in den zweiten Stock vorzudringen."

Ich sprudelte mit lebhaften Händen vor Freude über meine Lippen. "Ich bin eigentlich einverstanden."

Ich erhob mich und machte einen schnellen Schritt, um den Cerberus zu umschiffen. Die überlieferte Kreatur kaute an einem Knochen und beachtete uns nicht einmal, als wir einen großen Bogen um sie machten. Die Umrundung des Tieres ergab keine Hinweise auf Schätze oder leicht zu erlegende Beute. Der Spaziergang war zügig, ereignislos und genau so, wie ich es mir erhofft hatte.

Als ich die Tür öffnete, kam eine Schneelandschaft zum Vorschein, die ich bereitwillig betrat.

***Ding! Du hast die zweite Etage erreicht. 1 Essenz erhalten.***

Eine leuchtende Kugel von der Größe meines kleinen Fingernagels schwebte vor meinen Augen, bis sie sich kreuzten. Einen Moment später schoss die kleine Kugel in meine Brust.

Instinktiv fiel ich zurück und prallte vor Schreck gegen die Tür. Mein Körper tat nicht weh, und obwohl sich meine Finger in die Rüstung gruben, blieb sie unversehrt. Eine Schneewolke stieg durch meinen Sturz nach oben, und die Kälte drang schnell durch meine dünne Lederbekleidung.

Suzie brüllte ein Lachen, und ihr lautes Gackern ließ einen nicht allzu weit entfernten Bären aufheulen.

*Oh-oh.*

"Doppelmist!" Ich brummte leise und beschloss, die Essenz zu ignorieren, die sich in meine Brust bohrte. "Du hast mir versichert, du würdest ein Profi sein."

"Ich war nicht derjenige, der sich vor lauter Essenz an die Brust gekrallt hat."

"Suzie, ich hatte keine Ahnung, was es war. Wenn du es wusstest, sag etwas. Es ist deine Aufgabe, mich zu leiten, damit ich Überraschungen vermeide und sie nicht herbeiführe -"

Der große weiße Bär näherte sich, hob den Kopf und schnupperte aufmerksam die Luft. Die Augen richteten sich auf mich, und ein Gefühl des Grauens durchströmte mich. Der Bär stand senkrecht auf seinen Hinterbeinen und war mindestens ein Dutzend Meter groß.

Ich schluckte meine Ängste hinunter und fand meine Ruhe und meinen Mut.

Der Flügeldrachen flatterte von meiner Schulter und fand Platz zwischen uns. "Verdammt richtig. Tut mir leid, Tem. Stich ihn mehr, als er dich kratzt, und ich kann dich heilen. Ein tödlicher Schuss ist ein tödlicher Schuss, also lass ihn dir nicht das Genick brechen", sagte Suzie.

Ich starrte auf den fünf Fuß langen Speer. Er war dünn und hatte nur eine ganz leichte Metallspitze. Der Bär war ein Ungeheuer. Ein riesiges Wesen, das ich wahrscheinlich meiden sollte.

"Verjage ihn", befahl ich.

"Was! Bist du verrückt! Wenn ich sterbe, dann sterbe ich richtig!"

"Klingt wie dein Problem. Er ist fett und langsam, du bist ein wendiger Flieger."

"Nein, das geht nicht. Lauf einfach um ihn herum", forderte Suzie.

Ich wartete, bis der weißpelzige Bär kam. Sobald er in meine Richtung hüpfte, stürmte ich auf die Tür zu. Als ich die Klinke ergriff, waren die Worte in den Rahmen geätzt.

. . .

***Sie können sich während der Einführungsprüfung nicht zurückziehen.***

"Ach, verdammt noch mal", sagte ich und rollte frustriert mit dem Kopf.

"Scheiße!" schimpfte Suzie und ließ zu, dass der Bär ihr einen Schlag verpasste.

Trotz ihres kämpferischen Gebrülls hat sie sich an die Arbeit gemacht und geholfen. Sie fluchte auch mehr als ich, aber ich hatte nicht vor, mit ihr zu streiten.

Ich nutzte ihre Ablenkung und rannte um den Bären herum und über die verschneite Tundra. Das Gelände fiel ab, erstreckte sich über eine kleine ebene Fläche und stieg dann wieder an. Der chaotische Lauf durch den Schnee bergab brachte mich fast zum Stolpern, als ich die Gegend absuchte.

Ein paar hundert Meter weiter war die Tür zum dritten Stock geschlossen. Davor stand eine Frau mit einem Bogen und hielt Wache. Es dauerte einen Moment, weil sie eine Kapuze trug, um die Kälte abzuwehren, aber ich bemerkte, dass sie keine Menschenfrau war, sondern eine Dunkelelfin.

Ich versuchte, einen Winkel zu finden, aber es gab keine Möglichkeit, ihr auszuweichen. In einem perfekten Szenario könnte Suzie sie ablenken, während ich uns vorwärts brachte. Suzie würde es auf magische Weise in die nächste Etage schaffen, wenn ich die Schwelle überschritt, was bedeutete, dass ein Vertrauter und ein Reittier eine unglaubliche Macht besaßen.

Die Realität war, dass diese Nachtelfe auf mich - den Champion - fixiert war. Wenn ich starb, starben wir beide, und jede Chance, sich an ihr vorbeizuschleichen, schwand in dem Moment, in dem der Bär uns fand.

Die Nachtelfe spannte einen Pfeil, sah mich direkt auf sie zulaufen und zog ab. Ich stürzte in den Schnee und rollte, so gut ich konnte, während ich einen Speer hielt. Ein brennender Schmerz durchzuckte meinen Rücken. Ihr Pfeil hatte eine große Wunde gerissen, die durch die intensive Kälte betäubt wurde.

***Der Verteidiger der Nachtelfen erzielt einen Treffer mit einem Stechpfeil, der 5 Lebenspunkte kostet.***

"Mach ihn weg!"

Ich kam aus meiner Rolle heraus und sah, wie sie an ihrem Köcher herumfummelte, um einen weiteren Pfeil herauszuholen. Ich sprang vom Boden auf und sprintete direkt auf sie zu.

"Hinter dir!" rief ich besorgt.

Ich habe sogar mit meinem Speer auf sie gezeigt und ein falsches Gesicht der Sorge aufgesetzt.

Sie drehte sich und ließ dabei den Pfeil fallen. Die List funktionierte und sie stampfte mit dem Fuß auf wegen ihrer Dummheit. Wenn sie eine magische Schöpfung war, dann war sie perfekt in ihrer Darstellung, jede Bewegung lebensecht. Mit panischem Blick ließ sie ihren Bogen fallen und griff nach einem langen Dolch an ihrem Gürtel.

Die Waffe blieb stecken, und die Kälte ließ sie in ihrem Zuhause erstarren. Ihr Blick wanderte zwischen mir und dem Dolch an ihrer Hüfte hin und her. Jedes Ziehen führte zum gleichen Ergebnis, die Waffe ließ sich nicht lösen.

Mein Herz pochte gegen meine Brust, und ich schrie, was das Zeug hielt, als ich ankam. Die Spitze des Speers bohrte sich in ihre Brust, brach die Rippen und versank in ihrem Körper. Sie hob ihren Körper an und wehrte sich gegen meinen Stoß, was mich zum Stolpern brachte.

Wir stürzten, und der Aufprall ließ eisigen Schnee auf mein warmes Gesicht prallen. Ich schlurfte zurück auf meine Füße. Als ich mich bereit machte, den Kampf fortzusetzen, blickte ich auf eine sterbende Frau hinunter. Sie hatte den Speer herausgerissen und klammerte sich an die Wunde, als ob es sie retten würde.

Blut schäumte aus ihrem Mund, und sie griff nach mir und flehte mich an, sie zu retten. Diese Augen, sie bohrten sich in meine Seele. Ich wollte helfen, das wollte ich wirklich, aber das würde nicht passieren. Ich schnappte mir meinen Speer aus dem Schnee, während der taube Schmerz in meinem Rücken aufflackerte.

Plötzlich umhüllte mich ein grüner Schimmer und der Riss in meinem Rücken zog sich wie von Zauberhand zusammen. Ein wahnsinniges Verlangen, die Wunde zu jucken, ließ mich im Kreis tanzen.

. . .

***Vertraute Suzie hat Heilung angewandt. +1 Gesundheit.***

***Vertraute Suzie hat Heilung angewandt. +1 Gesundheit.***

***Vertraute Suzie hat Heilung angewandt. +1 Gesundheit.***

***Vertraute Suzie hat Heilung angewandt. +1 Gesundheit.***

***Vertraute Suzie hat Heilung angewandt. +1 Gesundheit.***

***Sie sind vollständig geheilt.***

Auf halbem Weg um meine juckende Drehung entdeckte ich die drohende Gefahr. Der bedrohliche Bär donnerte über den Schnee direkt auf mich zu. Er war zehnmal so wütend wie sein Knurren, das schaumige Zähne offenbarte.

"Lauf!" sagte Suzie und flog an mir vorbei, während sie zur Tür rannte.

Ich sprintete hinter ihr her. Ein goldener Schimmer überzog mich während des Laufs.

***Du hast einen Nachtelf-Verteidiger erschlagen. 5,221 Essenz erhalten.***

. . .

"Nicht jetzt", sagte ich mit angehaltenem Atem. Der verdammte Bär war mir dicht auf den Fersen und kam immer näher.

Ich drehte mich zur Seite, öffnete die Tür sowohl mit der Hand als auch mit der Schulter und prallte gegen einen Dschungelbaum. Die Tür schnappte zu und Suzie erschien auf meiner Schulter.

***Ding! Du hast die dritte Etage erreicht. 2 Essenzen erhalten.***

"Scanne die Bäume in der Nähe, leise", flüsterte ich dem Flügeldrachen zu.

Sie nickte und gab ausnahmsweise keinen Pieps von sich. Ich stellte mich an einer defensiven Stelle mit einem Baumstamm im Rücken auf. Ich umklammerte den Speer fest und fand mich in einem dichten Wald eingeschlossen.

In den wenigen Büchern, die ich gelesen habe, gab es im dritten Stock die meisten Toten. Der erste Stock sollte der Stock sein, in dem die Dummen sterben. Das Ziel war eindeutig, zu zeigen, dass man einen Kampf vermeiden und eine Tür benutzen kann. Oder zumindest gegen einen einzelnen Gegner kämpfen und eine Tür benutzen.

Die zweite Etage war die erste Herausforderung. In meinem Fall sollte der Bär vermieden und der einsame Verteidiger besiegt werden. Sie hatte ernsthafte Probleme. Sie verstellte ihre Hauptwaffe und war nicht einmal in der Lage, ihre Ersatzwaffe zu ziehen.

Die dritte Etage war die Etage, in der der Schwierigkeitsgrad so weit anstieg, dass es schwierig wurde. Zumindest wurde mir das suggeriert. Die Bewegung einer Ameise von der Größe einer Münze erregte meine Aufmerksamkeit.

Ich drehte den Speer um, richtete das Schwanzende aus und begann, das Ende gegen den Dschungelboden zu schleifen, wobei die Ameise dazwischen gefangen war. Das leise Knacken des zerbrechenden Chitins brachte mich zum Grinsen. Ich war kein sadistischer Mensch, aber Ameisen waren abscheuliche Kreaturen, die ich verabscheute. Es half mir, über den Tod des armen Nachtelfen hinwegzukommen.

***Du hast eine Tera-Ameisen-Drohne getötet. 0,033 Essenz erhalten.***

Ich untersuchte die Spitze des Speers und stellte fest, dass sie sauber und poliert war. An der Waffe fehlte jeder Hinweis darauf, dass sie eine junge Frau getötet hatte. Das war einfach nicht möglich; die Spitze des Speers sollte mit Blut bedeckt sein, doch die Magie hatte die Blutspuren entfernt.

Wenn ich diese Etage passierte, würde es mehr Fragen und hoffentlich entsprechende Antworten geben. Ich wartete geduldig auf Suzie. Eine andere Ameise schnüffelte an den toten Brüdern und wurde unruhig. Ein befriedigendes Quietschen später erschien ein weiteres Popup in meinem Blickfeld.

. . .

***Du hast eine Tera-Ameisendrohne erschlagen. 0,027 Essenz erhalten.***

*Okay, Sie haben unterschiedliche Werte, interessant.*

Eine dritte Ameise erschien, roch den Tod und zog sich zurück. Ameisen waren wirklich außergewöhnliche kleine Arschlöcher. Ein paar Minuten später erschien Suzie und landete auf meiner Schulter.

Sie flüsterte: "Ungefähr dreihundert Schritte in den Dschungel hinein gibt es drei Gnolls. Es sind Humanoide mit Zähnen wie eine Hyäne. Sie haben Speere und lümmeln an einem Feuer. Neben dem Feuer befindet sich eine Tür zum nächsten Stockwerk und eine Hütte. Wenn ich raten müsste, leben sie in einer Hütte, drei männliche Krieger. Völlig normal, überhaupt nichts Seltsames.

"Ha, ich verstehe dich. Es ist wahrscheinlich inszeniert und unnatürlich. Kurze Frage. Wie groß ist das Feuer und gibt es Holz in der Nähe?" fragte ich.

Sie schnaubte und flog heimlich davon, um die gewünschten Antworten zu erhalten. Ein Schmetterling landete auf dem Ast eines nahen Busches. Ich schlug das schöne Insekt nieder und tötete es.

Es zuckte ein wenig, bevor es sich beruhigte. Ich war fast immer human, wenn ich Vieh schlachtete oder auf die Jagd ging, und tötete nie mehr als nötig. Ich konnte nicht anders, als mich bei meinem wahllosen Töten ein wenig sadistisch zu fühlen.

. . .

***Du hast einen Bellam-Schmetterling erschlagen. 0,042 Essenz erhalten.***

Ich wartete geduldig in meiner Nische zwischen riesigen Wurzeln und traute mich nicht hinaus. Wie ich erwartet hatte, entdeckte eine schnüffelnde Ameise die saftige Flüssigkeit, die über den Waldboden spritzte. Ich beobachtete das neugierige Insekt und wusste, dass es mit widersprüchlichen Signalen kämpfte.

Was auch immer die Warnung durch den Duft der Gefahr war, war dem Geruch der toten Schmetterlingsdärme unterlegen. In dem Moment, in dem die Ameise den Schutz des Busches verließ, nahm eine zweite Ameise ihren Platz ein. Bald darauf lugten eine dritte und eine vierte Ameise hervor und wagten sich ins Freie.

Ich beschloss, etwas zu testen. Als eine Ameisenkette auslief, zerquetschte ich sie schnell eine nach der anderen. Als ich fertig war, erschien ein Popup danach, nicht währenddessen. Das war eine Erleichterung, denn ich mochte es nicht, wenn meine Augen mitten im Kampf eine Nachricht sendeten. Wenn ich mich nicht sofort in einen zweiten Kampf stürzte, blieb ich wohl von Nachrichten verschont.

***Du hast 7 Tera'ant-Drohnen getötet. 0,223 Essenz erhalten.***

"Was ist eine Essenz wert?" murmelte ich vor mich hin.

Ich hatte keine Referenz.

*Verdammt, ich wusste nicht einmal, was ich kaufen konnte.*

"Kann ich den Laden besichtigen?"

Es kam keine Antwort. Ich fuhr fort, Ameisen zu töten, bis Suzie zurückkehrte. Sie schlängelte sich von meiner linken Schulter zu meiner rechten, und zwar mit der unheimlichen Schlangenmethode, an die ich mich ganz sicher nicht gewöhnt hatte.

"In der Hütte schläft noch ein Vierter, dessen Schnarchen kaum zu hören ist. Das Feuer verzehrt das Holz schnell und ich vermute, dass sie in der nächsten Stunde oder so ihr Brennholz auffüllen müssen", sagte Suzie.

"Hast du Vögel oder Mäuse gesehen?" fragte ich.

Die lange Schnauze streckte sich nach vorne, bevor sie sich unnatürlich beugte, um mich anzustarren, ihre Augen nur Zentimeter von meinen entfernt. "Warum?"

"Du meinst, wir sollten angreifen, wenn sie Feuerholz holen?" fragte ich und der kleine Kopf wippte auf und ab. "Falsch. Wenn drei schlafen und einer wach ist, schlagen wir zu."

"Das wird ewig dauern."

Ich schnaubte. "Hast du irgendwelche Vögel oder Mäuse gesehen?"

Die winzigen orangefarbenen Augen blinzelten. "Ich bin Heilerin, keine Jägerin."

"Vielleicht brauchen wir gar nicht zu kämpfen", sagte ich.

"Äh ... was?" flüsterte Suzie und neigte ihren Kopf zur Seite. Der kleine Drache war bezaubernd. Suzie, nicht so sehr. "Wie lautet der Plan?"

"Sucht mir ein paar tote Tiere und legt sie ins Zelt. Hebt eins für mich auf. Ameisen sind die Könige des Dschungels. Ich wette, hier gibt es Millionen davon. Wir lassen die Ameisen ihr Zelt oder ihre Hütte befallen. Irgendwann sind sie alle abgelenkt, und ich benutze in aller Ruhe die Tür", sagte ich grinsend.

Suzie schnaufte unglücklich, und ihr Atem warf mich ein wenig zurück.

"Ich habe einen überempfindlichen Geruchssinn und dein Atem riecht, als hättest du ein Arschloch geleckt", sagte sie mit erhobenem Kinn.

"Ich habe ganz sicher kein Arschloch geleckt. Aber ich habe dich gebeten, auf die Jagd zu gehen", sagte ich und deutete auf den Schmetterling, den ein Dutzend Ameisen wegtragen wollten. Ich zerquetschte sie alle, bis ein Dutzend kleiner Kugeln in meine Brust schossen.

Als sich eine neue Ameise aus dem Busch wagte, flog Suzie hinunter und zerquetschte sie mit einem Schwanzschlag. Die goldene Kugel flog in ihre Brust. "Mama mag. Ich kann verdienen!"

"Oh, wie interessant. Ich frage mich, ob wir uns gegenseitig die Kills klauen können. Auf zur nächsten", sagte ich.

Die nächste Ameise zappelte vor einem Schwanzschlag. Ich löschte ihr Leben mit der Spitze des Speers aus. Die Kugel schoss in Suzies Brust.

"Interessant", murmelte ich.

"Du magst dieses Wort."

"Interessant ist besser als neugierig murmelnd, aber ja, ich sage es ein bisschen. Wir haben alle unseren Stil. Ich möchte studieren und nachdenken, und du streitest dich mit vulgären Worten."

Sie spottete. "Sagt der Mann, der flucht, wenn er dem Untergang geweiht ist." Ich starrte sie finster an. Sie lenkte ein. "Gut, ich werde deinen Plan ausprobieren. Ich könnte mir sowieso nur vorstellen, gelangweilt zuzusehen, wie du stundenlang Ameisen tötest."

Ich lächelte und sagte: "Versuche bitte, nicht zu sterben".

"Pfft. Wie auch immer." Und weg flog sie.

In den nächsten zwei Stunden tötete ich einige hundert Ameisen, bis der Geruch der Ameisenfalle alles andere übertraf. Ich machte mich daran, die Beweise für meine Mordtat zu vergraben, um hoffentlich neue Opfer in meine Falle zu locken. Das verschlang weitere zehn Minuten sinnloser Arbeit.

Ich begann mir Sorgen zu machen, dass Suzie gestorben war, und war versucht, sie zu suchen. Das spärliche Tageslicht, das durch das Blätterdach des Dschungels fiel, ließ nach, so dass der düstere Wald immer dunkler wurde. Der aufgeheizte Dschungel verstärkte die Hitze des Tages, so dass ich schwitzte, aber auch die kühlere Abendbrise willkommen hieß. Nachdem ich mir mit dem Ärmel über die Stirn gestrichen hatte, schwebte der kleine braune Flügeldrachen vor mir.

Gore tropfte aus ihrem Maul, und sie schlängelte sich um meinen Nacken, um sich auf meine rechte Schulter zu legen. Ich unterdrückte den Wunsch zu erschaudern und genoss nicht das Zusammenziehen und Ausdehnen ihrer Schuppen, die sich durch die Muskeln in ihrem Körper bewegten.

"Ist die Falle aufgestellt?" fragte ich.

Der kleine braune Kopf neigte sich zur Seite, als hätte ich eine verrückte Frage gestellt. "Hm? Äh, nein. Die Hütte ist versiegelt."

Ich drehte den Kopf, bis ich sie anschaute. "Was um Himmels willen, Suzie? Wo bist du gewesen?"

"Ich tötete Vögel, Frösche und alles, was dazwischen liegt. Ich habe sie alle auf dem Dach platziert, aber bis jetzt keine Ameisen", sagte Suzie. Die winzige Drachenschnauze grinste und entblößte blutverschmierte Zähne. "Ich habe allerdings ein Dutzend Essenzen verdient. Keine Ahnung, was ich damit machen kann, aber es gehört alles mir."

Ich massierte mir die Schläfen und wusste nicht, was ich antworten sollte. "Du warst auf einem Amoklauf?"

"Äh, ja. Das war unendlich viel besser, als dir beim Töten von Ameisen zuzusehen. Bevor du wütend wirst", flog sie dorthin, wo ich mein Verbrechen an den Ameisen begraben hatte. Als sie einen halb aufgefressenen Augapfel ausspuckte, ließ ich das Schaudern heraus. "Ach ja, da war ein Haufen Eingeweide, den die Gnolle für die Viecher in den Fallen hinterlassen haben. Ich habe die Viecher getötet und dann den leckeren Köder gegessen."

Ich tat so, als würde ich mich übergeben, weil ich als Bauer einen harten Magen habe. Sie war anders. Offensichtlich wurden ihre Feeninstinkte in ihrem neuen Leben von

Wyvern-Instinkten untergraben. Sie strich mit dem Kinn über mein Hosenbein, um das Erbrochene wegzuwischen.

"Sieh an, sieh an, sieh an. Interessante kleine Kreatur bist du. Ich schätze, Zeit zu töten und Essenz zu verdienen ist schlau. Ich wünschte nur, du würdest mir die Wahrheit sagen. Suzie, ich will nur eine Teamkollegin, der ich vertrauen kann", sagte ich.

"Ich habe es versucht, und ich dachte, ich finde einen Weg hinein, aber ich höre dich", brummte Suzie und setzte sich wieder auf meine Schulter.

Ich habe ihr nicht widersprochen oder mit ihr gestritten. Stattdessen versuchte ich, es aus ihrer Sicht zu sehen und gab ihr den Vorteil des Zweifels. Ein paar Minuten später schlang sich ihr Schwanz um meinen Hals und sie schnarchte leise. Ab und zu entkam ihrem Hintern ein Quietschen, und ich konnte spüren, wie aufgebläht ihr Bauch war.

Eine leichte Brise half mir, die Zeit zu vertreiben, und als die Sonne schwächer wurde, tötete ich frische Ameisen und sogar eine Libelle. Als sich die Dunkelheit zurückzog und der Mond hoch stieg, glitt Suzie mit einem Gähnen von meiner Schulter.

"Gehen wir bitte näher ran", sagte sie mit einem schelmischen Grinsen. "Ich wette, es ist jetzt nur die Nachtwache."

"Sicher", antwortete ich.

Sie führte mich durch den Dschungel. Ich wusste, dass wir weit von der Hütte entfernt waren, aber ich schlich trotzdem langsam. Eine Stunde später starrte ich zwischen den Bäumen hindurch auf ein Feuer. Ein einzelner junger

Gnoll schnitzte an einem Holzscheit herum und begann gerade mit dem, was er herstellen wollte. Die Tür der Hütte stand offen, und hinter dem Feuer befand sich die braune Tür zum vierten Stock.

Wenn der Gnoll die Tür sah, war es für ihn selbstverständlich, und in meinem Kopf dachte ich, dass nur Suzie und ich sie sehen konnten. Ich pirschte mich langsam heran, bis ich auf den Rücken des Gnolls starrte. Ich hatte es nicht eilig, und tatsächlich bewegte sich der Feind vom Feuer weg und auf die Baumgrenze zu. Technisch gesehen könnte ich um ihn herumrennen und zur Tür gelangen, wenn ich es richtig timte.

Es bestand die Möglichkeit, dass er mich angreift und seine Kumpels alarmiert, denn er lief direkt auf den Wald zu, in dem ich mich versteckte. Ich verhielt mich ruhig und Suzie kauerte sich näher an meinen Rahmen, um nicht gesehen zu werden.

In dem Moment, als er in den Wald trat, hörte ich Zweige knacken. Ich war mir sicher, dass es sich um winzige Geräusche handelte, aber als das Adrenalin durch mich rauschte, hörte sich jeder Schritt und jedes Knacken donnernd an.

Ich hielt den Atem an, geduldig und besorgt.

*Knacken, schnappen, rauschen. Aufprall. Aufprall. Aufprall.*

Eine Entscheidung über Leben und Tod lag in der Luft. Bleibe ich stehen, warte ich, bis das Wesen vorbei ist, und renne ich zur Tür. Tötete ich das -

Lautes Schnüffeln war die einzige Warnung, die ich erhielt. Er roch etwas; vielleicht das Erbrochene, das Blut, meinen stinkenden Schweiß, oder vielleicht waren es die Fürze von

Suzie? Sein Innehalten, um seine Umgebung zu überprüfen, war zu viel für mich.

Ich starrte ihn von der Seite an.

*Jetzt ist der richtige Zeitpunkt. Jetzt ist meine beste Chance.*

Ich stürzte mich auf ihn, ohne mit meinem Speer zuzustechen. Ich umschlang seinen Hals und nahm ihn in den Würgegriff. Wir prallten gegen einen Baum, aber mein Gewicht zog uns nach unten. Die Büsche milderten den Aufprall nicht, aber sie machten einen Höllenlärm, als wir auf dem Dschungelboden aufschlugen.

Er wehrte sich gegen meinen Griff und krallte sich an meinen Unterarmen fest. Wir beide wälzten uns im Kampf. Als er nach einem Dolch griff, schlang ich mein Bein um die Waffe. Der Kampf war eine Mischung aus Grunzen und Scharren im Gebüsch. Grüne Energie heilte mich, als seine Nägel das Fleisch meines Unterarms zerrissen.

Nach einer gefühlter Stunde verlangsamten sich seine Bewegungen. Um den Deal zu besiegeln, zog ich ihn fester an.

Ich habe nicht gespürt, wie er starb. Ich habe noch nie einen Menschen oder ein Fabelwesen zu Tode gewürgt. Eine goldene Essenz schoss in meine Brust und sagte mir, dass ich ihn endlich loslassen konnte.

***Du hast einen Gnoll-Verteidiger erschlagen. 12,222 Essenz erhalten.***

. . .

Ich entspannte mich und sah, wie Suzie die Hütte vom Baum aus beobachtete.

"Geht es dir gut?", fragte sie fast fürsorglich. Ihr Ton lag über einem Flüstern, aber nicht in voller Lautstärke. "Ich habe dich geheilt."

Ein lauter Furz entwich dem toten Körper.

Ein plötzlicher Geruch von Fäkalien ließ mich würgen. "Ich denke schon. Er hat mich nicht kommen sehen und wollte wahrscheinlich nur scheißen."

"Das machen die Körper. Bist du bereit, den Laden zu besuchen?"

Ich zog den Dolch vom Gürtel und drehte die Klinge in meiner Handfläche. Die Balance stimmte, das Gefühl war ausgezeichnet. Ich wirbelte den Dolch herum, während mein Verstand einen Scheideweg erreichte. Schließlich schwoll eine heftige Wut in meiner Brust an.

Worons Worte klangen nach. Ob gut oder schlecht, ich glaubte ihm. Ich glaubte, dass zwei Kräfte um das Gleichgewicht kämpften und Lon einen Fehler gemacht hatte. Einen Fehler, den ich korrigieren konnte, aber das bedeutete, dass der süße, unschuldige Junge namens Tem sterben würde, so oder so. Ich würde nie wieder nur ein Bauer sein.

Ich habe schon Kehlen aufgeschlitzt. Einen knurrenden Bauch zu stoppen war eine Sache.

*Wenn... Wenn das echt ist, dann sind das Wesen, die der Dämonenfürst zur Verteidigung seiner Türen ausgewählt hat. Seine Verwandten sind keine Freunde von mir.*

"Auf dem Dach hocken und wie wild schreien, wenn sich eine versteckte Bedrohung nähert", sagte ich.

Ich stahl den Mantel des toten Gnolls und fand in einer Innentasche einen Geldbeutel. Als ich sie öffnete, schoss der goldene Inhalt in meine Brust.

***Du hast einen Schatz entdeckt. 1.007 Essenz erhalten.***

Ich betastete den Rest des Mantels, fand aber nichts. Mit tief gezogener Kapuze schritt ich aus dem Wald direkt auf die Hütte zu. Ich ging zielstrebig, als ob ich dazugehörte.

Die drei anderen waren nicht aufgewacht, als ich ihren Kumpel tötete, und ich bezweifelte, dass sie durch einfache Schritte aufwachen würden, aber ich wollte, dass sie einen selbstbewussten Hochstapler sehen und keinen Menschen, der sich an sie heranpirscht, wenn sie mich sehen.

Das Mondlicht verblasste, als ich an dem knisternden Feuer vorbeiging. Die orangefarbenen und roten Töne warfen einen flackernden Schatten auf die Hütte. Mein Herz klopfte gegen meine Brust, aber ein getriebenes Verlangen hielt mich aufrecht.

Als ich die Hütte betrat, zog ich den Dolch sanft aus meiner Tasche.

Der Raum war kaum groß genug für zwei Betten, an beiden Seitenwänden befanden sich Doppelkojen. Drei waren belegt. Der Gnoll unten links schlief nackt und ohne Decke, sein entblößter Körper war für alle zu sehen. Ich schluckte meinen Widerwillen hinunter und beschloss, nicht herumzuschweben oder zu grübeln.

*Geschwindigkeit ist mein Verbündeter.*

Ich stach den Dolch in eine Augenhöhle und fischte ihn herum. Ich war ein wenig schockiert, dass es einen Moment dauerte, bis die Brust golden leuchtete. Seine Füße strampelten ein wenig, bewegten sich aber nicht allzu sehr. Als der Raum erleuchtet wurde, dachte ich mir, dass der Farbton wahrscheinlich nur von mir gesehen wurde, weil die anderen beiden sich nicht einmal rührten.

Ein schlürfendes Geräusch hallte in dem kleinen Raum wider, als ich den Dolch zurückzog. Ich stellte mich auf die untere Pritsche, wo der tote Gnoll ruhte. Als mein Gesicht die Kante des oberen Bettes überquerte, riss der Gnoll die Augen auf.

"Wer bist du?", fragte er verwirrt.

Der Dolch glitt über seinen Hals, während er darüber nachdachte, warum er vor einem Menschen erwachte, der nur Zentimeter von seinem Gesicht entfernt war. Beide Hände umklammerten seine zerstörte Halsschlagader. Ein Streitkolben lag neben ihm im Bett; einen Schlafpartner, den er nicht mehr brauchte. Während er sich in seinem Todeskampf wälzte, schnappte ich mir die schwere Waffe mit den Stacheln am Kugelende.

"Sei still", sagte der letzte Gnoll wütend.

Ich drehte mich zu seiner Koje um, stabilisierte meine Füße und hob den Streitkolben.

"Hilfe!" rief ich in gespieltem Schrecken.

Das hat gewirkt. Er richtete sich auf und starrte mich direkt an. Die Keule sauste nach unten und zertrümmerte seinen Schädel. Ich dachte immer, dass mir Blut ins Gesicht spritzen und ich Gehirnteile ausspucken würde. Stattdessen gab es ein fleischiges, nasses Schmatzen, als das Gesicht des Gnolls gegen meine Hose prallte.

Drei Kugeln der Essenz schossen in meine Brust und ich grinste. Ohne zu zögern, begann ich zu plündern.

***Du hast drei Gnoll-Verteidiger erschlagen. 41.902 Essenz erhalten.***

"Diese hier waren mehr wert, und zum Glück sind sie alle tot. Ein anderer hat sich in die Hosen geschissen, so eklig."

Suzie kicherte. "Ausgezeichnete Arbeit, hier draußen ist es ruhig. Soll ich dir beim Plündern helfen?"

"Sicher, ich bin mir ziemlich sicher, dass es etwas im Boden gibt. Vier Verteidiger sind eine Menge. Versuche versteckte Beute zu finden", sagte ich, und sie flog hinein in die Hütte.

Jede der Leichen trug eine Art Geldbörse bei sich, was mir weitere drei plus Essenz einbrachte. Ich durchstöberte eine Truhe und schlug den Boden heraus, fand aber keine versteckte Beute. Ich sammelte alle Waffen ein und warf sie neben die Tür. Während ich die Suche nach Schätzen aufgab, tat Suzie das nicht.

"Hier ist es", verkündete sie fröhlich.

Ich starrte auf die Kiste mit dem Brennholz. "Wirklich? In der Kiste mit dem Brennholz, wie seltsam."

"Ja, ich konnte es nicht teilen oder so, aber da war dieser Brief, geschrieben von einem Kind oder vielleicht von einer Frau, die nur halbwegs lesen und schreiben konnte", sagte Suzie und flog mit dem Pergament im Mund zu mir herüber.

Ich habe den Zettel, den sie gefunden hat, laut vorgelesen:

"Lieber Daddy,

Danke, dass du uns beschützt hast. Wir lieben dich und vermissen dich. Komm bald nach Hause. Devon, Temi, Oni, Looor und Zobina warten alle sehnsüchtig auf deine Rückkehr. Du bist der liebste Vater, den wir uns wünschen können,

In Liebe Dia vom Bolical Stamm".

"Die waren nicht Dia", sagte Suzie.

"Der Dämonenlord hat sich mit dem falschen Menschen angelegt. Aber ja, ich habe es verstanden. Teuflisch. Es ist ein grausamer Scherz", sagte ich und warf den Zettel ins Feuer, bis er verschrumpelt war und verbrannt wurde. "Was meinst du, Suzie, bist du bereit, etwas Essenz auszugeben?"

Mit einem Nicken flog sie auf meine Schulter. Ich ging auf die Tür zu und ließ sie aufschwingen. Drinnen schlängelten sich ein paar andere Menschen in einer schwach beleuchteten Bar. Eine alte Frau, die sich um die Getränke kümmerte, räusperte sich.

"Willkommen, Reisende, setzen Sie sich doch", schlug sie mit einem warmen Lächeln und freundlichen blauen Augen vor.

Ich beäugte die Gäste skeptisch. Ich war in Blut und Blut getränkt und nicht gerade bereit, unter Menschen zu gehen.

"Was ist mit dem Metall?" fragte ich indirekt. "Hier gibt es guten Stahl. Daraus kann man gute Werkzeuge herstellen."

"Wenn es nicht in die Brust geht, verlässt es die Etage nicht", sagte ein schroffer Mann und rauchte weiter seine Pfeife. "Willkommen im Drachenturm. Ich glaube, du brauchst ein Bier."

"Oder drei!", sagte eine stämmige Frau in schwerer Rüstung und die Bar brach in Gelächter aus.

Sie wirkten einladend und einladend. Ich nahm den billigen Speer aus dem Stapel, mit dem ich angefangen hatte, und trat durch die Tür, um ein neues Kapitel in meinem Leben zu beginnen.

# KAPITEL SIEBEN

## AUSGESTOSSEN

Ich habe die Initiation überlebt. Für einige in diesem Raum bedeutete es, dass ich dazugehörte. Für andere war ich nur ein neues Gesicht, das es nicht wert war, dass man sich an mich erinnerte. Ich spürte ihre urteilenden Blicke so sehr, dass ich den Blick dafür verlor, dass ich sauber und in meiner weiß-goldenen Toga im Drachenturm ankam. Der plötzliche Wechsel der Kleidung in Verbindung mit der Erkenntnis, dass der Kampf vorbei war, wurde ein wenig lästig.

"Wo ist Suzie?" fragte ich sofort, als ich bemerkte, dass sie fehlte.

Die alte Dame hinter der Theke zeigte auf eine Reihe von Fächern an der Seite des Raumes. In einem Fach mit der Aufschrift Tem 3 befand sich ein hölzerner Flügeldrachen. Dreißig weitere Fächer enthielten Namen und Zahlen, die höchste war eine 73. Neben den Fächern befand sich eine Anzeigetafel, auf der genau fünfzig Turmstandorte in der Reihenfolge des Monats aufgelistet waren. Ilisia lag ganz unten, nur drei andere waren schlechter als wir, und zwei von ihnen hatten die Punktzahl Null.

"Ich bin verwirrt", gab ich zu. "Und zwar sehr."

"Komm, setz dich. Lass die anderen zu ihren Getränken zurückkehren. Manche grüßen dich erst, wenn du ein paar Monate überlebt hast. Es ist ihnen egal, welche Nummer neben deinem Fach steht, sie wollen wissen, ob du überlebt hast", sagte die alte Dame.

Ich näherte mich der Bar mit einem halben Winken. "Tem."

"Yellina, aber nenn mich Lina, es sei denn, es ist etwas Schlimmes passiert. Dann bekomme ich den vollen Namen. Da es sich um eine Privatbar handelt, kommt das selten vor. Auch keine Zimmer, wohlgemerkt. Wenn du in der Klemme steckst, gibt es dort drüben eine Bank, aber ich schmeiße dich raus, wenn mir danach ist."

Ich saß auf dem quietschenden Hocker und war immer noch etwas überwältigt von der Situation. Ich starrte auf die ausgestellten Schnapsflaschen und erkannte keine von ihnen. In Onno hatten wir Bier, das von Palinas Vater gebraut wurde, und das war alles. Meine Gedanken schweiften ab, ich wusste nicht, worauf ich mich konzentrieren sollte.

Eine Hand winkte vor meinem Gesicht. "So schlimm?"

"Ich werde aus dieser Sachne nicht richtig schlau und weiß nicht, ob es Inor oder Lon hilft, ein Mörder zu sein."

Die alte Dame brachte mich zum Schweigen. "Sprich ihre Namen nicht aus, als ob sie deine Freunde wären."

"Hast du Angst vor ihnen?" fragte ich. Sie nickte. "Das solltest du nicht haben."

Daraufhin warf sie ihren Lappen über die Schulter und stemmte die Hände in die Hüften. Ihre Krähenfüße waren von ihrem blinzelnden Blick tief in Falten gelegt. Ihre Schürze war mit Flecken übersät, und ihr perlweißes Haar musste gekämmt werden.

"In Ordnung, Neuling. Sprich es ruhig aus. Warum sprichst du so lässig über das Begehrte?", fragte sie mit strengem Ton.

"Sie können sich nicht einmischen, weil es Regeln gibt. Regeln über Regeln. Keine Chance, dass eine dieser Regeln dem Dämonenfürsten die Erlaubnis gibt, wahllos Menschen zu erschlagen, die seinen Namen benutzen. Aber ich verstehe dich, du fürchtest die, die er bekehrt, und die Ohren, in die er flüstert. Das sollte ich wahrscheinlich auch", sagte ich.

Sie schüttelte den Kopf. "Ideologie bringt dich im Drachenturm um. Du hast wenigstens etwas Verstand, also pass auf deine Umgebung außerhalb des Turms auf."

"Ich höre deine Warnung. Wo ist die Drachenhöhle und warum ist mein Vertrauter eine Statue?"

"Der Bergfried lässt sie nicht frei herumlaufen. Dies ist der Bergfried des Drachen. Es wurde vor langer Zeit beschlossen, dass ein Ort zum Entspannen am besten ist, bevor man einkauft oder sich unter die Gesellschaft mischt."

"Was hat es mit der Anzeigetafel auf sich?" fragte ich.

"Es ist ein Tracker für den Monat. Wir sind vierzehn Tage im Monat und haben nur 38,994 Essenzen von ein paar hundert aktiven Kletterern gewonnen. Früher war es zehnmal so viel. Es... es sieht nicht gut aus", sagte Lina traurig und wischte in gewohnter Manier über den Zähler.

"Vielleicht kann ich helfen. Nur rohe Essenz?"

"In den Etagen gibt es nur beim ersten Durchgang Attribute und Belohnungen, der Rest ist ein Grind. Je höher du kommst, desto mehr verdienst du und dann gibt es noch das Drachenei. "

"Aber man kann in jedem Stockwerk verdienen, und diese Zahl zählt."

Sie nickte und warf mir einen neugierigen Seitenblick zu. "Ja, sicher. Aber die Kletterer tun ihren Teil, König Hori will immer mehr." Sie hielt inne, ihre Körpersprache wurde weicher. "Wenigstens sind deine Augen wieder scharf. Nimm deine Sachen aus dem Schrank und geh durch die Tür. Viel Glück, Tem. Ich hoffe, ich sehe dich lebend wieder", sagte Lina.

Ich fragte nicht nach einem Drink und sie bot ihn mir nicht an. Der Barhocker klebte an meinem Hintern, als ich aufstand, um Suzie zu sichern, und bemerkte, dass die meisten Augen auf mich gerichtet waren. Sie ließen mich gehen, ohne sich die Mühe zu machen, mich zu bemuttern oder den Neuen zu beraten. Vielleicht könnte ich mich beim nächsten Mal hinsetzen und entspannen, aber in diesem Moment war ich unruhig, weil Suzie in Holzform war.

Neben der Statue lag meine Ausrüstung aus dem Schrank, bevor ich getestet wurde. Ich reiste nach Ilisia City in einfacher Kleidung und Pas guten Stiefeln. Ich rüstete meine Lederkleidung aus und wurde wieder zum armen Bauernjungen. Lucky kam in meinen Stiefel, mein anderer Dolch an meine Hüfte und meine Tasche auf meinen Rücken. Ich hob die Statue auf und ignorierte die urteilenden Blicke, als ich die Bar in Richtung Laden verließ.

Ich hatte drei Türen zur Auswahl. Die hinter mir, auf der "Drachenturm" stand, und dann ein Ausgang und "Drachenladen". Ich entschied mich für den Drachenladen, und als ich die Tür durchquerte, war das ein großer Unterschied.

Die warme und einladende Atmosphäre der Bar wurde durch einen feuchten, nebelverhangenen Raum ersetzt. Ich erwartete, Ausstellungsstücke zu sehen und fand stattdessen nur einen Schreibtisch mit einem einsamen Geist.

"Woron?" fragte ich den Ätherischen, der hinter dem Schreibtisch saß.

Das Wesen studierte ein Buch und hob seine trüben Augen, um mich anzusehen. "Willkommen im Drachenturm. Leider bin ich nicht Woron. Er beaufsichtigt die Rekrutierung und ist viel... gesprächiger. Ich leite den Laden. Mein Name ist Essolin."

"Tem."

"Ich weiß."

"Mein Vertrauter und ich müssen unsere Essenz ausgeben."

"Meistens falsch", antwortete der ätherische Drache schnippisch.

Plötzlich machte es Sinn, warum alle tranken, bevor sie in diesen Laden kamen. Ich war sauer, müde und bereit für ein paar Upgrades. Das Letzte, was ich brauchte, war eine weitere Einstellung, mit der ich mich auseinandersetzen musste.

Ich fragte: "Warum ist das meistens falsch?"

"Ein Vertrauter ist nichts ohne seinen Champion. Ihre Essenz geht in deinen Pool, wenn sie ein Stockwerk des Turms verlässt, und du kannst sie mit Gegenständen oder Preisen belohnen, die du für richtig hältst. Sie kann nur einkaufen, wenn du ihr Zugang zu deiner Essenz gewährst."

"Autsch. Ich werde ihre nicht ausgeben, ohne vorher mit ihr zu sprechen", antwortete ich.

Er zuckte mit den Schultern. "Du kannst ihr eine bessere Ausrüstung kaufen. Allerdings gibt es dafür einen sehr schlechten Kompromiss. Wenn du die Spitze erreichst, verlässt sie den Turm mit nichts. So lautet die Regel. Ihre Gegenstände können auch nicht weiterverkauft werden. Wozu Luxusgegenstände kaufen, wenn sie hier bleiben müssen?" Die Frage war rhetorisch.

Ich verschränkte die Arme und klopfte mir auf den Bizeps. Nach ein paar Sekunden des Nachdenkens beschloss ich, zu etwas Dringendem überzugehen.

"Okay. Betrachten Sie ihre Upgrades als einen kostennegativen Kauf. Ich verstehe es und es gibt so viel, was ich kaufen kann, um es zu tauschen oder durch Wiederverkauf aufzuwerten, aber ihre Gegenstände sind anders. Wie kann ich meine Attribute erhöhen?"

"Aufleveln?" fragte Essolin und ich runzelte verwirrt die Stirn. "Geh durch diese Tür und du wirst einen Optionsbildschirm am Landeplatz sehen."

Essolin zeigte auf drei mögliche Türen: Bodenvorbereitung, Ausgang, Drachenturm. "Ein Landeplatz pro Stockwerk klingt gut. Ich habe es irgendwie gehasst, wenn ich durch eine Tür gegangen bin und es Bedrohungen gab."

Der Geist verschwand plötzlich und ließ mich allein zurück. Ein weiterer Geisterdrache erschien, und ich erkannte ihn. Woron wartete vor der Ausgangstür, und der Ätherische seufzte enttäuscht.

"Ich habe einen Fehler gemacht", sagte Woron, und seine Drachenaugen zuckten.

"Oh", antwortete ich, nicht sicher, was ich sagen sollte.

Er nickte. "Es gibt eine Politik zwischen König Hori und mir. Die Adligen kommen am Tag des Geistes. Sie können den Drachenturm betreten." Ich habe das nicht verstanden. "Nur sie können den Drachenturm gemäß unserer restriktiven Vereinbarung betreten."

"Oh", brummte ich und hasste das mehr als ich dachte. "Die Geburt diktiert die Fähigkeiten..."

"Wir wissen beide, dass das nicht der Fall ist. Es geht um Reichtum, Besteuerung und Kontrolle. Als du die Stadt Ilisia betreten hast, hast du berichtet, dass du einen Minotaurus erschlagen hast?"

Ich nickte schnell. Dann hob ich einen Finger. "Die Wache hat mir nicht geglaubt, aber ich habe die verlorene Karawane gemeldet. Das haben sie geglaubt, nur nicht, dass ich einen mächtigen Minotaurus erschlagen habe. Die Wache lachte so laut, dass mir die Spucke ins Gesicht fiel. Das ist schwer zu vergessen."

"Ah, die Sache wird sich schon regeln... irgendwie und mit der Zeit", sagte Woron. Er zeigte mit dem Finger auf Suzie, und sie verwandelte sich von der Statue in einen Flügeldrachen. "Hallo, junger Vertrauter. Ich möchte, dass du mit mir kommst. Dein Meister wird gleich in menschliche Angelegenheiten verwickelt, die unter unserer Würde sind."

"Ha! In welche Schwierigkeiten könnte ein Bauer geraten?" fragte Suzie und schlängelte sich um meinen Hals, bis sie auf ihrem Lieblingsplatz auf meiner rechten Schulter hockte.

Woron ärgerte sich. "Ich habe Spielraum, um extreme Ausnahmen auszuwählen. Aber die sind äußerst selten. Um ehrlich zu sein, nehme ich heutzutage fast nie noch Adlige auf. Die Zwergenfront ist ins Stocken geraten, weil wir nicht die Besten der Besten in den Turm aufnehmen. Ich habe Tem akzeptiert. General Torg ist verärgert, weil Tem nie berichtet hat, dass er den Minotaurus getötet hat."

"Das habe ich."

Suzie kicherte. "Als ob."

"Das habe ich", sagte ich mit Überzeugung.

"Ja, ich musste mir den Tod des Minotaurus persönlich ansehen. Er hat Suzie. Willkommen zurück im Leben", sagte Woron fröhlich.

"Bis jetzt war es recht unterhaltsam. Ich habe eine Menge Essenz verdient!" sagte Suzie ganz aufgeregt.

"Äh, was das angeht", begann ich zu sagen.

Der neblige Drache warf mir einen strengen Blick zu. "Ich werde ihr erklären, wie es funktioniert, sobald du gehst. Die

Wachen warten darauf, Tem zu verhaften. Er wird nach einem ... einem Gespräch freigelassen werden. Ja, nennen wir es so", sagte Woron.

"Mich festnehmen?" platzte ich heraus.

"Die Tötung eines Minotaurus nicht zu melden, ist eine große Sache. Normalerweise gibt es eine Belohnung", sagte Woron.

Zum dritten Mal verkündete ich: "Ich habe es getan!"

Er hielt eine Drachenpfote hoch. "Ruhig. Tem. Es gibt wahrscheinlich hundert arme Bauern, die falsche Forderungen stellen, mit denen sich die Wachen befassen müssen. Hört zu. Hörst du zu?" fragte Woron, und ich nickte langsam. "Außerhalb des Turms gibt es Politik. Das Gleichgewicht zwischen mir und dem König ist bestenfalls dürftig. Du bist nicht normal. Verstehst du?"

"Ja, ich habe es in den Drachenturm geschafft, obwohl ich es nicht hätte tun sollen."

"Ganz genau. Jetzt werden einige Adlige denken, dass ihr geliebtes Kind an der Front gestorben ist, weil ein fieser Bauer seinen Platz eingenommen hat. Verstehst du das?" fragte Woron, und ich nickte traurig. Er deutete mit einem krallenbewehrten Finger seiner Pfote auf die Bar. "All diese Konkurrenten, sie kennen die Regeln innerhalb und außerhalb des Drachenturms. Das meiste davon sind die Steuern. Ihre Familien verlieren alles, wenn sie König Hori nicht das zahlen, was ihm zusteht."

"Ich durfte nie einkaufen gehen", murrte ich. "Ich war auch noch nie in einer Zelle."

"Nun, Essolin ist sauer, alt und nicht bereit, mit dir zu reden. Und wieder einmal muss ich Euch helfen. Um ehrlich zu sein, habe ich nicht erwartet, dass General Torg nichts von deinen Taten weiß. Einkaufen. Die meisten Einkäufe werden dort draußen erledigt. Ihr tauscht Essenz gegen Münzen und kauft Gegenstände für einen Bruchteil des Essenzpreises. Eine Essenz ist eine Goldmünze."

Ich keuchte. "Eine ganze Goldmünze! Ich habe ungefähr siebzig Essenzen."

"Ja, vor dem Drachenturm steht immer ein Haufen Wachen. Du musst immer damit rechnen, dass du ausgeplündert wirst. Selbst mit der Steuer ist es immer noch ein besseres Verhältnis, dort zu kaufen als hier drin. Es sei denn, Sie wollen legendäre Gegenstände. Grundnahrungsmittel, Ausrüstung, Pfeile und dergleichen kauft man am besten dort. Verstanden?"

"Ich denke schon. Es scheint, als müsste ich an vielen Fronten kämpfen. Gier und eine festgefahrene gesellschaftliche Struktur sind zwei davon. Ehrlich gesagt bin ich nicht schockiert und finde Ihre Warnung weitaus wirkungsvoller, als die Namen der Geschäftsleute nicht auszusprechen", sagte ich.

"Da hast du recht, aber die Leute halten an ihrem Aberglauben fest. Tun Sie mir den Gefallen, das Boot ein bisschen weniger zu schaukeln", sagte Woron mit einem Grinsen.

Suzie fügte hinzu: "Mir persönlich gefällt die Einstellung".

Wir rollten beide mit den Augen, um die angespannte Situation ein wenig aufzulockern.

"Bevor ich mich meinem Schicksal stelle, wie kann ich die legendären Gegenstände und ihre Kosten sehen?" fragte ich.

Eine Wand mit Bögen erschien in speziell entworfenen Gestellen. Ich ging zu den Angeboten hinüber.

"Links ist am billigsten, rechts ist am teuersten. Alles, was über die Mitte hinausgeht, kann von Menschen nicht hergestellt werden. Der Bogen ganz links ist ein einfacher Bogen für hundert Essenzen", sagte Woron.

"Hundert Gold. Das ist das Hundertfache des Preises an der Grenze", sagte ich bestürzt. Ein einfacher Bogen kostete in Onno eine Goldmünze. Wahrscheinlich ist er hier billiger. "Aber... dieser hier ist nicht von Menschenhand zu machen?"

Ich nahm einen Elfenbogen aus dem Regal. In das Holz waren Einhörner eingraviert, die Sehne war nicht bespannt. Das feine Holz bog sich mit Perfektion. Die Pfeile, die in dem Köcher daneben lagen, waren ebenso exquisit. Ich beäugte die Waffe mit Sehnsucht. Am liebsten eine größere mit einem eher männlichen Motiv.

*Wem mache ich etwas vor? Ich würde das Einhorn mit Freude feuern.*

"Die Kosten?" fragte ich.

"Viertausend Essenzen für diese eine. An diesem Punkt haben sie besondere Fähigkeiten oder Attribute für die Waffe selbst."

Ich nickte aufgeregt. "Wenn ich mir den Streitkolben aus dem dritten Stock holen und in den zweiten Stock hinuntergehen würde, würde der Streitkolben dort bleiben?" fragte ich.

"Ja, seltsame Frage, aber ja", sagte Woron. "Sie können Gegenstände nach unten bringen, aber nicht nach oben. Wenn Sie Vorräte brauchen, verlassen Sie den Turm und kommen Sie mit ihnen zurück."

"Interessant", sagte ich, und in meinem Kopf entstand ein Plan. "Wandle eine einzige Essenz für mich um. Ich werde mir etwas einfallen lassen müssen. Den Bergfried des Turms dafür verantwortlich zu machen, sollte den Rest erklären."

Eine Handtasche schwebte vor mir, und ich bekam ein Klingeln.

***Tem Onno: 93.221 Essenz -} 92.331 für 1 Goldmünze. Aktuelle Kosten .89 Essenz zu Gold.***

"Interessant. Es war billiger als der von Ihnen angegebene Preis. Schwankt er?" fragte ich und er nickte. "Das hat mir viel zu denken gegeben, während ich in einer Zelle Trübsal blase. Suzie, es hat Spaß gemacht. Danke für deine Hilfe, und ich bin froh, dass wir im dritten Stock als Team zusammengekommen sind. Danke, dass du mir diesen Woron gezeigt hast. Ich habe noch viel Arbeit vor mir. Bis ich den Turm wieder betrete."

Heute schien es um Türen zu gehen, und wieder einmal trat ich durch eine Tür. Diesmal war ich nicht gespannt, was als Nächstes passierte, aber meine kommenden Pläne brachten mich zum Grinsen. Ich musste nur hoffen, dass meine Gefängnisstrafe kurz und ohne Probleme verlief.

# KAPITEL ACHT

## RATTEN

Eine schicke Wache mit einer Feder am Helm verlas ein offizielles Schreiben zu meiner Verhaftung: Versäumnis, den Tod eines isländischen Feindes zu melden. Die Wachen wussten, dass das dumm war. Nach der Verkündung stahlen die Wachen meine Goldmünze, legten mir Handschellen an, stülpten mir einen Sack über den Kopf und brachten mich in kürzester Zeit in einen Kerker.

Wer wollte nicht eine Belohnung? Ich sagte einfach, dass ich das wollte, und wiederholte meine Version der Geschichte, woraufhin der Wachmann sich Notizen machte. Das war natürlich vor drei Tagen.

Ich saß in einer Zelle und fühlte mich von Stunde zu Stunde weniger schlau. Mein Plan bestand darin, aus dem Kerker herauszukommen, was mir noch nicht gelungen war. Mein Magen knurrte, da ich in den letzten drei Tagen nichts anderes als Wasser getrunken hatte. Die sechs mal sechs Meter große Zelle war langweilig und banal, aber ich nutzte die Zeit, in der ich allein war, um die ersten drei Stockwerke Revue passieren zu lassen.

Technisch gesehen könnte ich zum ersten Stockwerk zurückkehren und viertausendmal zum zweiten Stockwerk gelangen, um einen speziellen Bogen zu erhalten. Ich würde wetten, dass die Belohnungen für das wiederholte Abschließen von Etagen entweder reduziert oder entfernt wurden, aber die Belohnungen für das Töten zählten wahrscheinlich. Auf vielen dieser Fächer standen Zahlen unter zwanzig.

Ich bräuchte ein paar Bücher und einige Tests, aber auch hier kam es darauf an, dass ich entlassen wurde -

"Haben Sie schon genug?", fragte eine vertraute männliche Stimme.

Der allgemein aussehende Kerl vom Rat stand vor meiner Zelle. Es war wahrscheinlich General Torg. Seine Uniform war frisch und hatte einen goldenen Saum auf einem weißen Hemd mit Knöpfen. Seine Hose reichte bis über den Bauchnabel und war an der Seite gestreift. Seine hohen Stiefel trugen Sporen an den Absätzen und waren an den Zehen blank poliert. Der Mann sah gut aus, das stand fest.

"General Torg?" fragte ich.

"In der Tat. Bereit zum Aussteigen?"

Ich nickte. "Ja. Ich hätte nie hineingesteckt werden dürfen."

"Ich sage das nur ungern, aber ich stimme zu. Ich musste allerdings den Zorn der Adligen etwas besänftigen. Es ist zwei Monate her, dass jemand in den Drachenturm aufgenommen wurde, egal ob Adliger oder Bürgerlicher", sagte er seufzend. "Außerdem hat ein Ätherischer deine Geschichte bestätigt, die eine Wache abgewiesen hat. Ob du es glaubst oder nicht, wir nehmen solche Verstöße ernst."

"Und die Belohnung?" fragte ich.

"Ein paar Tage früher aus dem Gefängnis kommen, oder Sie können auf Ihren Obstkorb warten", bot er an.

Ich zuckte mit den Schultern. "Der Zimmerservice hier war mangelhaft und ich bevorzuge ein schönes Steak", sagte ich mit einem Grinsen.

"Hey, schau mal, Tem. Du hast vielleicht nichts Falsches getan, aber das bedeutet nicht, dass Ilisia City dich willkommen heißen wird. Dein Steuersatz beträgt fünfzig Prozent." Ich öffnete den Mund, und er streckte einen Finger aus. "Der Hof von König Hori hat den Satz festgelegt. So verärgert war Herzog Bessin über deine Annahme, während sein Sohn an die Front ging. Er verlangte, dass du gehängt wirst und der Turm so lange gesperrt wird, bis Kinder von adliger Geburt wieder akzeptiert werden."

Er lehnte eine Schulter gegen das Gitter und überließ mir die Entscheidung, wie ich reagieren sollte.

"Ich verstehe. Die Hälfte meines Verdienstes und die Adligen fühlen sich bestätigt", sagte ich.

General Torg schüttelte den Kopf. "Falsch. Sie werden nie etwas anderes als Hass für dich empfinden. Der Sohn von Vicomte Essox ist gerade durch ein Zwergenkatapult gestorben. Er schrie den königlichen Magistrat an, dass ihr es hättet sein sollen."

"Ah, ich glaube, ich beginne zu verstehen. Die Hälfte und außer Sichtweite bleiben", sagte ich. Er nickte feierlich und fuhr sich mit der Hand durch die Haare. "Ich brauche eine

Ausbildung in Schwert und Schild, und ein wenig Speerarbeit."

"Wenn du zahlst, gibt es Ausbilder in der Kaserne. Es sind meist adlige Kinder, die ausgebildet werden, also nicht gerade außer Sichtweite."

"Aber dort bin ich doch sicher?" fragte ich.

Er schüttelte seine Hände mit einem müden Gesichtsausdruck. "Wahrscheinlich. Es ist auf jeden Fall besser, als zum Glücksspiel oder ins Hurenhaus zu gehen und mit seinem großen Verdienst zu prahlen. Das ist die wichtigste Erkenntnis. Sie haben lange und hart dafür gekämpft, dass die Bürgerlichen nicht zu ihnen gehören. Zum Teufel, die Hälfte von ihnen sind Nachkommen erfolgreicher Turmbesteiger. Aber das ist unwichtig."

"Traurig, aber ich verstehe das. Wir haben einmal darüber gesprochen, mit Jibbi zu fusionieren, einer größeren Grenzkommune. Sie wollten unsere Tiere nicht in der Nähe ihrer Höfe haben. Diejenigen mit den schöneren Häusern wollten keine Hütten hinter sich haben. Ich kann mir den Klassenkampf in der Stadt nur vorstellen. Eigentlich habe ich schon einiges davon gesehen", sagte ich und stand auf. "Sehen Sie, General Torg. Ich bin ein einfacher Bauernjunge, der versucht, seinen Beitrag zu leisten. Ich brauche einen Platz zum Schlafen, Essen, Trainieren und Einkaufen. Davon abgesehen wird mein Leben der Drachenturm sein."

"Keine Probleme?"

"Äh, nicht absichtlich, und ich werde mein Bestes tun, um Problemen aus dem Weg zu gehen, wenn er mich findet. Das ist das Beste, was ich anbieten kann", sagte ich.

"Woron hat ein Händchen dafür, die Richtigen auszuwählen. Hoffen wir, dass ich keinen Fehler mache. Wenn du eine Ausbildung willst, kann ich das arrangieren, denn es ist ja zum Wohle der Allgemeinheit und so. Du stinkst übrigens nach Scheiße."

Er warf mir eine Handtasche in die Zelle. Ich öffnete sie und spähte hinein. Zwanzig oder so Silberstücke lagen neben einer Goldmünze. Ich zog verwirrt die Augenbrauen zusammen, weil ich nicht wusste, warum es mehr war als das, womit ich angefangen hatte.

"König Hori betrügt seine Helden nicht, und das ist dein Kopfgeld abzüglich der Steuern. Glückwunsch zur Tötung des Mino. Nur wenige Männer können von sich behaupten, dass sie einen Mino im Einzelkampf besiegt haben, selbst wenn er verletzt war", sagte General Torg und schwang meine Tür auf. "Der Drachenturm wird den Geruch von Scheiße beseitigen, sobald ihr eintretet."

"Ich muss einen Bogen und ein paar Pfeile kaufen, und ich habe seit drei Tagen nichts mehr gegessen", sagte ich.

"Darnius!" brüllte General Torg. Das Scharren von Stiefeln auf dem schmutzigen Stein klang laut in der Halle. Ich betrachtete General Torg in einem neuen Licht. Er war unangemeldet gekommen und hatte damit bewiesen, dass er nicht nur ein General zum Schein war. "Begleite diesen Bauern zum Markt, pass auf, dass ihn niemand ausraubt, und sorge dafür, dass er danach direkt zum Drachenturm geht."

"Jawohl, Herr General! Äh, entschuldigen Sie die Frage, General. Aber sie werden ihn doch reinlassen, oder?" fragte

Darnius, der offensichtlich nicht versuchen wollte, einen Unerwünschten in den Turm zu zwingen.

"Ja." General Torg drehte sich um und sah mich an. "Ich hoffe, wir sehen uns nie wieder. Gleichzeitig wünsche ich dir Glück, Tem. Du wirst es brauchen."

Die Tür knarrte unaufhörlich, als sie sich langsam öffnete. Wie ein Dieb in der Nacht zog er sich leise in den Flur zurück.

Darnius war in meinem Alter und sah aus, wie es sich für einen Soldaten gehört. Buschige Augenbrauen ruhten über dunklen Augen und der Mann überragte mich. Ich war groß, er aber war ein Riese, und seinem Körperbau nach zu urteilen nicht gerade sanft. Ich hatte schon früher Muskelmänner gesehen, aber ich hatte nie den Wunsch oder den Antrieb, so viel in meinen Körper zu investieren. Meine schlanken Muskeln waren eher auf Ausdauer als auf Kraft ausgelegt.

Dann wurde es mir klar, als ich meine Zelle verließ. Ich konnte meinen Körper ohne all die mühsamen Anstrengungen verbessern. Vielleicht konnte er das auch? Nicht alle Konkurrenten im Drachenturm versuchten, weiter aufzusteigen. Viele zogen sich mit großem Reichtum und verbesserten Körpern zurück.

"Folge mir, Farmer Tem. Ich wollte schon immer Bauer werden", sagte Darnius.

Seine Rüstung klirrte. Das dicke Metall war in großen Segmenten drapiert. Unter der Platte ruhten Netzglieder über Leder. Die Rüstung war funktionsfähig, Dellen, Beulen und Schrammen waren im Fackellicht zu sehen.

Der junge Mann führte mich an anderen Zellen vorbei, von denen die meisten leer waren. Diejenigen, die sich darin befanden, waren wie ich ziemlich sauber, was mir sagte, dass es sich wahrscheinlich um einen Übergangsblock handelte. Das bestätigte sich auch, als wir gingen. Auf dem Weg hierher hatte ich nichts davon gesehen, weil die Tüte über meinem Kopf die Sicht eingeschränkt hatte.

"Ich wollte schon immer ein Abenteurer sein. Komisch, wie sich die Dinge entwickeln", sagte ich.

Wir kamen an einem Wachposten vorbei und betraten einen ausgehöhlten Bereich mit Wassereimern und Abflussrosten auf dem Boden. Rattige Handtücher mit Löchern waren an verankerten Ringen in den Wänden befestigt.

*Ein grober Badebereich?*

"Es ist mir egal, was General Torg gesagt hat. Mach dich sauber, bevor ich dich in die richtige Gesellschaft aufnehme."

"Danke", antwortete ich und beeilte mich, den Dreck zu entfernen. Ich nahm mir sogar die Zeit, meine Kleidung zu schrubben. Als ich fertig war, blieb ich nass und unendlich viel sauberer. "Ich stinke immer noch wie ein nasses Tier."

"Besser als einer, der mit Pisse und Scheiße bedeckt ist", sagte Darnius und hatte damit Recht. "Also, wie war die Landwirtschaft?"

"Äh, in welchem Sinne?"

"Du weißt schon, das Leben als Bauer", fragte er und führte mich zu einer offenen, sonnigen Tür, die nach Freiheit schrie. Ich hatte seit drei Tagen keine Sonne, keinen

Himmel und keine Sterne mehr gesehen, was für mich eine Menge war. "Ah, ja, das Kerkerleben ist scheiße."

"In der Tat. Ziemlich unangenehm. Was die Arbeit als Landwirt angeht, so war sie fantastisch. Verstehe mich nicht falsch. Scheiße ausmisten, einer Kuh die Kehle aufschlitzen, die man aus einem Kalb gezüchtet hat, und arbeiten, wenn die Sonne aufgeht, kann zermürbend sein. Aber das Leben in einer Kommune ist meine Art von Leben. Man arbeitet, um sich gegenseitig zu helfen, und es gibt einen Anschein von Glück am Tag des Geistes, den man zur Hälfte frei nimmt", sagte ich mit Sehnsucht.

Ich warf einen Blick auf die seltsamen Skulpturen in der Halle, die meisten waren große Statuen, die so groß geschnitzt waren, dass sie niemals umfallen würden. Es schien, als ob die alten Wächter immer noch durch die Halle nach außen streiften.

Ich fuhr fort: "In der Stadt scheint es darum zu gehen, den eigenen Kopf über Wasser zu halten. Wenn du das an der Grenze tust, wirst du es wahrscheinlich nicht schaffen. Dort ist es wirklich wie in einer Großfamilie. Ich habe mich am Tag vor meiner Abreise zur Initiation sehr herzlich verabschiedet."

"Klingt wunderbar", sagte er. "Wo ist dieses sagenumwobene Land? Und, was noch wichtiger ist, gibt es dort Bauernmädchen?"

"Onno. Ich komme aus Onno im Süden. Ich bin so weit von den Zwergen entfernt und so nah an der Wildnis, wie das Königreich nur sein kann, und viele Frauen sind auf der Suche nach einem soliden Ehemann. Eigentlich sind ihre Väter und Mütter auf der Suche nach zuverlässigen

Männern, aber sie würden dir wahrscheinlich beide den Hof machen. Der eine mit Arbeit, der andere mit Peitschenhieben", sagte ich und schlängelte mich durch eine Gruppe von Wächtern. Ein paar Schritte hinter dem letzten Kontrollpunkt erreichten wir eine belebte Straße in der Nähe von Häusern. "Oh wow, so nah an wohlhabenden Anwesen."

"Es ist eine alte Schule, die für die Bedürfnisse des Königreichs umfunktioniert wurde", sagte Darnius achselzuckend.

Wir waren größer als die meisten Ilisianer, die ihrem Tag nachgingen. Karren transportierten Vorräte hin und her. Das ständige Geräusch des Geplauders war gezwungen, sich über das endlose Klappern der Pferdehufe auf dem Kopfsteinpflaster zu erheben. Spezialitätenverkäufer wie ein Krippenbauer waren strategisch entlang der Straße platziert.

Aus den Schornsteinen quollen schwarze Rauchschwaden, Wäsche hing zwischen den Häusern, und eine Reihe von Straßenkindern jagte durch die Menge. Wir beide wurden in der Menge weiträumig umgangen. Ich war mir nicht sicher, ob es an dem bedrohlichen Riesen oder an meinem ungepflegten Äußeren lag, aber die Fußgänger wichen uns aus.

"Onno. Ich werde es mir merken. Wie viel würdest du sparen, um dich dorthin zu wagen?" fragte Darnius.

Ich öffnete und schloss meinen Mund. Die Frage ließ mich aufhorchen, und es schien, als ob er aufrichtig fragte. An diesem Punkt zwang er mir eine Entscheidung auf. Wurde ich reingelegt oder war er aufrichtig? Es könnte wirklich ein

Trick sein, sich als mein Freund auszugeben und dann darum zu bitten, zehn Goldstücke für eine sterbende Schwester zu leihen. Er schien jedoch aufrichtig zu sein, und wenn ich meine Münzen aus seinem Zugriff heraushielt, konnte ich ihm und der Grenze wirklich helfen.

Ich zeigte auf eine Bank am Straßenrand mit Blick auf einen Teich, in dem alte Männer fischten. Er beäugte mich skeptisch, ließ es aber zu. Von der Bank aus fiel das Gras zum Wasser hin ab, und ein Schotterweg teilte die Szene. Ein paar Kinder spielten in einer Sandgrube, aber meistens war es nur ein Aussichtspark.

Als wir uns auf den knarrenden Sitz setzten, sagte ich: "Spart nicht mehr als das, was ihr für die Reise braucht. Du verstehst nicht, was eine Kommune ist. Wenn deine Enten von einem Raubtier gefressen werden und du plötzlich keine Frühstückseier mehr hast, gehst du zu Mona. Sie hat Ersatztiere in ihrem großen Hühnerstall. Die Mauer deines Schweinestalls stürzt ein? Tomi kommt und hilft dir, sie wieder aufzurichten, weil du dir die Zeit vom Baumfällen genommen hast, um ihm zu helfen, seine Mauer aufzurichten. Keiner hat Münzen. Nun, nicht viele. Münzen bringen nur Ärger."

"Damit ich das richtig verstehe. Ich könnte heute aufhören, an die Grenze reisen und mir einfach ein Stück Land aussuchen und das war's? Ich bin ein Farmer?"

"Äh, es gibt fast immer ein oder zwei alte Bauernhöfe. Es ist mehr oder weniger so, dass du von Kommune zu Dorf zu Kommune reist, bis die richtige Gruppe zu dir passt. Oder dir die richtige Frau ins Auge sticht. Wenn du sagst, dass du auf der Suche nach einem Zuhause bist, werden dich einige auf die Probe stellen, aber es kann gut sein, dass du am Ende einen anständigen Bauernhof bekommst, der für dich gebaut wird, anstatt Ruinen zu erben", sagte ich.

"Warum verlassen dann nicht mehr Menschen die Städte, um auf Bauernhöfen zu arbeiten, wenn es kostenlos ist?"

"Um Bauer zu sein, braucht man einen besonderen Sadisten. Und wenn man alt wird, wird es immer schwieriger, bis man auf die Unterstützung anderer angewiesen ist. Das Leben da draußen, zwischen den Feldern und den Bäumen, dreht sich ums Überleben, nicht ums Gedeihen. Hast du jemals einen reichen Farmer getroffen?" fragte ich, und er schüttelte den Kopf. "Ich auch nicht."

"Aber du warst glücklich?"

"Extrem. Ich bin nur gegangen, weil ich den Wunsch hatte, außergewöhnliche Dinge zu tun. Wenn ich meinen Bogen und meine Rüstung an den Nagel hänge, werde ich wieder in die Landwirtschaft gehen", sagte ich entschlossen.

"Hast du ein Mädchen zu Hause?"

"Ah, nein. Ich hatte eine, wenn ich geblieben wäre. Benny und Palina sind jetzt wahrscheinlich ein Paar, unsere Schicksale gehen in verschiedene Richtungen. Onno wird sich freuen, wenn ich ihnen ein paar Münzen schicke. Ja, ich weiß, Münzen bedeuten da draußen wirklich wenig, aber damit können sie etwas aufrüsten. Ich würde gerne nach Onno zurückkehren und eine richtige Mauer, Steinhäuser und ein paar hundert gesunde und glückliche Menschen sehen", sagte ich.

"Klingt wirklich wie etwas besonderes."

"Was ist mit dir, Darnius? Warum willst du die Stadt verlassen?" fragte ich vorsichtig. "Würde deine Familie dich nicht vermissen?"

"Ja, natürlich. Aber es sind sieben von ihnen in zwei Schlafzimmern. Außerdem kann ich außer ihnen nicht vielen Leuten trauen. Die Stadt ist teuer, und alles dreht sich darum, möglichst viel Geld zu verdienen. Es ist einfach... nichts für mich. Ich habe es nicht in den Drachenturm geschafft. Ich war an der Front und habe mich so gut geschlagen, dass sie mich als Palastwache zurückbeordert haben. Die Mägde und edlen Töchter beäugen mich sehnsüchtig, aber sie machen nur Ärger."

Ich gluckste. "Den machen Bauernmädchen auch. Das machen Bauernmädchen in der Tat auch." Ich lachte, bis es in einen langen Seufzer überging. "Tut mir leid, dass du hier nicht glücklich bist. Bis jetzt war ich Gefangener in der Initiationskaserne, im Drachenturm und dann in einer richtigen Zelle. Außerdem ist es schade, dass du im Turm nicht helfen kannst, ich glaube, du würdest dich gut machen."

"General Torg sagte, er würde ein gutes Wort für mich einlegen."

"Er ist freundlich. Wahrscheinlich hindert ihn die Politik daran, das zu tun. Ich werde mit Woron sprechen und sehen, was er sagt. Ich verspreche nichts", sagte ich und beobachtete einen alten Mann, der von einem Steg über den Teich aus mit einem kleinen Fisch kämpfte. Eine Reihe von Gänsen schnatterte auf uns zu, und ich erhob mich. "Ich habe ein paar Feinde auf Lon, und Gänse gehören dazu."

Darnius kicherte. "So schlimm. "Seine Augen glasierten in Gedanken, verloren in der Situation. Ich wusste, dass ich meinen ersten Freund in der Stadt gefunden hatte, und es war jemand, der wahrscheinlich gehen würde, um mich zu ersetzen. Das war ein starkes Gefühl.

"Sie sind die Schlimmsten. Aber im Ernst, ich werde bei meinem Vater ein gutes Wort für dich einlegen, wenn du mich besuchen willst. Er kann dir ein Bett in einem der verlassenen Häuser herrichten. Du wirst für dein Essen arbeiten müssen, aber wer tut das nicht", sagte ich ihm und eilte von den ankommenden Gänsen weg. "Aber ich brauche etwas im Austausch."

Der stämmige Wachmann sah mich verwirrt an. "Äh, was?"

"Ein Bericht über Herzog Bessin und Viscount Essox. Einige einfache Informationen auf Pergament über ihre Geschäfte, die Größe ihres Anwesens und so weiter", sagte ich.

"Ich brauche Münzen", antwortete er und hob einen Finger. "Ich kann es nicht persönlich tun, aber ich werde General Torg von deinem Anliegen berichten."

Ich bin hinter die Bank gegangen, weil die Gänse wütend auf mich zukamen.

"Das sind doch nur Vögel. Autsch! Das verdammte Ding hat mich gebissen", sagte Darnius und saugte an einem Finger.

Jetzt war ich an der Reihe zu kichern. "Sagte ich doch. Wir müssen zum Drachenturm gehen, damit ich mehr Münzen abheben kann. Wenigstens kann der Magistrat den Adligen sagen, dass ich einen guten Batzen Steuern bekommen habe, was der Krone hilft." Ein Geruch ließ mich die Luft schnuppern und mein Magen knurrte. "Ich rieche einen Lammfleischhändler. Nach dem Turm werde ich alle möglichen Vorräte für eine lange Jagdreise brauchen."

"Ich kenne einen guten Laden. Nicht der billigste, aber die Qualität ist gut, und der Betrug bleibt außerhalb des Ladens", sagte Darnius, und ich konnte nicht anders, als endlich wieder ein bisschen Aufregung zu spüren.

# KAPITEL NEUN

## ARSCHKRIECHEN

"Willkommen, willkommen In meinem Laden", sagte ein alter Mann, der mit seinem Stock humpelte, um mich zu begrüßen.

Er trug bequeme braune Bademäntel und flauschige Hausschuhe, was deutlich machte, dass er aus Lust und nicht aus Eile hier war. Ich kannte viele Leute, die aus Spaß an der Freude arbeiteten, und es könnte ein Trick sein, um mich zu beruhigen, und wenn es einer war, dann funktionierte er.

Sein Laden befand sich in der Nähe der Slums und hatte eine vergitterte Tür, die ebenfalls verschlossen war. Darnius hämmerte einen Code ein und wurde kontrolliert, bevor er eintreten durfte. Drinnen angekommen, machte mich die düstere Umgebung stutzig. Es gab kein einziges Fenster an irgendeiner Wand. Der Raum war kleiner als ein Kuhstall, und ein paar strategisch platzierte Kerzen erhellten die Waren kaum. Es erinnerte mich an den Versuch, ein Werkzeug in einem ungeordneten Schuppen zu finden, während die Sonne unterging.

*Diebe. Das musste Diebe aufhalten. Wie sonst könnte man neugierige Hände fernhalten? Sie müssten sich buchstäblich den Weg hineinschneiden.*

Der alte Mann räusperte sich und unterbrach meine Inspektionen. "Ich bin Manny."

"Manny, das ist Tem, ein Turmbesteiger", sagte Darnius mit einem Lächeln.

"Schön, Sie kennenzulernen." Ich bot ihm einen Unterarm an und er legte ihn zögernd um. Seine schwachen Finger drückten leicht zu.

Der alte Mann beäugte mich misstrauisch, seine Freude verflog sofort bei den Worten "Turmbesteiger". "Seltsam, dass du ausgewählt wurdest. Der Ausrufer der Stadt sagte, der Turm sei übermäßig wählerisch gewesen, jetzt, da der Krieg scheinbar ins Stocken geraten ist. Versuchen Sie, jeden Morgen zuzuhören, und die Nachrichten waren gut für den Krieg, schlecht für den Turm."

"Ich wette, dass sich bald wieder frisches Blut auf den Boden wagt und die Wirtschaft der Abenteurer in neue Höhen steigt", sagte ich grinsend und sagte ihm damit genau das, was er hören wollte.

Der alte Mann lächelte warm und wippte mit dem Kopf vor Glück. "Wie war die Annahme?" fragte Manny, der mich im Eingangsbereich seines Ladens festhielt.

Ich zappelte, weil ich nicht wusste, was ich sagen sollte. Ich war nicht an einen Eid gebunden, den Prozess geheim zu halten, und vielleicht konnten sie mir helfen. Der alte Mann hatte im Laufe der Jahre wahrscheinlich schon viel gesehen und gehört. Er war gewiss nicht mehr der Jüngste, und er hörte gerne die Neuigkeiten.

"Ich sah meinen Vater, sandfarbenes blondes Haar, blaue Augen und ungefähr meine Größe. Meine Mutter, blaue Augen, sehr blondes Haar und dicke Wangen. Sie ritten nach Süden, um ein Handelsabkommen zu schließen, und ich lag zwischen ihnen in einer Wiege. Ich sah zu, wie sie durch Pfeile starben, bevor Banditen mich mitnahmen."

"Mein Beileid, mein Sohn. Eine traurige Geschichte, sehr traurig. Gab es auf der Kutsche irgendwelche Hinweise darauf, für wen sie gearbeitet haben?" fragte Manny.

Ich schüttelte langsam den Kopf. "Leider nicht. Aber das war noch nicht alles. Der Ätherische überprüfte die Richtigkeit meiner Behauptung, ich hätte einen Minotaurus getötet. Dann ging ich in den Turm."

"Ein Mino", sagte Manny mit einem Grunzen. "Beeindruckend."

"Ja, die Hälfte der Belohnung ging an die Krone, und ich habe deswegen drei Tage in einer Zelle verbracht, aber Sie wissen schon, das Übliche", beschwerte ich mich beiläufig.

"Wie lange ist es her, dass deine Eltern verschwunden sind?" fragte Manny.

"Vor einundzwanzig oder zweiundzwanzig Jahren."

Er nickte und sah erst Darnius und dann mich an. "Ich werde mich umhören. Ich habe Ilisia noch nie verlassen und kenne eine Menge Leute. Ich kann nichts garantieren, aber was ist es dir wert, deine Eltern zu finden?"

"Zehn Goldstücke reichen als Belohnung aus", sagte ich und fiel bei diesen Worten fast in Ohnmacht.

Ich tauschte buchstäblich achtzig Essenzen gegen fast neunzig Goldstücke ein, eine Zahl, die mich fassungslos machte. Noch weniger, als die Hälfte davon von den Wachen weggeschleppt wurde. Sie spotteten über meinen irrsinnigen Steuersatz, sagten aber nicht direkt etwas. Ich hatte ihr Mitleid verdient, und leider musste ich das Spiel erst einmal mitspielen. Eine große Beute an Gold von mir würde den Adligen wahrscheinlich signalisieren, dass ich als dreckiger Peon wenigstens meinen gerechten Anteil bezahlte.

Manny wippte mit dem Fuß und stützte sich auf seinen Gehstock. "Irgendwelche Muttermale oder Narben von damals?"

"Er hat gebadet, ich habe nichts gesehen", sagte Darnius.

Ich hob fragend eine Augenbraue, aber er hatte wahrscheinlich den Befehl, aufmerksam zu sein. Der plötzliche Anruf für ihn wurde wahrscheinlich von General Torg vorbereitet. Ich wäre töricht, General Torg zu unterschätzen.

"Äh, nicht ganz", sagte ich und zog mein Hemd aus. Darnius schüttelte den Kopf und Manny schaute neugierig zu.

*Interessant. Nun, Scheiße. Darnius hat mein Muttermal gesehen. Er hat es nicht sofort gemeldet oder versucht, mich umzubringen. Warum sollte er also nicht wollen, dass Manny mein Muttermal sieht? Darnius sagte, er vertraue diesem Mann.*

Ich habe Manny eine Narbe an meinem anderen Arm gezeigt, die von einem Pferdetritt stammt, als ich jung war.

Er nickte und sagte: "Nicht viel, aber blondhaarige Eltern, die zum Handel mit einem verschwundenen Baby in den Süden geschickt wurden. Das ist doch was. Zehn Gold sind es wert, dass ein paar Kinder herumlaufen und ein paar Fragen stellen."

"Ausgezeichnet. Ich habe Darnius zwei Goldstücke für Informationen über Viscount Essox, Herzog Bessin und General Torg sowie seinen Rat gegeben. Ich hätte gerne dasselbe von Euren Quellen, bitte. Und auch einen Bericht über seine Gnaden und seine erweiterte Familie. Ich bin in die Diplomatie hineingestoßen worden, bin völlig unvorbereitet, und ich verliere nicht gern", sagte ich.

Darnius zuckte mit den Schultern, als Manny ihn anschaute.

"Fünf Gold", sagte Manny.

Ich überreichte die Münzen. "Fühlt sich steil an."

"Die Jungen müssen essen, Pergament und mehr. Aber es ist gut angelegtes Geld. Nun stehe ich in Euren Diensten. Weshalb bist du hier?" fragte Manny.

"Ich brauche eine Campingausrüstung: einen Kochtopf und eine Pfanne, Feueranzünder, eine robuste Tasche, eine -"

Manny hielt eine Hand hoch und führte mich langsam in einen Bereich seines kleinen Ladens. Das Fehlen eines Fensters störte mich nach meiner Zeit in der Zelle sehr. Ich vergaß mein inneres Murren und war froh, dass wenigstens mein Magen nicht mehr nach Essen verlangte und ich endlich Fortschritte machte.

"Dies ist eine sofort einsatzbereite Tasche für Abenteurer. Alles darin ist aus hochwertigen Materialien, die nicht kaputt gehen. Neun Gold, drei Silber", sagte Manny. "Kein Feilschen. Der billigere ist nur halb so teuer, aber gebt mir nicht die Schuld, wenn er kaputt geht. Wenn irgendetwas in diesem Sack kaputt geht, bringt es her und ich werde es ersetzen."

Ich hob die Tasche hoch und spürte ein erhebliches Gewicht. Sie war auf jeden Fall teuer, und ein kurzes Durchstöbern des Inhalts zeigte, dass alles, was ich brauchte, an einem Ort war.

"Interessant. Versicherung für Ausrüstung. Verkauft. Ich brauche ein stabiles Schwert, ein Häutungsmesser, einen Bogen und hundert qualitativ hochwertige Pfeile", sagte ich.

"Art des Bogens?"

"Jagd, mittlere Reichweite", antwortete ich.

Darnius warf ein einfaches Schwert und ein Häutungsmesser auf die beladene Tasche, während wir zu einer Auswahl von nur fünf Bögen gingen. Einer war kurz für Kinder, dann gab es drei mittlere und einen Langbogen. Auch eine Zwergenarmbrust lag daneben.

"Das sind allein zehn Goldstücke. Aber es sind dreißig Bolzen dabei."

"Verkauft. Dieser Bogen", sagte ich und testete einen hochwertigen Jagdbogen. Er war nichts Besonderes und genau das, was ich brauchte. "Wie viel?"

"Vier Gold mit den Pfeilen. Wenn es kaputt geht, komm nicht zu mir", sagte Manny.

Darnius brachte ein dickeres Lederstück mit einer stumpfen Metallkette darüber. Sie war schwerer, als mir lieb war, aber er trug sie lautlos. "Das ist eine Wildschwein-Rüstung, die Adlige auf der Jagd tragen sollten. Sie ist fast geräuschlos, wahnsinnig arbeitsintensiv in der Herstellung und eines der ersten Dinge, die die Adligen billig verkaufen, wenn ihnen das Geld ausgeht. Die meisten Jäger hassen das Gewicht und die fehlende Atmungsaktivität, was sie billig macht, obwohl sie teuer in der Herstellung ist."

"Interessant, das ist genau das, was ich brauche. Dick genug für den Kampf und leise genug für die Jagd. Überrascht mich, dass es so billig ist."

"Davon gibt es dreißig. Adlige kaufen nie gebraucht, warum auch, und außerdem will ein durchschnittlicher Jäger kein Wildschwein abstechen oder gut aussehen. Wenigstens hat dieses hier keinen Glanz mehr", sagte Darnius und hob das Ober- und Unterteil hoch, um meine Größe zu schätzen. "Probier's mal aus."

Ich schlängelte mich aus meiner Lederhose, blieb in meiner Unterwäsche und verbarg mein inneres Bizeps-Muttermal. Die Rüstung war ein wenig zu locker, aber ich hatte vor, in Stärke zu investieren, wenn ich konnte, also sagte ich: "Füge das zu meiner Bilanz hinzu."

"Neunundzwanzig Goldstücke insgesamt, und damit kann ich mit Ihren Berichten beginnen."

Ich fischte die Münzen aus meinem Geldbeutel um meinen Hals und schloss die Transaktion ab. Damit hatte ich dreizehn Goldstücke, nachdem ich drei an Darnius gegeben hatte, damit er Berichte für mich erstellt. Ich dachte mir, dass meine hart verdienten Gewinne bisher an die richtigen Stellen gegangen waren.

Wir verabschiedeten uns freundlich voneinander, und ich brachte die neue Ausrüstung direkt in den Drachenturm, um sie dort sicher aufzubewahren.

# KAPITEL ZEHN

## BRÜHWASSER

Als ich den Drachenturm betrat, wurde ich nicht willkommen geheißen. Stirnrunzeln und unglückliche Blicke begrüßten mich. Es war, als hätte man sie für drei Tage in eine Gefängniszelle in Isolation gesteckt. Nur, dass sie hier waren, tief in ihre Tassen vertieft und wegen irgendetwas Trübsal bliesen.

Ich stöhnte und kämpfte mit dem Gewicht der Ausrüstung, das mir ein wenig zu viel war. Ich würde sie sicherlich in jedes Stockwerk bringen, aber ich konnte sie nicht jedes Mal bis zur Tür schleppen, nicht ohne einen Karren oder ein Lasttier.

"Was machst du da?" fragte Lina, als ich die ganze Ausrüstung in eine Ecke geschleppt hatte. "Du brauchst ein Zuhause außerhalb des Turms. Und bei den vier Höllen Tem, ich habe dir von den Regeln erzählt."

Ich habe sie kaum bemerkt. Die braunen Schuppen fügten sich fast in das mit Flaschen gefüllte Fach ein, das Suzie in der Nähe aufstellte. Der kleine Flügeldrache lächelte und freute sich aufrichtig über meine Ankunft.

"Hey! Willkommen zurück, einfacher Bauernjunge!" sagte Suzie mit einem Rülpsen hinter der Theke.

"Dein Vertrauter darf nicht in den Bergfried", beschwerte sich einer der Gäste. "Es ist auch kein Ort, an dem man seine Ausrüstung aufbewahren kann."

"Es wird bald weg sein, weil es in den Turm geht. Ich glaube, sowohl Lina als auch du sind verwirrt ..." Ich machte eine Pause, um zu wirken. "Oder vielleicht bin ich es. Ich werde gleich in den Turm gehen. Das ist der Drachenturm, ja, das ist er. Die Ätherischen leiten den Drachenturm, den Turm und den Laden. Oder irre ich mich?" fragte ich.

Die Halbstarken waren in einer ausgesprochen schlechten Stimmung. Dass ich nicht kuschen und kein Respekt zeigen wollte, missfiel ihnen, aber ich hatte offen gesagt keine andere Wahl, als mich zu wehren. Das Letzte, was ich in meinem Leben gebrauchen konnte, waren Konflikte, aber das war unvermeidlich. Überall herumgetrampelt zu werden war Mist.

"Schließ die flatternden Lippen, Neuling", forderte ein anderer Besucher.

"Richtig, ich liebe die Städter. Ich habe vor, meine Lippen zu schließen und in den Turm zu gehen, damit Ilisia nicht an letzter Stelle in der Rangliste steht. Wenn ich die Punktzahl erhöhe, könnt ihr mir dann zujubeln oder auf einem Barhocker sitzen bleiben und über eure Probleme jammern, anstatt zu helfen, den Dämonenfürsten zu besiegen", sagte ich mit einem Kopfschütteln.

"Verpiss dich", sagte der mürrische Mann.

Lina seufzte. "Keine Vertrauten und keine Langzeitlagerung im Bergfried, weil -"

"Genug", dröhnte Worons Stimme durch die Bar. "Konkurrent Tem bereitet sich auf den Kampf vor und ist nicht die Ursache eurer Probleme. Habt ihr denn im Laufe der Zeit nichts gelernt? Ihr bewegt euch bereits auf dünnem Boden und greift nun diejenigen an, die ich ausgewählt habe. Vergesst nicht, in wessen Haus ihr wirklich seid, bevor ich euch das Wesentliche vorschreibe. Eigentlich solltet ihr gewarnt sein. König Hori hat mir wegen der mangelnden Auswahl ein Ohr abgekaut. Meine Antwort war: Ich habe mehr als genug ausgewählt. Sie sind nicht produktiv. Ich kann und werde den Drachenturm bitten, den wöchentlichen Bedarf festzulegen."

Das brachte sie zum Schweigen und brachte sogar einige der Betrunkenen zum Stolpern. Lina öffnete ihren Mund und schloss ihn wieder. Ich erntete zusätzlichen Spott, aber in ein paar Stunden würde das nichts mehr ausmachen, weil sie mich dann nicht mehr sehen und beurteilen konnten. Wenn die anderen, aus welchem Grund auch immer, schlechte Laune hatten, haben sie wenigstens nicht die letzten drei Tage in einer Zelle verbracht.

*Stadtmenschen sind scheiße.*

"Können wir gehen?" fragte ich Suzie. Sie landete auf meiner linken Schulter, schlängelte sich um meinen Hals und hockte sich auf meine rechte Seite. Es war immer noch unglaublich unheimlich, aber ich begrüßte ihre Anwesenheit. "Ich möchte, dass du in diese Tasche gehst."

Ich öffnete die Tasche, mit der ich von Onno aus gereist war. Ich ließ die Bücher und andere Gegenstände auf meine Ausrüstung fallen. Sie schüttelte den Kopf. Ich nickte mit dem meinen. Wir taten dies ein paar Mal, ohne dass sich eine Seite rührte.

"Muss ich das denn?" sagte Suzie verärgert. Ich nickte zum letzten Mal. "Gut, aber ich will Leckereien für mein Wesen und ein schönes Bett. Das schönste! Es muss alle bequemen Stellen haben, wie eine Schulter."

Ich kicherte, unfähig, meine schlechte Laune zu zügeln. Sie hatte diese Wirkung auf mich und ich musste lächeln. "Abgemacht. Steig ein, damit wir dir ein Bett, ein paar Snacks und einen Freund suchen können."

Während Suzie einstieg, näherte sich Lina mit einem schweren Stirnrunzeln auf ihrem faltigen Gesicht. In ihrem Gesicht spiegelte sich ein Zwiespalt wider. Auf der einen Seite war sie wütend, auf der anderen traurig, und es schien, als würde sie gerade etwas Schwieriges durchmachen.

"Schau, ich liebe den Drachenturm. Ich liebe, was die Konkurrenten für Ilisia tun. Wir haben gestern das höchste Etagenmitglied verloren, Sir Kerss. Fünf Jahre. Fünf lange Jahre hat er der Sache gedient. Er hatte sogar einen eigenen Stuhl, auf dem niemand sonst saß. Zu allem Überfluss hat der König die Steuern von fünfzehn auf zwanzig Prozent angehoben und damit seine Wut in etwa auf dem gleichen Niveau wie Woron entfacht", sagte Lina, nicht im Geringsten entschuldigend.

"Ich verstehe schon, mit weniger mehr zu erreichen, ist nie ein großartiger Auftrag." Ein Gast hob bei diesem Satz sein

Bier. "Aber ich habe vor, genau das zu tun. Bitte sorgen Sie dafür, dass niemand meine Sachen anrührt. Ich gehe jetzt ein Reittier und etwas Dörrfleisch vom Markt holen", sagte ich und schnallte mir meine Tasche auf den Rücken.

"Und ein Bett!", verkündete eine freche Stimme.

"Und ein Bett. Ich komme gleich mit irgendeinem Tier zurück, bevor ich mich in den vierten Stock begebe."

Lina nickte und wich meinem Weg aus dem Drachenturm aus.

## KAPITEL ELF

### IST DAS EIN SPION?

Wir kehrten auf die Straße zurück und gingen in Richtung Viehmarkt. Darnius brach schließlich sein Schweigen. "Ich werde morgen früh an die Grenze fliehen", sagte er und gab mir die drei Goldstücke zurück, die ich ihm für seine eigenen Nachforschungen gegeben hatte.

"Warum?" fragte Suzie.

Wir schlängelten uns durch die Menge, und dieses Mal folgte uns ein Verfolger in Richtung Markt. Der Mann war ein Rüpel, wie ich ihn in den Gassen der Slums sah. Seiner Solidarität nach zu urteilen, wurde ich beobachtet, aber ich wurde nicht angegriffen. Darnius bemerkte ihn zuerst, sagte aber bis jetzt nichts.

"Dein Muttermal ist kein Muttermal. Es ist ein magisches Emblem", sagte Darnius und krempelte seinen Ärmel hoch. Er zeigte mir ein blassbraunes Muttermal mit einem seltsamen Symbol. "Haus Manacore. Eine alte Magiergilde, die harte Zeiten hinter sich hat. Ich bin ein niedriggeborener

Adliger, und weil ich an die Front ging, ging das Geschäft meines Vaters zurück. Er fand Hilfe, aber zu spät, denn die anderen Adligen stahlen ihm seinen Marktanteil. Diese Tür, die Tür eines mächtigen Adligen, ist jetzt für mich verschlossen."

Ich ging um einen Einkaufswagen herum, drehte mich zur Seite, um einer Gruppe plaudernder Damen in ihren Sommerkleidern auszuweichen.

Als wir uns wieder trafen, sagte ich: "Ich verstehe das nicht. Ich meine, ich verstehe, dass man etwas braucht, um etwas zu schaffen, und dass es schwer ist, ein niedergeschlagenes, edles Unternehmen wieder aufzubauen, aber warum fliehst du und was bedeutet das Muttermal?"

"Wenn ein adeliges Kind geboren wird, besucht es einen Markierungsmagier. Ein gefangener Nachtelfe erledigt diese Arbeit seit Hunderten von Jahren und prägt die Jugend des Adels, so lange wir denken können. Dieser Magier zeichnete früher wunderschöne Symbole für Münzen. Jetzt, da die Magie erschöpft ist, zeichnen sie, was sie entbehren können. Bei unseren Geburten hatten sie wenigstens eine Form zu definieren. Heute bekommt ein Baby ein kleines Zeichen", sagte Darnius.

"Und was bedeutet meine?" fragte ich.

"Das ist das Problem. Ich erkenne es nicht. Das heißt, es ist problematisch, denn jedes Symbol zeigt, dass man dazugehört, aber zu wem. Deine Eltern wollten es verstecken, während meine es leichter zeigen wollten. Es könnte bedeuten, dass man sich für einen Namen aus einer niedrigeren Kaste schämt, oder dass man wichtig ist. Die Sache ist, dass Narz' Mann uns folgt. Er wird nicht offen zuschlagen, aber er kundschaftet Ihre Routen aus. In einer Woche ist mein Dienst zu Ende und ich werde wieder Zivilist. Es war kein Zufall, dass ich dir zugewiesen wurde", sagte Darnius.

"Oh, die Sache wird immer komplizierter", sagte Suzie.

Darnius runzelte die Stirn und hüpfte über eine Pfütze mit gelber Flüssigkeit, die langsam in einen Abwasserkanal floss. Er beäugte mich besorgt. "Dein Vertrauter sollte nicht aus dem Beutel sprechen."

"Ignoriere das. Warum wurdest du beauftragt, mir zu helfen?" fragte ich und wich einem Taschendieb aus. Ich hielt meine Taschen leer und trug meine Münzen um den Hals. Jede neugierige Hand in meiner Tasche würde nadelspitze Zähne finden. "Ich erkenne nicht, warum du ausgewählt wurdest."

"Weil ich immer wieder gesagt habe, dass ich Landwirt werden will. Du bist ein Landwirt. Es ist eine schwache Verbindung, aber eine Verbindung. Ich denke, General Torg hofft, dass ich an deiner Seite auf der Straße kämpfe, wenn die Zeit gekommen ist. Du bist eine Bereicherung, aber sieh mal, Tem, du scheinst großartig zu sein und so. Ich möchte keinen Dolch für dich in die Hand nehmen."

Ich schmunzelte und kicherte. "Darnius, ich verstehe das vollkommen und habe keine Bedenken, wenn sich unsere Wege nach heute trennen. Außerdem glaube ich, dass alle den größten Teil meines Plans verpasst haben. Aber das ist wohl auch besser so", sagte ich.

"Wie lautet der Plan?" sagte Suzie und steckte ihren Kopf aus der Tasche.

"Was in den vier Höllen?" sagte Darnius mit einem Stöhnen. "Sie sollte nicht draußen sein. Die Einheimischen träumen davon, Konkurrenten abzuzocken."

Suzie zog sich schnell zurück. "Tut mir leid, ich bleibe versteckt, diese Tasche stinkt einfach nach dreckigen Socken und durch die Mäuselöcher zu gucken ist das Schlimmste."

"Äh, da sind schmutzige Socken drin", antwortete ich.

"Hab ich schon mal erwähnt, dass du scheiße bist?", fragte Suzie frech. "Wie auch immer, ich werde mein Bestes tun, um meinen Kopf unten zu halten."

"Das ist schlimmer, als ich dachte. Dieser Flügeldrachen ist selten, was bedeutet, dass du vielleicht als wichtig ausgewählt wurdest. Je mehr Einfluss du durch den Drachenturm erlangst, desto verärgerter werden die Adligen sein", sagte Darnius und winkte einer Wache an einer ihm bekannten Kreuzung zu. "Noch ein Grund mehr für mich, die Stadt zu verlassen. Diejenigen, die Informationen wollen, werden mich benutzen. Vielleicht wurde ich deshalb ausgewählt."

"Okay, ich verstehe dich. Das Muttermal ist das, was mich mit meinen Eltern verbinden wird. Der Magier, der sie einpflanzt, wird meine Antwort haben", sagte ich und wich einem stehen gebliebenen Wagen aus. Als Darnius wieder an meiner Seite war, fuhr ich fort: "Bring mich zu dem Magier."

"Er wird nur am Spirit Day aus seiner Zelle geholt. Ihr müsst also sechs Tage warten", sagte Darnius.

"Kannst du bis dahin hier bleiben?" fragte ich.

Der große Mann zuckte mit den Schultern und sagte: "Ich werde eine angemessene Eskorte anheuern. Das wollen wir nicht riskieren. Gebt mir die Goldmünzen zurück, denn ihr werdet eine Eskorte und eine bewachte Kutsche brauchen, und auch keine dünne Lederjacke.

"Das ist Mist", beschwerte ich mich und hob eine Hand. Ich habe ihm die Münzen gegeben. "Besser als ein Dolch im Rücken oder ein Pfeil aus einer Gasse. Ich verstehe schon. Das tue ich wirklich. Wie auch immer, nimm die Münzen und benutze sie, um zur Grenze zu gelangen. Wenn nicht, schick sie zu Lina, sie wird sie mir bringen. Ich komme schon zurecht, das gehört alles zum Plan."

Er führte uns in einem weiten Kreis herum. Ein Wasserfall mit Drachenthematik war leer, und Kinder spielten Fangen, während sie um das trockene Becken herumliefen. Der Verkehr verdichtete sich in einer Art Innenhof. Verkaufsstände und ständige Küchen verkauften Lebensmittel an die Vorbeigehenden, wobei jeder von ihnen schrie oder seine Waren mit Bannern anpries. Keine hohen Gebäude bildeten eine Ansammlung von Plätzen, an denen man bei herrlichem Sonnenschein essen konnte. Wir schlängelten uns durch die Massen und nahmen viele wunderbare Düfte von köstlichem Essen wahr.

Die Leute waren eine Mischung aus wohlhabend und Mittelschicht, wenn ich raten müsste. Niemand trug Lumpen oder war übermäßig schmutzig, und die meisten Leute lächelten. Ein Schatten deutete auf einen Greif hin, der über uns schwebte und seine Kreise zog, bis er auf einer Koppel landete.

"Adlige reiten sie. Das ist der Sohn der Herzogin Elana, der sich ihre Lieblingsspeise schnappt", sagte Darnius mit einem Schmunzeln. "Sie ist ein bisschen hitzköpfig, aber beim großen Geist, sie hat eine wunderschöne Tochter."

"Gibt es eine Chance?" fragte ich und hielt inne, um ein paar saftige Lammstücke bei einem Verkäufer zu kaufen. Unser Verfolger blieb stehen und reihte sich in eine nahe gelegene Schlange ein. Ich schüttelte den Kopf, während ich ein paar Bronzestücke mit dem Verkäufer austauschte. Er machte niemandem etwas vor. Ich warf das Fleisch in die Tasche, und Darnius schaltete ein wenig ab. "Gibt es eine Chance, die Tochter zu umwerben?"

"Wer sagt, dass ich das nicht habe. Das war ein Scherz", sagte er abwehrend zu uns. "Nein, sie ist sehr zurückgezogen und muss sich regelmäßig gegen die Annäherungsversuche des Prinzen wehren. Das arme Mädchen. Ich war in seiner Begleitung, während er ihr vor dem Fenster ein Ständchen brachte. Es ist ... schmerzhaft."

Ich habe gekichert. "Das Herz will, was das Herz will. Zum Glück beherrscht mein Kopf mein Herz und meinen Penis, denn es gibt jede Menge Ärger, besonders wenn ich anfange, mit meinem kleinen Kopf zu denken."

"Kleiner Kopf?", fragte er. Ich zeigte auf meinen Schritt, und er verstand. "Ja, ich träume immer noch von einer Farm, einer Frau und zehn Kindern."

"Vorsicht, sonst hast du noch zwei Frauen wie Maxom."

"Zwei Ehefrauen?", fragte er mit gerunzelter Stirn. Er führte mich weiter aus dem Gastronomiebereich in Richtung eines Marktes. Der Greif schoss in die Luft, und eine Feder fiel von seinen Flügeln. Ich rupfte die weiß-goldene Feder aus der Luft und warf sie mit einer sehr zufriedenen Suzie hinein. "Zwei Ehefrauen sind illegal."

"Ja, ja. Maxom hat keine zwei Ehefrauen. Männer sterben. Manchmal früher als Frauen. Eine schlechte Jagd, ein schlechter Überfall auf ein wachsendes Goblinnest oder eine Verteidigung, die seine Familie rettet, aber sein Leben kostet, all das tötet einen Mann. Diese Familie braucht Unterstützung, und normalerweise findet sie eine andere Familie, mit der sie sich zusammenschließen kann. Nach dem Gesetz nimmt er sich die eine Frau, aber Teresa gebar ein Kind, das wie alle anderen Geschwister aussah. Ich sage es nur", sagte ich.

"Ah, kein Interesse."

"Ich auch nicht. Aber das Herz will, was das Herz will, und wer bin ich, darüber zu urteilen. Er hat sich gut um die Kinder gekümmert, die Farm gut geführt und Dexxo, die Kinder des toten Ehemannes sind alle stark, gesund und glücklich aufgewachsen."

"Du gibst mir viel zu denken. Die Sache mit der zusätzlichen Ehefrau scheint eher ein Indiz zu sein."

Ich nickte und trat über einen Haufen Pferdemist, als wir bergauf fuhren. Der Winkel war weich und der Verkehr noch stärker als zuvor. Ich versuchte, unser Heck zu finden, aber es war deutlich zu sehen, wohin wir fuhren. Diese Straße führte nur *zum Markt*, stand in großen Lettern auf einem gewölbten Schild geschrieben.

"Mein Vater hat nie wieder geheiratet, aber er hat ein paar Witwenhäuser besucht, um ihnen zu helfen. Als sich die Tür schloss, war es damit getan. Kommunen, das ist etwas anderes", sagte ich lächelnd. "Gibt es noch etwas zu wissen, bevor wir den Gipfel erreichen?"

"Ihre Vertraute muss ruhig bleiben. Das hat sie bisher, danke. Und gute Idee mit dem köstlichen Lamm. Ab und zu sehe ich, wie ihre Augen hervortreten, aber das fällt kaum auf. Was den Markt angeht, so zeige mir, was du willst, und lasse mich das Feilschen übernehmen. Für Fremde ist alles fast doppelt so teuer wie der eigentliche Preis", sagte Darnius.

"Wir brauchen ein Bett und dann direkt zum Tiermarkt."

"Ich weiß genau den richtigen Ort", antwortete er.

Wir näherten uns einem Kontrollpunkt und wurden von den Palastwächtern durchgewunken. Der Markt war für meinen Geschmack ein wenig chaotisch. In der Stadt Orinish, unserem größten Handelspartner an der Grenze, fand das Sommerfest statt, eine große Zusammenkunft der örtlichen Dörfer. Dieses Fest war jedoch nichts im Vergleich zu der schieren Zahl der zusammengepferchten Menschen auf dem Markt.

Überall, wo ich hinsah, wurden viel Lebensmittel und Bier verkauft. Viele Verkäufer boten Kleidung, Felle, Teppiche, Kunst, Schnitzereien, Parfüm, Werkzeuge und mehr an. Viele Frauen schlängelten sich durch die Stände und Läden. Darnius führte uns an ihnen vorbei und hielt nicht inne, bis er uns zu einem zweifarbigen Zelt in Blau und Gold führte.

Unter der Überdachung waren Dutzende von Tischen mit Waren bestückt. Dieser Verkäufer verkaufte all den Schmuck und das Zubehör für Haustiere, das ein Mensch brauchen könnte. Ich drehte meine Tasche von meinem Rücken auf meine Brust. Eine kleine Schnauze lugte aus einem Loch hervor, während Suzie die Betten studierte.

Ich schob mich ein paar Mal durch die Gänge, bis sie mich vor einem Strohnest anhielt. Es sah am unbequemsten von allen aus. Aber es war ja nicht für mich. Ich zahlte der netten Dame ein paar Silbergroschen, verstaute das Bettzeug unten in meiner Tasche und ein sehr zufriedener Flügeldrachen rollte sich lächelnd darin ein.

Darnius lenkte uns zurück auf die Straße, und nach fünf Minuten verließen wir das Schmuckviertel. Ein schwerer Rußgeruch begleitete das ständige Klirren von Metall auf Metall und verriet mir, dass wir uns auf dem Weg zum Schmiedemarkt befanden.

# KAPITEL ZWÖLF

## DARÜBER

Schmiede hämmerten ihre Kreationen gegen Ambosse, bis der Lärm bedrückend wurde. Läufer eilten zwischen den Gebäuden hin und her, Lehrlinge kümmerten sich um das Feuer, und Ehefrauen oder Söhne verkauften die Waren in den Ausstellungsräumen. Es war weniger chaotisch, mehr zielgerichtet.

Ein junger Mann winkte Darnius zu, und er winkte zurück. Ich verlor mich in all dem und schaffte es kaum, Schritt zu halten. An einem Tag wurde mehr produziert, als Onno in einem Jahr schaffen könnte.

Nach dem Geruch von Kohle und Eisen drang ein Hauch von ungewaschenen Tieren und ihrem Mist in meine Nase. An diesem Eingang wartete ein zweiter Kontrollpunkt. Ich war etwas überrascht, als ich sah, dass die Wachen beim Betreten des Tiermarktes streng waren. Dutzende von Kindern befanden sich in einem Gehege, menschliche Kinder, die mit einer Reihe von Holzspielzeugen spielten. Eine Reihe von Eltern passte auf sie auf, während die Eltern drinnen einkauften.

*Das ist eine Möglichkeit, es zu tun.*

"Warum keine Kinder?" fragte ich und beäugte sie mit einer Mischung aus Mitleid und Neugierde.

"Ich bin überrascht, dass der Bauer das fragt..." sagte Darnius mit einem verwirrten Gesichtsausdruck. Ich zuckte mit den Schultern und sah das Problem nicht. "Die Kinder verletzen sich, machen sich an den Gattern zu schaffen und glotzen manchmal einfach nur endlos. Dann weinen sie, wenn man sie von den Tieren wegnimmt. Es ist besser ohne sie."

Wir hielten vor einer Reihe von Wachen, die uns nicht durchwinkten. Ein einzelner Wächter trug mehr Orden als die anderen und hatte eine Pflaume im Helm. Seine Rüstung glänzte durch Hochglanz. Er war kleiner als wir, durchschnittlich groß, hatte schwarzes Haar und scharfe braune Augen. An seinem Kragen hing eine königliche Drachennadel, das goldene Emblem war das erste, das ich gesehen hatte. Wenn ich raten müsste, wäre Darnius ranghöher als die anderen, aber nicht er.

Der Oberwächter fragte: "Was wollt ihr?"

"Turm Einkaufstour", sagte Darnius mit einem Lächeln. "Einzelstück, Stallplatz ist gesichert. Auf Befehl von General Torg."

Die Worte - *"gesicherter Stallplatz"* - hat mich darauf aufmerksam gemacht, dass die Leute manchmal Tiere kaufen, ohne ein Zuhause für sie zu haben. In Onno wäre dieser Kommentar anders. Wir würden fragen, ob Sie Hilfe brauchen, um ihnen ein Zuhause zu bauen.

*Städte sind so seltsam.*

"General Torg?", fragte der Wachmann und stellte die Verbindung her. "Leck mich." Seine Augen richteten sich auf mich. "Der Mino-Killer?"

"Es hat sich herumgesprochen. Ja, dieser schlaksige Bastard hat den Titel. Dolch ins Knie, dann Klinge ins Genick, bis sie die Wirbelsäule durchtrennt. Drei Stockwerke mit neunzig Essenzen erledigt", sagte Darnius. "Er hat sich ganz schön Zeit gelassen, um sie zu erledigen, aber es war ein makelloser Sieg. Das hat Woron General Torg erzählt."

Das Lächeln, das sich auf meinem Gesicht ausgebreitet hatte, verwandelte sich in ein Stirnrunzeln. Zweifellos schätzte ich ihn so ein, dass er seine Hausaufgaben nicht gemacht hatte, aber Darnius hatte sie eindeutig gemacht. Das bedeutete, dass General Torg Darnius mit allem, was er hatte, über mich informierte, und jetzt respektierte ich beide Männer ein wenig mehr. Ich dachte, er würde seinem Lakaien ein solches Wissen nicht anvertrauen. Das war eine wertvolle Lektion, auch wenn sie keine wirklichen Nachteile mit sich brachte.

"Was wollen Sie kaufen?", fragte der Oberwächter und führte uns über den Holzzaun hinaus, der die Leute draußen hielt. Seine Untergebenen füllten die Lücke, die er geschaffen hatte, als wir weiter in den Tiermarkt gingen. "Ich sollte wohl zuerst fragen, was ist Ihr Vertrauter?"

"Wyvern", sagte ich leise.

Er hob neugierig eine Augenbraue zu mir. "Die Sagenhafte ist da. Wie drollig..."

"Entschuldigen Sie", sagte ich höflich. Sein steifer Rücken, seine schicke Uniform und sein wortgewandter Sprachgebrauch verrieten mir, dass ich es zumindest mit einem Offizier zu tun hatte.

*Ein Buch über Militärpolitik würde mir hier weiterhelfen.*

"Es gibt hundert Prophezeiungen, Legenden und überlieferte Geschichten. Ein paar davon erwähnen einen Wyvern, aber du bist ein einfacher Bauernjunge..."

"Tem", sagte ich ihm.

"Legat Amor", antwortete er trocken. "Ich gebe dir Punkte dafür, dass du einigermaßen gebildet und fähig bist. Sagt mir, wie wollt Ihr *Drachenreiter* werden?"

Seine Worte trieften vor Bosheit. Ich war mir sicher, dass er bei seiner Einführung übergangen worden war. Schade, er schien fähig zu sein, auch wenn er nachtragend war. Ich begann, mir ein klares Bild davon zu machen, wie viel Glück ich hatte.

"Ich habe einen Plan. Ich habe noch niemandem davon erzählt. Ich fürchte, die Mächte haben sich gegen mich verschworen, also werde ich meine einfachen Gedanken für mich behalten. Was die Frage angeht, wie ich ein Drachenreiter werden will. Nun, ein Bauer neigt dazu, ein einfacher Problemlöser zu werden. Der Zaun ist kaputt, also repariere ich ihn. Die Enten vermehren sich nicht, also füttere ich sie mehr und kaufe Männchen. Der Brunnen ist trocken, also grabe ich einen neuen", sagte ich, während wir an den meisten Nutztieren vorbeikamen.

Die Kühe waren dünn, so dünn, dass sie keine Nachkommen zeugen würden. Den Hühnern ging es gut, sie fraßen die Abfälle genauso wie die fetten Schweine. Es wurde deutlich, dass die Tiere, die Reste und Abfälle fressen konnten, groß wurden, während die Weidetiere, die Felder brauchten, abnahmen.

*Ein erbärmlicher Anblick. Oh, Onno, wie ich dich vermisse. Doch ohne die Stadt gäbe es niemanden, der unsere Waren und Lebensmittel kaufen würde.*

Amor beobachtete mich neugierig. "So einfach ist das mit der Landwirtschaft?"

"Nein. Darin sind wir uns einig. Ist die Landwirtschaft einfach? Ja. Einfach ist es, einen Kontrollpunkt zu bewachen, aber schwer, weil es kompliziert sein kann. Eine falsche Person schlüpft durch, und du könntest gehängt werden. Oder man unterdrückt eine legitime Meldung, weil man sie für einen Schwindel hält, und wird bestraft. Es ist einfach, dort zu stehen, aber die Folgen können schwerwiegend sein", sagte ich.

"Spielen Sie Oxa?", fragte er hochnäsig.

Oxa war ein Brettspiel, bei dem ich selten verloren habe. Es bestand aus dreißig Holzschnitzereien, denen jeweils eine Rolle zugewiesen war und die sich bewegen durften. Die Spiele dauerten lange, das heißt, der Geistertag war der einzige Tag, an dem wir spielen konnten, und ich bezweifelte, dass ich gegen jemanden mit viel Erfahrung gut abschneiden würde. Palina war die einzige, die mich schlagen konnte, aber das lag daran, dass sie genug Spiele gespielt hatte, um meine Züge zu kennen.

"Das habe ich und es macht mir Spaß. Ich habe selbst ein Brett geschnitzt, aber es für die Kommune zurückgelassen. Ich würde sagen, ich bin anständig", antwortete ich.

"Seltsam. In der Tat interessant, junger Tem", sagte er, der nur ein paar Jahre älter war als ich. Allerdings hatte er wahrscheinlich die letzten fünf Jahre damit verbracht, Menschen und Zwerge sterben zu sehen, während ich auf einem Feld schuftete. Ich konnte ihm den Stress und die Härte seiner Zeit im Kampf ansehen. "Ich habe mich nach deinen Plänen erkundigt, um herauszufinden, welches Reittier du haben möchtest. Wollt Ihr ein Pferd reiten? Eine Schildkröte befehligen? Wie wäre es mit einem Falken?"

"Ah, ich habe bis jetzt die Lehrlinge beobachtet. Ich werde mich jetzt konzentrieren. Ich nehme an, die Jagdtiere werden bald kommen?" fragte ich.

"An dieser Kreuzung biegen wir links ab", sagte Darnius und schwieg meist. "Was hältst du von einem einfachen Leben nach all den Jahren, Amor?"

"Ich konnte ihn nie dazu bringen, mich Legat zu nennen. Darnius und ich dienten zusammen im großen Feldzug an der linken Front. Wir sprachen darüber, einfach in die Stadt zurückzukehren. Das Komische ist, obwohl ich nach all diesen Schlachten zuhause bin trotzdem unglücklich bin", sagte Amor seufzend und stützte seine Hand auf den Knauf.

Er hielt ihn fest, während er sich an die Erinnerung erinnerte. Die Gedanken, die ihm durch den Kopf gingen, hielten ihn genauso fest, wie seine Hand das Metall umklammerte. Er drückte fest zu, bevor er langsam wieder losließ.

Darnius fuhr für ihn fort: "Die Stadt ist nicht mehr dieselbe. Wir haben sie in unseren Köpfen zu sehr verherrlicht. Als wäre sie ein phantasievoller Ort der Wunder. Wenn du an der Front bist, ist das Gras in den Parks der Stadt am unberührtesten. Die Frauen strömen zu dir, die Männer gratulieren dir, und die Kriminellen scheuen vor Angst zurück. Die Realität ist eine kalte, harte Geliebte. Deshalb gehe ich jetzt."

"Echt jetzt?" fragte Amor leicht schockiert.

"Wahrscheinlich. General Torg wird wollen, dass er beschützt wird, sobald ich gehe. Ich gehe an die Grenze. Ein paar Felder bestellen, eine geschmeidige Frau pflügen und ein paar Kindern hinterherjagen."

Sie lachten übermütig, während ich mit den Augen rollte.

Als das Kichern aufhörte, fragte Amor: " Warum bist du auf meinen Markt gekommen?"

Darnius zuckte mit den Schultern. "Wir sind nicht immer Freunde gewesen. Es gibt nur eine Handvoll Leute, denen ich hier vertraue, und vielleicht bin ich senil, aber du bist einer von ihnen. Ich habe Tem nach der Lebensweise in seiner Kommune gefragt. Er kennt jeden, vertraut jedem, und sie arbeiten zusammen, ohne Verbrechen oder Leid."

Ich hielt einen Finger hoch und folgte ihnen, als wir links abbogen. "Klarstellung. Es gibt Verbrechen, aber sie sind meist geringfügig. Ein paar Ehemänner erwürgen ihre Frauen, es gibt den einen oder anderen Mord, und viele Menschen leiden. Der Unterschied ist, dass man denen hilft, die leiden, denn wenn man selbst leidet, helfen sie einem. Du beschützt die Herde deines Nachbarn, also beschützt er deine. Man schneidet jedem den Kopf ab, der so dreist ist, die Gruppe ernsthaft zu verletzen, denn es gibt keine Zellen, in die man die Kriminellen stecken könnte."

"Und mittlere bis leichte Vergehen?" fragte Arom.

"Verbannung oder Warnung vor Verbannung. Ich liebe die Landwirtschaft, ich liebe Onno, und ich verachte die Stadt. Aber hier geht es nicht um die Verherrlichung des Schaufelns von Scheiße. Ich brauche ein Schlachtross", sagte ich mit Nachdruck.

"Oh, für einen Bogenschützen macht das Sinn", schlussfolgerte Arom. Wahrscheinlich hat er auch meinen Plan durchschaut, aber er war ein Denker, der drei Schritte voraus ist. "Ich kenne die perfekte Spezies für dich. Wie hoch ist das Budget?"

"Fünfzehn Goldstücke, mehr oder weniger", antwortete ich. "Stellen Sie sich vor, wie überrascht ich war, dass meine Münzen so schnell verschwunden sind.

"Ein Heranwachsender wird genügen. Ja. Schwieriger zu trainieren, es sei denn, man hat viel Zeit", sagte Arom.

"Autsch, er wird nicht viel Zeit haben", sagte Darnius, und Arom blickte mit einem schelmischen Funkeln in den Augen zu mir herüber. "Was? Was ist los?"

"Ich werde Zeit haben, aber ich sage nichts mehr. Der Spion könnte mithören", sagte ich.

"Nein, er wird nicht auf den Markt gelassen werden. Als wir die Rampe hinaufgingen, ging er zurück, um zu melden, wohin wir gingen. Es wird ziemlich schwer sein, unseren Ausgang zu beobachten", sagte Darnius. "Wenn ich er wäre, würde ich mich zurückziehen und mich dann wieder vor dem Drachenturm aufstellen."

Ich beobachtete, wie die Gehege der Bären und Wildschweine vorbeizogen. Arom ging zielstrebig, begierig darauf, seinen Standort zu erreichen. Der Mann hatte eine Überzeugung in seinem Kopf. Ich konnte seine Entschlossenheit an seinem strengen Blick und seiner konzentrierten Absicht erkennen. Dabei hatte er etwas Entscheidendes übersehen.

Wir näherten uns einem Trainingszirkel mit Pferden, der groß genug für ein Dutzend Pferde war. In der Mitte gab es Sprünge und Säulen zum Trainieren. Im Hintergrund befanden sich Ställe mit Verkäufern, die mit gut gekleideten Männern und Frauen sprachen. Der Bereich war eine Art Treffpunkt. Ein Ort, an dem man neue Pferde testen konnte, und nach der Kleidung und den Wachen in der Nähe zu urteilen, war dies ein beliebter Ort für den Adel.

Eine junge Frau, die auf einem wilden Hengst ritt, war in Schwierigkeiten. Niemand sonst sah es so wie ich. Ich hatte keine Ahnung, wie sie es geschafft hatte, das Tier zu beruhigen, damit es sie reiten ließ, aber das war nicht das Problem. Derjenige, der dem Pferd die Hufeisen angelegt hatte, hatte schlechte Arbeit geleistet, so dass jeder Schritt unglaubliche Schmerzen verursachte. In Kombination mit einem Reiter auf dem Pferd wurde es nur noch schlimmer.

Ich hatte das schon einmal gesehen. Wildpferde zu beschlagen war eine schlechte Idee, solange sie es nicht zuließen oder man nicht gezwungen war, es zu tun. Der Versuch, es zu früh zu tun, war ein Fehler, und diese junge Frau würde den Preis für diesen Fehler zahlen.

Jeder Schritt des Hengstes wurde mit einem Grunzen quittiert. Ich konnte es klar und deutlich sehen, der Rest der Menge, der zuschaute oder Pferde kaufte, sah die Zeichen einfach nicht. Ich wusste mit jeder Faser meines Wesens, dass sie sich verletzen und vielleicht sogar sterben würde, wenn ich nicht in dieser Sekunde etwas unternahm.

Ich schlug alle Vorsicht in den Wind und eilte der Reiterin zu Hilfe, die in Not geraten war.

## KAPITEL DREIZEHN

### VERLOREN GEHEN

"Los! Suzie, raus jetzt", befahl ich und warf meine Tasche weg.

Zwischen mir und der jungen Frau, die den Hengst anspornte, stand ein dreifacher horizontaler Zaun. Das große, prächtige schwarze Pferd widersetzte sich ihren Befehlen. Die Reiterin zog frustriert die Stirn in Falten. Ein böses Grinsen breitete sich auf ihrem Gesicht aus, als sie beschloss, das Problem mit den Sporen an ihren Stiefeln zu lösen.

Das war zweifelsohne die falsche Entscheidung. Sobald sie ihre Fersen tief ins Pferd stieß, war es vorbei. Der Hengst bäumte sich mit einem wütenden Kopfschütteln auf. Die dunklen Augen waren von den Sporen in seiner Seite mit Wut gefüllt, und ich kannte diesen Blick.

"Hilfe!", schrie die junge Frau.

Die Zeit drückte, nicht buchstäblich, aber es fühlte sich so an. Sie schlug mit den Armen um sich und stürzte auf das festgefahrene und kiesige Terrain. Ich kletterte über den

Zaun, während Suzie vor mir herflitzte. In dem Moment, in dem meine Füße den Boden berührten, schoss das unangenehme Geräusch eines gebrochenen Handgelenks durch die Gegend. Ein ohrenbetäubender, schriller Schrei der Frau erregte die Aufmerksamkeit aller.

Der gebrochene Knochen war nicht das Problem. Grüne Magie strömte in sie hinein, während Suzie versuchte, den rachsüchtigen Hengst abzulenken. Das wilde Pferd drehte sich; sein Zorn wurde nicht dadurch gestillt, dass es die Reiterin, die ihm in die Rippen gestochen hatte, einfach abwarf. Er tauchte über der benommenen Frau auf und machte sich bereit, ihr den Schädel einzuschlagen.

Ich stürzte mich auf sie, riss sie vom Boden auf und brachte sie gerade noch unter dem Hengst hervor. Das Tier war noch nicht fertig, und die verdammte Frau war wie betäubt und unbeweglich. Ich dachte, das Pferd wollte mir einen Kopfstoß verpassen, ohne sein Verlangen zu verstehen.

Ein Biss direkt neben meinem Gesicht verursachte entsetzliche Schmerzen in meinem rechten Ohr. Blut strömte meinen Hals hinunter, und ich stellte fest, dass das Pferd den oberen Teil meines Ohrs sauber abgebissen hatte.

"Argggg!"

Lucky kam aus meinem Stiefel, und ich trat gegen einen sehr unwahrscheinlichen Gegner an. Das Pferd war nicht dumm, es wusste, was der Dolch bedeutete.

Es drehte sich und bereitete einen Tritt von hinten vor. Ich wich augenblicklich aus und rollte mich ab. Amor schnappte sich das Mädchen, und Darnius schlitterte an meine Seite, wobei sein Schwert gegen den Schild klirrte.

Weitere Männer strömten mit gezückten Waffen in den Reiterkreis.

"Halt!" befahl ich. "Ruhig! Ruhig, ruhig, Junge. Ich kenne deinen Schmerz. Suzie, heile seine Hufe."

"Ich werde nicht genug haben, um auch dein Ohr zu heilen."

"Ich brauche das Ohr nicht", sagte ich trotzig. "Suzie, wir haben darüber gesprochen, ich brauche dein Vertrauen."

Amor und Darnius haben es herausgefunden.

"Die Hufeisen sind schlecht", sagte Darnius.

Eine prickelnde grüne Magie knisterte um den kleinen Wyvern. Die Ranken schossen aus Suzie heraus, bis sie die Beine des Pferdes bedeckten.

Der große Hengst bockte, bis er die Hufeisen über das Feld schleuderte. Er tänzelte fröhlich herum, seine Wut war verflogen. Die arme Suzie flog lethargisch zu meiner Schulter, um sich auszuruhen. Ich steckte Lucky in meinen Stiefel und zog mich schnell zurück.

Ich bin über den Zaun geklettert, um meinen hübschen Flügeldrachen in seine Tasche zu stecken.

"Das hast du wunderbar gemacht", sagte ich ernsthaft. Ich versprach General Torg, keinen Ärger zu machen, und fand mich mitten drin.

Mein Ohr stach etwas heftig, aber ich wusste, dass ich nicht in der Nähe bleiben sollte. Im Moment rettete ein Passant das Mädchen, nicht ich. Ich fand meine Tasche und schob den erschöpften Flügeldrachen vorsichtig in den Behälter. Mit einem zufriedenen Lächeln stieß sie einen Furz aus und schlief ein, noch bevor ich sie in ihrem Strohbett absetzte.

"Danke, Kleines."

Ein paar geschickte Handgriffe an den Lederbändern und schon war sie gesichert. Ich hob die Tasche auf meinen Rücken und wollte in der Menge verschwinden. Als ich mich umdrehte, versperrte mir die junge Frau, die ich gerettet hatte, mit verschränkten Armen den Weg. Ich drehte mich um und ging in die andere Richtung, in der Hoffnung, dass sie mich gehen lassen würde.

Sie ging um mich herum und hielt mich erneut auf.

Ich ließ den Kopf hängen und hatte Schmerzen in meinem Ohr.

"Kann ich Ihnen helfen, Mylady?" fragte ich unglücklich.

"Wie hast du meinen Arm geheilt?", fragte sie mit einem Fußstampfen. Sie trug Reitleder, das nicht viel verbarg, weil sie den Körper einer dünnhüftigen, flachbrüstigen Frau hatte. Aufgrund ihrer schwachen Figur, ihrer kaputten Nase und ihres strengen Blicks könnte sie mit dem richtigen Haarschnitt als Mann durchgehen. Natürlich hielt ich meine inneren Gedanken zurück, und sie stampfte mit dem Fuß auf, als ich ungehorsam war. "Wie hast du meinen Arm geheilt? Ich werde nicht noch einmal fragen, Bauer!"

"Magie, Mylady", sagte ich mit der besten Verbeugung, die ich aufbringen konnte.

"Unmöglich", platzte sie heraus. Amor und Darnius hörten auf, sich gegenseitig auf die Schulter zu klopfen, und kamen schließlich mit angemessener Verspätung zu meiner Begrüßung. "Dieser Bauer ist in den Kreis der Edlen gesprungen und hat mein Pferd verschreckt."

"Nein, hat er nicht, und es wird niemanden interessieren, wenn Sie versuchen, sich aus dieser Sache herauszulügen, Gräfin", sagte Amor spöttisch. "Versuchen Sie es, Sie werden verlieren. Sie haben die Hufeisen nicht inspiziert. Glauben Sie mir, der Händler, der die schlampige Arbeit gemacht hat, wird dafür bezahlen, aber dieser junge Mann hat Ihnen das Leben gerettet. Zeigen Sie etwas Respekt."

Sie ballte die Fäuste, starrte ihn hasserfüllt an, und gerade als ich dachte, er würde sich eine Ohrfeige verdienen, stürmte sie davon. Wir sahen zu, wie sie in die Scheune verschwand und ein armes Dienstmädchen anbrüllte.

Die Wachen eilten von vorne herbei, jeder ihrer Schritte hallte vom Klirren ihrer dicken Metallrüstungen wider. Einer nach dem anderen kamen sie an, eifrig bemüht, bei dem Aufruhr zu helfen. Während Amor ihnen Befehle erteilte, die Gegend zu beruhigen, kam eine junge Frau mit einem Eimer und einem Handtuch heran.

Ihre Absicht war klar, sie wollte helfen.

Sie trug ein einfaches Sommerkleid, das eine kurvige Figur verbarg, auf die die meisten Männer nur gierig schauen würden. Ihr sandblondes Haar war zu einem festen Dutt gebunden, und ihre langen Stiefel waren für einen anstrengenden Tagesmarsch gedacht. Ein strahlendes Lächeln umspielte ihre Lippen, und ihre haselnussbraunen Augen funkelten vor Neugierde. Mit ausgestreckter Hand bot sie ein feuchtes Tuch an.

"Hast du das Wasser abgekocht?" fragte ich.

"Wurde es gekocht? Ja. Vor ein oder zwei Stunden. Habe ich es gekocht? Nein", sagte sie, und ich sank auf die Knie. "Es tut mir leid, dass man dich für deine Tapferkeit beschimpft hat. Ein intriganter Wyvern und sein Mensch retten den Tag. Eine Geschichte für den Hof, ganz sicher. Darf ich fragen, warum der Wyvern?"

Diese Frage hatte ich nicht erwartet. "Mir wurde ein Hirsch, ein Golem oder ein Wyvern angeboten."

"Ich mag einen Golem, sie sind überraschenderweise mehr wert. Ich bin Anna."

Der Lappen verließ meine Sicht und ich zuckte in Erwartung des bevorstehenden Schmerzes zusammen.

"Mein Name ist Tem... autsch", sagte ich. Sie war nicht gerade sanft. "Danke, es ist am besten, wenn wir das ganze eklige Zeug rauskriegen. Fieber macht einen Mann arbeitsunfähig."

"Und was ist falsch daran, einen freien Tag zu haben?" fragte Anna vergnügt. Ich konnte ihr ansehen, dass sie Spaß daran hatte, Doktor zu spielen.

"Nun, für den Anfang werden deine Hände weicher", sagte ich, ohne zu sehr den Macho raushängen zu lassen. Hinter ihr legte Darnius einen Finger auf seine Lippen. Ein oder zwei Minuten später war sie fertig, und ich sagte ihr: "Danke."

"Dein Hemd ist ruiniert, und das muss genäht werden. Ich liebe Herausforderungen. Ich werde ein neues Hemd und ein Set holen. Warte hier, Tem", befahl sie.

Ich blickte zu ihr auf. "Nicht Bauernjunge, Bauer oder Landarbeiter?"

"Du hast dir Tem heute verdient, Konkurrent", sagte sie mit einem augenzwinkernden Grinsen.

Sie ging in Richtung Scheune. Amor und Darnius schnappten mich jeweils an einer Achselhöhle und zogen mich schnell weg. Ich wollte nach hinten greifen, um meine Tasche zu holen, sah sie aber schon über Darnius' Schultern. Ich habe mich nicht gewehrt. Sie kannten die Stadt und die Situation besser als ich, und ich habe immer versucht, meine Versprechen zu halten.

*Die Politik in dieser Stadt ist zum Kotzen.*

"Ich nehme an, dass sie kein einfaches Dienstmädchen war", sagte ich, während sie mich eilig wegbrachten.

"Die gute Nachricht ist, sie wird wissen, dass du gegen deinen Willen weggezwungen wurdest. Das war die Tochter des Herzogs Winston, Gräfin Annabell. Ihr Onkel ist der König", sagte Darnius.

"Oh, sie schien nett zu sein. Und das Mädchen, das ich gerettet habe?" fragte ich.

"Ist meine Schwester, Gräfin Jessi", sagte Amor. "Ich... ich schulde dir etwas wegen der Beleidigung."

Ich verdrehte bei seinem Grinsen die Augen. "Sie schien auch reizend zu sein."

"Das ist sie nicht, aber das war ein großer Fehler von ihr. Sie wird nicht so schnell vergessen, dass sie gerettet werden musste. Meine Eltern und ich... nun, du hast einen Gefallen verdient", sagte er mit einem Stirnrunzeln.

Wenn ich raten müsste, würden Amor und seine Familie nicht gerne anderen einen Gefallen schulden. Nach einer

Abzweigung von der Pferderennbahn ließen sie mich los, und ich hielt mit dem Duo Schritt. Wir kamen an Käfigen vorbei, in denen alle möglichen seltenen und gefährlichen Tiere gehalten wurden. Wir kamen an einem Greif vorbei, aber zu meinem Entsetzen kostete er eine Million Goldmünzen.

"Woher wusstest du das?" fragte Amor, während ich langsamer wurde.

Mein Blick verweilte auf dem niedlichen Greifbaby. Ich musste meine Augen von der wunderbaren Kreatur lösen. Ein Greifenreiter zu sein, wäre fantastisch, aber ich hatte meine Ziele ein bisschen höher gesteckt.

"Ich habe einmal denselben Fehler gemacht. Das ist das Komische an wilden Tieren. Sie haben diese wilde Seite, vor der man sich in Acht nehmen *muss*. Andererseits wurden Pferde nicht ohne Grund domestiziert. Ich hatte eine Stute, Coco, eine absolute Schönheit. An dem Tag, an dem wir uns kennenlernten, war sie so mager, dass man ihre Rippen sehen konnte. In der Ferne heulte ein Rudel Wölfe und erzählte mir eine Geschichte darüber, wie sie von ihrer Herde getrennt wurde und die Wölfe sie in der Nähe unserer Gerüche allein ließen", sagte ich, und wir wurden langsamer, als wir in ein Gebiet mit großen Katzen kamen.

Ich war ganz sicher kein Katzenmensch. Ich schnappte mir meine Tasche von Darnius zurück, da wir nun etwas entspannt waren. Diese Tiere interessierten mich nicht, denn ich wollte einen fähigen Jagdhund. Ehrlich gesagt, dachte ich, ich könnte mir ein Pferd oder einen Jagdhund besorgen, und da das Schießen vom Pferd aus schwierig war, war der Jagdhund ein guter Anfang.

"Was ist passiert?" fragte Darnius.

"Richtig. Ich vergesse, dass du aufrichtig bist und wirklich lernen willst. Ich habe am ersten Tag Wasser für Coco geholt. Sie hat es hinuntergeschluckt. Das haben wir über eine Woche lang wiederholt. Sie begann sich zu erholen, indem sie frischen Hafer von der Wiese fraß. Das ging über in eine Tränke für Wasser und einen Eimer für Futter. Wildpferde brauchen nämlich keine Hufeisen. Eine Mischung aus Straßen und Herumstehen erfordert irgendeine Form von Hilfe für domestizierte Hufe. Nun, es kam der Tag, an dem Coco Hufeisen brauchte. Ich hatte es schon oft gemacht, aber sie war immer noch eine temperamentvolle Stute, die den Umgang mit Menschen nicht gewohnt war. Ich habe sie nie richtig angezogen, und die Narbe, die ich Manny gezeigt habe, stammt von ihrem Tritt", sagte ich.

"Diese Narbe ist alt", sagte Darnius verwirrt.

Ich nickte. "Damals war ich sieben. Wir..." Ich stieß ein schmerzhaftes Ausatmen aus. Mein Ohr blutete immer noch, und die Erinnerung tat weh. "Wir wurden gute Freunde, und sie war eines der besten Wachtiere, die wir hatten. Irgendetwas an ihrer Zeit als wildes Tier hat sie noch wacher gemacht. Sie ist vor einem Jahr gestorben. Sie hat ein paar wunderbare Babys zur Welt gebracht, und dank ihrer Hilfe mussten wir nie hungern. Bringe keine Münzen, bringe hochwertiges Vieh, und die Töchter der Bauern werden dich umschwärmen.

Amor lachte, während Darnius' Augen aufleuchteten. Wir kicherten gemeinsam, bis ein riesiger Greif direkt neben uns landete. Der Aufprall des großen Tieres, das auf den Boden knallte, hallte in meinen Knochen wider. In der

Nähe flüchteten die Tiere in die hinteren Bereiche ihrer Käfige. Ich starrte voller Ehrfurcht auf das mächtige Tier.

Die blauen Federspitzen passten gut zu ihren gelben Federn. Die großen Augen und der zischende Schwanz des Greifs verwirrten mich, denn er schien äußerst freundlich zu sein, während ich dachte, er würde mich als Snack betrachten.

"Amor, ich schwöre es!" sagte Anna mit einem finsteren Blick. "So einen Unsinn erwarte ich von deiner Schwester, aber nicht von dir. Er muss genäht werden und ich bin kein Schurke, vor dem du deine Kinder versteckst. Komm zu mir, Tem. Geh langsam und vorsichtig vor, Kendra kann eine furchterregende Bestie sein, wenn ich mich bedroht fühle."

Ich schluckte und befand mich in einer misslichen Lage.

*Soll ich es wagen, ihr zu trotzen? Ich glaube nicht, dass ich das tue. Ich meine, ihre Hände sind auf ihren Hüften. Kann man einer Frau Nein sagen, wenn sie die Hände auf den Hüften hat? Es war ein ungeschriebenes Gesetz, dass eine solche Haltung einer Frau etwas bedeutet.*

Einen Fuß vor den anderen setzte ich an die Seite des Greifs, und das große Tier beschnupperte mich aufmerksam. Sie roch etwas, das sie gurren ließ.

"Was ist das für ein Krach?" beschwerte sich Suzie, als die Nasenlöcher in der Nähe der Tasche einatmeten.

Der Greif tänzelte herum und wollte spielen; ich dachte, wenn ich einen Ball werfe, würde sie ihn jagen. Suzie steckte ihren Kopf heraus und stöhnte erschrocken auf. Der

Greif schmollte und setzte sich mit einem verärgerten Winseln auf seine Hüften.

"Wow, so viel Persönlichkeit. Geh und sag Hallo zu Kendra. Oh, komm schon, Suzie", sagte ich. Der Wyvern raschelte in der Tasche und entblößte seine Schnauze nur ein kleines bisschen, und der Greif ging auf alle Viere. "Ruhig. Suzie erholt sich, kannst du vorsichtig sein?"

Suzie warf einen kurzen Blick hinaus, wobei ihr ganzer Kopf zum Vorschein kam, bevor sie sich zurückzog. "Ich bin echt kaputt. Ich muss mich hinlegen, aber vielleicht ein anderes Mal."

"Äh, tut mir leid, sie ist nicht... sie ist müde." Die Notlüge funktionierte. Anna gluckste, rutschte vom Sattel und ging hinüber. Ich kniete vor ihr auf beiden Knien. "Ich bin dir außerordentlich dankbar für deine Mühe."

"Du schuldest mir keine Loyalität. Danke, dass du ein guter Patient bist", sagte sie.

Ich bin zwar auf einem Bauernhof aufgewachsen und an einige Beulen, blaue Flecken und Schnitte gewöhnt, aber ich grunzte trotzdem beim Nähen der Wunde. Als sie fertig war, strahlte sie glücklich. Ich bekam ein neues Hemd und zog meines aus.

Sie errötete, die anderen Damen stöhnten, und die Männer stöhnten.

Offensichtlich hatte ich gegen den Anstand verstoßen und konnte nicht mehr zurückgehen, um das Problem zu beheben, also beeilte ich mich mit meiner Aufgabe. Gräfin Anna beäugte mein Zeichen aufmerksam, die Röte wich.

"Ich glaube, ich erkenne dieses Symbol. Du bist kein Bauernjunge", sagte sie.

"Nein. Bald werde ich der Champion des Drachenturms und ein Drachenreiter sein. Oder ich werde tot sein. Ich mache keine halben Sachen, Anna. Ich muss nur zuerst Ilisia überleben", gab ich zu. "Wessen Symbol ist das?"

"Ich muss das recherchieren", sagte sie und wich nicht zurück, als ich mein Hemd wieder anzog. "Ganz schön neugierig. Und niedlich. Du kriechst mir nicht in den Hintern."

"Nö. Der Greif ist niedlicher", sagte ich. Der große Greif stupste mich an, damit ich ihm die Ohren kraule. Manche sagten, die größeren Flieger verstünden Ilisisch, und das stimmte wohl auch, denn sie stupste sogar Anna ein wenig aus dem Weg. "Ich kann nichts dafür, wie ich geboren wurde. Ich habe zwar große Ambitionen, aber ich bin immer noch ein einfacher Bauer, Anna. Und jetzt habe ich die Chance bekommen, etwas zu verändern. Wenn ich sehe, dass ein Arschloch von Frau im Begriff ist zu sterben. Ich bin -"

"Ich werde dich retten. Ich hab's. Lass mich das reinigen und zurückbringen. Es kommt nicht oft vor, dass eine Dame wie ich einen geeigneten Mann findet, den sie mit ihren Nadeln stechen kann", sagte sie mit einem Augenzwinkern und kehrte zu ihrem Greif zurück.

Ich sah zu, wie sie mit meinem Hemd davonflog, und zu meiner Überraschung zerstreute sich die Menge. Arom winkte mich zu einem Käfig hinüber, wo die Katzen aufhörten und die Jagdhunde anfingen. Darin saß ein Wolf, der mindestens doppelt so groß war wie ich, mit zotteligem langem Haar und knurrenden Zähnen. Dies war ein Mammutwolf. Ein seltenes Tier aus der fernen Tundra im Norden.

"Ich kann ihn mir nicht leisten... sie", sagte ich und bemerkte geschwollene Brustwarzen.

Arom sagte: "Zweifellos kannst du das nicht. Ihre Welpen übersteigen deine Mittel. Ich schlage dir einen Handel vor. Folge mir." Wir gingen sechs Käfige weiter. Jeder der Käfige neben der Mutter war im Vergleich winzig. In drei der sechs Käfige waren Welpen. Die Preise lagen bei hundert Gold pro Stück. Im letzten Käfig ruhte ein männlicher Welpe, der sich zu einem Ball zusammengerollt hatte.

Sein Fell war von einem tiefen Braun, das so dicht war, dass es fast schwarz war. Er hob neugierig die Augen und ignorierte uns bald darauf. Sein Preis war fünfundsiebzig Gold. Ich brachte fünfzehn Gold. Der Unterschied war gewaltig.

"Der Deal?" fragte ich.

"Ich will ein legendäres Schwert. Die Art, die man nur mit viertausend Essenzen kaufen kann."

"Ah, ja, vielleicht", sagte ich und tat so, als würde ich darüber nachdenken. Viertausend Essenzen waren ungefähr viertausend Goldmünzen. Die Umrechnung war für mich einfach nicht möglich. "Ich würde lieber einen normalen Jagdhund kaufen. Ich habe mehr als genug für etwas Fähiges und Durchschnittliches."

"Das ist fair. Denk darüber nach, und so oder so, erwarte eine glückliche Herzogin für die Rettung meiner Schwester. Vater wird verärgert sein, dass du ein versteckter Adliger bist, auf den er kein Auge geworfen hat", sagte Arom.

Darnius kicherte. "Er sammelt seine eigenen Informationen."

Arom antwortete: "Klug."

Der Welpe kam vor den Käfig und wedelte mir mit dem Schwanz zu. "Ich mag ihn und die Idee, ein Tier seines Kalibers im Turm zu haben."

Arom schlug mir eine Handfläche auf die Schulter. "Ich habe einen Vorschlag. Nimm den Welpen, leihweise, fünfundsiebzig sind fällig, und über ein Schwert können wir später reden", sagte Arom. "Ich bezahle die Kosten und erpresse meine Schwester später."

"Äh ... ja. Ich werde die Kosten zurückzahlen, garantiert."

Er nickte und sagte: "Ich weiß. Das gehört zur Mentalität der Kommune. Wir haben bei den Bauern gedient. Es gab nur einen Ort, nach dem man sich mehr sehnte als nach der Stadt, und das war das Grenzland. Ich kümmere mich um den Händler, während du dich mit deinem neuen Gefährten bekannt machst."

Fünf Minuten später kehrte Arom zurück und öffnete mit einem Schlüssel die Tür. Er sagte: "Tu mir einen Gefallen und nenne ihn Lennox. Ich... Lennox hat mir das Leben gerettet. Ich hasse den Namen und möchte meinen Sohn nicht so nennen. Großartiger Mann, und das ist meine Art, ihn zu ehren. Er war ein verdammt harter Kämpfer."

"Lennox. Ich kann das machen. Also gut, Lennox, wir müssen einen Turm erklimmen, und ich habe den besten Plan. Bis jetzt hat man mir noch nicht viel gegeben, also weiß ich die Geste zu schätzen. Das bedeutet mir sehr viel."

"Ich investiere in Ilisia genauso viel wie in diesen Welpen. Und Tem, wenn du eine Ahnung hättest, wie wenig fünfundsiebzig Gold ist, würdest du dir Sorgen um dein glückliches Gesicht machen", sagte er.

Lennox leckte mir über die Wange und versuchte, das Blut von meinem Gesicht zu entfernen, das der nasse Lappen übersehen hatte. Ich konnte mir ein Lächeln nicht verkneifen. Als wir gingen, freute ich mich darauf, das Abenteuer im Drachenturm mit meinem neuen Freund fortzusetzen.

# KAPITEL VIERZEHN

## INTERESSANT

***Willkommen im vierten Stock. Du hast die Orientierung im Drachenturm abgeschlossen. Sie können nun Ihre erworbenen Attributspunkte zuweisen. Mehr als zehn Attributspunkte kannst du nur erhalten, wenn du im Turm aufsteigst, und zwar einen pro Stockwerk bis zur Stufe fünfzig. Zwei pro Etage von einundfünfzig bis einhundert. Du hast drei freie Attributspunkte. Wie möchtest du sie einsetzen?***

***Tem Onno.***

***Klasse: Bogenschütze***

***Höchste fertiggestellte Etage: 3***

***Intelligenz: 19***

***Weisheit: 12***

***Stärke: 6***

***Geschicklichkeit: 7***

***Ausdauer: 8***

***Mana: 31***

***Charisma: 9***

***Glück: 5***

***Gesundheit: 21***

***Arkan: Nicht zugewiesen.***

***Besondere Fähigkeit: Durchdringender Pfeil.***

***Vertrauter: Suzie eine Wyvern.***

***Du hast dich entschieden, Geschicklichkeit von 7 auf 10 zu erhöhen. Bestätigst du, dass du drei Punkte in Geschicklichkeit investieren möchtest? JA - NEIN. Ja ausgewählt.***

***Tem Onno.***

***Klasse: Bogenschütze***

***Höchste fertiggestellte Etage: 3***

***Intelligenz: 19***

***Weisheit: 12***

***Stärke: 6***

***Geschicklichkeit: 10***

***Ausdauer: 8***

***Mana: 31***

***Charisma: 9***

***Glück: 5***

***Gesundheit: 24***

***Arkan: Nicht zugewiesen.***

***Besondere Fähigkeit: Durchdringender Pfeil.***

***Vertrauter: Suzie der Wyvern.***

***Herzlichen Glückwunsch zum Einsatz deiner Attributspunkte. Ihre arkane Aufgabe ist nun freigeschaltet. Du kannst eine dieser drei Optionen wählen. Wähle sie sorgfältig aus, denn du kannst sie nicht mehr ändern, sobald deine Arkane zugewiesen sind.***

***Wassermagie: Mit reinem, magischem Wasser müssen Sie nie wieder schmutziges Wasser abkochen. Als natürliches Gegenmittel zum Feuer hat Wasser nur eine begrenzte Wirkung, abgesehen davon, dass es die wichtigste Ressource des Lebens ist.***

***Startzauber: Wasserguss - Richte einfach deine rechte Handfläche auf ein Ziel, denke an den Spruch, und ein Wasserschwall strömt heraus. Kostet 10 Mana.***

***Blitzmagie: Du hast immer die Möglichkeit, deine Ziele zu blitzen. Blitze werden durch Schilde abgewehrt und wirken gegen Wassermagie. Er funktioniert auch gut mit Wassermagie und ist einer der stärksten Angriffszauber für Einzelzielschaden.***

***Startzauber: Blitzschlag - Richte einfach deine rechte Handfläche auf ein Ziel, denke an den Spruch und ein knisternder Blitz wird ausgelöst. Kostet 10 Mana.***

***Naturmagie: Wachsen, wachsen, und noch mehr wachsen. Die Naturmagie fördert das Wachstum aller Dinge. Das Wachstum hört bei allen Kreaturen von Lon auf, wenn sie ihre natürliche Höchstgröße erreicht haben. Naturmagie wird durch Feuermagie bekämpft und funktioniert gut mit vielen Magien.***

***Startzauber: Rankenschlinge - Richte einfach deine rechte Handfläche auf ein Ziel, denke an den Spruch, und schon wachsen Ranken, um den Feind zu fangen. Kostet 10 Mana.***

. . .

"Siehst du das?" fragte ich Suzie.

Sie hockte auf meiner Schulter und nickte. Ich konnte sehen, dass sie tief in Gedanken versunken war. Wir ruhten uns im Foyer des vierten Stocks aus. Der Raum hatte eine schöne Bank, Wickelhaken, Ablagefächer und fast genug Platz für ein Bett. Ich könnte in einem Winkel schlafen, wenn ich wollte, aber das verdammte Ding gab uns eine Zeitschaltuhr. Der Raum im Foyer war nicht mietfrei, was eine Schande war.

"Naturmagie, ohne Frage. Du bist ein Kite-Boss. Verlasse einfach die Etage, gehe zur Bar, fülle unser Wasser auf und gehe wieder rein. Naturmagie und du kannst Kregor groß machen", sagte Suzie.

Suzie hatte den Mammutwelpen beim falschen Namen genannt, seit sie mit ihm zu tun hatte. Ich brummte: "Er heißt Lennox."

"Sein Name ist Kregor, hat er mir selbst gesagt. Lennox ist ein dummer Name, und er bringt Leute um."

Ich rollte mit den Augen. "Blitze können töten, und ich habe keine Ahnung, wann ich Zaubersprüche wie "Natur wachsen lassen" oder was auch immer freischalten werde."

"Du hättest ein Buch kaufen sollen, Bauernjunge."

Ich habe meine Hände hochgeworfen. "Wir haben einen Timer. Ich stimme dir zu, was die Wassermagie angeht. Sie scheint wirklich schwach zu sein. Die Naturmagie ist nützlich und wird mir helfen, wenn ich wieder in die Landwirtschaft gehe."

"Hilfe! Das ist eher Betrug und deine Seele schreit danach, sich in Schweinescheiße zu wälzen. Wenn du dich nicht für die Naturmagie entscheidest, sage ich der Gemeinde, dass du sie im Stich gelassen hast."

Ich keuchte. "Das würdest du nicht wagen."

"Es ist wahnsinnig schwer, mit einem Bleistift zwischen den Zähnen zu schreiben. Hier, ich zeige es dir." Sie kramte in meinem Schulranzen und holte einen Kohlestift zwischen ihren Zähnen hervor. "Schau zu."

Ich habe kaum verstanden, was sie sagte, aber ich habe verstanden, was sie schrieb. *Bauernjunge.* Ich musste kichern.

"Ich wähle Naturmagier und ja, ich bestätige", sagte ich stolz.

***Du hast als arkane Klasse den Naturmagier gewählt. Bestätigen Sie, dass Sie Naturmagier wählen möchten? JA - NEIN. Ja ausgewählt.***

Die Tür zum vierten Stock öffnete sich, und über ihr zählte ein Timer herunter. Wir hatten zehn Minuten Zeit, um das Gebäude zu verlassen, sonst würden wir automatisch in den dritten Stock geschickt.

"Also gut, seid ihr bereit, meinen Plan zu hören?" fragte ich Suzie.

"Ja, raus damit, oh mächtiger und starker Naturmagier", stichelte Suzie.

"Gut, gut. Ich erzähle es dir auf der anderen Seite dieser Tür." sagte ich und stand auf.

Ich stöhnte, weil ich eine schwere Tasche trug, die bis zum Rand mit Gegenständen gefüllt war. Kregor stieß ein Winseln aus und streckte sich, weil er mehr schlafen wollte. Der kleine Mammuthund folgte mir in die vierte Etage, und Suzie war gezwungen, sich mit mir in das nächste Abenteuer zu stürzen.

# KAPITEL FÜNFZEHN

## GELERNTE LEKTIONEN

Wir kamen mitten in einer kühlen Nacht im hüfthohen Gras an. Ein paar tausend Fuß entfernt umgab eine Palisade eine kleine Stadt. Ein Turmwächter hing schlaff über den Rand seiner Sitzstange und ein paar Leitern lehnten an der Mauer.

Eine Glocke läutete wütend aus dem Inneren der Stadt. Wutschreie durchdrangen die Dunkelheit, bis die schrillen Schmerzensschreie sie übertönten. Wenn ich raten müsste, wäre ich mitten in einem Überfall gelandet. Das Grunzen der kämpfenden Männer verdrängte gelegentlich das Klirren von Metall auf Metall.

"Schon dabei", schoss Suzie in Richtung der Kämpfe.

Mit einem Seufzer kippte ich meinen schweren Rucksack ab. Kregor war sehr verwirrt und verstand nicht, was vor sich ging. Seine Schnauze hob sich hoch, während er reichlich Luft einatmete. Ich ließ mich ins Gras sinken und spannte geschickt meinen Bogen. Ich bewunderte meine

Kreation, während ich arbeitete, diese Version war weitaus besser als die grobe Wahl, die wir in Onno hatten.

Meine Bewegungen waren flüssiger und schneller als sonst. Ich konnte den Unterschied bemerken und fühlte mich einen Moment lang ein wenig übermenschlich. Sicher, ich konnte einen Bogen schneller spannen und meinen Körper mit Anmut bewegen; das konnte ich immer, aber das hier war einfach schneller.

"Erinnere mich daran, Darnius eine Nachricht zu schicken und einen guten Bogen oder sieben mitzubringen", sagte ich zu mir selbst, zog einen Pfeil und spannte ihn ein. "Jetzt warten wir."

Kregor rollte sich neben meinem Bein zusammen und legte sich hin. "Wenigstens rennst du nicht weg", brummte ich.

Das Gras zu unserer Linken raschelte. Die Warnung ließ mir die Haare zu Berge stehen. Etwas näherte sich eilig, ohne sich darum zu kümmern, ob es die Tarnung aufgab.

Kregor bellte überrascht auf, als er die Fährte aufnahm.

"Hab ich dich!", knurrte eine Stimme.

Ich sprang auf und sah, wie sich das Gras wie ein Kielwasser teilte, nur ein paar Meter entfernt. Ein Zwergenhelm reflektierte das Mondlicht hell. Auf diese Entfernung konnte ich nicht danebenschießen, aber ich hatte nur einen Schuss. Ich zog mich zum Ankerpunkt an meiner rechten Wange zurück und ließ die Sehne frei gleiten.

***Peng!***

Ich warf meinen Bogen weg, zückte mein Kurzschwert und griff an. Ich rannte ein paar Schritte und fand den Zwerg in seinem Todeskampf strampelnd vor. Während er sich wälzte, gurgelte er Blut und hustete böse. Mein Pfeil ragte aus seinem Hals. Blut floss aus seinem Mund, und er erstarrte mit einem letzten Atemzug. Seine Essenz schoss in meine Brust und eine goldene Anzeige erschien vor meinem Gesicht.

***Du hast einen zwergischen Plünderer erschlagen. 21,292 Essenz erhalten.***

Ich eilte zurück zu meinem Bogen und steckte die Klinge weg. Kregor untersuchte die Leiche, während ich einen weiteren Pfeil vorbereitete. Dies war nur der vierte von hundert Stockwerken, was mich mehr als nur ein wenig aus der Fassung brachte. Eine Bedrohung schlich sich sofort an mich heran, und ich hielt an der Illusion fest, dass die Eingangspunkte sicher waren.

Nachdem ich die Augen geschlossen und gelauscht hatte, wurde mir klar, dass er allein gewesen sein musste. Kregors früheres Bellen hatte niemanden sonst veranlasst, sich zu nähern. Ich blieb wachsam und kauerte mich zusammen, nur für den Fall der Fälle. In den nächsten fünf Minuten wurden die Geräusche des Kampfes leiser.

Da ich mich sicher fühlte, kehrte ich zu der Leiche zurück und tastete sie ab. Unter seinen Eiern fand ich sein Portemonnaie.

. . .

***Du hast einen Zwergenschatz gefunden. 0,33 Essenz erhalten.***

Ich schnaufte, nicht sicher, ob es das wert war. Das Geräusch von Flügeln in der Luft erregte meine Aufmerksamkeit. Suzie landete auf meiner linken Schulter, wirbelte meinen Hals herum und setzte sich auf meine rechte Schulter.

"Woher kommt er?", fragte sie.

"Wie aus dem Nichts. Das plus drei Fingerfertigkeiten hat Wunder gewirkt. Habt ihr die Tür gefunden?" fragte ich.

"Ja, es ist..." Sie wurde von dem Geräusch abgelenkt, als Kregor den Zwerg ableckte. "Böses Hündchen, leck nicht das Blut."

"Ja, Kregor."

Sie lächelte, ihre Zähne glänzten im Mondlicht. "Mir gefällt, dass du seinen Geburtsnamen angenommen hast. Das wird er respektieren."

"Ja, wenn wir Amor sehen, ist er Lennox. Abgemacht?"

"Abgemacht. Also gut. Die Zwerge gewinnen einen Überfall. Du kannst entweder die Leute retten oder bei dem Versuch sterben, oder wir können einen Bogen um sie machen. Die Tür ist nicht in der Nähe der Kämpfe und es gibt keine Wache", sagte Suzie. "Du bist allerdings so laut wie ein Wildschwein. Du solltest dich entweder anschleichen oder einfach die Ausrüstung ablegen und sprinten.

"Er war zwanzig Essenzen wert", sagte ich und zeigte auf die Leiche.

"Ja, es gibt einen Kampf von zwanzig gegen zwanzig. Es ist für dich bestimmt zu sterben. Der Turm will dich töten. Tem, nimm den Attributspunkt, steigere das Level und komm weiter", sagte Suzie unglücklich.

"Das habe ich auch vor, ich wollte nur wissen, ob es reife Ziele gibt", sagte ich.

"Nicht hier, und jetzt, wo wir eine Sekunde Zeit haben, was ist dein Plan?"

"Wir gehen zurück in die dritte Etage, oder vielleicht in diese Etage, oder vielleicht in die fünfte. Eine einfache Etage allerdings und jagen einfach Essenzen, während wir im Drachenturm campen. Monatelang. Wir leben im Turm und halten das Level niedrig, bis ich legendäre Ausrüstung habe", sagte ich.

"Das ist ein schrecklicher Plan. Der schlimmste."

"Du bist einfach nur ungeduldig."

Suzie schnaubte so heftig, dass kleine Rotzbläschen aus ihren Nasenlöchern kamen. Ihre braunen Schuppen färbten sich vor Wut dunkelrot. "Natürlich, ich bin ungeduldig. Je länger ich als Wyvern bleibe, desto mehr verzehrt es mich. Oder ich verzehre mich als Bestie. Eine Bestie, Tem. Ich hielt an, um eine Libelle zu essen! Eine Libelle! Ich habe sie als Kobold aufgezogen, um Samen und Nachrichten zu tragen. Jetzt esse ich sie. Nicht in einer Million Jahren, aber anscheinend ist es eine Million Jahre."

"Ah, äh." Ich rieb mir den Nacken. "Wir können noch ein bisschen weiter klettern, denke ich. Ich möchte nur gut geschützt sein."

"Ich... Bring uns bitte in den fünften Stock. Ich werde Kregor helfen, sich im Gras zu verstecken, weit weg von unseren Sachen", sagte Suzie und drehte sich in eine bestimmte Richtung. "So brauchen wir nicht länger als drei Minuten, wenn wir schnell laufen. Wenn nicht gerade jemand mitten in der Schlacht im Gras geschlafen hat, ist der Weg frei".

Ich grub meine Füße ein, spannte meine Beine an und setzte zum Endspurt an. Ich stürzte durch das hohe Gras in die Richtung, in die sie mit ihrer Schnauze zeigte. Zu meiner Überraschung sauste sie vor mir her und scannte den Weg ein zweites Mal. Meine rechte Hand umklammerte den Pfeil, der immer noch am Bogen hing, für den Fall der Fälle. Während ich spürte, dass ich schneller lief, spürte ich, wie mich die schwere Ausrüstung belastete.

Nach drei Minuten harten Laufens konnte ich die Tür sehen, deren Umrisse sich deutlich von der grasbewachsenen Umgebung abhoben. Eine Erkenntnis überschwemmte mich. Vielleicht kann ich mich nicht ganz an meinen Attributplan halten. Die Anstrengung zerrte an mir und -

"Oye! Hierher, Jungs! Wir haben einen fliehenden Stiefmütterchen", rief ein Zwerg von meiner rechten Seite. Ich wich seinem Spott aus, denn ich wusste, dass ich einen großen Vorsprung hatte. "Wir brauchen einen Widderreiter!"

Ich erreichte die Tür und fühlte mich beschissen von der Anstrengung. Als ich die Klinke umdrehte und auf den Boden fiel, geschahen ein paar Dinge. Die Tür schnappte zu, ein Puff-Zauber brachte meine Begleiter und meine Ausrüstung in das kleine Foyer, und ein lautes Klingeln ertönte.

***Ding! Du hast die fünfte Etage erreicht. 4 Essenzpunkte erhalten. 1 Attributpunkt erhalten.***

***Du hast ausgewählt, Geschicklichkeit von 10 -} 11 zu erhöhen. Bestätigst du, dass du einen Punkt in Geschicklichkeit investieren möchtest? JA - NEIN. Ja gewählt.***

***Tem Onno.***

***Klasse: Bogenschütze***

***Höchste fertiggestellte Etage: 4***

***Intelligenz: 19***

***Weisheit: 12***

***Stärke: 6***

***Geschicklichkeit: 11***

***Ausdauer: 8***

***Mana: 31***

***Charisma: 9***

***Glück: 5***

***Gesundheit: 25***

***Arkan: Naturmagie.***

***Freigegebene Zaubersprüche: Schlinge der Ranken***

***Besondere Fähigkeit: Durchdringender Pfeil.***

***Vertrauter: Suzie der Wyvern.***

***Reittier/Begleiter: Kregor der Mammutwolf***

"Ich glaube, sie haben dich gesehen", sagte Suzie.

Ich holte Luft und lehnte mich an die Wand. "Ich dachte, mein Plan würde dir gefallen." Ich hob eine Hand, um ihre Erwiderung zu unterbrechen, während ich nach Luft schnappte. "Ich habe nicht an deine Kämpfe gedacht. Ehrlich gesagt, habe ich es einfach angenommen."

"Wir sind am Arsch", sagte sie mit einem Grinsen, das unterstützend wirken sollte, aber unheimlich wirkte. "Ich tue mein Bestes. Tot zu sein ist ... es ist nicht angenehm und es ist das Schlimmste, wenn auch nicht quälend. Ich - ich - ich ... es ist kompliziert."

"Hast du sich deshalb entschieden, in einen Auswahlpool zu gehen?" fragte ich.

"Eigentlich nicht. Der Drachenturm wird von einer neutralen Partei kontrolliert, und Spoiler, sie ist kein Drache, wie viele den Begriff assoziieren würden. Sie ist ein himmlischer Drache. Ein Wesen von Macht, Magie und Pracht. Sie darf sich einen Geist aussuchen, der die Vertrauten bewohnt, und ich glaube... ich glaube, sie ist bei solchen Optionen nicht mehr neutral", gab Suzie zu.

Es war seltsam zu sehen, wie sie ihre Frechheit vermissen ließ und ein wenig ihre Deckung fallen ließ. Ich blickte nach oben und sah neun Minuten auf einem Countdown-Timer über der Tür im fünften Stockwerk. Nach einem Sieg schien das ein guter Moment für eine Pause zu sein.

"Wie kommst du darauf?"

"Sie hat mit mir geredet. Wie mit einem Freund. Es war seltsam. Ich glaube, sie wollte jemanden, der ehrlich und unverblümt ist. Eines Tages erwähnte sie eine Geschichte über zwei Jungen, die ein Spiel mit einem Netz, einem Ball, Linien und Grundregeln spielten. Das Problem war, dass die Jungen nie darüber sprachen, ob man das Netz verschieben durfte. Da es keine Regel dagegen gab, nahm einer der Jungen sein Netz und warf es in den See. Der andere Junge konnte kein Tor erzielen, und das Spiel wurde von dem hinterhältigen Jungen gewonnen."

Ich habe gespottet. "Inor und Lon. Klingt nicht schlecht. Was hast du gesagt?"

"Dass ich den Jungen packen und unter Wasser drücken würde, bis er aufgibt, da sie ein Spiel mit nur begrenzten Regeln spielten. Diese Antwort gefiel ihr nicht und sie sprach nie wieder mit mir, aber ich bekam die Nachricht, dem Jungen zu helfen, dem ein Netz zum Toreschießen fehlte. Ich habe zugesagt, und der Rest ist Geschichte. Ich jammere nicht, das ist gegen meinen Stil. Gewinner, keine Jammerlappen. Ein beliebtes Motto von mir. Ich mag Herausforderungen, und ich bewundere deine Hartnäckigkeit. Ich weiß nur nicht, ob ich wieder eine Fee werden will, wenn es mich das kostet, was ich war", gab Suzie zu.

"Das ist ein Dilemma. Je länger ich brauche, desto mehr veränderst du dich, aber desto größer ist die Chance auf deine Freiheit. Ich habe immer noch die feste Absicht, eine gemütliche Etage zu finden und einen Haufen Essenz zu verdienen. Ehrlich gesagt, hätte ich an der Tür stehen bleiben und Zwerge töten sollen, bis ich gehen musste", sagte ich.

"Vielleicht. Viele der Leute in der Stadt scheinen Angst vor dem Turm zu haben. Wenn das hier nur Stufe vier ist, kann ich es ihnen nicht verübeln", sagte Suzie, immer noch mit säuerlichem Tonfall.

"Wir haben vier fast perfekt gespielt. Nächstes Mal machen wir erst einen kurzen Rundflug und dann eine gründliche Erkundung. Ansonsten haben wir uns wirklich gut geschlagen", sagte ich stolz.

"Willst du bis zur letzten Sekunde warten, damit ich meine Ausdauer wieder aufladen kann?" fragte Suzie.

"Sicher. Hey Drachenturm von Ilisia, wie erhalte ich Zaubersprüche oder kann ich sie aufleveln?" fragte ich.

***Alle fünf Stufen erhältst du eine Option zum Freischalten eines Zaubers oder zum Aufrüsten.***

. . .

"Noch eine, dann geht's wieder runter. Auch wenn die Etagen drastisch unterschiedlich sind, vielleicht ist eine davon schon genug wert, wenn sie einfach ist. Der Cerberus in der Savanne und dann vielleicht ein Elefantenschuss oder so", sagte ich achselzuckend.

"Der Turm hat keine Zeitschaltuhr für die Etagen, und ich will frei sein, Tem. Also ja, ich denke, das funktioniert, auch wenn es eine traurige Realität ist, dass ich warten muss, um wieder eine Elfe zu werden. Auf zur fünften Etage und zur Freischaltung", sagte Suzie mit einer positiven Einstellung.

## KAPITEL SECHZEHN

### 1 SCHRITT VOR 2 ZURÜCK

"Interessant", sagte ich und ließ den Ruck langsam herunter.

"Du magst dieses Wort wirklich. Scheint ein bisschen lang für einen Bauernjungen zu sein", stichelte Susie.

Wir standen auf einer schwimmenden Insel, einer von Tausenden. Sie bewegten sich nicht und tanzten auch nicht nach einem bestimmten Muster, sie schwebten einfach. Auf jeder war ein kreisförmiges Pad mit Hängebrücken verbunden, und auf ihnen lebten die unterschiedlichsten Tiere. Am ehesten konnte ich mir den Tiermarkt in der Stadt vorstellen. Käfiglose Behausungen für bestimmte Arten.

"Ein Zoo", sagte Suzie erstaunt. "Unglaublich."

"Wer benutzt jetzt große Worte?"

Sie hielt inne und sah mich direkt an, um ihre Pointe zu verkünden. "Nur Zoo ist zu kurz."

"Har har."

Ich rollte mit den Augen und lächelte. Suzie drehte sich um und beäugte mich misstrauisch. "Dein rechtes Ohr zuckt, wenn ich es sage. Hmm ... vielleicht ein Zeichen dafür, dass du nachdenklich oder verwirrt bist. Apropos, dein vom Pferd gebissenes Ohr sieht so gut wie neu aus."

"Danke, dass du es geheilt hast", sagte ich und berührte das Ohr, das sie nachwachsen lassen hatte. "Ich habe über das Wort Zoo gelesen, aber nie erfahren, was es ist."

"Ein Ort, an dem man Tiere verschiedener Arten züchten und sie beobachten kann. In diesem Fall musst du durch ihre Lebensräume zur Tür gelangen, die versteckt ist. Gut, dass du keinen Golem bekommen hast, habe ich recht?" Suzie stichelte, bevor sie die Flucht ergriff.

Ich sah zu, wie sie um unsere Insel flog. Einen Moment später stürzte sie sich in einen Busch. Blätter flogen und Äste knickten bei ihrem Angriff.

Ein goldenes Leuchten erfüllte ihren Körper, und sie flog mit einer grünen Schlange, die sie an den Hinterbeinen festhielt, herbei. Auf dieser Insel lebten offenbar Schlangen, die so groß waren wie ich. Sie setzte das Tier mit dem Diamantkopf in der Nähe ab, und ich hielt einen neugierigen Kregor zurück. Die Kiefer zuckten noch, und ich wollte ihn in seinem jungen Alter nicht verlieren.

"Lass mich die anderen suchen, bevor du dich entspannst", sagte Suzie und jagte durch die Bäume.

Ich spannte einen Pfeil an und tastete das Laub ab. Insgeheim wollte ich die letzte Schlange selbst erlegen. Ich beobachtete alle Äste und Zweige in der Nähe auf irgendetwas, das sich bewegte oder ungewöhnlich war. Die meisten

Raubtiere versteckten sich, wenn ihr Partner starb, ihr Instinkt war nicht auf Rache aus.

Suzie krachte in einen Busch, der ein paar Meter entfernt war, und ein goldener Schimmer hüllte sie ein. Sie flog mit ihrer Beute zurück, die zuckende Schlange in ihren Klauen. Sie ließ das tote Tier neben dem ersten sich windenden Kadaver fallen.

"Sieben Essenzen für die zwei Kills. Es sind Vipern, was bei der guten Ausbeute irgendwie Sinn macht."

"Beeindruckende Tötungen", sagte ich ihr in einem angenehmen Ton. Sie schien die Angst von vorhin abgelegt zu haben, und ich wollte sie unterstützen.

"Ich habe ziemlich viel gegen Schlangen. Als Fee musste ich sie fürchten. Komisch, wie die Nahrungskette funktioniert, wenn man ein bisschen größer wird." Sie sah mich an, als wäre sie in Gedanken versunken. "Wir können genauso gut ein Lager aufschlagen", sagte Suzie und kehrte zurück, um die Insel ein zweites Mal abzusuchen.

Kregor gähnte und versuchte, an den Schlangen zu schnuppern. Ich hielt ihn zurück, zückte mein Schwert und hackte beide Köpfe ab. Mit der Spitze der Klinge schleuderte ich die Köpfe an den Rand der Insel. Dann riss ich einen Busch mitsamt Wurzeln aus dem Boden.

Unsere Insel war mit einer anderen Insel verbunden, die wiederum mit insgesamt drei Inseln verbunden war. Nach dieser Insel wurde es zu einem kleinen Labyrinth ohne erkennbares Muster. Ich habe den Busch auf der wackeligen Hängebrücke als "Betreten verboten"-Schild zur nächsten Insel angebracht.

Die Bewohner des nahen Buschgeländes waren zwei aufrechte Tiere mit stummeligen Armen und einem langen Schwanz. Ich erkannte sie nicht und hatte keine Ahnung, ob sie uns über den Weg laufen würden. Ich wollte in Ruhe zu Mittag essen und hoffte, dass sie uns in Ruhe lassen würden.

Als ich zurückkam, knabberte Kregor fröhlich an einer der Schlangen und klemmte den Körper zwischen seinen Vorderpfoten ein. Ich hielt ihn nicht auf, weil ich dachte, dass sein Magen das rohe Fleisch und die schuppige Haut vertragen würde. Ich entfernte den anderen Körper und steckte ihn in einen Baumstamm.

Kregor sah zu, während er sich die Lippen schmatzte. Ich konnte fast seine unausgesprochenen Worte hören. 'Hey, das wollte ich essen.' Ich grinste den Welpen an und konnte meine Freude über seine niedliche Kopfneigung nicht verbergen.

Nachdem ich meinen Rucksack durchwühlt hatte, holte ich einen Feuerstein heraus, sammelte etwas Anzündholz und machte ein kleines Feuer. Das Gestell des Rucksacks ließ sich auseinandernehmen, um eine Kochstelle für beide Seiten des Feuers zu schaffen. Ich baute die Vorrichtung auf und machte dabei ein paar Mal alles falsch.

Ich hatte mich daran gewöhnt, dass ich kein ausgefallenes Metall besaß und einfach etwas Behelfsmäßiges zusammengebaut hatte. Nachdem ich geklärt hatte, welches Teil wohin gehört, schürte ich das Feuer ein wenig höher. Kregor erbrach einen Teil seiner Mahlzeit und rollte sich dann zu einem Ball zusammen, um das Essenskoma auszuschlafen.

Nachdem ich die Schlange ausgenommen hatte, hing ich sie in der richtigen Höhe über die Flammen. Suzies Abwesenheit erstreckte sich über eine halbe Stunde oder so. Bei all den Inseln, die es zu inspizieren galt, machte ich mir zu diesem Zeitpunkt keine Sorgen. Ich beendete die Zubereitung der Schlange, aß ein leichtes Mittagessen und ließ ihr genug zu essen übrig.

Da ich eigentlich nichts zu tun hatte, beschloss ich, die Brücke zu inspizieren. Ich spannte meinen Bogen, legte einen Pfeil an und verließ das gemütliche Lagerfeuer. Ich war noch nicht unbedingt müde, aber manchmal stahl ich mich in ein Nickerchen, wenn ich konnte.

*Es gibt zu viel zu sehen, zu tun und zu testen. Die Zehntausende von Essenzen, die ich brauche, werden mir nicht in den Schoß fallen und ich kann mich später ausruhen.*

Die beiden hochgewachsenen Kreaturen mampften Blätter von einem Baum. Auf nur hundert Schritte Entfernung konnten wir uns deutlich sehen. Ihr Revier war halbtrocken mit einer Ansammlung von dicken Bäumen, in denen sie wahrscheinlich nisteten.

Diese Pause in der Aufregung bot die Gelegenheit, etwas zu testen. Ich entfernte den Busch, der die Hängebrücke blockierte. Als ich sie betrat, hielten die Seile und Bretter gut. Wenn ich Höhenangst hätte, würde ich mich fürchten, denn der Boden unter mir war schwindelerregend weit entfernt.

Die braunhaarigen Kreaturen schienen mich zu bemerken, denn sie unterbrachen ihr Naschen, um den Menschen auf der Brücke zu inspizieren. Ich zog einen Pfeil zurück und flüsterte: "Durchdringender Schuss".

Ein Wirbel aus Magie ging von meinem Kern auf den Pfeil über. Ein weißes Glühen umhüllte die Spitze und schuf besonders scharfe Kanten am Pfeil mit einer größeren Spitze. Ich richtete mein Ziel aus, erreichte meinen Ankerpunkt und ließ die Sehne los.

***Swoosh!***

Der Pfeil schoss vom Bogen ab und geriet sofort in eine enge Drehung. Normalerweise gab es einen Punkt, an dem der Pfeil schwankte, bevor er sich drehte. Diesmal ging er sofort in eine Spirale über und pfiff lauter als jeder andere Pfeil, den ich bisher geschossen hatte.

Die unbeholfen aussehenden Tiere standen verwirrt von dem Lärm da. Der Pfeil durchbohrte die Haut und sprengte den Rücken in einer Gischt aus Blut. Ein schriller Schrei entrang sich seinen Lippen. Das Tier taumelte vor Schmerz und brach zusammen.

Das andere große Säugetier duckte sich in die Bäume, bevor ich versuchen konnte, seine Füße mit einem Zauberspruch zu verwurzeln.

***Du hast ein Känguru erschlagen. 1.102 Essenz erhalten.***

"Das bist du also", sagte ich zu mir selbst und zuckte mit den Schultern.

Ich ging über die Brücke, bis ich zögernd einen Fuß auf die andere Insel setzte. Zwei große Augen starrten mich zornig an. Das Känguru stürmte auf mich zu, die Fäuste im

Anschlag, als wolle es sich mit mir anlegen. Ich streckte meine rechte Handfläche aus und rief: "Schlinge der Ranken!"

Grüne Magie sprudelte in einem schwachen Bogen aus meiner Handfläche. Der Schleim spritzte nur einen oder zwei Meter vor mir auf den Boden.

"Äh..."

Ich legte verwirrt den Kopf schief, während ich den nächsten Pfeil abfeuerte. Das hüpfende Känguru verringerte den Abstand, und ich hob meinen Bogen, gerade als die Beine von Magie umhüllt wurden. Ich kam zu dem Schluss, dass die Magie erst über den Boden ihr Ziel erreichen musste, und war froh, dass ich es ausprobiert hatte.

"Verstanden", sagte ich grinsend.

Das Känguru drehte sich, sprang und versuchte zu fallen. Alle seine Bewegungen wurden von den Ranken aufgehalten. Als das Känguru merkte, dass es feststeckte, stieß es einen blökenden Schreckensschrei aus. Ich zielte mit dem Pfeil auf einen gnädigen Tod und ließ das Projektil los. Das Wimmern des Tieres verwandelte sich in Qualen, nachdem der Pfeil das Herz durchbohrt hatte.

Die Ranken verschwanden, und der Körper wippte auf dem trockenen Felsbett, wo er zuckte. Ich sah meinen Pfeil aus einem Busch in der Baumgruppe ragen. Ich wartete, bis das arme Känguru starb, und als es stillstand, schoss eine goldene Kugel in meine Brust.

. . .

***Du hast ein Känguru erschlagen. 1,3 Essenz erhalten.***

Da ich keinen Pfeil vergeuden wollte, pirschte ich mich vorsichtig an die Bäume heran. Ich fand den ersten und warf ihn in meinen Köcher. Der zweite entging mir, bis mir klar wurde, dass er zu mir kommen würde, wenn -

Ich bin gegen etwas Festes gestoßen, als ich durch ein Gebüsch ging.

"Die Tür?" sagte ich mit gerunzelten Brauen. "Hmm... Keine Suzie, aber... ich will sehen, welcher Zauber als nächstes kommt. Sie wird mir verzeihen, dass ich früher fertig bin."

Ich öffnete die Tür und trat hindurch. Wie beim letzten Mal geschahen ein paar Dinge. Meine Ausrüstung klapperte herunter, ungeordnet und unordentlich. Kregor schnarchte zufrieden in einer Kugel. Links von mir lag Suzie mit gebrochenen Flügeln und Einstichlöchern in ihrem Hals.

Während ich ihr zu Hilfe eilte, ertönte ein Klingeln in meinem Ohr, und so sehr ich es auch ignorieren wollte, der Drachenturm ließ mich nicht.

***Ding! Du hast die sechste Etage erreicht. 5 Essenzpunkte erhalten. 1 Attributspunkt erhalten. 1 Zauberspruch freigeschaltet.***

. . .

Ich fegte die Benachrichtigung aus dem Weg und hielt den ramponierten Flügeldrachen fest. Sie stieß ein Wimmern aus.

"Suzie! Was ist passiert?" Sie wurde ohnmächtig, unfähig zu antworten. "Drachenturm, wie kann ich sie heilen?"

***Die Vertrauten werden mit der Zeit heilen, genau wie du, wenn du Mana hast. Sie wird in ein oder zwei Stunden wieder gesund sein. Sie wird einen Tag brauchen, um sich vollständig zu erholen.***

"Interessant und beruhigend. Wenn ich mich in den Drachenturm begebe, kann ich meine Gegenstände dort unbegrenzt organisieren?" fragte ich.

***Ja. Ein geeignetes Zimmer scheint mir vernünftig zu sein. Es gibt ein gut bewachtes und privates Gasthaus auf der anderen Straßenseite. Sind Sie zu sehr abgelenkt, um Ihre Fortschritte zu nutzen?***

"Äh, nein. Ich kann mich jetzt darum kümmern, während ich dieses Chaos beseitige", sagte ich unglücklich. Ein kurzer Blick verriet mir, wo ich anfangen musste.

. . .

***Du hast ausgewählt, Geschicklichkeit von 11 -} 12 zu erhöhen. Bestätigst du, dass du einen Punkt in Geschicklichkeit investieren möchtest? JA - NEIN. Ja gewählt.***

***Sie haben vier Optionen für die Freischaltung Ihres Zaubers.***

***Durchdringender Pfeil 2: Alles, was Stufe eins macht. Er trifft jetzt härter, durchschlägt dickere Rüstungen und Knochen. Kostet 2 Mana weniger für 8 Mana pro Anwendung.***

***Schlinge der Ranken 2: Alles, was Stufe eins macht. Sie bewegt sich jetzt schneller, verheddert sich besser und kann zwei Feinde umschlingen. Kostet 2 Mana weniger für 8 Mana pro Anwendung.***

***Doppelschuss 1: Ein Pfeil wird doppelt so groß. Das sind nicht zwei Pfeile, sondern ein Schuss. Es ist ein größerer Pfeil mit viel mehr Kraft und Schwung. Kostet 10 Mana pro Einsatz.***

***Wachstum beschwören 1: Wird auf eine beliebige Pflanze, ein Tier oder ein Wesen gewirkt, um ihr volles Potenzial zu entfalten. Es gilt die natürliche Reife. Jeder Zauber beschleunigt das Wachstum des Ziels um zehn Prozent. Eine***

***Anwendung pro Tag. Kostet 30 Mana pro Anwendung.***

"Toll, jetzt will ich nur noch die zehnte Etage schlagen. Bleiben diese Optionen bestehen?" fragte ich.

***Die Optionen werden alle fünf Stufen mit zwei neuen Optionen wiederkehren.***

"Kann ich Suzie in einem Abteil lassen und ohne sie hineingehen?"

***Du darfst und sie wird heilen.***

Ich warf einen Blick auf die beiden Türen hinter mir. Ich hatte kaum dreißig Essenzen verdient und hatte einen wichtigen Teamkollegen verloren. Es war an der Zeit, das Klügste zu tun und das Foyer zu verlassen, bis Suzie sich erholt hatte. Wenn sie aufwachte, würde sie sicher eine Geschichte zu erzählen haben. Einerseits wollte ich warten, bis sie aufwachte, um zu wählen, aber ich hatte mich bereits entschieden.

***Du hast ausgewählt, den Zauberspruch freizuschalten: Wachstum beschwören. Bestä-***

***tigen Sie, dass Sie "Wachstum beschwören" freischalten möchten? JA - NEIN. Ja ausgewählt.***

***Tem Onno.***

***Klasse: Bogenschütze***

***Höchste fertiggestellte Etage: 5***

***Intelligenz: 19***

***Weisheit: 12***

***Stärke: 6***

***Geschicklichkeit: 12***

***Ausdauer: 8***

***Mana: 31***

***Charisma: 9***

***Glück: 5***

***Gesundheit: 26***

***Arkan: Naturmagie.***

***Entsperrte Zauber: Schlinge der Reben. Wachstum beschwören.***

***Besondere Fähigkeit: Durchdringender Pfeil.***

***Vertrauter: Suzie der Wyvern.***

***Reittier/Begleiter: Kregor der Mammutwolf***

. . .

Damit waren meine Pläne, im Turm zu wohnen, für den Moment über den Haufen geworfen. So lief es manchmal. Ich musste mich einfach zurückhalten, bis Suzie wieder bereit war zu gehen.

## KAPITEL SIEBZEHN

### BRIEFE

Auf ein leises Klopfen an meiner Tür folgte: "Ich habe Ihre Bücher, Mister Tem. Der Verkäufer sagte, es sei das meistverkaufte."

Das war Bev, ein mütterlicher Typ, die dort arbeitete. Sie war ein Wrack. Ihre fleckige Schürze und ihr Outfit waren so schmutzig, dass ich nicht glaubte, dass sie jemals gewaschen worden waren. Bev war auch spät dran, aber ich konnte ihr verzeihen, wenn sie das Richtige holte.

Ich überquerte die Straße vom Drachenturm zum Dragon's Inn. Die Wachen kontrollierten meine Sachen, ich zahlte für ein Zimmer, eine Mahlzeit und eine Gebühr für Kregor. Auf dem Weg zu meinem winzigen Zimmer fragte ich die Wirtin nach dem berühmtesten Buch über Turmbesteigung und bot ihr ein nettes Trinkgeld an, wenn sie es für mich holen würde. Das war das Ergebnis.

Lucky ruhte in meiner linken Hand, eine Goldmünze in der rechten. Langsam öffnete ich die Tür und verbarg den Dolch dahinter. Ich glaubte nicht, dass Bev mich angreifen würde, aber das hieß nicht, dass ich nicht nervös war. Bev hielt mir ein dünnes Buch hin. Ich legte die Goldmünze darauf, und sie runzelte die Stirn, als sie den glänzenden Gegenstand sah.

"Nimm es. Mach etwas Gutes damit. Ich bin hier ein Gefangener, auch wenn es so aussieht, als wäre ich besonders und begabt. Ich muss einfach auf dein Urteil vertrauen", sagte ich ihr, während ich das Buch entgegennahm.

"Das... Ja, Euer Gnaden. Ich danke Euch! Und viele Segnungen des Großen Geistes über Euch", sagte sie und biss in die Münze, bevor sie sie in ihre gealterte Büste steckte.

Ich täuschte ein Lächeln vor und winkte ihr mit dem Buch zu, als sie ging. Ich setzte das Buch ab und sah, dass Kregor nach draußen musste. Wir nahmen die hintere Treppe, die direkt in die Ställe führte. Er pisste gegen einen Pfosten, machte einen Hocksitz, und ich räumte seinen Dreck weg, bevor ich frisches Heu auf die Stelle legte. Die Säuberung war nicht perfekt, aber es reichte.

"Bist du bereit?" fragte ich den Welpen.

Er setzte sich hin und wedelte mit dem Schwanz. Ich glaube, er erwartete einen Leckerbissen, und alles, was ich hatte, war ein ausgefallener magischer Trick. Ich richtete meine rechte Handfläche auf ihn und sagte: "Beschwöre Wachstum!"

Ein grüner Strahl schoss in seine Stirn, und er krachte in das frische Heu. "Was in den vier Höllen!" platzte ich heraus.

In diesem Moment dachte ich, ich hätte den kleinen Kerl getötet. Das war eine falsche Annahme, denn sein Körper zitterte heftig, und er stieß ein Heulen aus - wie es ein Wolf tut, wenn er in seinen Träumen Beute jagt.

Die grüne Magie wirbelte um seine kleine Gestalt und tanzte zwischen den langen dunklen Haaren seines Mantels. Ein Knochen brach, dann zersplitterten hundert. Ich zuckte zusammen und fühlte mich ganz furchtbar. Seine Muskeln wuchsen und sein Körper verwandelte sich. Die Verwandlung ließ ihn langsam, aber sicher größer werden. Als die magische Verwandlung aufhörte, schossen seine Augen auf.

Der Knöchelbeißer wurde kniehoch, und er saß im Heu und wedelte mit dem Schwanz nach einem Leckerli, das ich nicht hatte, als ob nichts passiert wäre. Ich kraulte sein Ohr und sagte ihm, dass er ein guter Junge sei, und wir zogen uns ins Zimmer zurück, um ihm einen wohlverdienten Leckerbissen zu geben.

***Du hast Wachstum beschwören bei Kregor dem Mammutwolf eingesetzt. Du hast sein Wachstum in allen Aspekten um zehn Prozent erhöht. 7/10 verbleibende Wucherungen. 30 Mana verbraucht, noch 1 übrig. Kehre zum Turm zurück, um dein Mana wieder aufzuladen.***

"Hätte nicht gedacht, dass der Turm über seine Mauern hinausgehen kann. Interessant. Fast so interessant wie die überraschende Ruhe und Stille, nicht wahr, Kregor", sagte ich und er folgte mir die Treppe hinauf.

Bisher hatte ich mit Attentätern, verärgerten Adligen und verärgerten Angestellten gerechnet, die sich über meine Privilegien aufregen. Stattdessen wurde ich weitgehend ignoriert, anständig bedient und mein Essen war nicht vergiftet.

Als wir zurückkamen, schlief Suzie tief und fest. Der arme Flügeldrachen hatte sich schon eine ganze Weile nicht mehr bewegt. Ihr kleiner Brustkorb hob und senkte sich, und ihre Flügel knüpften sich langsam wieder zusammen, während sie heilte. Vor etwa einer Stunde hatte ich erwartet, dass sie jeden Moment die Augen öffnen würde, aber sie blieb in ihrem Schlummer, und ich hielt es für das Beste, sie ruhen zu lassen.

Im Gästezimmer standen ein Stuhl, ein Bett, ein Beistelltisch, eine Kerze und ein Eimer. Ich ließ mich auf den Stuhl plumpsen und las den Buchrücken.

*Wie ich ein Turmkletterer wurde, von Jakob Tannerton*

"Ein ziemlich kurzes Buch", sagte ich und blätterte die wenigen Seiten durch, um ein wenig Wind zu machen. "Welche Schätze hast du?"

Ich schlug die erste Seite auf.

*Wie bei den meisten Geschichten stehen wir am Anfang. Ich wurde als Sohn eines Zimmermanns geboren. Der Beruf des Lehrlings rief nach mir, und ich fühlte mich wohl bei der Herstellung von Gegenständen und Strukturen aus rohem Holz. Alles machte mir Freude: von Griffen über Türen bis hin zu Spielzeug und mehr. Ich sage das, weil es mich erdet, weil es immer ein Ort war, an den ich mich in meinem Kopf zurückziehen konnte, ein Zuhause ohne Streit und Kampf.*

*Als ich mich dem Drachenturm näherte, wurde er gemieden. Die Eltern hassten die Schöpfung, weil sie ihre Kinder verschlang und wenig zurückgab. Damals wurde eine Essenz für ein Silberstück verkauft. Oder für hundert Essenzen gab es eine Goldmünze. Wiederum ein Hinweis auf meinen Gemütszustand, denn den Drachenturm zu wagen, bedeutete fast den sicheren Untergang und minimalen Gewinn.*

*Doch immer, wenn ich mich der magischen Schöpfung näherte, konnte ich nicht anders, als meinen Nacken zu beugen und zu denken, dass es einen Versuch wert sei. Vielleicht war ich verrückt. Vielleicht bin ich das auch. Der Punkt ist, dass ich trotz meiner Ehrfurcht vor Unentschlossenheit wie erstarrt war.*

*All die jugendlichen Geister, mit denen ich aufgewachsen bin, stürzten sich in den Turm, um dann zu verschwinden. Das machte mich müde, zögerlich und unsicher. Der Drachenturm sollte gefürchtet werden, und er jagte mir eine Heidenangst ein. Ich weiß noch, wie ich tagelang auf das riesige schuppige Gebäude starrte.*

*Schließlich fing mein jüngerer Bruder an, meine Träumereien zu übernehmen. Ich sagte mir, ich würde einsteigen, ein paar Münzen verdienen, meinem Vater und meiner Mutter das Geld zurückzahlen und genug verdienen, um meinen eigenen Laden zu eröffnen. Ich glaube... ich glaube, diese Denkweise hat mich durchgebracht.*

*Die Ätherischen beurteilten mich, ließen mich ein, da niemand abgewiesen wurde, und ich begann mit meinen Prüfungen. Ich hatte die Wahl zwischen einem Hund, einem Elch und einer Eidechse. Ich entschied mich für den Hund, den Magier und die Wegwerfroben.*

*Zu diesem Zeitpunkt lesen Sie dies, um Informationen für Ihr zukünftiges Abenteuer zu sammeln. Lassen Sie mich zunächst sagen, dass Sie den Drachenturm aus den richtigen Gründen betreten sollten. Vergessen Sie nie, dass Sie ein Zuhause haben, das Sie schaffen oder zu dem Sie zurückkehren können. Die Denkweise ist wichtig. Warum betreten Sie ihn? Was ist ihr Ziel? Was sind Sie bereit zu tun, um dieses Ziel zu erreichen? Und schließlich: Sind Sie geduldig?*

*In den ersten drei Etagen habe ich viel gelernt. Ich war auf die Landschaften und Missionen fixiert. Das war es, was der Turm für mich wurde. Eine Reihe von Missionen, nur dass ich nicht spielte, um zu gewinnen. Ich spielte um Reichtümer. Mein Jagdhund war Yani, ein längst verstorbener Goblin. Mein Zauber war Arkanschlag, eine generische magische Waffe mit minimalem Schaden.*

*Der erste Stock war mir unendlich vertraut, und das ist wichtig. Ich werde auf das Warum und das Wie zurückkommen, muss aber zunächst die Erwartungen festlegen.*

*Oxa, das Brettspiel, hat mir sehr geholfen zu verstehen, womit ich konfrontiert war. Bei Oxa gibt es zwei Seiten und das gemeinsame Ziel, die Basis des anderen zu erreichen. Ich bin weder ein Gott noch göttlich oder erleuchtet. Ich bin einfach nur ich, ein ganz normaler Drachenreiter. Ich würde mein Leben dagegen verwetten, dass der Turm von Oxa aus errichtet wurde. Interessant, darüber nachzudenken, nicht wahr?*

*Jede Etage ist das gleiche Brettspiel, nur die Figuren sind unterschiedlich. Was ich damit meine, ist, dass die Etagen Muster haben. Das erste Muster besteht darin, die Bedrohung zu umgehen. Das zweite Muster besteht darin, die Bedrohung abzulenken. Das dritte Muster besteht darin, im richtigen Moment zuzuschlagen. Bei wiederkehrenden Versionen des Bodens werden lediglich die Figuren ausgetauscht, nicht aber das Brett. Falls das noch nicht deutlich genug ist: Ich habe den ersten Stock zehntausende Male besucht, und immer ging es darum, eine Bedrohung zu umgehen, um die Tür zu erreichen.*

*Yani und ich haben die Muster durch Tests herausgefunden. Der erste Stock wurde unser Zuhause. Ich kletterte auf einen Baum, er schleppte die Bedrohung heran, und ich schoss sie von oben ab. Im ersten Stock gibt es keine Fernkampfbedrohungen. Also haben wir den feindlichen und den großen Umwelt-Spawn immer wieder gefarmt. Manchmal war es ein gutmütiges Bauernhoftier, manchmal ein gut gebautes Nashorn zum Beispiel. Der Baum hat mich gerettet. Zur Hölle, Yanis Ausdauer führte manchmal zu Erschöpfungstoden ohne Gewalt.*

*Natürlich haben wir die ersten drei Stockwerke fertiggestellt, bevor wir das taten, aber wir haben unser Muster gefunden. Ich könnte drei oder vier Gold im Monat verdienen, wenn ich das sechs Tage die Woche machen würde. Die anderen lachten mich aus, und ich will ehrlich sein, ich tat so, als würde es nicht wehtun, aber das tat es. Ich wollte erfolgreich sein, das Problem war nur, dass wir unterschiedlich erfolgreich waren.*

*Nach fast einem ganzen Jahr zahlte ich meinem Vater, was es wahrscheinlich kostete, mich aufzuziehen. Er wollte ablehnen, aber ich zwang ihn dazu. Ich kaufte Mutter eine schöne Kutsche und verwöhnte mein jüngeres Geschwisterchen. Ich habe sogar genug gespart, um in einer der abgelegenen Städte eine eigene Schreinerei zu betreiben. Das Problem war nur, dass ich jedes Mal, wenn ich auf mein Pferd stieg, um vom Turm wegzureiten, es nicht schaffte.*

*Bis heute frage ich mich, ob der Drachenturm süchtig macht, denn je weiter man kommt, desto mehr hungert man danach. Vielleicht lag es nur an mir, denn andere haben dieses Problem nicht.*

*Yani wollte auch nicht, dass ich gehe. Sein Leben als Jagdhund verfällt, als ich mich zurückziehe. Ich rede mir ein, dass es meine Freundschaft mit dem Koboldgeist war, aber Yani war tot. Er lebte ein Leben, verlor es und nun war ich an der Reihe. Nur dass ich zum Turm zurückkam.*

*Ich kämpfte mich hoch in den Turm und erreichte in kürzester Zeit Stufe fünfzig. Ich konnte eine Etage lesen, mich auf die Herausforderung einstellen und durch diese Tür gehen. Jedes Mal hatte ich es nicht eilig, jedes Mal war ich vorsichtig und zögerlich. Mein Vater fragte mich, warum. Warum drängte ich plötzlich nach oben?*

*Gier, Begierde und die Herausforderung. Ehrlich gesagt, das Gold war verdammt schön. Außerdem waren nach den ersten zehn Stockwerken die nächsten vierzig ziemlich gewöhnlich. Das änderte sich, als ich die Decke der Unzulänglichkeiten erreichte. Damit meine ich, dass ich in den mittleren Fünfzigern anfing zu grinden und nicht mehr weiterkam.*

*An einem bestimmten Punkt verändert der Turm das Spiel. Man ist nicht mehr das schlaue Individuum mit seinen zwei*

*Verbündeten. Man begibt sich in Szenarien, die einen Champion erfordern. Die Kämpfe sind brutal und zum Glück war es in den großen Schlachten einfach, eine Menge Essenz zu verdienen. Aber ein falscher Pfeil und alles war vorbei.*

*Anstatt das Risiko einzugehen, kehrte ich in MEINEN dreiunddreißigsten Stock zurück. Das "mein" wird für später betont. Ehrlich gesagt, habe ich in dem Jahr, das ich im ersten Stock verbracht habe, viel gelernt. Gleichzeitig hätte ich viel früher fertig sein können, wenn ich auf eine mittlere Stufe aufgestiegen wäre, die der Turm speziell für mich angefertigt hat. Einsicht ist der Lieferant allen Wissens, so sagt man mir. Das Farmen auf Etage dreiunddreißig wurde zu hunderttausend Essenzen. Am Ende trug ich das absolut Beste, was der Drachenturm zu bieten hatte, mit zusätzlichen Sets von Rüstungen und Bogenschützenledern.*

*Ich habe so lange gefarmt, bis ich alle legendären Gegenstände für "Alle Optionen" hatte. Und warum? Weil der Turm stolz darauf ist, dass es keine Einheitsgröße gibt, die für alle passt. Und nicht nur das, ich habe immer weitergemacht und mich immer mehr angestrengt. Ich kaufte einen Kriegselefanten, einen Greif, eine Schildkröte und so ziemlich jedes andere nützliche Haustier, das ich in die Finger bekam.*

*Mit der besten Ausrüstung, genug Haustieren, um einen ganzen Stall zu füllen, und der Entschlossenheit, mir das Drachenei zu verdienen, rückte ich bis an die Spitze des Turms vor. Ich verlor Ossa, den Greif, um den Endgegner zu besiegen. Ich werde den letzten Moment nicht verraten, aber wenn ihr davon träumt, dann wisst, dass es sich gelohnt hat. Ich habe mein Ei sofort zu einem Wachstumsmagier gebracht, und Xora wurde geboren.*

*Als Xora geboren wurde, habe ich alles verkauft, was ich konnte, und wir wurden Händler. Jawohl, Händler. Seltsam, aber es passte zu unseren Persönlichkeiten. Yani zog es vor, als Hund statt als Kobold zu leben, und wählte meine Veranda als sein Zuhause. Meine Magie ließ mit der Zeit nach, so dass ich irgendwann in den Turm gehen musste, um mich wieder aufzuladen, da Magier einfach träge wurden.*

*Ich habe diesen Leitfaden geschrieben, weil all die neuen Rekruten den Drachenturm erobern wollen, ohne in sich selbst zu investieren oder richtig zu verstehen, dass jedes Stockwerk einen Zweck hat. Ihr sucht wahrscheinlich nach einer Aufschlüsselung nach Stockwerken, aber abgesehen von den ersten drei ist es immer anders. Finden Sie die Etage heraus, nehmen Sie sich Zeit, seien Sie vorsichtig und finden Sie die Tür.*

*Oh, und investieren Sie in Ihre Vertrauten, ob Sie es glauben oder nicht, sie sind die wahren Helden.*

*Hey. Hier ist Jakobs Sohn, Chase. Mein Vater verschwand im Tower auf einer niedrigen Etage, um einer von ihm bevorzugten Wohltätigkeitsorganisation zu helfen. Waisenkinder des Krieges. Ich habe dieses Tagebuch gefunden, in der Hoffnung, Antworten zu finden, weil Xora gegangen ist, bevor er hineinging. Der Drache flog davon, ohne einen Hinweis darauf zu geben, wohin er wollte. Wo auch immer er ist, ich wünsche ihm und Yari das Beste.*

*Der Turm ist zu einem Werkzeug des Adels geworden, und mein Vater hat seinen Reichtum nie behalten, um ihn weiterzugeben, also konnte ich nicht nachforschen oder gar direkt fragen, ohne von den Ätherischen akzeptiert zu werden. Vielleicht ist er nicht verloren, sondern nur auf einer Etage, wo er ewig leben kann, und eines Tages wirst du ihn im Drachenturm sehen. Er hat wirklich hart gekämpft, um all die Veränderungen zu verhindern, aber als die Magie die Welt verließ, verließ auch sein Geist die Welt, um anderen zu helfen. Ich wünsche euch alles Gute und hoffe, ihr versteht, wie gefährlich der Drachenturm ist.*

*Ich will Ihnen sagen, wie ich ihn gesehen habe.*

Ich blätterte durch Dutzende von Seiten und bemerkte Illustrationen und einfachen Fülltext. Wenn ich raten müsste, wollte der Verlag, dass der Sohn die Seitenzahl aufpeppt, um den Band teurer zu machen. Ich blätterte den Eintrag zweimal durch, wobei mir beim zweiten Mal nichts Besonderes auffiel.

Als ich das Buch zuklappte, erschrak Suzie über das Geräusch. Sie schlug die Augen auf und gähnte herzhaft.

"Wo sind wir?", fragte sie und öffnete und schloss ihre geheilten Flügel.

"Das Dragon's Inn gegenüber dem Turm."

Die kleine Wyvern legte den Kopf schief. "Du hast den Turm verlassen? Das widerspricht unserem Plan."

"Ich bin kein Ein-Mann-Team."

Sie spottete. "Glaube nicht, dass das bedeutet, dass ich auf einmal nett sein werde."

"Würde mir im Traum nicht einfallen. Was ist passiert?"

"Ich konnte die verdammte Tür nicht finden. Ich meine, ich habe gesucht und gesucht und gesucht. Ich hatte den Plan, die ganze Jagd zu machen und die besten Inseln zu markieren, mit denen wir ein Vermögen verdienen könnten, aber siehe da, keine verdammte Tür. Das ärgerte mich und ich wurde nervös. Ich... ich habe manchmal Wutprobleme. Jedenfalls war es auf einigen Inseln schwer zu erkennen, wer oder was darauf lebte. Nun, ich bin auf einer leeren Insel gelandet, um mich zu erholen, und der Ast, auf dem ich gelandet bin, hat mich eingeklemmt", sagte Suzie unglücklich.

"Eine Falle?"

"Ja. Eine Eichhörnchenspinne hat ihren klebrigen Schleim abgelegt und ich bin direkt darin gelandet. Ich wusste es besser, als um Hilfe zu schreien oder auch nur übermäßig zu vibrieren. Das Material gibt seinen Kleber durch Wärme ab, also habe ich einfach gewartet. Aber sie müssen meine Landung gespürt haben. Wir kämpften, wobei ich keine Treffer landen konnte, da ich verlor. Als sie sich an meinem Blut satt getrunken hatten, lag ich einfach nur da, unfähig, mich zu bewegen. Ein Schwindelgefühl überkam mich, und ich erwachte mit geheilten Flügeln in dieser Gefängniszelle", schimpfte Suzie. "Kannst du dir nichts Besseres leisten?"

"Unauffällig... und das hier ist größer als die meisten", sagte ich.

"Was ist In der Zwischenzeit passiert?"

Sie hörte mir aufmerksam zu, während ich ihr erzählte, was ich über Zauberentriegelungen gelernt hatte, was ich ausgesucht hatte und was Jakob in seinem Tagebuch geschrieben hatte. Suzie nickte und hörte aufmerksam zu, bis ihr langweilig wurde und sie um eine Mahlzeit bat. Ich reichte ihr meine Essensreste, und sie aß sie, bis sie sich in ihrem Bett zusammenrollte und einschlief.

In dieser Nacht versuchte ich herauszufinden, auf welchem Stockwerk ich am besten zelten sollte. Gleichzeitig ließ mich der für zehn Personen freigeschaltete Zauber sabbern.

## KAPITEL ACHTZEHN

### SECHSTE ETAGE OH OH

Ich wartete einen weiteren Tag darauf, dass "Wachstum beschwören" zurückgesetzt wurde, damit ich Kregor bis zur Höhe meines Knies wachsen lassen konnte. Das bedeutete natürlich, dass wir in den Turm gehen mussten, um unsere Mana-Poolswieder aufzuladen. Meiner war durch den mächtigen Zauber erschöpft, der von Suzie durch ihre natürliche Heilung.

Wir entspannten uns im Drachenladen und zogen es vor, Gespräche oder Konfrontationen mit den Stadtbewohnern zu vermeiden. Wir fanden den Laden sogar unbesetzt vor, so als ob Essolin wusste, was wir taten, und es vorzog, uns zu ignorieren. Am zweiten Tag taten wir dies erneut, und als mein Mana wieder vollständig aufgeladen war und es Suzie zweifellos besser ging, kehrten wir zum Drachenturm zurück. Mir ist aufgefallen, dass ein paar Einheimische, die den Eingang des Turms beobachteten, bei unserem Kommen und Gehen aufhorchten.

Keine Nachricht erwartete mich bei den Eingangswachen oder wurde mir auf mein Zimmer gebracht. Es schien, als hätte meine gemütliche Zeit im Dragon's Inn dazu beigetragen, die Erwartungen zu dämpfen. Ich war mir sicher, dass man mich unter den Eliten der Stadt erwähnte, und das wollte ich ändern.

Die Wachen gingen auseinander und beäugten den größeren Mammutwolf mit Besorgnis. Solche Bestien streiften normalerweise nicht durch die Straßen. Es war klar, dass niemand einen Welpen fürchtete, und doch fürchtete jeder ein Monster. Ich machte mir Sorgen, dass seine rasante Beschleunigung etwas daran ändern würde, wer oder was er war. Die einzige Veränderung, die mir auffiel, war, dass er mehr schlief, was ich nicht für möglich gehalten hätte, da er sehr viel schlief.

Wir schlenderten in den Drachenturm, ignorierten die leichte Menschenmenge und schafften es fast ohne Unterbrechung in den Turm.

"Herzog Tervo hat eine Nachricht geschickt", sagte Lina und hielt mich inne, bevor ich eintrat. Herzog Tervo war der Vater von Amor, und er wollte mir entweder dafür danken, dass ich seine Tochter gerettet hatte, oder er wollte von mir Gunst und Schutzgeld oder so etwas. Wahrscheinlich beides. "Du bist zu einem Ball eingeladen, am kommenden Spirit Day. Marker wird dort sein. Derjenige, der die Adligen prägt. Stell dir vor, wie überrascht wir waren, als wir erfuhren, dass du kein einfacher Bauer bist."

"Ich bin der, der ich bin, und Nachricht dankend erhalten", sagte ich und öffnete die Tür zum Turm. "Genießt die Drinks, meine Herren."

"Und *die Damen*!" fügte Suzie hinzu. "Der Modus Operandi der Bauernjungen ist der *schlimmste*!"

Ich trat ins Foyer, bevor ich eine Antwort hören konnte. Wir schlossen uns in den Vorbereitungsraum zwischen den Stockwerken ein, wo ich den größten Teil meiner Ausrüstung unterbringen konnte und dies auch tat. Ich war froh, den Lärm abzuschirmen und die anderen Kletterer zu meiden. Ich war nicht in der Stimmung für ihr Drama. Meine Seele blätterte mit entschlossener Entschlossenheit eine Seite um.

Dieses Buch... Es hat mir eine Tatsache vor Augen geführt. Es gibt keinen einfachen Weg an die Spitze.

Man muss seinen Beitrag am Boden leisten, bevor man an die Spitze kommt. In Wirklichkeit bin ich wahrscheinlich denselben Weg gegangen wie jeder andere Champion, der das Drachenei an der Spitze erreicht hat. Nutze den Turm zu deinem Vorteil aus und hole dir dann den Ruhm.

Und doch stand ich kurz vor dem Beginn der sechsten Etage und war kaum ein Champion.

Ich schnaufte frustriert, lächelte aber entschlossen. Es war an der Zeit, sich an die Arbeit zu machen. Ich warf mir meine Campingausrüstung auf den Rücken, nahm meinen Bogen von der Wand und legte einen Pfeil auf.

"Warum so grimmig, es war doch nur ein Scherz?" sagte Suzie. "Es bedeutet Manieren."

"A. Ich weiß, was es bedeutet. B. Ich wäre in der Lage, die logische Schlussfolgerung zu ziehen. Das säuerliche Gesicht kommt daher, dass ich nicht an Bällen teilnehmen will. Ich will dich befreien und dabei helfen, Ilisia die Magie zurückzugeben. Der einzige Weg dazu ist, einen entschlossenen Teil von mir zu entfesseln, einen aufgeregten und doch gefährlichen Teil. Ich muss da reingehen und anfangen, nach oben zu jagen. Ich muss nur hoffen, dass es mich nicht auffrisst", sagte ich.

"Warum sollte es?" fragte Suzie mit einem Spott.

Ich wedelte mit dem Finger. "Seit ich die Zauberfreischaltungen gesehen habe, sabbere ich. Ich glaube, darum geht es ja: Finde eine Herausforderung, überwinde sie, und mit der nächsten Freischaltung wird alles wieder gut. Wenn ich Doppelschuss hätte, könnte ich alles erschlagen. Hätte ich eine höhere Stufe von "Rankenschlinge", könnte ich Golems in die Falle locken, und was wäre wenn. Die Gedanken an die neu gewonnene Macht verzehren.

"Dunkel, aber ich verstehe. Ich bin bereit", sagte Suzie. Sie wirbelte um meinen Körper herum und überprüfte meine Gurte, Schnallen und Waffenschlitze. "Und du bist es auch."

Ich öffnete die Tür zur sechsten Etage und sah einen langen Kerkerflur. Selbstbewusst trat ich ein.

Das Quietschen einer aufgeschreckten Ratte ließ mich aufschrecken. Kregor stürzte sich mit einem blitzschnellen Ausfallschritt nach vorne. Das Kreischen der Ratte hörte plötzlich mit einem unangenehmen Knacken auf. Der Wolf glühte golden auf, bevor eine Kugel in meine Brust schoss.

***Kregor hat eine Kerkerratte getötet. Er hat 0,009 Essenz erhalten.***

"Kerkerratte, ja", brummte ich und ließ meinen Rucksack auf den Boden gleiten. Wir würden hier keine Campingausrüstung brauchen.

"Ja, sei ein Schatz und vergiss, dass es mich gibt, dieser Ort ist unter meiner Würde", sagte Suzie.

Ich kicherte, während ich unsere Umgebung untersuchte. Der Kerker war nur ein steinerner Gang. Die Decke war aus hartem Fels, die Wände eine Mischung aus freigelegtem Stein und gestapelten Ziegeln. Die Narben von den Spitzhacken waren ebenso deutlich zu sehen wie die Unmengen an Schimmel in jeder Ritze und jedem Spalt.

Die Tür hinter mir führte wahrscheinlich zu einer Zelle und wurde durch einen Ausgang zum Foyer des Drachenturms ersetzt. Eine einzelne Kerze flackerte, die Wachsmenge unter ihr war zu einem Haufen zusammengeschmolzen und unzählige Male ersetzt worden.

Ich sog den Geruch von Schimmel ein, der sich gut mit der Kälte vermischte, die von dem Stein ausging. Anstatt wegzufliegen, um sich zu erholen, rollte sich Suzie um meinen Hals. Sie ging nicht einmal zu ihrer Schulterstütze, um sich an meiner Wärme festzuhalten.

"Meinst du das mit dem Verschwinden ernst?" fragte ich zögernd.

"Von -" Schnappende Knochen unterbrachen sie. Kregor warf den Kopf zurück und trank den Rest der Ratte mit einem großen Schluck aus. "Sein Gas wird giftig sein. Toll …"

"So ist es billiger. Willst du nicht auskundschaften?" fragte ich.

"Schick den Wolf, aber vielleicht rennt er einfach rein und stirbt", sagte Suzie kichernd. "Das würde unser Furzproblem lösen."

Ich rollte mit den Augen. "Keiner stirbt. Also gut, wir müssen uns über die Etage klar werden. Fliehen wir nach oben oder nach unten?"

"Äh, runter ist eine Option?"

Ich spürte keinen Windhauch, der auf einen solchen hindeuten würde, und die Kerze flackerte nur ganz leicht. Mir war klar, dass ich es nur herausfinden konnte, wenn ich vorwärts ging. Nach zwei Tagen Pause kam ich auf diese Etage und war bereit, in die zehnte Etage vorzudringen. Jetzt... Jetzt fragte ich mich, ob ich wegen des engen Raums auf ein Schwert umsteigen sollte.

"Ja, ich nehme an, die meisten Verliese haben einen Abfluss. Der Duschraum im Verlies von Ilisia hatte Schlitze, die groß genug für einen Mann waren. Es würde mich nicht wundern, wenn die Tür an der Decke oder am Boden wäre. Das habe ich noch nicht gesehen", sagte ich.

"Können wir diesen nicht für den Essenzanbau auswählen?"

"Einverstanden", erwiderte ich und trat mit meinem Bogen im Anschlag vor.

Die gerade Halle blieb leer und Kregor trabte voraus. Ich musste ehrlich zu mir selbst sein, dass ich mich mit ihm an der Spitze besser fühlte. Ein oder zwei Minuten später erreichten wir eine T-Kreuzung. Von links ertönte leiser Gesang.

Die Melodie wurde immer lauter, und wir kamen an einer Zellentür vorbei. Ich lauschte der wunderbaren Melodie mit Besorgnis, denn wo es Gefangene gab, gab es auch Wachen.

Wir kamen im Schneckentempo voran. Nach einem Dutzend Türen hörte ich nur einen Pieps aus der einen Zelle. Der Gesang war wunderschön und übertönte unsere Schritte in den ansonsten ruhigen Gängen. Der Gang machte eine Biegung und am Ende schnarchte ein Wärter, der seine Arme über einem Schreibtisch verschränkt hatte, um ein Kissen zu haben.

Ich habe nicht gezögert. Ich zog die Sehne zu meinem Ankerpunkt zurück, beruhigte meinen Atem, richtete den Schuss aus und ließ die Sehne von meinen Fingern abrollen.

*Peng!*

Während der Pfeil über die Distanz sauste, schnappte ich mir Lucky aus meinem Stiefel und stürmte vor. Der Dolch war in diesem Fall nicht nötig. Der Schuss war ein Volltreffer, oder in diesem Fall das Auge eines Wächters. Er war auf der Stelle tot und seine Kugel versank in meiner Brust.

***Du hast Marco, den Verteidiger des Kerkers, erschlagen.***

***17.332 Essenz belohnt.***

Ich steckte den Dolch schnell wieder in meinen Stiefel und hörte aufmerksam zu.

Die Sängerin wusste, dass etwas nicht stimmte.

Sie sagte zögernd: "Hallo."

Ich brachte sie zum Schweigen und zu meinem Schock hörte sie zu. Ich eilte zu der Leiche und fand die Schlüssel an einem Haken hinter ihm. Ich nahm die Schlüssel und eilte zu der Zelle.

"Wer sind Sie?" fragte ich.

"Äh... ist das eine Fangfrage?"

Ich starrte die Tür an und seufzte vor Frustration. "Antworten Sie oder ich gehe. Wer sind Sie?"

"Prinzessin Telina aus dem Hause Arnin, Gefangene meines jüngeren Bruders und die einzige Insassin in diesem Zellenblock", sagte sie.

Ich steckte den Schlüssel in das Schloss und drehte ihn. Die Stahltür schwang auf, und was ich sah, war ein Schock. Eine schöne junge Frau stand in einem hübschen Kleid da. Sie hatte sogar ordentlich Puder auf den Wangen und Strähnchen auf den Lippen.

"Kürzlich gefangen genommen?" fragte ich.

"Vor etwa einer Stunde. Allerdings nicht gefangen. Ich wurde in die Verbannung geschickt. Hierher wurde ich verbannt", sagte sie. "Wo ist Marco?"

"Wer ist Marco?"

"Mein Wächter. Nun, er war einer von ihnen, er hat sich mit den anderen gegen mich gewandt und gesagt, er würde mir unvorstellbare Dinge antun", sagte Prinzessin Telina.

"Nun, ich habe gute Neuigkeiten", prahlte ich.

"Die beste Nachricht", sagte Suzie liebevoll. "Er ist tot."

"Wunderbar", sagte Prinzessin Telina und gähnte. "Ich hatte ein gutes Nickerchen und alles."

Als sie aus der Zelle trat, schoss eine große Essenzkugel in meine Brust.

***Du hast Prinzessin Telina befreit. 100 Essenz erhalten.***

***Begleiten Sie sie zum Ausgang, um eine zweite Auszeichnung zu erhalten.***

"Tu mir einen Gefallen und plündere Marco. Nimm seine Waffen und alle Münzen", sagte ich, und sie eilte den Flur hinunter.

Suzie beäugte mich misstrauisch. "Was hast du vor, Bauernjunge?"

Ich öffnete eine Zelle nach der anderen. In keiner gab es eine Ausgangstür, und in allen fehlten Schätze. Vielleicht war unter geheimen Steinen Beute versteckt, aber ich hatte nicht vor, jede Zelle Stein für Stein zu untersuchen. Suzie hatte ihre Antwort, als ich den letzten Raum untersucht hatte.

"Hier, mein Held", sagte Telina und warf mir die Handtasche zu.

Als mir das Glitzern eines Dolches auffiel, der auf meinen Körper zuraste, sprang ich zurück. Meine Geschicklichkeit war hoch, als ich den Drachenturm betrat. Dank meiner unglaublichen Geschwindigkeit kam sie nicht einmal in die Nähe.

Ich schlug mit meinem Bogen auf ihr Handgelenk, wobei die Außenseite des Knochens zerbrach. Sie ließ den Dolch fallen und die Waffe klirrte auf den Steinboden. Sie verschränkte die Arme und zog ihr Profil zusammen, während sie eine ganze Reihe von Flüchen ausstieß, die keine Prinzessin kennen sollte. Ein Kreuzhaken erwischte sie unvorbereitet, traf sie hart am Kiefer, und sie sackte zusammen wie ein Sack Kartoffeln.

"Whoa! Was zum Teufel ist passiert?" rief Suzie.

"Äh, nicht sicher."

"Warte, hat sie versucht, dich mit dem Dolch zu erstechen?

"Sie zielt auf mein Herz", sagte ich trocken.

"Warum in den vier Höllen sollte sie das tun?"

"Ich schätze, dass niemand mein Freund ist. Ich hatte den Eindruck, dass Jakob in den Turm zurückkehrte, eine Jungfrau rettete und nie wieder wegging, egal in welches Haus sie ihn lockte. Das ist in gewisser Weise romantisch. Er hat ein Geschöpf von Lon gefunden, mit dem er für immer und ewig leben kann. Diese Theorie ist jedoch wahrscheinlich falsch. Ich glaube, der Drachenturm ist dazu bestimmt, dich langfristig zu töten", sagte ich.

"Hast du sie getötet?" fragte Suzie.

"Keine Kugel, also... Interessant, dass sie das getan hat. Ich möchte fast mehr wissen, aber ich weiß es nicht", sagte ich und streifte dem Wächter den Gürtel vom Leib. Ich fesselte die Prinzessin, warf sie mir über die Schulter und ging weiter den Flur entlang. "Zumindest wird sie einen guten Schutzschild abgeben, wenn wir auf Bogenschützen treffen."

Wir näherten uns einer Tür mit der Aufschrift *"Wasch Salon"*.

Ich musste einen Schlüssel benutzen, um sie zu öffnen, und tatsächlich lag die Ausgangstür auf dem Boden. Ich riss sie auf und warf sie hinein. Eine goldene Kugel schoss in meine Brust, und sie verschwand.

***Du hast Prinzessin Telina an die Kerker-Alligatoren verfüttert. Du erhältst 10 Essenzen.***

"Ha! Hahahahahahahaha!" Suzie schnaubte, als sie lachte. "Das ist ... das absolut ... Beste!"

"I..." Ich hielt inne und wusste nicht, was ich sagen sollte.

Ich schüttelte den Kopf und stieg mit einem grinsenden Kopfschütteln in den Foyerraum hinab. Der Fußboden war so ausgerichtet, dass alles durch Magie in die richtige Richtung lief.

. . .

***Ding! Du hast die siebte Etage erreicht. 6 Essenzpunkte erhalten. 1 Attributpunkt erhalten.***

***Du hast ausgewählt, Geschicklichkeit von 12 -} 13 zu erhöhen. Bestätigst du, dass du einen Punkt in Geschicklichkeit investieren möchtest? JA - NEIN. Ja gewählt.***

"Du magst diese Geschicklichkeit wirklich", sagte Suzie. Ich versuchte, ihr zu antworten, und sie fügte hinzu: "Damit du den Alligatoren schnell Prinzessinnen zuwerfen kannst. Bwahahahaha."

Ich schüttelte kichernd den Kopf, warf meine Tasche auf den Rücken, legte einen Pfeil bereit und betrat den siebten Stock.

# KAPITEL NEUNZEHN

## DU WIEDER

Ich kam im siebten Stockwerk an und konnte die Lage des Stockwerks leicht erraten. Ein Löwenrudel ruhte in einer Savanne zwischen mir und einer weit entfernten Tür. Die magische Tür befand sich zwischen zwei Plateaus am Ende einer langen und engen Schlucht. Es war unmöglich, in die Schlucht zu gelangen, ohne entweder die Löwen zu besiegen oder von den Höhen herabzusteigen.

Ich ließ den Ruck fallen und drehte mich langsam. Die riesige Freifläche erwies sich als weitläufiger, als ich erwartet hatte. Hinter der Tür, die ich verließ, graste eine Herde sechsbeiniger Tiere im Gras. Sie waren groß, mindestens fünfmal so schwer wie ich, wenn ich schätzen müsste, und jedes von ihnen hatte große Hörner. Ich sah ein paar Bäume, die sporadisch in der Gegend standen, ein paar kleinere Tiere und kam zurück zum Löwenrudel, das unter der größten schattigen Zone ruhte.

"Schade, dass du ein armer Bauernjunge bist und kein Adliger mit einem Greif", sagte Suzie. Ich grunzte und nickte mit dem Kopf. Da hatte sie recht. Ein Greif würde das Problem ziemlich schnell lösen. "Wir können aussteigen, den Abstieg auf sechs nehmen und einen weiteren Kerker machen. Wenn wir fertig sind, können wir aussteigen und ein Seil kaufen."

"Ich habe ein Seil. Ich gebe zu, es ist nicht das beste Material zum Klettern, und die Entfernung ist zu groß, aber..."

"Was ist das?", fragte sie, während ich die sechsbeinigen nashornartigen Wesen anstarrte.

"Sie sind aus einem bestimmten Grund hier. Stockwerk eins war eine Savanne und Stockwerk sieben ist es auch. Der Unterschied ist, dass die unsichtbare Wand weg ist." Ich griff nach hinten, weil ich wusste, dass die Eingangstür an einer so merkwürdigen Stelle war. Meine Hand fuhr über die Stelle, an der im ersten Stock eine Wand gewesen wäre. "Das ist so eine zufällige Türposition. Wenn ich auf einen Löwen schieße, kann ich die Tür nicht mehr rechtzeitig erreichen. Wenn wir herumgehen, auf der einen Seite klettern und auf der anderen hinuntersteigen, könnte ich fallen und sterben. Also... warum sind die Nashörner hier...?"

Suzie landete auf meiner Schulter und hatte nichts hinzuzufügen. Kregor schnüffelte herum, pinkelte ins Gras und machte dann wieder ein Nickerchen.

"Glaubst du, du kannst sie zu den Löwen locken?" fragte ich.

"Vielleicht. Sie sind riesige Tiere Tem. Ich bin ein zierlicher Flügeldrachen, der verwöhnt werden muss und nicht auf Selbstmordmissionen geschickt wird", sagte Suzie mit hochgerecktem Kinn. "Ich würde lieber kleine Dinge töten, weil ich -"

Kregor wurde von einem in der Nähe hüpfenden Kaninchen aufgeschreckt. Er schoss über das trockene Gelände und setzte zum vollen Sprint an. Das Kaninchen hatte keine Chance, und sobald Kregors Kiefer seinen Körper umschlossen hatte, schoss ein goldener Schimmer von ihm zu mir.

***Kregor hat ein Kaninchen getötet. 0,012 Essenz erhalten.***

Ich ging zu dem Wolf hinüber, griff nach unten und bat ihn um das Kaninchen. Er sah mich an, sein Blick war vielsagend, als ob er sagte: "Wie konntest du mir das antun?

"Ich brauche es, bitte. Ich füttere dich immer und bitte nie um viel."

Er ließ das Kaninchen fallen. Ich hielt es Suzie hin. "Legt das in den Wind von den Löwen und zerreißt es in Stücke. Ein wahres Blutbad. Dann geht auf die Jagd. Fangt an, kleine Tiere zu stapeln, bis wir sie hoffentlich von den Bäumen weg treiben können."

"Löwen jagen hauptsächlich nachts. Von einem Bauernjungen würde ich sagen, dass das ein vernünftiger Plan ist. Wenn die Sonne untergeht, wenn ich die Tiere rechts abstelle und du links bei dem Baum wartest, solltest du dich anschleichen können und wir können uns der zehnten Etage nähern", sagte Suzie, der der Plan so gut gefiel, dass sie mit dem Kaninchen losflog.

Ich kramte in meinem Rucksack, um etwas Dörrfleisch für Kregor herauszuholen. Er wedelte eifrig mit dem Schwanz, und beim Anblick des getrockneten Fleisches war die Welt wieder in Ordnung. Nachdem Kregor beruhigt war, hievte ich meinen Rucksack auf den Rücken und machte mich auf den langen Weg nach links. Um den Löwen aus dem Weg zu gehen, musste ich einen großen Bogen machen, um einen guten Winkel zu bekommen.

Kregor jagte einem Kaninchen hinterher, doch das Tier fand seinen Bau, bevor er es erreichen konnte. Er schmollte zurück zu mir, verärgert über sein Versagen.

"Hey, du bist noch dabei, diese schlaksigen Beine und großen Pfoten zu lernen. Lass dir Zeit, du passt auch nicht gerade dazu", sagte ich, und er blickte zu mir auf. Kregor war nicht übermäßig enthusiastisch, aber seine Augen hatten eine Art, eine Botschaft zu vermitteln. "Äh, kein Blödsinn mehr."

Je weiter wir uns von den Löwen entfernten, desto entspannter wurde ich. Nach zwanzig Minuten fanden wir einen von Ameisen befallenen Schattenbaum. Kregor suchte sich sofort einen Platz ohne Ameisen und rollte sich zusammen. Ich warf den Rucksack in die Sonne und fing an, auf den Ameisen herumzutrampeln.

Um nicht überschwemmt zu werden, hielt ich mich außen auf und pflückte die Viecher bei der Nahrungssuche ab. Wahrscheinlich gab es Millionen dieser kleinen Insekten, die den Baum als Zuhause nutzten, und ich nutzte die Zeit, um sie eines nach dem anderen zu beseitigen. Die Sonne stand noch hoch am Himmel, also brauchte ich sowieso etwas, um mir die Zeit zu vertreiben.

Die Aufgabe wurde eintönig, und ehe ich mich versah, schnarchte Kregor zufrieden, während die Sonne ein oder zwei Stunden verschoben wurde. Ich beschloss, eine Pause zu machen.

***Du hast 1933 Hexa-Ameisen erschlagen. 3,207 Essenz erhalten.***

"Lahm und doch super lohnenswert", sagte ich.

Ich suchte meine Umgebung ab und sah nicht viel Aktivität. In der weit entfernten Baumgruppe schliefen noch immer Löwen, die sechsbeinigen Nashörner grasten zufrieden, und Suzie schwebte hoch oben auf der Jagd.

Gerade als ich meine Deckung fallen lassen wollte, hörte ich ein Rascheln aus dem hohen Gras. Das Geräusch kam von der anderen Seite des Baumes. Es war nicht zu nahe, aber nahe genug, dass ich mich beeilte, in Aktion zu treten.

Meine verbesserte Geschicklichkeit half mir, einen Pfeil in Rekordzeit zu spannen. Die plötzlichen Bewegungen rüttelten Kregor auf. Er schnüffelte in der Luft, fand aber nicht das Problem, das mich zum Handeln veranlasste. Anstatt sich wieder schlafen zu legen, beschloss er, sich mir anzuschließen, während ich mich an das Geräusch heranpirschte.

Das Knacken eines Zweiges ließ mich zurückweichen und ins hohe Gras zielen. Kregor nahm die Fährte auf. Ich erwartete, dass er zur Warnung knurren würde.

Nö.

Der riesige Jagdhund setzte zum Sprint an und krachte in das dichte Gras. Ein panischer Schrei ertönte von irgendwoher. Ein Geier versuchte zu fliehen, und Kregor sprang mindestens einen Meter hoch, um den Vogel in seinen Klauen zu fangen.

Ein zweiter Geier flog in die entgegengesetzte Richtung. Ich richtete mein Ziel schnell aus und schoss ab. Der Pfeil streifte einen Flügel und verlangsamte seinen Flug. Geschickt zog ich einen weiteren Pfeil aus dem Köcher, schlitzte die Kerbe in die Sehne und zog zurück.

Der Geier flog sporadisch mit einer unmöglichen Flugbahn. Ich atmete aus, wartete und hielt mich an meinem Anker fest. Ein dritter Geier schoss aus dem Gras. Kregor sprang, und der große Vogel wich seinem Versuch aus, ihn im Flug zu fangen.

Die Verlagerung, um dem Wolf auszuweichen, gab mir die Möglichkeit, die ich brauchte. Ich wusste, wohin dieser Geier fliegen würde. Ich richtete seine Flugbahn aus, berechnete im Geiste meinen Vorsprung und ließ los. Tief im Inneren wusste ich, dass mein Schuss richtig war.

Als der Pfeil sich drehte und auf sein Ziel zusteuerte, starrte ich nicht auf meinen großartigen Schuss. Ich lud schnell einen weiteren Pfeil nach. Der erste Schuss schlug in die Brust des Geiers ein und tötete ihn auf der Stelle. Ich suchte das Gebiet ab, fand aber keine weiteren Ziele.

Zwei Kugeln schossen in meine Brust, und der Drachenturm teilte mir mit, dass die Kämpfe eine Pause einlegten.

. . .

***Kregor hat einen Geier getötet. 1,3 Essenz erhalten.***

***Du hast einen Geier getötet. 1,227 Essenz erhalten.***

Ich pirschte mich durch das Gras zu Kregor, der einen Geier zu mir trug. Als er ihn zu meinen Füßen fallen ließ, ignorierte ich ihn und ging geduckt weiter in Richtung der Stelle, an der die Geier entdeckt wurden. Kregor sprang vor mir her und holte den anderen Geier. Kregor rannte vor mir her, um die andere Beute zu finden.

Das Zerbrechen eines Pfeils verriet, dass der Wolf unsere Jagd geholt hatte. Ein Stück zertrampeltes Gras bildete eine kleine Lichtung, auf der irgendwann ein Kampf stattgefunden hatte. Innerhalb des Kreises lag das Skelett eines Mannes in einem Trümmerhaufen.

Was auch immer ihn getötet hat, hat die Knochen sehr gut aufgesammelt. Wenn ich raten müsste, würden die Geier kleine Knochen fressen. Da das Fleisch schon lange weg war, hörte ich das Schnappen eines Fingers, der gegessen wurde, statt das Brechen eines Zweiges.

So traurig die Szene auch war, was blieb, brachte mich zum Schmunzeln.

"Interessant", sagte ich und bückte mich, um einen Beutel zu öffnen. Als ich den Sack öffnete, umfing mich ein goldener Schimmer. In dem hippen Behältnis befanden sich ein Tagebuch, ein Flachmann und ein Säckchen mit Münzen. "Entzückend."

. . .

***Du hast einen Schatz entdeckt: 8,221 Essenzen erhalten.***

Ich schlug das Buch auf und stellte fest, dass es sich nicht um ein Tagebuch, sondern um eine Aufzeichnung der Tiere in diesem Gebiet handelte. Der Überblick über den Löwen war einfach, und als er bei den Hybrid-Nashörnern stehen blieb, hielt ich inne.

*Die Einhörner sind faszinierende Geschöpfe. Ihre sechs Beine, ihr riesiger Rahmen und ihre starken Muskeln sind nur Show. Du würdest es nicht glauben, aber jedes Mal, wenn ich mich ihnen nähere, ergreifen sie die Flucht. Ich habe schon Vögel mit mehr Rückgrat gesehen. Ich habe keine Aggression oder schädliche Absicht gezeigt, aber sie sind unglaublich scheu.*

*Ich mache mir Sorgen, dass das, was sie zur Feigheit treibt, mich finden könnte.*

"Und sie haben dich gefunden", sagte ich.

"Führst du Selbstgespräche?" sagte Suzie, als sie auf meiner linken Schulter ankam, bevor sie zu meiner Rechten herumschlitterte.

"Wie ist die Jagd gelaufen?" fragte ich.

"Ziemlich gut. Vier Vögel und ein Präriewiesel ergeben zusammen sechs Essenzen. Was ist mit dem armen Kerl passiert?" fragte Suzie.

"Er hat die Nashorn-Hybriden studiert. Er nannte sie Einhörner, aber Einhörner gibt es, und das sind sie eindeutig nicht. Ich glaube nicht, dass er ein Abenteurer war, denn seine letzte Zeile lautete: "Finde heraus, was die Herde erschreckt hat. Hier steht, dass man sie erschrecken kann. Vielleicht kann man sie sogar zu den Löwen treiben", sagte ich.

Sie gähnte. "Sicher. Ich kann es nach einem Nickerchen versuchen. Ich habe einen ganzen Vogel gegessen, ich werde eine stinkende Sauerei sein, wenn ich damit fertig bin."

Ich tat so, als würde ich würgen, und sie kicherte. Wir waren ein gutes Team, und wenn ich ein paar kindische Streiche ertragen musste, konnte ich damit umgehen.

"Nun, ich habe einen Plan für die Zwischenzeit", sagte ich und schnappte mir einen der toten Geier. Den anderen warf ich Kregor zu und verließ die Stätte des toten Mannes. "Willst du in deinem Nest oder auf meiner Schulter schlafen. Ich werde in nächster Zeit viel umziehen müssen."

"Nest. Ein paar der Löwinnen haben bemerkt, dass ich die Leichen abgelegt habe. Es wird nicht lange dauern, bis sie Interesse zeigen. Die Neugierde hat die Katze getötet und so weiter. Diese Todesfälle sind windabwärts, aber wenn sich das ändert, wird uns dieser Baum nicht retten", warnte Suzie.

"Ich bin einverstanden. Mach ein Nickerchen und danach können wir versuchen, die Herde in die Flucht zu schlagen. Wenn das und unser Ablenkungsgebet nicht funktionieren, gibt es immer noch die sechste Etage, bis wir besser vorbereitet sind. Töte die Wache, befreie den Gefangenen und finde den Ausgang. Die hundert Essenzen sind das Maximum", sagte ich.

"Ja, für einen gassigen Hund bezahlt", sagte Suzie.

"Wolf, das ist ein Unterschied, und er kann dich jetzt fressen. Ich mache auch manchmal den Fehler, ihn für ein freundliches Haustier zu halten. Er ist ein Raubtier, ganz klar. Ich habe gesehen, wie er drei Meter weit gesprungen ist, um einen Geier zu fangen, fast wie eine Katze."

"Zur Kenntnis genommen. Seine Fürze stinken immer noch, und sein Schwanz ist für ihn immer noch interessanter als die meisten Dinge."

Ich grinste, als ich bei meiner Tasche ankam. Ich warf den Geier ab und öffnete meine Tasche. Nach einigem Stöbern legte ich Suzies Nest vorsichtig aus und holte eine Axt heraus.

"Was machst du?", fragte sie und machte es sich in ihrem Bett gemütlich.

"Eine Falle stellen".

"Klingt langweilig."

Ich nickte. "Das wird sie sein, bis die Falle aufgestellt ist. Sie sollte fertig sein, wenn dein Nickerchen beendet ist."

"Vorausgesetzt, ich kann bei all dem Geknirsche von Kregor schlafen."

Der Mammutwolf kaute auf dem Geier herum. Gelegentlich hackte er Knochen heraus und verschlang die guten Teile, nachdem er sich übergeben hatte. Er war laut und unausstehlich, aber leicht zu ignorieren, wenn man am Arbeiten war.

Ich ging mit der Axt im Gürtel um den Baum herum. Nach einer Runde um den Baum hatte ich einen schönen Haufen Anzündholz. Suzie schnarchte an dieser Stelle und Kregor fraß sich durch einen Haufen Federn. Ich nahm noch mehr trockenes Gras, brüchige Zweige und andere brennbare Dinge, bis ich sicher war, dass ich genug hatte.

Ich warf den Körper neben den riesigen Ameisenhaufen, der mir bis zum Bauchnabel reichte. Ich weidete den Geier aus und zerhackte ihn in vier Teile, direkt vor dem Nest. Die zwanzig Minuten des Sammelns hatten bereits eine lange Schlange von Ameisen ausgelöst, die den toten Geier suchten, den ich als Köder ausgelegt hatte.

Es dauerte nicht lange, bis der wahre Schwarm herausströmte. Ich warf das Anmachholz auf das Nest und den Geier. Zuerst zögerten sie angesichts des plötzlichen Zustroms von trockenen Gegenständen, und einige wurden aggressiv und wollten kämpfen, während andere sich versteckten.

Während sie sich an meine Falle gewöhnten, hackte ich Zweige und Äste ab, die ich erreichen konnte. Der Fortschritt war langsam und stetig. Nachdem ich etwas anständiges Holz auf das Anmachholz gelegt hatte, drehte ich mich noch ein paar Mal um den Baum. Mit mehr als genug Brennstoff für das kommende Feuer fühlte ich mich bereit.

Ich säuberte das Beil, verstaute es und holte meinen Feuerstein.

Kregor lag auf dem Rücken, die Beine hochgelegt und mit einem aufgeblähten Bauch. Suzie döste in ihrem Nest. In diesem Moment schien alles friedlich zu sein, und ich ließ sogar meine teuflischen Pläne für einen Moment ruhen. Ich hielt es für das Beste, sie noch nicht zu wecken.

Zu ihrem Pech wurde der Geier in einem Tempo geerntet, das Handeln erforderte. Als ich mich dem toten Geier näherte, schien es, als ob eine Million Ameisen sich beeilten, den Kadaver in winzige Teile zu verwandeln, die in ihr Haus passten.

Mit dem Eisen in der linken und dem Feuerstein in der rechten Hand erzeugte ich Funken auf der Spur des Holzes. Allein mein Schatten veranlasste die Ameisen, aggressiv zu werden. Ich schaffte höchstens fünf kleine Glutnester, bevor ich fliehen musste.

Das war mehr als ausreichend, und Suzie erwachte aus meinem überstürzten Rückzug.

"Geht es dir gut?", fragte sie.

Ich bürstete meinen Stiefel und klopfte mit dem Gras einige der Ameisen ab. "Ich glaube schon. Sie greifen das dicke Fell an, und da keine Verstärkung kommt, haben sie aufgehört zu klettern."

"Äh ... Bauernjunge", sagte Suzie und flog in die Luft. "Wir haben Besuch!"

Zwei Dinge erwiesen sich in diesem Moment als interessant, zum einen, dass das Feuer zum Leben erwachte. Ich habe vielleicht ein wenig übertrieben. Die Flammen leckten am Baum selbst, und es dauerte nicht lange, bis ich zu dem Schluss kam, dass ich den Baum zusammen mit dem Ameisenhaufen niederbrennen würde.

Das andere Problem war, dass uns eine Löwin aus ein paar hundert Metern Entfernung beobachtete. Sie war nicht zum Angreifen bereit, und als ich sie bemerkte, gähnte sie, als ob sie sich langweilte. Ich warf einen Blick auf meinen Rucksack, der unter dem Baum ruhte, dann auf die Löwin.

Mit ihm auf dem Rücken konnte ich nicht schießen, und ich wollte ihn nicht zurücklassen. Als ein zweiter Löwe auftauchte, tat ich das Beste, was ich konnte. Ich packte den Rucksack und schleppte ihn etwa ein Dutzend Meter vom Baum weg. Aus den zwei Löwen wurden drei, und sie stillten ihre Neugierde, indem sie die flackernden Flammen beobachteten.

"Kregor, komm", sagte ich und zog mich zu den Nashorn-Hybriden in der Ferne zurück.

Als eine der Löwinnen einen Schritt nach vorne machte, tat sie dies mit einem raubtierhaften Blick. Diese Löwen hatten wahrscheinlich den anderen Menschen getötet. Er stellte keine Bedrohung dar, und anstatt ein weiteres Opfer zu sein, musste ich ein Zeichen setzen.

"Rankenschlinge", sagte ich mit ausgestreckter Handfläche. Der Schleim spritzte in den Boden und schwamm dann im Boden in Richtung des Ziels.

Während ich mich zurückzog, flüsterte ich: "Ich hoffe, das funktioniert."

Der Schuss würde weit sein, aber die Löwin zeigte keinerlei Angst. Sie stand einfach nur da, trotzte meiner Anwesenheit, als würde sie mich herausfordern. Hier ging es wahrscheinlich um Leben und Tod, und ich würde nicht kampflos untergehen.

Ich zog zu meinem Ankerpunkt, berechnete die Entfernung und ließ los.

*Peng!*

Der Pfeil drehte sich in einer engen Spirale und flog in einem ordentlichen Bogen hoch. Kregor gesellte sich zu mir und die Löwinnen starrten ihn verwirrt an, da sie nicht mit einer zweiten Anwesenheit gerechnet hatten.

Das Knistern des wachsenden Feuers war ebenso ablenkend wie die Flammen, die den Baum hinaufkrochen. Gerade als sie beschloss, sich zurückzuziehen, umschlangen Ranken die Füße der führenden Löwin.

Der Pfeil senkte sich und drang in ihren Unterleib ein. Die wilde Löwin schrie vor Schreck auf, gefangen und vor Schmerz. Anstatt Gnade walten zu lassen oder einen zweiten Schuss zu riskieren, wich ich zurück. Die anderen Weibchen in der Nähe brüllten vor Wut und versuchten, etwas zu finden, worauf sie sich stürzen konnten.

Wir schlüpften in das hohe Gras, und als ich nicht mehr in Sichtweite war, flüchtete ich im vollen Sprint. "Suzie! Sie rufen nach Verstärkung. Treibt die Nashörner auf sie zu."

"Schon dabei", sagte sie und setzte zu einem schnellen Flug in Richtung der Nashorn-Hybriden an. Ich lenkte leicht ab.

Nach ein paar Minuten herzzerreißenden Laufens riskierte ich einen Blick über die Schulter. Der gesamte Baum war in Flammen aufgegangen. Der Ameisenhaufen muss noch im Sterben liegen, denn ich habe keine Nachricht erhalten.

Ein wütender Ruf der Nashörner ließ den ganzen Planeten erbeben. Suzie hatte es geschafft. Dutzende von sechsbeinigen Biestern stürmten direkt auf die verletzte Löwin zu.

Das Gebrüll des Löwenrudels übertönte den Lärm des Angriffs. Ich drehte mich um und beschloss, dass es jetzt an der Zeit war, auf die Tür zuzulaufen. Ohne den Rucksack, der mich beschwert, und mit meiner gesteigerten Geschicklichkeit erreichte ich eine Geschwindigkeit, die ich mir ohne die Verbesserung des Drachenturms nie hätte vorstellen können.

Links von mir loderte das Feuer hoch, und die Schreie der verwundeten Löwin ertönten laut. Zu meiner Rechten blökte der Nashorn-Hybrid Suzie an, sie in Ruhe zu lassen, während sie auf die Flammen zustürmten. Ich warf den Pfeil in meiner Hand in den Köcher und spannte meinen Bogen.

Da ich beide Hände frei hatte, pumpte ich meine Arme im Einklang mit meinen Beinen und sprintete direkt auf die entfernte Tür zu. Nach fünf Minuten sehnte ich mich nach einer Pause, meine geringe Ausdauer machte mir zu schaffen. Ich drückte fester und fester, ohne aufzugeben.

Drei gewaltige Wellen der Essenz schwappten über die Savanne und sanken in meine Brust.

***Du hast 121.003 Hexameisen getötet. 201.771 Essenz erhalten.***

***Du hast eine Hexa-Ameisenkönigin getötet. 1.22 Essenz erhalten.***

***Du hast eine Löwin getötet. 23 Essenz erhalten.***

. . .

Suzie kam an und landete auf meiner Schulter. "So müde."

"Mache eine Pause."

"Das werde ich, aber ich bin fast fertig. Die einzige Löwin, die ich getötet habe, war die, die du gefangen hast."

"Ich habe kein Mana mehr."

Sie schnappte nach Luft und hob ab. "Lauf direkt zur Tür."

"Schon dabei."

Ich passte mich leicht an und strengte mich mehr denn je an. Zehn Minuten später war ich gezwungen, zu gehen. Durch die Überanstrengung spuckte ich Trockenfleisch und Wasser aus. Während ich meinen Magen leerte, blickte ich auf und stellte fest, dass ich nicht weit von den Bäumen entfernt war, in denen die Löwen genistet hatten. Ein paar Löwinnen sprangen auf und nahmen Verteidigungspositionen ein.

Die Herde der Nashorn-Hybriden stürmte auf die Bäume zu, während Suzie sie von hinten anfauchte. Die Weibchen schnappten sich jeweils ein Jungtier und flüchteten aus dem Weg. Ich wich auf den hinteren Teil der Herde aus und schlug einen kurzen Winkel ein.

Nachdem die sechsbeinige Stampede vorbeigezogen war, sprintete ich das letzte Stück zur Tür. Die Canyonwände ragten hoch auf, und eine sehr müde Suzie kehrte auf meine Schulter zurück. Ich war gezwungen zu laufen, und mein Herz drohte mir aus der Brust zu springen. Jeder Knochen in meinem Körper schmerzte, und die Pause vom Laufen war herrlich.

Ein Dutzend goldene Kugeln schossen in sie hinein, und sie wimmerte. "Nicht mein bester Moment", sagte sie erschöpft.

"Das hast du fabelhaft gemacht", erwiderte ich, als ich die Tür nur noch hundert Meter entfernt sah.

Sie schüttelte den Kopf und sagte nichts mehr.

Eine kleine Bewegung aus einer Schluchtspalte veranlasste mich, mein Schwert zu zücken. Kregor schnupperte und stürzte in die dunkle Öffnung. Ich schwang mein Schwert, bereit zum -

Ein Dutzend Fledermäuse brach aus der Enklave hervor. Das Geräusch, mit dem er nach etwas tastete, erregte meine Aufmerksamkeit. Ich betrat die kleine Öffnung und fand ein Bett mit einem Nachttisch und einer Truhe. Dort stand sogar eine unbeleuchtete Kerze mit einem Feueranzünder daneben.

Wenn es nicht nach Fledermausscheiße stinken würde, wäre ich vielleicht dazu verleitet worden, ein Lager zu errichten. Außerdem war ich, abgesehen von einem Brennen in den Beinen, nicht müde. Doch der Reichtum der Savanne lockte mich.

"Dieser Ort ist interessant und gut zu verteidigen", sagte ich, während ich mir den Raum ansah.

"Du kannst die Löwen erschießen, wenn sie zurückkommen. Es sieht so aus, als wäre das ein schöner Platz, an den sie nur schwer herankommen würden, wenn man das Bett auf die Seite dreht", sagte Suzie.

"Es ist real in dem Sinne, dass wir sterben können, aber das, was wir zerstören, sind nur Figuren in einem Brettspiel. Ich brauche die Essenz und wir müssen uns selbst verzeihen, dass wir die Figuren für das Kopfgeld entfernt haben."

"Es ist einfach scheiße", brummte Suzie.

"Ich weiß. Ich mag Löwen. Aber wir jagen, um dem Planeten und den Menschen zu helfen und eine bessere Zukunft zu schaffen. Es gibt buchstäblich keinen größeren Grund als diesen, und alles, was sich lohnt, ist nicht einfach", sagte ich mit Überzeugung. "Versuche dich nicht schlecht zu fühlen, wenn die Kreaturen sterben."

"Ich muss töten, um zu leben, das hat der Himmelsdrache auch gesagt. Ich bin traurig, aber solche Gefühle werden sich mit der Zeit legen", sagte Suzie.

"Wir sind ein Team und wir schaffen das. Ein Tag, ein Stockwerk, eine kleine Aufgabe nach der anderen", sagte ich.

Suzie nickte zustimmend. Ich warf das Bettzeug in eine Ecke, und sowohl der Wyvern als auch der Mammutwolf nutzten die Weichheit, um es sich gemütlich zu machen. Ich stemmte das Bettgestell gegen die Öffnung und stellte den Beistelltisch so hin, dass er bei Bedarf einen ganzen Block einnahm.

Zögernd schlich ich mich aus dem Zimmer und zurück in die Schlucht. Da die Sonne gerade zu sinken begann, konnte ich die Tür zum achten Stockwerk zu meiner Rechten sehen, die ungehindert und leicht zu erreichen war. Zu meiner Linken ließen sich ein paar Löwinnen von den Bäumen fallen, um den Schaden zu begutachten.

Obwohl ich lieber Zwerge tötete oder Prinzessinnen an Alligatoren verfütterte, war diese Etage eine Goldmine. Ich musste nur ein paar Pfeile abschießen, um mir meinen Zahltag zu verdienen.

## KAPITEL 19.5
## Gräfin Annabell
## Niemals lauschen

Drei Tage, nachdem Annabell gesehen hatte, wie Tem Jessi rettete, ging sie allein und tief in Gedanken versunken durch die königlichen Gärten.

*Er brauchte sie nicht zu retten. Aber warum? Und wer war er?*

Er hätte der Welt einen Gefallen getan, wenn er ihr einen ordentlichen Schlag auf den Kopf verpasst hätte. Tot? Nein, zu viel für sie. Eine Lektion? Ganz bestimmt.

Jessi hat jedoch etwas gelernt, und das war das Gesprächsthema des gesamten oberen Hofes. So sehr, dass der Fürst selbst Jessi aufsuchte. Zum ersten Mal seit einem Monat hörte er auf, Lorili etwas vorzusingen, um über einen törichten Bauernjungen zu sprechen, der die Adligen an sich gerissen und einen Platz im Drachenturm gestohlen hatte.

Der König... er verlangte, dass neue Rekruten eingelassen werden, und der Turm kam seiner Bitte nach. Dieser Junge hat das ganze Königreich mit seiner bloßen Ankunft auf den Kopf gestellt und -

"Anna? ", sagte Amor schockiert.

Sie errötete, da sie nicht erwartet hatte, ihn hier zu sehen. Ihre tiefen Gedanken führten dazu, dass sie den Legaten, der keine zehn Meter vor ihr stand, übersah. "Amor, es ist mir wie immer eine Ehre."

"Ich muss mich bei meiner Herrin zutiefst entschuldigen. Ich bin... nicht geeignet", sagte er sanft.

Amor war immer geschmeidig, seine Worte so scharf wie sein Verstand. Es tat nicht weh, dass er ebenso begabt im Umgang mit dem Schwert war. Leider waren seine Augen auf die Prinzessin gerichtet, und er vermisste oft Annabells Andeutungen, dass sie ihm im Laufe der Jahre den Hof machen wollte. Diese Tage lagen hinter ihr.

Zurzeit trug er ein legeres Gewand, wie es ein einfacher Adliger tragen würde, nicht das feine Gewand eines hohen Hauses. Sie schnaubte, und er grinste, als sie es beide herausfanden. Annabell trug die gleiche Art von Kleidung. Der niedere Adel mischte sich in den königlichen Gärten, während der hohe Adel die Aufmerksamkeit auf sich zog. Sie war gekommen, um den Marker der Babies zu besuchen. Marker, wie er genannt wurde, lebte unterhalb der Gärten.

*Amor ist aus demselben Grund hier. Das kann ich gebrauchen.*

"Keine Entschuldigung nötig, Amor. Wie geht es Jessi?"

"Heißer als Feuer an einem Wintertag", sagte er grinsend. "Ich übernehme die Führung, es macht keinen Sinn, wenn wir beide unsere Namen in den Akten haben."

Das Duo stand vor dem Wachhaus, das die Wendeltreppe schützte, die in den Kerker unter den Gärten führte. Annabell fand das sehr passend. Solche Wunder an der Oberfläche, solche Schrecken darunter. Die wundervollen Gärten erstreckten sich über mehr als zwanzig Ländereien in jede Richtung, und sie liebte es, sie zu besuchen.

Gerade jetzt, wo der Sommer in vollem Gange ist, ist die Farbenpracht exquisit. Mitten in all den blühenden Blumen und der schönen Tierwelt stand ein quadratisches Gebäude, nicht größer als eine Hütte. Die Verzierungen waren kunstvoll, und dies war der Eingang des Adels. Der eigentliche Eingang zu den Kerkern begann in den Slums, wo die Verbrecher von den Bürgern vorgeführt wurden, um ihnen die Konsequenzen ihres Handelns vor Augen zu führen.

"Das wäre schön. Wie haben es deine Eltern aufgenommen?" fragte Annabell.

"Äh, also... Seltsam. Ich werde die Erste sein, die zugibt, dass mich vieles nicht überrascht. Das hier schon. Ein versteckter Adliger, auserwählt vom Drachenturm, und der Retter ihrer geliebten Tochter. Schlimmer noch, er ist nicht im Turm verschwunden."

Sie gingen über das Kopfsteinpflaster und näherten sich dem Torhaus. Sie hielt ihn inne, indem sie eine Hand vor ihn hielt, anstatt ihn zu berühren. Der Anstand hatte manchmal seinen Sinn. Sie hoffte nicht, die Beziehung zu Amor wieder aufleben zu lassen, ihre Verliebtheit in ihn war mit dem Älterwerden vergangen. Ein Wortgefecht mit ihm machte sie normalerweise sauer und untauglich für die Gesellschaft, und wenn sie darüber nachdachte, war der Versuch, die klügere Person zu sein, unpassend.

Jetzt wollte sie mehr von ihm hören. "Amor. Wie waren sie so anders, dass sie dich unvorbereitet erwischt haben?"

"Ich - ich - ich habe einen Fehler gemacht", sagte Amor und ließ enttäuscht den Kopf hängen. "Ich bin zu weit gegangen, habe mich falsch ausgedrückt und habe mein Ansehen verloren."

"Ketzerei", stichelte Annabell.

Er schüttelte den Kopf. "Ich meine es ernst, Anna. Ich habe ihm einen Mammutwolf gekauft. Die läppischen fünfundsiebzig Goldstücke brachten Vater so in Rage, dass er Stühle zerbrach. Mutter stürmte davon und rief hundert Diener herbei, um einen Ball wie keinen anderen zur Feier von Jessis Wiedergeburt vorzubereiten."

"Oh Scheiße", sagte Annabell. "Man hat sie beleidigt. Warum hast du das getan?"

Adel hat seine Tücken. Ein hohes Haus wurde immer um Geschenke, Gefälligkeiten, Darlehen und vieles mehr gebeten. In den zwanzig Jahren ihres Lebens sah Annabell nur, wie ihr Vater einem Ritter die Ehre eines Vicomte verlieh, weil er bei einem Brand in den Slums einige seiner Mitarbeiter gerettet hatte.

Amors Eltern waren nicht anders, sie konnten keine angemessene Rechtfertigung dafür finden, ungefragt Gunst zu gewähren. Der Herzog und die Herzogin von Tervo standen vor zwei Möglichkeiten. Einen Segen zu gewähren oder das Ereignis zu ignorieren. Erschwerend kam hinzu, dass Jessi plötzlich im Blickfeld des Prinzen stand. Das schloss automatisch aus, so zu tun, als wäre Jessi nicht gerettet worden. Sie würden die ganze Nacht jemanden an Tems Arm kleben, damit es nicht so aussah, als wäre er an

Jessi interessiert. Der eigentliche Test war, ob der König anwesend sein würde. Sie ging davon aus, dass der Prinz das tun würde, was bedeutete, dass alle Einsätze erhöht wurden.

Für ein so prestigeträchtiges Ereignis braucht man ein schönes Geschenk, und er hat es vermasselt.

*Wie ungewöhnlich.*

Amor antwortete: "Es geht nicht um Politik, Anna. Es geht um den Krieg. Er ist auf dem Weg in den Krieg. Die Männer, mich eingeschlossen, scheinen mehr denn je von dem Turm zu träumen. Die Reichtümer, die er birgt, reichen aus, um sogar den Prinzen zu verführen. Die Realität ist, dass mehr Krieger von der Front zurückkehren als in den Turm eindringen. Ratio weise."

"Oh, du wolltest ihm helfen, am Leben zu bleiben."

Er fuhr sich mit der Hand durch seine schwarzen Locken und musterte sie amüsiert. "Ja, er hat den Welpen verdient und es wird ihm helfen, zu überleben. Das war übrigens mein Einsatz. Der Junge hat gerade meine Schwester gerettet, ich würde bestraft werden, wenn ich ihn nicht belohnen würde. Am Ende habe ich sie überzeugt, sich zu beruhigen, eine doppelte Belohnung würde sie blenden. Außerdem ist der Mammutwolf eingeladen, und wenn die Spione recht haben, wird er gezwungen sein, draußen zu bleiben. Vorausgesetzt, er überlebt oder verlässt den Turm rechtzeitig. Ich hätte wirklich nicht gedacht, dass er sich zwei Tage frei nimmt."

"Warum hat er das getan?" fragte Annabell, begierig auf jede Information.

Ein versteckter Adliger war selten. Es gab keinen einzigen Fall eines verschwundenen Adligen, den sie finden konnte. Annabell stürzte sich sogar in die Halle der Schriftrollen und schlug jeden Todesfall auf, den sie finden konnte. In den Hunderten von gescannten Berichten wurde nirgendwo ein überlebender Säugling erwähnt.

"Du magst ihn", vermutete Amor.

Sie war nicht in Tem verliebt. Sie war fasziniert, und obwohl er süß war, lag er weit unter ihrem Niveau. Selbst wenn er eine Gräfin rettete, lag er außerhalb ihrer Reichweite. Annabell wusste, dass der König wahrscheinlich vorhatte, sie zu einem politischen Werkzeug in einer Ehe zu machen. Damit hatte sie sich nach ihrem Besuch in der Einrichtung für Kriegswaisen abgefunden. Wenn sie Tausende von Todesfällen verhindern und verhindern konnte, dass Kinder ihre Familien verloren, gab es kein größeres Opfer. Sie hasste die Vorstellung, nicht aus Liebe zu heiraten, aber wenn Soldaten bereit waren zu sterben, um ihre Familien zu retten, dann konnte sie ihren Teil dazu beitragen.

"Auf jeden Fall", log sie. "Ich werde das Mädchen an seinem Arm sein und jede Hure verscheuchen. Der König wird mich wieder bemerken und mein Cousin wird durch mich mit dem Helden sprechen."

"Ein wahrer Kraftakt. Ich habe deine subtilen Züge immer über Jessis dreiste Taktiken geliebt. Zu der Frage 'Warum hat er eine Pause gemacht'. Er hat den Wolf wachsen lassen. Wachstum beschwören. Er löste einen Zauber, zog sich zurück, stärkte sich, und tauchte wieder ein. Er ist jetzt schon einen ganzen Tag verschwunden. Seine Box schoss auf acht hoch und blieb dann stehen", sagte Amor.

"Er ist abgestürzt?"

"Wahrscheinlich. Er... ich glaube nicht, dass er ein Drachenreiter wird, aber ich würde wetten, dass er ein Verdiener wird. Diese Bauern wissen einfach nicht, wie sie aufhören sollen zu arbeiten. Das ist ihnen in die Wiege gelegt worden. Das Geld wird ihm nichts bedeuten, aber die Leute, die er an sich bindet, schon. Ich würde lieber fünfundsiebzig Goldstücke für so einen Mann ausgeben, als vielen der Adligen, die ich kenne, zu helfen", gab Amor zu.

Annabell nickte, überrascht von seinen Worten. "Haben dir die Bauern gefallen?"

"Sind sie grob, ungebildet und verwechseln Mut schnell mit Dummheit? Ja, absolut. Tem studierte jedoch. Ich wette, er passt sich in einer Stunde an das richtige Benehmen an. In zwei wird er sein Vokabular verfeinern. In der dritten Stunde wird er sich mit der Dame im Arm zurückziehen, so schätze ich", sagte Amor.

"Ah, Sie haben unser privates Gespräch verpasst. Ich werde ihn dort behalten, bis ich bereit bin zu gehen. Wenn ich mit seiner Gesellschaft fertig bin, werden meine Wachen ihn zum Turm begleiten", sagte Annabell mit einem Lächeln.

"Ich nehme an, du willst nicht teilen?" fragte Amor.

"Er sagte, mein Greif sei süß. Ich würde wetten, dass er kein Frauenheld ist."

Amor verschränkte die Arme und wippte mit dem Kopf. "Hier kann man mit jemandem schlafen oder eine romantische Beziehung eingehen und ihn dann nicht inkognito in einem zufälligen Garten antreffen. Das ist ein schlechtes Beispiel. Fünfzig Leute in einem Dorf führen zu einem

Drama, wenn die Liebe außer Kontrolle gerät. Er kennt wahrscheinlich die Folgen einer Romanze, wenn die Auswahl gering ist. Der Hochadel ist nicht anders."

"Am besten, man stellt das Schicksal nie auf die Probe."

"In der Tat", antwortete er trocken.

Annabell hörte die Andeutungen und verstand sie. Wahrscheinlich war das die direkteste Antwort, die er je gegeben hatte, warum sie nie mehr als flüchtige Freunde wurden. Sie gab ihm ein Zeichen, in das Wachhaus zu gehen, und zog ihre Kapuze herunter.

Als sie die Hütte betraten, stand ein Wachmann hinter einem kleinen Schreibtisch mit nur einem Hocker zum Sitzen. Er setzte ein falsches Lächeln auf. "Graf Amar... Entschuldigung, Legat Amar, willkommen."

"Amor, Chrin, ich bin's, Amor. Aber es ist schon ein Jahrzehnt her. Schön, dass du immer noch so gesund und schlank bist", sagte Amor ernsthaft.

"Richtig, Entschuldigung. Einer und ein Gast? Um Ihren Bruder zu sehen, nehme ich an?"

"Ja, bitte", sagte Amor und fischte eine Goldmünze heraus. "Mein Bruder auf Papier. Ich muss den Nachtelfen sehen, der die Markierung vornimmt."

"Keine Münze. Ich kann eine Eingabe fälschen und werde nicht gehängt. Mit der Münze werde ich gehängt. Wenn jemand fragt: Du wolltest deinen Bruder sehen, das ist die Wahrheit. Du hast es gerade gesagt. Richtig?" Amor nickte und Chrin fuhr fort: "Wenn du im siebten Stock ankommst, gehst du nach links, die fünfte Tür rechts, schiebst die Lamelle auf und sprichst mit ihm. Nimm dir nicht mehr als eine Stunde Zeit, bevor du zu deinem Bruder gehst", wies Chrin an.

"Ich sollte ihn wahrscheinlich auch sehen. Ich habe es irgendwie genossen, ihn nicht zu sehen", sagte Amor, wobei sein Blick auf einem Fleck an der Wand verweilte.

Chrin stieß die Tür zur Wendeltreppe auf. Er war nicht dumm. Während der Bewegung versuchte er, einen Blick unter ihre Kapuze zu werfen. Annabell verschob ihre Kapuze und winkelte. Er drängte sie nicht weiter, und sie folgte Amor schnell in den Kerker.

Graf Fenor, der älteste Bruder von Amor, wurde lebenslang weggesperrt. Als einer der prestigeträchtigen Söhne des Hochadels schaffte er es in den Turm. Das lag vor allem daran, dass die Zwergenkriege noch in den Anfängen der Scharmützel steckten. Während er den Turm erklomm, war das ganze Königreich in heller Aufregung und wartete gespannt darauf, von seinem Erfolg zu erfahren. Der nächste Drachenreiter war über Ilisia, und die Zwerge würden dem Wüten des Duos zum Opfer fallen. Die Stimmung des Volkes geriet in helle Aufregung, und alle eilten herbei, um die Kriegsanstrengungen zu unterstützen.

Fenor war immer berühmt, hatte aber nie ein eigenes Vermögen. Als er mit einem Bündel Gold und einem niedrigen Steuersatz aus dem Turm herauskam, trank er viel Wein. Der Turm veränderte ihn, und er wurde gewalttätig. Er tötete einen Soldaten wegen einer unbedachten Bemerkung in einem angesehenen Bordell. Als die Disziplinierung begann, widersetzte er sich der Autorität, auch der des Königs. Man fand ihn mit einer Frau im Bett, ihr Mann wurde getötet.

Die Wachen entdeckten auch, dass er Beute gehortet hatte. Er umging die Steuern, indem er Gegenstände aus dem Turm mitnahm. Niemand verlangte einen halben Bogen an Steuern. Als er seine Gegenstände verkaufte, zahlte er nie das, was er hätte zahlen müssen. Es wurde zu einer großen Sache, er wurde in eine Kerkerzelle geworfen, der Steuerhinterziehung und zweier Morde für schuldig befunden. Das war das Vermächtnis von Fenor, sein eigener Vater, der sich von ihm abwendete.

Amors Schritte hallten laut wider, und sie folgte ihm zögernd nach unten. "Amor", flüsterte sie.

"Du kannst frei sprechen und die Kapuze abnehmen. Seine Wächter haben dich beschattet und seine Embleme nicht versteckt. Sie sind zwar nicht aktenkundig, aber Sie sind es irgendwie", sagte er.

Annabell verzog das Gesicht. Tief in ihrem Inneren wusste sie, dass es nicht funktionieren würde, den Platz mit einem Dienstmädchen zu tauschen. Sie wusste, dass Pammie entdeckt und ihre Abwesenheit bemerkt werden würde. Sie hoffte nur, dass sie ausnahmsweise mal einen Aufschub bekommen würde. Mit Kendra zu fliegen war erlaubt und so ziemlich die einzige Zeit, in der sie allein gelassen wurde, aber ihre Wachen waren immer dort, wo sie ankam.

Vater hatte sie gescholten, weil sie einen rattenverseuchten Bauernjungen geheilt hatte. Ihre Beziehung zu ihrem Vater war bestenfalls dürftig. Er neigte dazu, auf die Bauern zu treten, anstatt sie aufzurichten, eine Tatsache, die ihre Mutter ignorierte.

"Jede Familie hat ihre Geheimnisse und dunklen Seiten. Ich möchte lieber nicht dabei sein, wenn du dich mit Fenor auseinandersetzt", sagte ich.

"Du verstehst mich falsch, eine Seltenheit", sagte Amor schmeichelnd. Sie gingen in einer engen Spirale immer tiefer in den Kerker hinein. Fackeln flackerten in den Metallhaltern, das Licht war weit entfernt, um Münzen zu sparen. "Ich besuche Fenor nicht gerne, weil ich ihn für unschuldig halte. Meistens."

"Seltsam, das hätte ich nie erwartet. Ich erinnere mich sehr gut an den Fall. Er hat es nicht einmal geleugnet."

"Die Morde wurden ihm angehängt. Der erste war eine Messerstecherei in einer Bar, die geschah, als er im Turm war. Der zweite geschah auf einem Liebesplatz. Ein Dreieck mit einer weiteren Seite. Die Frau war ein Vergnügen. Sie hat mit drei Männern gespielt, zumindest sagt Fenor das. Er hat den Mann nicht umgebracht. Sein Alibi ist schwieriger zu verifizieren, aber ich glaube ihm."

"Einverstanden, okay, nicht das Unglaublichste, aber warum?"

"Er begann, anderen im Drachenturm beizubringen, wie man Steuern hinterzieht. Da er sich an die Vorschriften hielt, mussten alle Steuern nachzahlen und er musste für ein paar Jahre ins Gefängnis. Das war die Abmachung. Außer..."

"Sie haben gelogen und jetzt ist er vergessen. Vor allem will ich ihn jetzt nicht mehr sehen", gab Annabell zu.

"Ich... ich war wütend, dann zog ich in den Krieg, und jetzt habe ich keine Entschuldigung mehr. Er hat sich in seinem

Denken geirrt und eine Rebellion gegen die Krone angezettelt. Alle Kinder der Adligen zu lehren und zu ermutigen, Steuern zu hinterziehen, war zu viel. Offensichtlich", sagte Amor seufzend.

Sie erreichten den siebten Stock und folgten den Anweisungen des Wachmanns. Annabell hielt ihre Kapuze fest zugezogen, auch wenn Amor sagte, sie seien in Ordnung. Sie wusste, dass ihre Wachen wahrscheinlich nicht weit hinter ihr waren und ihr Raum gaben, während sie in Reaktionsdistanz zu einem Schrei blieben. Sie befanden sich direkt neben dem Palast des Königs.

Amor zählte die Türen ab und schob das Metall der rechten Tür auf. Das Quietschen des Metalls ertönte laut in der stillen Halle.

"Marker, ich brauche ein identifiziertes Bild", sagte Amor.

Aus den Tiefen der Zelle räusperte sich eine Kehle. Annabell hatte Marker schon ein paar Mal gesehen. Sie hatte keine Ahnung, wie sein wahrer Name lautete, und um ehrlich zu sein, bezweifelte sie, dass irgendjemand auf der Welt ihn kannte. Die Nachtelfen waren unsterblich, und seine Gefangenschaft stammte aus der Zeit der Gründung von Ilisia.

"Das wird dich was kosten."

Amor antwortete: "Münzen, Essen oder Wein. Ich habe alle drei mitgebracht."

"Alle drei werden gut sein", antwortete er mit Baritonstimme.

Amor schob einen Gegenstand nach dem anderen hin, bevor er seine Finger für Annabell in die Handfläche legte.

Er wollte, dass sie mitmachte. Sie griff in ihre Robe und reichte ihm drei Bücher. Allesamt fiktive Geschichten, die sich um Männer drehten.

"Was ist das?" sagte Amor.

"Männerromantik".

Er spottete. "Keiner liest das."

"Ich schon", sagte eine Stimme in der Zelle hinter ihnen.

"Ich auch", sagte Marker. "Verdammt, das ist ein Zahltag wie kein anderer. Oh, dieser ist fantastisch. Da ist viel Sex drin."

Seine Begeisterung war ansteckend, und selbst Amor lächelte.

"Ich unterschätze dich auf eigene Gefahr, Anna. Wozu sind diese Lamellen da, wenn man auch bei geschlossener Klappe sprechen kann?" fragte Amor.

"Lassen Sie meine armseligen Zuwendungen aus dem Spiel. Das Bild", sagte Marker. "Ihr Adligen solltet mich öfter im Kerker besuchen. Ich mache Spirit Day Markierungen für bequeme Kissen und schöne Mahlzeiten mit etwas Sonnenschein. Das hier ist so viel besser."

"Glücklich", sagte die Stimme auf der anderen Seite.

Marker entgegnete: "Nun, ich erfülle einen Zweck, Darxo. Und halt die Klappe, sonst lese ich die Bücher nicht mehr laut vor. Nie wieder."

Amor reichte ihm seine Zeichnung. Annabel schob ihre ebenfalls durch. Der Nachtelf konnte im Dunkeln sehen, aber er holte eine Kerze. Er studierte beide Bilder, die fast identisch waren, und reichte das Pergament zurück.

"Dieses Haus ist gestorben", sagte Marker.

"Das heißt, sie sind alle gestorben?" fragte Annabell.

Marker stieß einen Seufzer aus. "Unbekannt. Die letzte Geburt war vor etwa zwanzig Jahren. Ja, mindestens das. Ein Sohn, ein entzückender kleiner Junge. Die meisten Babys sind hässlich, aber er war es nicht. Mir wurde eine Nachricht überbracht, diese Blutlinie zu schließen. Sie wurden ... ausgerottet."

"Die Ätherischen gaben ihm Informationen. Er teilte sie. Er sah, wie Banditen seine Eltern töteten, ihn aber verschonten. Soll das heißen, er hätte nicht verschont werden sollen?" fragte Annabell.

"Verdammt", murmelte Amor, als er es herausfand. "Sag es ihr nicht."

"Sie hat bezahlt."

Amor starrte in das Guckloch und knurrte mit gefletschten Zähnen. "Ich bringe dich um, wenn du..."

Annabell tratt Amor so fest in die Eier, dass er auf der Stelle die Klappe hielt.

"Sag es mir", forderte sie.

"Dies ist das Zeichen der Parethianischen Familie. Der letzte Erbe und der Letztgeborene ihrer Linie."

"Oh, das soll wohl ein Witz sein", stöhnte Annabell.

Amor hustete und kam schnell wieder zu sich. "Was zum...? Gräfin Annabell. Ich habe Sie nie und werde Sie nie absichtlich verärgern. Sie haben gerade einen Sarg geöffnet, der fest vergraben war."

Sie schaute ihn traurig an.

*Das war ein Fehler. Ein großer, gigantischer Fehler.*

Amor stand langsam auf: "Was hast du vor?"

"Ich habe meinen Vater und seine Art nie geliebt." Annabell drehte sich, bis sie mit dem Rücken an der Wand stand, und ließ sich auf den Hintern plumpsen. "Es war richtig, meine Antwort zu hören. Es war falsch von mir, dich zu verletzen. Ich entschuldige mich."

"Und der Bauernjunge?"

Marker kicherte. "Er ist kein Bauernjunge. Er ist der Erbe von Emporium, der größten Handelsgesellschaft in Ilisia."

"Aber er ist es nicht. Duke Winston, mein Vater, ist der alleinige Besitzer des Emporiums. Das ist er, seit sie alle vor über zwanzig Jahren im Abstand von wenigen Monaten gestorben sind. Der König, mein Onkel, hat ihm das Eigentum an ihrer Stelle übertragen, und mein Bruder ist der Erbe. Vater wird Tem töten, wenn er es herausfindet. Sobald er es weiß, wird er nicht zögern. Und er wird es überall tun. Auch in eurem Haus", sagte Annabell mit einem säuerlichen Ton.

"Sie haben meine Frage nicht beantwortet. Was werden Sie tun?"

"Ich - ich - ich... Marker. Ich habe die Kontrolle über den Kerker. Habt Ihr verstanden? Meine Wächter, nicht mein Vater, sind in diesen Mauern."

"Sie haben mich in eine schwierige Lage gebracht, meine Dame", sagte Marker.

Arom schüttelte den Kopf und sagte: "Ich glaube, das ist es. Ja... das ist es. Zweifellos ist es das. Annabell. Ich habe unser geistreiches Geplänkel genossen und es tut mir leid, dass ich deine sanften Annäherungsversuche und sogar eine Andeutung von etwas mehr zurückgewiesen habe. Das ist auch der Grund, warum ich sie zurückgewiesen habe. Ich habe nur so getan, als wäre ich an der Prinzessin interessiert. Aber ich habe Ihre Schönheit und Ihren Scherz sehr genossen."

Sie zog die Stirn in Falten und antwortete: "Ich versuche, ihn zum Schweigen zu bringen".

"Ja, und er ist der beste Oxa-Spieler, den es gibt. Wenn ich an die Grenze laufe, um Bauer zu werden, was bedeutet das dann, Marker?

Der Nachtelfe stieß sich den Kopf. "Dass die königliche Familie kurz vor einem kleinen Bürgerkrieg steht. Er kann schnell enden, oder er kann sich nie entwickeln. Es hängt alles davon ab, was ich sage, wenn das Symbol das nächste Mal gezeigt wird, und ob du Darxo dazu bringen kannst, ebenfalls zu schweigen."

"Ich habe nichts gehört", sagte Darxo. "Keine Bestechung nötig."

"Schweigen", befahl Annabell.

Amor schüttelte den Finger, und sie dachte sich, dass er sich etwas ausgedacht hatte. "Hey, erinnerst du dich an die Flotte, die vor zwanzig Jahren den Hafen von Ilisia verlassen hat?"

"Perin... Perin... Die Seehändler, die nach Ubin gegangen sind? Die Verräter Perins?" Annabell spottete. "Das kann doch nicht dein Ernst sein."

"Ganz genau. Ich mache es offiziell, er ist das verlorene Kind des Hauses Perin", sagte Amor. "Das kann und muss klappen. Sonst verfüttern wir ihn einfach an deinen Vater."

"Nein, er hilft und verdient. Und er hat deine Schwester gerettet. Ich schätze, das kann funktionieren", sagte Annabell, und ihre Stimme wurde fester. "Ja, Perin funktioniert."

"Ja, es wird funktionieren, es sei denn, Marker sagt etwas", sagte Amor. "Wenn Tem den Ball verfehlt, dann besser, weil er im Drachenturm gefangen ist."

"Nein. Diese Perin-Idee ist gut. Nicht perfekt, aber gut. Tem Perin von Onno. Er wurde in jungen Jahren ausgesetzt, als seine Eltern wegen Seekrankheit an die Grenze flohen. Man glaubte, der Junge sei gestorben, und damit ist die Sache erledigt. Ja..." sagte Annabell fröhlich.

"Und die beiden?" fragte Amor.

"Wenn ich aufsteige, werde ich dich für deine Treue befreien", sagte Annabell, und Amor legte den Kopf schief wie ein verwirrtes Hündchen. "Ich war nie hier, und du hast den Perin-Winkel gelernt, den Marker verifiziert, weil er seine Bücher mag."

"In der Tat, Mylady. Ihr habt einen Verbündeten in dieser Hinsicht", sagte Marker.

Amor schob den Schieber zu und folgte Annabell die Treppe hinauf. Im obersten Stockwerk angekommen, sah Annabell ihre treuesten Wächter mit Chrin sprechen.

"Geh in den siebten Stock, dreh dich nach links, fünf Türen weiter siehst du Markers Zimmer. Gegenüber davon ist Darxo. Töte ihn und sag Marker, dass er der Nächste ist, wenn er unsere Abmachung bricht", befahl Annabell.

Bart und Jasper warfen sich einen Blick zu, dann stapften sie die Treppe hinunter. Die Befehle bedurften keiner Antwort, sie waren glasklar, und jedes Zögern würde sie teuer zu stehen kommen.

"Ich kann nicht glauben, dass er gesagt hat, er würde die Prinzessin vergewaltigen. Diesem Darxo kann man nicht trauen", sagte Chrin.

Annabell zog einen winzigen Dolch aus ihrem Ärmel und schnitt sich in die Wange. "Und er hatte die Frechheit, auch noch einen Stein nach mir zu werfen. Du sollst Darxo durch jemanden ersetzen, mit dem Marker reden kann. Jemand Gebildetes."

"Ich habe genau den richtigen Kandidaten im Kopf", sagte Chrin.

Sie nickte dem Mann scharf zu und trat in den schönen Garten. Seite an Seite gingen sie in den sonnigen Tag hinein. "Ich muss einige Vorbereitungen treffen. Amor, ich meine es ernst, ich hoffe, du findest dein Glück als Bauer."

"Tem, er... er hat eine Art, dir das Gefühl zu geben, dass die Stadt verrottet und die Gemeinschaft verschwunden ist. Vielleicht solltest du es in Erwägung ziehen", sagte Amor und hielt an ihrem Treffpunkt inne. "Ich meine es ernst."

"Ich denke, ich werde genau das tun. Vielleicht unterstütze ich ihn nicht. Vielleicht ist es besser, wenn er tot ist. Ich weiß, was für ein Mann mein Vater ist. Wenn ich mit

Dolchen tanzen will, ist es am besten, wenn ich meinen Tanzpartner kenne. Tu mir einen Gefallen, bevor du gehst. Sagen Sie ihm, dass er niemandem mehr sein Zeichen zeigen soll, sonst droht ihm der Tod, und ich werde alles zur rechten Zeit enthüllen", sagte Annabell.

"Betrachte es als erledigt", antwortete Amor. "Der Schnitt muss genäht werden und eine bessere Hintergrundgeschichte bekommen."

"Ja, ich habe noch zu tun. Ich hoffe, wir sehen uns am Tag des Geistes. Vielleicht fliege ich sogar mit -"

Annabell hielt inne und ließ ein schelmisches Grinsen über ihr Gesicht huschen, als sie sich einen würdigen Plan ausdachte.

"Geht es dir gut? ", fragte Amor.

"Wunderbar, ich werde Ihnen sagen, wie es weitergeht."

Amor hörte ihr aufmerksam zu und wippte zustimmend mit dem Kopf, bis sie geendet hatte. "Ein paar Dinge. Ich habe genau die gleichen Informationen aus einer anderen Quelle."

"Ja, das ist ein toller Plan", sagte Annabell aufgeregt.

Amor schüttelte besorgt den Kopf. "Damit legst du alles auf das Schicksal von Prinz Hori. Und Anna, wenn das schief geht, landest du in einer Zelle."

Sie ließ sich von seinen Worten nicht beirren. "Wenn es funktioniert, werde ich ein wichtiger Berater des zukünftigen Königs und ein Held des Königreichs. Die Rettung von Tem ist der Bonus."

"Du hast das Herz auf dem rechten Fleck, aber ich fürchte, das Risiko ist zu groß", warnte Amor.

Sie brachte ihn zum Schweigen. "Es wird funktionieren. Dass du und Vater die gleichen Daten haben, ist mehr als genug. Außerdem ist es nicht so, dass Vater seine ehrgeizigste Tochter verschmähen würde."

Amor klopfte ihr auf die Schulter und ging. Sie stand da mit der Hoffnung auf ein besseres Morgen in ihrem Herzen.

## KAPITEL ZWANZIG

### IMMER WIEDER EINE ZEIT

Vier Tage lang sind wir immer wieder durch den siebten Stock gegangen. Nach dem wunderbaren Ergebnis in der Savanne gingen wir zum ersten Mal hinunter. Das Gelände und das Biotop änderten sich jedes Mal, aber das eigentliche Ziel blieb dasselbe - zur Tür hinter den Raubtieren zu gelangen.

Widerwillig investierte ich einen Punkt in meine Ausdauer und hasste es, dass ich meine Strategie des minimalen Maximums nicht einhielt. Nachdem ich mich ein paar Mal übergeben musste, weil meine Ausdauer aufgebraucht war, bin ich einfach zu viel gelaufen, um meine Ausdauer nicht zu erhöhen, und aus irgendeinem Grund stieg sie nicht von allein auf zehn.

Dies war unser achter Durchgang. Bisher waren sowohl die Raubtiere als auch die Beute eine Herausforderung, aber wir konnten sie gegeneinander antreten lassen oder sie nacheinander ausschalten. Angesichts der schieren Anzahl der verfügbaren Ziele wiederholte ich diese Etage für das endlose Töten. Ja, es war riskant, aber die Auszahlungen waren fantastisch.

Suzie landete auf meiner linken Seite, schlang sich langsam um meinen Hals und hockte sich auf meine rechte Schulter. Wir standen neben einem Haufen dick behaarter Körper. Ich starrte auf den blutgetränkten Boden des Gemetzels, das Kregor und ich angerichtet hatten. Es dauerte Stunden, aber wir schlachteten über tausend Bisons ab und sperrten sie zwischen einem Felsvorsprung und einem breiten Streifen trüben Wassers ein.

"Sie hätten einfach in den Fluss gehen sollen", sagte Suzie.

Ich griff in die Tasche und holte einen Lappen, um mir das Blut aus dem Gesicht zu wischen. "Ich habe keine Pfeile mehr."

"Geht es dir gut?", fragte sie.

Das war ungewöhnlich. Die freche Fee hatte manchmal doch ein Herz. Ich war nicht körperlich müde und auch nicht emotional erschöpft.

*Ich habe keine Probleme, einzuschlafen. Meine Angst ist verflogen, und ich habe mich zu Recht damit abgefunden, was getan werden musste. Wenn nur meine verdammte Ausrüstung nicht ausgetauscht oder repariert werden müsste.*

"Das Schwert ist stumpf, die Sehne ist rau, Lucky braucht einen neuen Griff, und die Hälfte unserer Ausrüstung ist kaputt. Die meisten der zerbrochenen Teile haben Zahnabdrücke, Hornkratzer oder Hufstampfer. Ich bezweifle, dass ich es zurückgeben kann, und wir können jetzt sowieso bessere Sachen kaufen."

"Ich bin froh, dass ich dieses harte Äußere sehe!" sagte Suzie positiv.

Ich schnaubte. "Ich muss an mich glauben. Ich bin nicht der erste Mann, der hier durchkommt und unsägliches Leid und Zerstörung über die Szenarien bringt."

"Würde dieser 'Ich schufte mich zu Tode'-Bauernjungengeist eine Pause erlauben?" schlug Suzie zögernd vor.

"Wozu?" fragte ich mit einem frechen Spott. "Die Klinge ist noch durchdringend und es sind wahrscheinlich noch zehn Pfeile übrig."

"Von Hunderten. Ja, wir machen eine Pause. Befehl von Pixie."

In diesem Fall hatte sie recht. Ich starrte mit geneigtem Kopf auf den braunen Fluss. "Was glaubst du, ist da drin?"

"Nichts Gutes. Ich würde nicht einmal eine Leiche hineinwerfen, um das herauszufinden. Kregor dagegen", sagte Suzie und deutete auf den riesigen Wolf, der jetzt größer war als ich. Er befand sich noch in der Pubertätsphase. "Wie viele hat er denn getötet?"

"Dreißig, vielleicht vierzig allein in dieser Iteration. Er hat sich vor ein paar Rotationen bezahlt gemacht. Ich nehme an, es ist an der Zeit, seine Schulden zu begleichen. Ich muss in der Statistik nachsehen, wie es um unsere Essenz bestellt ist, aber sie muss bei fünftausend liegen", sagte ich und wandte mich von der Szene ab.

Kregor aß und ich marschierte zur Tür. Das Raubtier bei dieser Drehung war ein Rudel Wölfe gewesen. Wölfe, die nie eine Chance gegen uns beide hatten. Meine Treffsicherheit beim Bogenschießen verbesserte sich mit jedem

Abschuss, und Kregor war bereits doppelt so schwer wie ein gewöhnlicher Wolf. Er konnte zehn Bisse verkraften und mit einem Schlag töten, es war einfach vorbei, bevor es begonnen hatte.

Und doch verbarg das Wasser etwas, das so gefährlich war, dass die Bisons lieber gegeneinander kämpften, als seine Tiefen zu erforschen. Ich ließ es auf sich beruhen, weil ich wusste, dass wir eine Pause verdient hatten. Die Wanderung durch die Prärie dauerte eine Stunde, und als ich das Foyer betrat, kehrte meine beschädigte Ausrüstung zurück und Kregor wurde zu einer Statue.

"Du weißt, dass er das hasst", sagte ich zum Drachenturm, während ich das Chaos aufräumte.

***Regeln. Alle Tiere, die größer als das Foyer sind, werden in Stasis versetzt. Es wird ihm gut gehen, und nur weil er danach jammert, heißt das nicht, dass Sie ihn beschwichtigen müssen.***

"Die Regel ist ihm gegenüber nicht fair", beschwerte ich mich. Ich wollte ein größeres Foyer, aber der Himmelsdrache weigerte sich. Da ich wusste, dass ich den Streit nicht gewinnen würde, fragte ich: "Wie hoch ist meine Gesamtessenzzahl?"

***Die Essenz liegt bei 5323.992***

. . .

"Ausgezeichnet, ich werde meine gesamte Ausrüstung bis zu meiner Rückkehr hier drinnen aufbewahren", sagte ich und nahm die Tür zum Drachenturm statt zum sechsten Stock.

Der geschäftige Lärm einer belebten Bar mischte sich mit dem Geruch von verschüttetem Bier und stinkenden Menschen. Suzie wurde zu einer Statue in meinem Ablagefach, auf der eine 8 stand. Ich hob sie auf und warf sie in meine Tasche. Danach schaute ich auf die Anzeigetafel. Wir waren vom drittletzten Platz auf die Hälfte der Rangliste vorgerückt.

"Beim großen Geist, er lebt!" verkündete Lina.

Ein Dutzend neuer Gesichter saßen an den Tischen oder an der Hauptbar. Viele von ihnen waren robuste Veteranen, gemischt mit einigen neugierigen Gesichtern. Während der Turm die Blutspuren entfernte, blieben die Löcher und Risse in meiner Kleidung zurück. Das ungepflegte Gesicht und die verfilzten Haare trugen nicht zu meinem Erscheinungsbild bei.

"Warst du es, Junge?", fragte ein älterer Mann. Er starrte über seinen Becher, seine Worte waren leicht undeutlich.

"War Ich was?" fragte ich.

Er zeigte auf die Tafel. "Der Monat ist nur zurückgesetzt, und die anderen werden uns einholen, aber das ist eine ungewöhnlich hohe Zahl."

"Nein, ich wurde in einem Kerker gefangen und eingesperrt. Schließlich hat mich eine Prinzessin befreit, und ich bin entkommen", log ich.

*Meine Sache war meine Sache. Es wird später klar werden, dass ich es war, aber diese Leute sind eindeutig Adlige. Adlige, die mich besonders hoch besteuern. Scheiß auf sie und ihr eingefahrenes System.*

"Ah, die Wachen, die machen das, wenn man nicht raffiniert genug ist. Diese neuen Jungs sind wohl der Unterschied. Ihr habt es wohl noch nicht gehört. Der Turm wird wieder geöffnet, weil die Zwerge zum ersten Mal in diesem Krieg Verteidigungsanlagen errichtet haben", sagte der alte Mann.

Ein Salut unter den Gästen führte zu erhobenen Gläsern.

*In der Tat eine willkommene Nachricht. Dann werde ich darauf drängen müssen, dass meine Steuern gesenkt werden.*

"Wunderbare, wirklich wunderbare Neuigkeiten", sagte ich grinsend.

Lina winkte mich mit einem warmen Lächeln zu sich. Wenn sie sich über unsere früheren Diskussionen ärgerte, hielt sie es zurück. Sie bot mir einen Brief an und ich nahm ihn an. Auf der Rückseite befand sich ein Wachssiegel, dessen Abdruck gebrochen und wieder verschlossen war. Wer auch immer versucht hat, es zu vertuschen, hat gute Arbeit geleistet, aber ich war schon ein misstrauischer Mensch.

"Wer hat das gemacht?" fragte ich Lina.

Sie stieß einen Seufzer aus, schenkte mir ein Ale ein und stellte es vor mich hin. "Ich... ich weiß es nicht. Ich verspreche, es war versiegelt, als es ankam. Nur ich schließe ab, nur ich öffne. Aber es gibt Schlüssel, die König Hori und General Torg haben."

"Danke." sagte ich und nippte an dem Getränk. "Honigmet und ein köstlicher Geschmack. Wusstest du, dass Bienen sich gegenseitig in den Mund erbrechen, um Honig zu machen?"

"Was? Nein! Was ist los mit dir?" fragte Lina.

Ich zuckte mit den Schultern und kicherte. "Offenbar eine Menge. Welcher Tag ist heute?"

"Einen Tag vor dem Spirit Day. Du hast genug Zeit, um dir ein schönes Outfit für den Ball zu besorgen."

Ich nickte und beschloss, dass frische Kleidung wunderbar sein würde. Das Set für die Wildschweinjagd war anständig und hatte mich schon ein paar Mal vor Verletzungen bewahrt, aber es hatte eindeutig schon bessere Tage gesehen. Um ehrlich zu sein, brauchte ich alles noch einmal. Ein schönes Schwert, Bogen, Pfeile und Ausrüstung.

Mein Plan war, in der Drachenhöhle nachzusehen und von dort aus weiterzugehen. Ich winkte ihr zum Dank mit dem Zettel zu und machte mich auf den Weg zur Drachenhöhle. In dem Moment, in dem ich den Raum betrat, warf ich die Holzstatue von Suzie in hohem Bogen aus meiner Tasche. Sie flatterte zum Leben, mit ein paar zusätzlichen Klappen, um ihre Orientierung zu finden.

"Das tut mir leid", sagte ich.

"Das ist nicht deine Schuld", brummte sie. "Wie lautet der Plan, Bauernjunge?"

"Woron, Essolin, seid ihr da?" fragte ich.

Essolin materialisierte sich aus dem Nebel. "Der arme Woron hat mit dem Zustrom von Eingeweihten zu kämpfen. Jemand hat beschlossen, adlige Ablehnungen jeden Tag erneut prüfen zu lassen."

"Igitt. Ich hatte etwas Zeit zum Nachdenken, während ich eine epische Zerstörung anrichtete. Wer hat den Wechselkurs festgelegt?" fragte ich.

"Die Kirchen von Ilisia, um genau zu sein. Wenn wir nur Münzen drucken würden, würde die Inflation überhand nehmen. Du warst doch schon mal in der Kirche, oder?"

"Ja, natürlich, ich habe gespendet, was ich konnte. Aber nie Gold."

"Es gibt genug Spenden, wenn es den ganzen Planeten betrifft. Alle Spenden an Lon in allen Kirchen fließen in diese Türme, um den großen Krieg gegen den Dämonenfürsten zu finanzieren. Wenn die Spenden der Kirchen knapp werden, können wir anfangen, direkt von diesem Laden aus an die Öffentlichkeit zu verkaufen. Der Aufstieg muss immer belohnt werden. Letzteres ist allerdings viel seltener als früher", sagte Essolin.

"Danke. Im Grunde finanzieren die Kirchen die Drachentürme und der König will danach seinen Anteil. Schockierend. Ich weiß, du redest nicht gern. Ich habe 5.000 Essenzen. Ist das, was ihr anbietet, das Beste vom Besten in diesem Bereich? Ich will später nicht noch einmal aufrüsten", sagte ich und hielt einen Finger hoch. "Ich will nur Ausrüstung für einen Champion."

Eine Reihe von Gegenständen materialisierte sich an der Rückwand. "Seien Sie aufmerksam. Es gibt noch mehr Optionen als diese. Es gibt fast unendlich viele Kombinationen, aber ich habe diese erstklassigen Gegenstände auf der Grundlage deines begrenzten Baupfads ausgewählt. Sieh sie dir an, wenn du einen haben willst, sprich deinen Wunsch laut aus und folge den Anweisungen.

Und damit war der Ätherische verschwunden.

"Charmanter Kerl", sagte Suzie. "Es ist fast so, als würde er das Reden nicht wirklich hassen."

Ich grinste und ging auf die Wand zu. "Die Besten der Besten und unter fünftausend. Sollte interessant sein. Vielleicht spare ich einfach auf einen legendären Bogen."

Jeder Schritt knirschte über den losen Splitt des Bodens, der noch nie gekehrt worden war, wenn ich raten müsste. Der schlichte Steinraum hatte eine bedrohliche Ausstrahlung und der Tisch mit den Gegenständen zog mich an.

"Besorgen Sie sich etwas, das Ihnen hilft, und gehen Sie für einen Monat auf sieben zurück."

Ein Dolch, ein Langdolch, drei Arten von Stiefeln, drei Arten von Handschuhen, ein Paar Roben, eine Reihe von Gürteln, ein Dutzend Taschen und eine Reihe von zufälligen Gegenständen zum Überleben wie Enterhaken und einhändige Feueranzünder.

"Es fehlen alle Schwerter, Bögen, Helme und Stäbe", sagte ich und verschränkte die Arme, um mit den Fingern über meinen linken Bizeps zu tanzen.

"Stäbe", konterte Suzie.

"Stäbe".

"Stäbe".

"Ich stehe fest auf meinem Hügel, es sind Stäbe", antwortete ich. "Was hältst du von den Angeboten?"

"Eine magische, leichte Tasche wäre das Beste. Du hast buchstäblich die Hälfte unserer Ausrüstung verloren, als du deine Tasche hinwarfst und wieder aufhobst", sagte Suzie und flog hinunter, um jede Tasche zu berühren. "Hier, fass diese an. "

***Legendäre Tasche der Holding. 2500 Essenzen. 99,9% Gewichtsreduzierung. Unbegrenzte Speichergröße. Stopft hinein, was immer ihr wollt, erwartet nur, dass es kalt herauskommt. Wenn es Sauerstoff braucht, ja, dann steck es nicht hier rein. Die Unbegrenztheit ist eine Art Prahlerei. Nichts auf dem Planeten, den du Lon nennst, kann den diesem Beutel zugewiesenen Platz ausfüllen. Wenn du in den Sack gehst, stirbst du. Bert hat das versucht, er ist gestorben. Mach es nicht wie Bert. Wirf die Sachen rein, denk an sie und hol sie zurück. So einfach ist das.***

"Wow, das ist unglaublich", sagte ich. "Hmm. Wir haben es aber mit der anderen Einrichtung geschafft. Wozu sind diese Gewänder gut?"

***Legendäre Läufergewänder. 4100 Essenzen. + 19 Ausdauer. + 30 Geschicklichkeit. + 19 Weisheit + 19 Intelligenz + 7 Widerstandsfähigkeit gegen Magie. + 3 Rüstung.***

***Achtung, Sie erhalten eine erhöhte Ausdauer und Geschicklichkeit, die sich auf Ihre Bewegungen auswirken. Wenn du gegen einen Baum rennst und dir das Genick brichst, weil du zu schnell unterwegs warst, wirst du sterben. Stirb also nicht.***

***Achtung, Sie werden nicht plötzlich weise oder intelligent. Du wirst nicht plötzlich die mathematischen Gleichungen eines schwarzen Lochs verstehen. Sie werden einen größeren Manapool erhalten, was mehr Zauber im Turm und einen langsameren Manaverbrauch außerhalb des Turms bedeutet. Außerdem... sind sie extrem bequem.***

"Ah, es gibt einen Abfluss", sagte ich, weil ich mir das schon gedacht hatte. "Es macht Sinn, dass man sich nicht wieder aufladen kann, da die Türme der Ort sind, an dem die Magie vorherrscht. Ich wusste nicht, dass die Magie tatsächlich mit der Zeit abnimmt."

Zu meiner Überraschung antwortete der ätherische Woron mit dröhnender Stimme: "Je näher das Ende, desto schneller der Abfluss. Je näher die wiederhergestellte Magie ist, desto weniger ist sie ein Problem. Während dieser Turm voranschreitet, sind andere gefallen. Es ist immer ein Kreislauf, und wir befinden uns in einem Abwärtszyklus. Es gibt Hoffnung."

"Gibt es andere Roben, die mehr kosten?" fragte ich.

Essonlins Stimme flüsterte: "Er ist so laut. Hunderte mehr, ja. Ich habe sie hervorgehoben, weil einige Bogenschützen diese Gewänder tragen. Deine derzeitige Ausrüstung hat null Upgrades und ist auf 1 Rüstung eingestuft."

"Danke, dass Sie sich die Zeit genommen haben, mir zu antworten", sagte ich, und die Stimme antwortete nicht.

Ich arbeitete mich durch die Gegenstände und blieb bei Stiefeln stehen, die meine Ausdauer erhöhten. Ich ging an ihnen vorbei. Ein Paar Handschuhe gab einen Multiplikator auf Geschicklichkeit. Das heißt, wenn ich die Stiefel gekauft hätte, hätte ich diesen Attributspunkt sparen können und hätte dann mit einem Multiplikator von 1,18 noch schnellere Hände gehabt. Plötzlich bekam Ausrüstung eine ganz neue Bedeutung.

"Suzie, ich schaue mir diese Tasche an und sage: Wow, zwei bis drei Tage lebensgefährliches Verhalten und ich habe das Beste vom Besten. Dann sehe ich mir diese Handschuhe an und frage mich, was passiert, wenn ich auf einem Boden liege, wo ich einen Kraftschub brauche. Oh, sie sind nutzlos. Das heißt, ich brauche ein zweites Paar Handschuhe mit dreitausend Essenzen. Dann komme ich in ein anderes Stockwerk und brauche Ausdauer, und so geht die Liste weiter. Es wird Hunderttausende von Essenzen brauchen", sagte ich seufzend.

Suzie schmiegte sich an meinen Hals. "Hast du einen Moment Zeit?"

"Vielleicht. Ich schätze, ich kann dir zehn geben."

"Werd nicht frech. Ich verändere mich und bin doch immer noch dieselbe. Ich - ich - ich frage mich, ob ein Pixie das Richtige für mein nächstes Ich ist. Möchte ich wirklich eine ganz neue Gemeinschaft finden und mich als Außenseiterin wieder nach oben arbeiten? Ich... ich kämpfe mit dem inneren Aufruhr."

"Deine Situation tut mir leid", sagte ich.

Sie seufzte. "Ist schon okay. Ich bin am Leben und du bist dumm, aber nicht die schlechteste Gesellschaft."

"Hey!"

"Hahaha, Tem, würdest du mit diesem Bademantel nicht ziemlich episch aussehen?" fragte Suzie.

"Interessante Bemerkung. Ich nahm an, dass die letzten Etagen ein übermenschliches Niveau von mir verlangen. Das heißt, wenn ich nicht so eine Ausrüstung trage, ist mir alles überlegen. Das wird helfen, aber wenn wir erst einmal in den Neunzigern sind, werden die Etagen damit einfach normal, wenn das Sinn macht", vermutete ich.

"Ich denke, ja, das tut es. Wozu hat man sonst diese Gegenstände? Das sind doch nur gepanzerte Roben mit Widerstandsfähigkeit außen."

"Hm, das wusste ich nicht. Ich schätze, es macht Sinn, dass die Supermenschen nicht die lokale Gesellschaft dezimieren. Allerdings fühle ich mich außerhalb des Turms schneller", sagte ich.

Essolin flüsterte: "Die Ausrüstung lässt Attribute außerhalb dieser heiligen Mauern fallen. Deine Prüfungen im Turm entwickeln deinen Körper. Sie bleiben, wohin du auch gehst. Es gibt einen Grund für die Auswahl, der über den erwirtschafteten Reichtum hinausgeht, es ist die erlangte Macht. Sei nicht so voreilig mit deinen Schlussfolgerungen."

"Hmm... Interessant."

Ich beschloss, meine Einkäufe zu beenden. Die Auswahl war so gering, dass ich mich nur noch zwischen der Tasche und den Gewändern entscheiden konnte.

"Gibt es eine Rückerstattung, eine Rückgabe oder einen Weiterverkauf?" fragte ich.

"Nein, aber die werden auf dem freien Markt teurer verkauft. Seid vorsichtig. Zahle deine Steuer, wenn du sie verkaufst", sagte Essolin mit einem Seufzer. "Das ist deine Warnung von mir, die Wachen werden dir auch eine geben."

"Ah, Steuerhinterziehung ist Rebellion. Ich höre das nur zu oft. Was den Kauf dieses... Beutels da draußen angeht, so macht das in gewisser Weise Sinn. Irgendein reicher Adliger kauft die Ausrüstung für seine Kinder, damit sie sich nicht abrackern müssen", brummte ich. "Kann ich Ausrüstung für Münzen kaufen?"

"Ja, aber zum doppelten Satz in der negativen Umkehrung. Der Dragon's Shop ist dazu gedacht, Essenz zu verbrauchen, nicht Gold", sagte Essolin.

Ich grinste voll Vorfreude. Ich war nicht gut darin, mich über Entscheidungen zu ärgern, also wählte ich die Roben aus, da ich wusste, dass ich als Nächstes eine Tasche mit Inhalt kaufen würde.

"Legendäre Läufergewänder bitte", sagte ich.

***Sie haben sich für den Kauf von legendären Läuferroben entschieden. Dies wird 4100 Essenzen***

***von Ihrem Konto abziehen. Bitte bestätigen Sie, dass Sie die legendären Läuferroben kaufen möchten. Ja, bestätigt. Aufgrund des hohen Wertes bitte nochmals mündlich bestätigen.***

"Ich möchte die legendären Läufergewänder kaufen", sagte ich. Die Roben blieben zurück und fielen auf den Steinboden, während alles andere verschwand. "Oh, sie sehen auch königlich aus."

"Ja, umso besser zum Sterben, weil du deine Feinde in so einem schillernden Outfit wissen lässt, wo du bist", sagte Suzie sarkastisch.

Ich zog mich nackt aus, zog den Bademantel an und bekam sofort eine Aufforderung vor die Nase gehalten.

***Ding! Du hast eine Attribut-Ausrüstung angelegt. Während du im Turm bist, hast du deine Werte erhöht. Hier ist deine aktuelle Statusseite.***

***Tem Onno.***

***Klasse: Bogenschütze***

***Höchste fertiggestellte Etage: 8***

***Intelligenz: 19 + 19 Intelligenz = 38***

***Weisheit: 12 + 19 Weisheit = 31***

***Stärke: 8***

***Geschicklichkeit: 13 + 30 Geschicklichkeit = 43***

***Durchhaltevermögen: 9 + 19 Durchhaltevermögen = 28***

***Mana: 31 + Boni = 69***

***Charisma: 9***

***Glück: 6***

***Gesundheit: 29 + Boni = 78***

***Arkan: Naturmagie.***

***Entsperrte Zauber: Schlinge der Reben. Wachstum beschwören.***

***Besondere Fähigkeit: Durchdringender Pfeil.***

***Vertrauter: Suzie der Wyvern.***

***Reittier/Begleiter: Kregor der Mammutwolf***

"Warum ist mein Glück gestiegen?" fragte ich mit gerunzelten Brauen. Meine Hände fuhren an der Vorderseite des Kleidungsstücks entlang und genossen das Gefühl. Ihre Bewegungen waren mit Sicherheit schneller.

"Natürliche Evolution. Auch deine Stärke hat sich durch den übermäßigen Einsatz von Muskeln entwickelt. Natürliche Aufwertungen sind am Anfang üblich. Sie hören nach zehn Jahren vollständig auf, und die meisten Wettbewerber warten mit der Anwendung von Attributen auf einem

Gebiet, bis sie zehn Jahre alt sind. Du musst mehr Fragen stellen", sagte Woron.

"Richtig. Stimmt. Interessant, das zu sehen. Ich dachte, es wäre nur ein Lippenbekenntnis von früher, aber du hast recht, die Orientierung hat erwähnt, dass das möglich ist. Danke, Woron, Essolin. Ich weiß Ihre Zeit zu schätzen", sagte ich mit einem Seufzer. "Der Turm hat mir so viel gesagt, aber ich habe mich bis jetzt nie näher damit beschäftigt."

Ich zog den Zettel heraus, den Lina mir vorhin gegeben hatte, und beschloss, dass jetzt der richtige Zeitpunkt war, ihn zu lesen.

*Oxa ist ein lustiges Spiel. Wenn man sein Blatt zeigt, hat man fast immer verloren. Ich neige dazu, meine Züge zu berechnen und eine zweite Partie in der Zukunft zu begrüßen. Du solltest die Position deines Barons wirklich nicht so früh in deinen Rotationen zeigen. Vielleicht gewinnst du beim nächsten Mal, und ich freue mich auf die Herausforderung.*

*In einem ernsteren Ton, Wortspiel beabsichtigt, siehe nicht immer eine Leiche, habe ich Neuigkeiten. Ich würde sie nicht gut oder schlecht nennen, sondern Neuigkeiten. Die meisten werden es als banal ansehen, aber für Sie wird es eine viel größere Bedeutung haben. Ich habe ein paar Regeln gebrochen und Marker gesehen, den Mann, der dein Haus auf deinen Arm geprägt hat. Haus Perin.*

*Haus Perin sind Seehändler, die das Königreich zum Zeitpunkt der Ermordung deiner Eltern verließen. Die Arbeitstheorie, die auf den spärlichen Details basiert, ist folgende. Die Hauptfamilie ging ins Reich Ubin, aber nicht alle wollten gehen. Es gibt immer noch ein Handelshaus im Hafen von Ilisia, aber es steht normalerweise leer. Dieses Büro sollte den Handel mit den Grenzgebieten aufbauen. Deine Eltern beschlossen, dieses Kontor zu leiten und waren auf dem Weg, ihr eigenes Erbe anzutreten, indem sie ihr erstes Geschäft abschlossen. Eine Tragödie ereilte sie und die Banditen verschonten dich.*

*Wir können noch mehr erraten, aber das Bild ist ziemlich allgemein und einfach. Jessi hat dir verziehen, dass du ihr Leben gerettet hast. Sheesh. Stell dir das mal vor. Was noch wichtiger ist, eine gewisse Nichte von König Hori hat jede Kleinigkeit über dich gefragt. Sie sagte, sie wolle wirklich reden. Annabell ist ein Drache im Gewand eines Schafes. Und, na ja, du willst ein Drachenreiter sein.*

*Endlich. Besuche den Ball. Die Nation will feiern. Wenn du nicht hingehst, wirst du echt etwas verpassen.* ***Amor***

"Hat er gerade angedeutet, dass du mit Anna schlafen sollst?" fragte Suzie verwirrt.

"Es gibt hier versteckte Wörter. Es scheint alles einfach und unverblümt zu sein, aber das ist es nicht. Wir haben nicht Oxa gespielt. Aber die Kutsche, mit der er mich vom Markt abholte, hatte ein Brett, und das hätten wir haben können. Das Zeichen. Ich bin kein Perin. Das deutet darauf hin, dass er mit Anna verhandelt hat und mehr im Spiel ist. Anna ist genauso schlau wie er. Sie einen Drachen und mich ihren Reiter zu nennen, soll denjenigen alarmieren, der das Siegel gebrochen hat. Während sie sich um ihre

Keuschheit sorgen, kann ich die Wahrheit herausfinden", sagte ich.

"Die Doppeldeutigkeit nervt, aber ich glaube, ich verstehe es."

"Es ist das Spiel, das sie spielen, nicht ich. Aber ich schätze, ich darf es im Moment spielen. Die letzte Zeile verwirrt mich am meisten", sagte ich.

"Ich denke, es bedeutet, was es bedeutet. Hol dir eine Belohnung oder verliere den Segen."

"Wenn ich darauf verzichte, werde ich in den meisten Erinnerungen verblassen. Ich will zwar einen Ball, aber ich werde mich an meinen Plan halten." Ich wandte mich an den Schreibtisch, an dem Essolin selten saß. "Ich möchte bitte zweihundert Essenzen in Goldmünzen umtauschen. Es ist an der Zeit, eine Gebühr zu bezahlen, eine Schuld zu begleichen, meine Briefe zu überbringen und mich neu zu versorgen."

## KAPITEL EINUNDZWANZIG

### SUZIE DER SCHRECKEN

"Warum haben Sie nicht eine der hübschen gekauft, mein Herr? Das sieht aus wie eine Schlange mit Zähnen und Flügeln", sagte die Dame hinter dem Tresen.

Nachdem wir eine Stunde lang in der Schlange gewartet hatten, standen wir vor der mürrischen Frau. Kein "Hallo", kein "Wie kann ich helfen". All das war für eine abfällige Bemerkung zum Fenster hinausgeworfen. Im Nachhinein betrachtet hätte ich Suzie in der Kutsche lassen sollen, aber ich wollte ich selbst sein. Ich wollte mich normal fühlen, unabhängig von der isländischen Gesellschaft.

*Anders zu sein, ist eindeutig auf meine eigene Gefahr hin.*

Suzie stieß ein Zischen aus. "Ich werde ihr die Ohren abbeißen und sie zwingen, das Erbrochene zu schlucken."

Die Frau konnte Suzie zwar nicht verstehen, aber es wurde überdeutlich, dass ihre früheren Worte verstanden worden waren. Ihr Gesicht wurde ärgerlich und sie legte eine Hand auf ihr Herz, als wäre sie ehrlich verärgert darüber, dass sie den Zorn des Flügeldrachen geweckt hatte.

"Oh!" Ihr Blick wanderte von Suzie zu mir. "Ich bitte um Entschuldigung. Die Geister von oben, ein Vertrauter. Ich hätte es an den Gewändern des Magiers erkennen müssen. Es tut mir so leid, meine Liebe. Ich hatte keine Ahnung, ich wette, du warst vorher wild und lieb", sagte die Kassiererin, die wusste, dass Vertraute Transplantate sind.

"Ja, nun, sie wird es schon schaffen", sagte ich mit einem Stirnrunzeln. "Briefe für Tem Onno. Und hier sind meine ausgehenden Briefe, auch an Onno. Insgesamt fünf, ich würde eine Flugzustellung bevorzugen."

Jede Stadt und jeder Ort mit einer anständigen Bevölkerung hatte eine Kurierstation. Deine Post lag in einem Fach für deine Stadt mit deinem Vornamen. In großen Städten wie Ilisia wurde die Nachbarschaft zum Nachnamen und man behielt sein Leben lang den Ort, in dem man geboren wurde.

Die Frau nickte und ging nach hinten, um meine Briefe zu suchen. Onno hatte wahrscheinlich nur ein kleines Fach, und es dauerte nicht lange, bis sie zurückkam.

"Fünf Goldstücke und ein Goldstück für die Lieferung von diesen", sagte sie mit einem falschen Lächeln.

*Erst werde ich beleidigt, dann werde ich erpresst.*

Das vorgetäuschte Lächeln, mit dem ich antwortete, konnte mein Grinsen kaum verbergen. Ich war schon einmal hier gewesen. Es war ein einziges Silberstück, um meine letzten Briefe zu verschicken. Bei dieser Transaktion kam ich herein und sah aus wie ein Bauer. Widerwillig übergab ich die sechs Goldmünzen, was die Bürger zu meiner Linken und Rechten aufhorchen ließ. Ich ignorierte sie, schnappte mir meine Briefe und wandte mich zum Gehen.

*Lektion gelernt. Das nächste Mal ohne Suzie und in Fetzen kommen. Den Manager anzurufen würde nicht helfen, der Bastard würde nur eine weitere erfundene Gebühr hinzufügen.*

Wir verließen das Gebäude, und als ich in den von mir gemieteten Privatwagen stieg, sagte Suzie: "Ich hasse Ilisia."

Der Lärm der belebten Straße hallte in dem kleinen Raum wider, bis ich die Tür verriegelte.

"Es ist nicht alles schlecht, aber es ist sicherlich nicht das, was andere glauben, dass es so ist.

"Oh, was für ein Schock, dass du nie eine romantische Vorstellung davon hattest, wie eine Stadt sein könnte. Erstaunlich für einen Bauernjungen", sagte Suzie.

"Du hast Glück, daß ich diesen Begriff mag", sagte ich und schob den Schlitz auf, um mit dem Fahrer zu sprechen. "Manny's Laden, bitte."

"Sofort, mein Herr", sagte der Kutscher und riss die Zügel an.

Der Wagen ruckelte, und ich schob die Luke zu. Die lauten Geräusche der Stadt waren im Inneren des Wagens leicht zu ignorieren, und ich nutzte die Zeit, um einen Blick auf meine Briefe zu werfen. Vier von Pa, einer von Palina. Ich öffnete Pa's Briefe zuerst.

Nachdem ich sie alle überflogen hatte, sagte ich: "Die Minotauren lösten einige Fallen in der Umgebung von Onno aus, stahlen eine Kuh und flohen, als Pfeile einen von ihnen verwundeten."

"Klingt nach einem guten Geschäft, wenn Sie mich fragen", sagte Suzie.

"Der Größe und Beschreibung nach zu urteilen, war es eine viel kleinere Gruppe. Vielleicht sind sie zerbrochen, aber am besten ist es, sie zu verletzen, sonst werden sie weiter auf dir herumhacken", sagte ich.

"Ich bin sicher, dass sie sich wünschen, du wärst da, um sie zu jagen", stichelte Suzie.

Ich spottete. "Unwahrscheinlich. Weiter geht's. Dem Hof geht es auch ohne mich gut, aber er muss länger arbeiten. Er hat unsere Gänse verkauft, um den Zeitmangel zu kompensieren, und konnte sich ein paar gute Stiefel und ein neues Geschirr für die Pflugochsen kaufen. Er hat das Dach neu gedeckt, mein Bett verkauft und vermisst mich ziemlich heftig. Alles in allem kompensiert Pa, passt sich an und freut sich auf meine Briefe. Ich habe keine geschickt, was traurig ist."

Ich öffnete den Brief von Palina und zerknüllte ihn schnell wegen des Inhalts. Ich wollte, dass sie glücklich ist. Stattdessen geriet sie in einen heftigen Streit mit ihrem Vater über die Notwendigkeit, sofort zu heiraten, und floh nach Orinish. Die große Stadt war nur einen Bruchteil so groß wie Ilisia City, aber sie war auch ein Ort, an dem ein Bauernmädchen Arbeit finden konnte. Außerdem wimmelte es dort von Bordellen, in denen sich junge Frauen tummelten, die zunächst eine ehrliche Arbeit suchten.

*Oh Palina, du sture Frau.*

"Was wirst du tun?" fragte Suzie zögernd, die von meiner Schulter aus las, statt wie die meisten Menschen über sie hinweg.

"Ich muss sie nicht retten. Sie ist kein Eigentum und kann werden, was sie will. Gleichzeitig kann ich ihr ein schönes Haus, eine Farm und jede Menge Enten kaufen. Warum zum Teufel riskiere ich alles, wenn nicht, um denen zu helfen, die mir wichtig sind? Ich habe einem Läufer buchstäblich eine Goldmünze gegeben. Warum sollte ich nicht einige von denen, die mir wichtig sind, aus der Armut befreien? Außerdem mag sie Enten über alles." Ich lehnte mich zurück.

"Du würdest sie also lieber als Entenzüchterin sehen und nicht als... irgendetwas anderes", sagte Suzie und korrigierte sich, bevor sie eine Grenze überschritt.

Ich nickte. "Ich schreibe noch einen Brief, lege einen Geldschein bei und schicke ihn an Pa. Er kann sie finden und ihr mein Goldgeschenk geben, um ihr den Einstieg zu erleichtern. Schlimmstenfalls versäuft sie das Geld oder wird dafür getötet. Solange Pa die Münzen hat, wird er es durchziehen."

"Aua, solltest du nicht gehen?"

Ich ließ die Schultern noch mehr hängen. "Nö. Sie ist meine beste Freundin, nicht meine Frau. Oder war zumindest meine beste Freundin. Der Brief war nicht gerade nett. Ihr Drama hat jede Art von Nachricht, dass sie mich vermisst, überlagert. Ein Teil der Kommune ist es, anderen zu helfen, und ich möchte das Gefühl haben, dass ich noch ein Zuhause habe. Ich habe meine Mission, und Pa wird seine haben."

"Traurig."

Ich kaute auf einem Nagel herum, bis er blutete. Ich nahm meinen Finger aus dem Mund, schloss die Augen und beruhigte meinen Geist.

*Wenn es jemandem gut gehen wird, dann Palina.*

Die Kutsche rollte zum Stehen. Wir verließen die ruhigere Straße der Slums. Ich ging eine Treppe hinauf und klopfte an Mannys Tür. Ich war überrascht, als er sofort antwortete.

"Wer ist es?"

"Der Typ, der dich angeheuert hat, um Informationen zu finden. Außerdem ist die Hälfte meiner Ausrüstung kaputt, aber das ist nicht die Schuld der Ausrüstung", sagte ich. "Ich will keine Versicherung in Anspruch nehmen, nur neue Sachen kaufen."

Das Geräusch von einem Dutzend Riegeln, die zurückgeschoben wurden, erinnerte mich daran, dass wir uns in den Slums befanden. Die Tür sprang auf und ließ einen Hauch von muffigem Geruch in meine Nase strömen. Der alte Mann blinzelte mich mit einem wachsenden Grinsen an. "Überrascht, dass du zurückgekommen bist. Ich dachte, du würdest eine Dummheit begehen und sterben."

"Heißt das, Sie haben meine Forschung?" fragte ich.

"Ja und nein. Folgen Sie mir", sagte Manny, nachdem er die Tür gesichert hatte.

Wir gingen durch den spärlich beleuchteten Laden zum hinteren Schalter. Ein Wachmann in königlichem Gewand schlief in einem Stuhl und stützte sich mit den Füßen auf einem Tisch ab. Manny stupste ihn mit einem Stock an.

Der Wachmann schnaubte und rüttelte sich wach. Er rieb sich die Hüfte an der Stelle, an der ihn der Stock gestochen hatte. "Verdammt Manny, sag doch was."

"Warum schläfst du, Bart?" drängte Manny ihn.

"Lena hat gerade das Baby bekommen und ich muss noch arbeiten. Und du weißt ja, wie selten man dazu kommt -" Er hielt inne, als er mich bemerkte.

Ich drehte mich um und holte eine Decke aus dem Regal, reichte Manny eine Goldmünze und gab Bart die Decke. "Für das Baby, man kann nie genug Decken haben."

Der ruppige Mann musste sich rasieren, ein Bad nehmen, und die Tränensäcke unter seinen Augen verrieten, dass er viel mehr Schlaf brauchte. Nachdem er die Decke angenommen hatte, trocknete er sich damit den Sabber ab, warf sie zurück ins Regal und stahl Manny die Goldmünze. "Damit kann ich mir hundert davon kaufen. Trotzdem danke. Hör zu, Junge, ich habe den Befehl, deine Ankunft zu beobachten. Gräfin Annabell will dich sprechen."

"Ich bin überrascht, dass sie eine Wache aufgestellt hat."

"Bist du das? Wenn du hierher kommst, bedeutet das, dass du wahrscheinlich nicht auf den Ball gehst. Der Ball ist der Ort, an dem sie dich braucht", sagte Bart.

Ich zuckte mit den Schultern und lehnte mich gegen den Tresen. "Ich könnte einfach neue Ausrüstung kaufen", antwortete ich.

"Ausgezeichnet also. Gräfin Annabell wird sich so kleiden, dass es zu deinem Outfit passt. Wenn du das trägst, werden einige eifersüchtig werden, aber andere werden denken, dass du ein Betrüger bist", sagte Bart, öffnete ein Tagebuch und machte sich Notizen.

"Aber ich kann zaubern, wenn auch nur einfach", brummte ich.

"Liam, richtig", sagte Bart, als ob er meinen Namen erraten würde. Seine Haltung hat einen Nerv getroffen.

Ich riss ihm meine Goldmünze schneller aus der Hand, als er sie verfolgen konnte. "Du missverstehst deine Situation, Bart. Ich bin nicht dumm, und du auch nicht. Mit Herablassung kommst du nicht weit. Du kennst meinen Namen, verdammt noch mal."

Er hob abwehrend die Hände. "Beim großen Geist, das ging aber schnell. Schau, Tem, ich mache nur meine Arbeit. Sieh nach Annabell, und ich werde nicht angeschrien oder bestraft werden. Ich habe wirklich gerade ein Baby bekommen, und Ärger zu bekommen, steht nicht auf meiner Tagesordnung, ich bitte um Entschuldigung."

Die Aufrichtigkeit in seiner Stimme war legitim oder er war ein ausgebildeter Schauspieler. Ich sagte: "Keine Versprechungen. Wenn sie mich sehen will, bin ich im Dragon's Inn."

Der steife Mann zappelte herum, während er nach einer taktvollen Antwort suchte. "Äh... Dieser Ort ist nicht... passend."

"Ausgezeichnet, denn ich muss sowieso verschwinden", sagte ich.

"Sie schenken dir einen Greifen, weil du Jessi gerettet hast. Sie will, dass du gehst", sagte Bart und nahm mir sanft die

Goldmünze aus der Hand. "Danke, die Frau wird sehr dankbar sein."

"Ein Greif..." murmelte ich. Das mit dem Baby habe ich ihm geglaubt, der Greif nicht so sehr. Ich widersprach ihm nicht wegen der Goldmünze, er war zweifellos unterbezahlt, und in der Kommune waren Geschenke für Kinder üblich. Seine Worte klangen in meinem Kopf wegen der Andeutungen. Ich verschränkte die Arme und murmelte: "Ich könnte einen Greifen gebrauchen."

Suzie, die bis jetzt geschwiegen hatte, sagte: "Annabell hat ihm das wahrscheinlich gesagt, und er hat es mit ernster Miene gesagt. Wie auch immer, es gibt keinen Greifen. Ein teures Pferd vielleicht. Einen Titel zu erhalten ist kostenlos. Viscount ist sogar noch wahrscheinlicher und festigt dich in der Befehlskette. Greifen sind als Geschenk unerschwinglich. Vielleicht, wenn du ihre Tochter heiratest, aber die Schlampe hat dich angeschrien, weil du sie gerettet hast. Heirate Anna, sie schien dir zu gefallen."

Bart zuckte zusammen, während er die Münze in eine Tasche steckte und sagte: "Ich bin nur ein Bote. *Gräfin* Annabell, nicht Anna oder Annabell, ist niemand, mit dem man sich anlegen sollte."

"Es geht nicht darum, sie zu verärgern. Es geht darum, die Spielchen zu vermeiden, die die Adligen spielen. Ich werde im Dragon's Inn trinken. Ich brauche weder ein Pferd noch einen Titel", sagte ich.

Er schüttelte den Kopf und schnaufte. "Nochmals danke für das Geschenk. Ich werde die Nachricht weitergeben."

Als er weg war, verschränkte ich die Arme und fuhr mit den Fingern über meinen Arm.

"Wirst du gehen?" fragte Manny.

Ich beschloss, ihm nicht direkt zu antworten. Wenn der Mann Annas Wächter in seinen Laden ließ, würde er ihr wahrscheinlich sagen, was ich gesagt hatte. "Ich brauche eine neue Ausrüstungstasche, Kletterzubehör, fünf hochwertige Bögen, tausend Pfeile, eine Schleifscheibe, ein Dutzend Klingen, eine schwere Rüstung, eine weitere Jagdrüstung und ein komplettes Werkzeugset, das ein Grenzer kaufen würde."

"Das wird dauern und mindestens hundert Gold kosten", sagte Manny grinsend.

Ich holte fünf Beutel mit Gold heraus und verstaute meine Münzen vorsichtshalber in meinem Gewand. "Hier sind fünfzig Münzen. Bringt meine Sachen ins Dragon's Inn und ich gebe euch ein Trinkgeld."

"Gibt es fünf Bögen?"

Ich ging zurück zum Regal und mochte keinen von ihnen. "Kaufen Sie lieber woanders, es sei denn, Sie haben ein paar ausgezeichnete Bögen hinten drin. Ich werde die Kosten übernehmen. Sie verlangen immer ein faires Honorar."

"Zehn Prozent Gebühr für die Akquise?" fragte Manny.

"Ich mag es nicht, aber ich sehe, dass du es auch nicht magst. Das macht es zu einem Geschäft. Hochwertige Jagdbögen für einen großen Mann. Also, was ist mit meinen Informationen?"

"Ich kann Ihnen geben, was ich habe, oder Sie können mir noch ein paar Tage Zeit geben."

"Ich nehme, was Sie haben", sagte ich.

Ich sah mich in den Gängen um, während er langsam nach hinten ging. Zehn Minuten später kam er zurück und überreichte mir eine Schriftrolle. Ich steckte sie in mein Gewand und verabschiedete mich von ihm. Nachdem ich ins Büro der Kuriere zurückgekehrt war, würde ich mich auf einen entspannenden Drink setzen. Vorausgesetzt, man erlaubte mir, eine wohlverdiente Pause in Ruhe zu genießen.

# KAPITEL ZWEIUNDZWANZIG

## VORSCHÜSSE

"Wo ist Lennox, der Hund?" fragte Amor, als meine Kutsche zum Stehen kam.

Ich habe mir frustriert in die Nase gekniffen. Der Fahrer fuhr uns zur Bank, um einen Geldschein zu holen. Das dauerte eine Stunde. Danach gingen wir zum Büro des Kuriers, eine weitere Stunde, die von Schlangen verschlungen wurde, und wir waren auf dem Weg zum Dragon's Inn, als mein Fahrer irgendwie mitten in der Fahrt ausgetauscht wurde, ohne dass ich es bemerkte. Dass meine Kutsche entführt wurde, setzte Amor fest auf meine Scheißliste, und das vertiefte meinen Hass auf Ilisia nur noch mehr.

"Ich möchte allein sein", sagte ich ihm und schloss daraus, dass er meine Kutsche entführt hatte, um sie an einen Ort zu bringen, an dem Kregor nicht willkommen war.

"Du hättest lügen sollen, dass du zum Ball gehst. Du wirst es lernen, du scheinst der Typ zu sein, der es kapiert", sagte Amor mit einem Grinsen durch den Sehschlitz.

"Ich dachte, du und Darnius wolltet an die Grenze", erwiderte ich.

Amor hat gekichert. "Darnius ist weg und auf dem Weg zu einem Ort namens Fjord. Dort wird er sich auf die Suche nach seiner neuen Heimat machen."

"Hm, interessant. Dort ist es weniger grenzwertig. Gar keine schlechte Stadt. Ich bin überrascht, dass du nicht mit ihm gegangen bist", sagte ich.

"Ich bin nicht weit hinter ihm. Deine Weigerung hat mein Ticket in meine neue Heimat erhöht. Im Ernst, Tem, ich mag diese Einzeiler, die nur für uns einen Sinn ergeben. Ich frage nach dem Hund, und du nimmst an, dass das bedeutet, dass wir irgendwohin gehen, wo er nicht sein kann, was auch stimmt. Ich muss trotzdem wissen, wo er ist."

"Im Turm, sicher, aber aufgeregt."

"Hmm... Er wird dir verzeihen. Das ist besser als in einem Stall, wo er nicht erwünscht ist. Wir könnten lange laufen, und wenn er sich langweilt, nun ja, Mammutwölfe sind in der Stadt aus gutem Grund nicht außerhalb eines Metallkäfigs erlaubt."

"Äh, was?" sagte ich und verlor den Überblick über das Gespräch und das Spiel, das er spielte.

Amor grinste aus dem Schlitz des Fahrers und sagte: "Wir gehen auf ein Abenteuer."

*Das ist dumm. Was in den vier Höllen ist hier los?*

Suzie sagte: "Nein. Du bist völlig verrückt, wenn du glaubst, dass wir irgendetwas mit dir machen, das nichts mit einem Gasthaus zu tun hat."

Zum ersten Mal hatte ich nichts zu sagen, außer ihm zuzuzwinkern. Er starrte mich an, in der Hoffnung, ich würde Suzies Nachricht weitergeben, aber ich war so aufgebracht. Ich war nicht verwirrt, es war die Politik, die mich mitriss. Ich wusste nicht, was ich sagen sollte, außer ihn zu töten und in den Drachenturm zu fliehen.

"Schweigen ist schlecht", murmelte er vor sich hin. "Lass es mich erklären, bevor du etwas Unüberlegtes tust. Wir sind auf dem Weg nach Onno. Das obere Militär hat Berichte erhalten, dass weitere Mino-Kriegsbanden die Grenze überfallen. Fünf, um genau zu sein. Da sich der Norden stabilisiert, wird die Grenze nicht länger sich selbst überlassen sein. Wenn du zum Ball gehst, erzählst du den Adligen, wie wichtig die Landwirtschaft ist, und am nächsten Tag geht die Party mit zusätzlicher Unterstützung weiter, während die anderen schlecht aussehen. Oder du sagst: Scheiß auf die Politik und tötest einfach Minos."

"Weißt du, wenn du sie Minos nennst, wirken sie so winzig. Minotauren sind nicht irgendeine kleine Kreatur, die man an einem zufälligen Nachmittag tötet", sagte Suzie sarkastisch.

Ich übermittelte ihre Nachricht und er zuckte mit den Schultern.

"Kein Interesse", sagte ich. "Das Grenzgeplänkel würde mich nur von meinen Prioritäten ablenken. Ich glaube, viele Leute übersehen, dass ich nicht normal bin."

Amor kicherte. "Offensichtlich."

Er warf eine Schriftrolle ein. Meine Schriftrolle. Die, die meinem Vater sagte, er solle Palina retten. Das Siegel war gebrochen, und der Geldschein fehlte.

*Das war ein Zwanzig-Gold-Schein!*

Bevor ich ihn anschreien konnte, sagte er: "Die Münzen sind in meiner Tasche. Na ja, sozusagen. Eher in einer Truhe mit Gold, aber das tut nichts zur Sache. Übergebt die Nachricht persönlich. Und... der Prinz finanziert die Mission, zu der auch ein großes Konsortium von Enten gehört, die sich uns anschließen werden. Wie hoch sind die Chancen?"

"Interessant. Wie tief geht das?"

"Gräfin Annabell hat ihren Cousin davon überzeugt, dass sich die Investition für das Reich und sein Image lohnen würde. Der Prinz ist so mächtig, wie sie nur sein können. Wo der Vater sich nicht kümmert, handelt das zukünftige Oberhaupt. Oder so ähnlich. Das steht nicht zur Debatte, und wenn du schlecht reagierst, darfst du dich nicht wundern, wenn du den Drachenturm nicht mehr betreten darfst, bis du gehst", sagte Amor.

Die Kutsche rollte weiter und ich beschwerte mich: "Mit Erpressung kann man sich nie die Unterstützung von jemandem verdienen. Ich habe keine Waffe, mein Mana geht schnell zur Neige, und außerhalb des Turms bin ich nur ein schneller und schlaksiger Bogenschütze."

"Schnell genug, um sich so schnell zu bewegen, dass Bart sagte, er wolle nicht gegen dich kämpfen. Ich habe extra Ausrüstung mitgebracht. Ein paar gute Sachen aus dem Tresor. Da, eine Bestechung. Viel besser als Erpressung. Ich möchte, dass du Tem gehst. Ich habe den einfachen Mann liebgewonnen, und ich kann an der Grenze viel Gutes tun. Ich werde Hilfe brauchen, wenn ich ein Graf an der Grenze werde", sagte er.

Ich habe etwas nachgegeben. Onno handelte mit Jebbi, und der wichtigste Knotenpunkt war Orinish. In Orinish gab es einen Baron, der seine Abgaben an einen Grafen weiterleitete, der sie an einen Herzog weitergab. Weiter nördlich brauchte Fjord einen Adligen, aber weniger zentral. Welcher Herzog über die Region herrschte, wusste ich nicht, da die Grenze weitgehend ignoriert wurde. Ein Graf in Onno würde plötzlich die gesamte Dynamik der Region verändern. Es würde seinen Wert in den Augen des Hochadels mindern.

Ich war immer noch nicht überzeugt und sagte: "Die Wiederherstellung der Magie ist zwingender... zwingender... Nein, zwingender erforderlich", sagte ich.

"Ich stimme zu, aber sei ehrlich, Tem. Frag dich, ob du eine Woche für deine Suche erübrigen kannst. Du kannst wahrscheinlich der gesamten Grenze helfen", sagte er.

Seine Worte hatten etwas Wahres an sich, auch wenn ich mich sehr für meine Sache einsetzte. "Sie lassen dich eine Zählung durchführen?"

"Ja, äh. Also, sieh mal, meine internen Familienprobleme sind meine eigenen. Aber ich habe dem Reich mit Ehre und Auszeichnung gedient. Die Grenze braucht jemanden, der sich um die Probleme kümmert und die Kommune zu einer Kampftruppe organisiert", sagte Amor, und ich runzelte die Stirn.

"Die Bauern sind nicht mehr aktiv, um die Versorgung mit Lebensmitteln aufrechtzuerhalten. Sicher, ein paar melden sich freiwillig über den Turm, aber wir sind keine Armee."

"Wenn die Überfälle weitergehen, wird sich die Grenze anpassen müssen. Ich... ich brauche deine Hilfe. Ich muss die richtigen Verbindungen herstellen. Ich muss den richtigen Stützpunkt wählen. Baron Igathar leistet gute Arbeit in Orinish, aber der Rest der Region fällt auseinander. Um fair zu sein, Orinish ist groß genug für einen Grafen und er sollte befördert werden, aber das habe ich nicht gesagt." Amor zuckte zusammen.

Ich verschränkte die Arme und sah ihn aufmerksam an. Wir hielten vor einem Wachposten an, und er verließ die Öffnung. Ein Tunnel leuchtete hell, und ein Licht am Ende beleuchtete den Teil des Daches, den ich sehen konnte. Schimmel, Moder und Stein, die Konstanten von Ilisia.

Ich dachte darüber nach, wie viel Gutes ein Mann wie Amor an der Grenze bewirken könnte. Er beschloss, die Eliten zu meiden und sein eigenes Ding zu machen, und vielleicht war das alles nur ein Trick, aber ich beschloss, ihm zuzuhören und dieses Abenteuer zumindest mit einem offenen Ohr anzugehen.

Als er zurückkam, um in den Wagen zu schauen, sagte ich: "Vielleicht kann ich helfen, aber das meiste kann man von hier aus mit Stift und Papier erledigen."

"Ja, ich stimme zu. Andere tun das nicht. Ich bin dein Freund und im schlimmsten Fall siehst du deinen Pa wieder."

Suzie rollte mit den Augen. "Wie lautet der Plan, Amor?"

Ich habe die Nachricht weitergegeben und war ebenfalls neugierig.

"Besser zeigen als erzählen." Und damit glitt die Luke zu.

∞∞∞

Als ich aus der Kutsche stieg, bemerkte ich, dass wir uns nicht in den bevölkerten Gebieten der Stadt befanden. Eine blaue Skyline mit vereinzelten Wolken zog an einem strahlenden Sonnentag vorbei. Keine hoch aufragenden Gebäude waren in der Nähe, um die weite Aussicht zu verdecken. Tatsächlich befanden wir uns auf einer Weide mitten in der Stadt. Wenn ich raten müsste, wäre dies die private Stallweide für die Adligen.

Die Gegend war etwas, das ich genießen konnte, aber im Moment war sie mit etwas gefüllt, von dem ich nie erwartet hätte, dass ich es zu Gesicht bekommen würde. Ein Dutzend Greife tummelten sich neben einem Stall, ihre Sättel standen abseits. Sie waren zweifarbig gefärbt, ihre Federspitzen hatten eine Farbe, die Federn selbst eine andere. Jedes Hinterteil war lohfarben mit schwingenden Schwänzen, die in einem schwarzen Fellknäuel endeten.

Auf der rechten Seite streckte ein grüner Drache bei unserer Ankunft seinen Kopf herum. Die schiere Größe des Tieres ließ die Greifen mickrig erscheinen und ließ mich so klein wie eine Ameise fühlen. Er trug keinen Sattel und zwei lange Hörner zogen sich seinen Hals hinunter, um die lebenswichtigen Gliedmaßen zu schützen. Sein intensiver Blick zeugte von Neugierde, und in diesen funkelnden gelben Augen lag eine uralte Weisheit. Er wandte sich ab, und ich stieß einen Schrei aus, von dem ich nicht wusste, dass ich ihn hielt.

In der Mitte der Felder warteten dreißig Noxia Moths mit Vorräten aller Art. Das waren die wahren Giganten, jede doppelt so groß wie ein Drache, aber ohne offensive Fähigkeiten. Die fliegenden Arbeitstiere der Menschheit lebten zurückgezogen und zeigten sich nur selten in der Öffentlichkeit.

Als ich mir die vielen Vorräte ansah, war es nur dann sinnvoll, die Waren mit Wagen zu transportieren, wenn man dumm war oder angeben wollte. Das war keine Gruppe, mit der man auf ein Abenteuer ging. Vier Höllen, das war nicht einmal eine Scharmützeltruppe, das war eine Armee.

Meine Ankunft war nicht unbemerkt geblieben. Eine Reihe von herumlungernden Offizieren in voller Montur schaute von den Vorräten, die sie sortierten, herüber. Unter den Greifen ragte Kendras Kopf aus der Gruppe hervor. Ihr leuchtend gelbes Gefieder mit blauen Spitzen war frisch gewaschen und ihr Fell gepflegt. Sie beäugte Suzie, als wären sie lange verlorene Freunde, und kam wie ein Hündchen herbeigeeilt.

Jeder ihrer glücklichen Sprünge ließ den Boden erzittern. Ich stand da und fühlte mich schon unbeholfen, aber das erregte die Aufmerksamkeit aller Offiziere und Soldaten und rückte mich noch mehr ins Rampenlicht.

"Toll! Ich schätze, ich sollte dieses Mal nett sein", sagte Suzie sarkastisch. Sie erhob ihre Stimme, als sich der schwindelerregende Greif näherte. "Hi Kendra."

Der riesige Greif senkte sich, um uns in die Augen zu sehen.

"Vorsichtig", sagte Amor. "Sie liebt es, Menschen zu schlagen, um zu beweisen, wie minderwertig sie sind. Außerdem wird sie dich nicht in die Nähe von Gräfin Annabell lassen. Die beiden sind so gut wie verheiratet und -"

Amor sprang von der Kutsche, und Kendra warf ihn mit einem schnellen Prankenhieb zu Boden, noch bevor seine Füße den Boden berührten. Der Schlag war leicht, und als Amor wieder auf die Beine kam, rieb er sich den Hintern und machte ein saures Gesicht.

"Ich habe dich auch nicht vermisst, Kendra", sagte Amor zu dem Greif, bevor er sich mir zuwandte. "Aus diesem Grund meide ich Greife lieber. Oh, ich stelle euch unsere Abenteurer vor."

"Jetzt verstehe ich, warum du sie Minos nennst", sagte ich mit einem leichten Kichern.

Kendra kam näher, und ich schlich mich vertrauensvoll unter ihren Hals, um sie zu kraulen. Zu meiner Überraschung schoss Suzie von meiner Schulter und stürzte sich in die Federn in der Mähne des Greifs. Eine Reihe von Quietschern und Schreien ertönte von einer kleinen Kreatur.

Kendra heulte vor Freude. Ihr Hinterfuß stieß gegen das Gras, während sie so tat, als würde sie sich am Hals kratzen, und ihr Schwanz wedelte vor Freude. Eine Mischung aus Miauen und Gurren entkam ihr, bevor sie umkippte. Das ganze Lager brach in Chaos aus, als alle Greife herbeieilten.

Ich spreizte meine Beine und beugte meine Knie, als der Boden durch die Erschütterungen der Greifen bebte. Ich fühlte mich plötzlich unglaublich klein, als die großen Greife über mir aufragten. Die Gruppe warf einen neugierigen Blick auf Kendras Glück. Ihre Reiter und Betreuer wollten schon herbeieilen, als ein ohrenbetäubender Pfiff ihre Aufmerksamkeit erregte.

Das Wichtigste war, dass die Betreuer zwar besorgt waren, der Greif sich aber nicht im Geringsten aufregte.

"Entspann dich! Entspann dich!" hörte ich Anna rufen. "Die Flügeldrachen jagen Milben, die wir mühsam ausputzen und fangen. Das ist ein seltenes Vergnügen für sie, und es wird bald vorbei sein."

Tatsächlich flog Suzie hinter einem kakerlakengroßen Wesen her, das versuchte, von Kendra zu einem anderen Greif zu springen. Sie erwischte den Käfer mitten im Flug und stürzte sich auf die Mähne des anderen Greifs.

Amor schritt näher und sagte: "Das ist also die Faszination".

"Warum nehmt ihr nicht Flügeldrachen, um die Milben zu fressen?" fragte ich.

"Wyverns sterben in Gefangenschaft. Ihr Geist ist frei und ihre Fähigkeit, gezähmt zu werden, nahezu unmöglich", sagte Amor. Ich kicherte, weil ich wusste, dass dies erklärte, warum Suzie eine Option war. Er fuhr fort: "Ich dachte mir, es gibt einen Grund, warum sie dich nicht verprügelt hat."

"Beim ersten Mal wurde ich verwundet. Außerdem scheint Kendra mich zu mögen. Außerdem haben Greife einen fantastischen Geruchssinn und ein hervorragendes Sehvermögen, so dass sie wusste, dass ich verletzt war. Schreckliches Gehör, aber nur Drachen haben von allem das Beste", sagte ich.

"Gebt mir ein paar, ich hole eure Ausrüstung", sagte Amor und ging um die Greifen herum zu den Vorräten.

"Hallo, Auserwählter von Woron", sagte eine Stimme mit so viel Bass, dass mir die Knochen wackelten. Langsam drehte ich mich um und sah den Drachen nur wenige Zentimeter vor meinem Gesicht. Er lächelte, seine Lippen schälten Zähne, die größer waren als ich.

"Tem", stellte ich mich vor.

"Astro", antwortete er. "Ich hörte, du hast einen Minotaurus ohne Verstärkung oder Training getötet."

Jedes Wort war langsam und bedächtig. Ich bemerkte die große Aufmerksamkeit der anderen. Ich war mir sicher, dass sie alle ihre eigenen Auszeichnungen hatten, auf die sie stolz sein konnten, ich stand nur zufällig im Rampenlicht.

"Ja, es ging um Leben und Tod, nichts Ausgefallenes", gab ich zu und versuchte, bescheiden zu bleiben.

"Wir werden später weiterreden", sagte Astro. Die Augen des Drachens flackerten hinter mir auf und gaben mir die geringste Warnung. Ich hüpfte nach links, eine Pfote schlug in die Luft.

"Danke!" sagte ich und rollte mich unter einem zweiten Hieb der gefesselten Krallen zusammen.

"Gern geschehen", sagte der Drache trocken und kehrte dorthin zurück, wo er zuvor geduldig gewartet hatte.

Mit dem Katz-und-Maus-Spiel, das Kendra und ich spielten, wollte er nichts zu tun haben. Sie jagte mich um die Kutsche herum, versuchte mich zu erwischen, als ich mich unter die Kutsche rollte, und erschreckte die Pferde so sehr, dass sie von den Feldern flohen und mich meiner Deckung beraubten. Ich flüchtete in einen der Ställe und versteckte mich hinter einer Wand, um zu siegen.

Ich keuchte und war gewillt, den Spaß fortzusetzen, aber der Spaß hörte auf, als ich einen Blick nach draußen warf und Anna mit den Händen in den Hüften sah.

*Oh, oh.*

Sie trug eine dreifache Rüstung, die furchtbar unbequem, aber sicher aussah. Um ehrlich zu sein, konnte ich kaum erkennen, dass sie es war, abgesehen von ihren schönen Augen. Sie ging in den Stall, setzte ihren Helm ab und setzte sich auf eine Reiterbank.

"Oh, hey Anna", sagte ich.

"Gräfin Anna vor den anderen", sagte sie.

Ich kratzte mich im Nacken. "Nein."

Sie lehnte sich mit dem Rücken gegen die hölzerne Umzäunung und überkreuzte ihre Knöchel mit einem Klirren. Ich sah, wie sie überlegte, wie sie reagieren sollte.

"Du magst es, mit mir in Schwierigkeiten zu geraten, nicht wahr?"

"Die Sache ist die. Ich habe dich mich mit deinen Nadeln stechen lassen, als es nicht nötig war, und du hast es geliebt. Ich denke, das ist schon etwas wert. Ich will ehrlich zu dir sein. Ich bin fertig mit der Politik von Ilisia. Ich bin bereit, in den Turm zu gehen, Kuriere zu schicken und erst wieder herauszukommen, wenn die Magie wiederhergestellt ist und ich ein paar Drachen habe, um den Planeten neu zu besiedeln. Weg von Ilisia", sagte ich.

"Autsch. Siehst du nicht, dass sich dein Volk versammelt, um der Grenze zu helfen?", fragte sie, die Hände im Schoß gefaltet.

"Das tue ich. Ich sehe die Kräfte, die ..." Ich wollte gerade eine Erklärung darüber abgeben, dass diese Kräfte schon vor Monaten gebraucht wurden, aber ich änderte meine Meinung. "Ich will nicht negativ sein, Anna. Ich danke dir. Dies ist ein Segen, den die Grenze nie erwartet hätte und den alle begrüßen werden. Amor kann in der Region sehr viel Gutes bewirken."

"Besser. Warum hasst du uns so?" fragte Anna und seufzte so sehr, dass die Bitterkeit sie verließ.

*Danken Sie dem Großen Geist.*

"Hass ist ein starkes Wort. Ich werde lediglich von meiner Mission unterbrochen. Ich habe etwas Ähnliches zu Amor gesagt. Wenn ich mich konzentriere, treibt mich das an und alles andere ist nur Lärm. Solange ich nicht drei Dracheneier bekomme und die Magie wiederherstelle, wird mir alles andere nicht so ideal erscheinen", sagte ich freundlich.

"Drei Eier sind nicht möglich", sagte Anna.

"Falsch, unwahrscheinlich vielleicht, aber nicht unmöglich. Ich habe einen Plan", sagte ich. Anna verrenkte sich unbehaglich in ihrer Rüstung, und ich lenkte das Gespräch auf mich. "Warum trägst du das alles?"

"Dies ist Phase zwei. Wir haben heute Morgen die feierliche Verabschiedung von Prinz Hori dem Zweiten durchgeführt. Warum trägst du das Gewand eines Magiers?"

Ich fuhr mit meinen Händen über den feinen Stoff. "Gefallen sie dir?"

Sie sah mich an und sagte: "Was für ein Spiel spielst du? Du flirtest ja schon fast mit mir."

"In einer Rüstung bist du hübscher. Sollte ich mich vor dir fürchten? Amor sagt, ich soll", sagte ich.

"Gutes Ausweichen, bitte direkt, ich brauche es jetzt."

Ich ging langsam zu ihr und setzte mich neben sie. Ein paar ihrer Wachen, die sich bei den Vorräten unterhielten, beobachteten mich aufmerksam. Ich hob abwehrend die Hände, ließ mich auf den Boden fallen und verschränkte die Arme.

"Komisch, wie die Gezeiten diesmal fließen. Mein Spiel ist einfach. Das Schicksal hat uns zusammengebracht, also bist du diejenige, die ich will", sagte ich.

Sie grinste spöttisch. "Ich?"

"Aber, aber. Bevor du denkst, ich sei verrückt vor Liebe zu einer Frau, die ich einmal getroffen habe und die mir Schmerzen bereitet hat, die ich hätte vermeiden können, das bin ich nicht. Was ich damit meine, ist, dass du die einzige Adlige bist, mit dem ich in Zukunft zu tun haben möchte. Wenn ich die Magie wiederherstelle und Dracheneier verdiene, wird der Adel dich sehen müssen, um mich zu sehen", sagte ich mit offenen Armen und einem warmen Lächeln. "Nicht, dass du einen erhöhten Status bräuchtest, aber wenn ich wichtig werde, hast du gewonnen. Wenn ich im Turm sterbe, verlierst du nichts."

"Ein Machtspielchen. Ich verstehe ja, warum du dich so aufregst, aber du kannst einem Adligem nicht vorschreiben, dass er *mich* sehen muss, um mit dir zu reden", sagte Anna kichernd, bevor sie hinzufügte. "Und du bist im achten Stockwerk, vielleicht würde es helfen, einen Sponsor zu finden. Alleine kannst du den Turm nicht erklimmen."

Suzie flog von der Hauptgruppe auf mich zu. "Er kann und er wird. Er wird weitere Vertraute befreien, die Magie wiederherstellen und den Drachen helfen. Noble Taten für einen Bauernjungen aus einfachen Verhältnissen."

Ich beugte meinen Kopf über ihre Bemerkung und wiederholte sie Wort für Wort für Anna. Suzie schlängelte sich um meinen Hals, hockte sich auf meine Schulter und stieß einen kräftigen Schrei aus. Ich steckte mir schnell die Nase zu und Anna kicherte.

"Eine Wyvern und ihr Bauernjunge. Tu mir einen Gefallen, Tem, geh auf den Ball. Ich werde dich sogar rausholen, bevor sie dich betiteln können", sagte Anna.

Ich schüttelte den Kopf. "Hör mal, ich hätte gern, dass sie mir noch etwas schulden, aber wie wäre es, wenn wir zum Wohle von Ilisia arbeiten und die Politik ohne uns weitermachen lassen. Alle erwarten, dass ich nachgebe. Deine Männer kontrollieren nicht das Geschirr, die Vorräte sind nicht aufgeladen, und das Bezeichnendste von allem ist, dass deine Kutsche mit Mägden wartet, die Amor mit den Wimpern zuklimpern."

"Du willst weder Macht noch Prestige?", fragte sie mit einer hochgezogenen rechten Augenbraue.

"Ich will das Richtige tun. Dann will ich eine Hütte in den Bergen, wo Drachen leben und ich Landwirtschaft betreibe und fische. Fischzucht klingt herrlich", sagte ich mit einem sehnsüchtigen Ausatmen. "Ja, eine schöne ruhige Hütte. Niemals würde ich in einer Stadt mit Dienern und Dreck leben wollen."

"Ich bin einverstanden", stimmte Suzie zu. "Vielleicht können die Greifen zum Reinigen kommen. Diese Milben waren eine wahre Plage."

Ich wiederholte, was sie sagte. Anna wippte mit dem Fuß. Sie musterte mich, dann den Flügeldrachen und dann mich. "Okay. Du hast mich verärgert, aber ich verstehe, warum du so stur bist. Du wirst auf einer stinkenden Motte reiten und -"

Kendra landete vor dem Pferdestall, in dem wir uns unterhalten hatten. Der Greif ließ sich herab und nickte mir zu, damit ich in ihren Sattel stieg. Ich sprang schnell auf und versuchte mein Bestes, um mich vor Annas aufgebrachten Blicken zu verstecken.

"Ein Greif und sein Reiter! Entzückend. Wirst du dich uns anschließen?" fragte Suzie.

Ich wiederholte den Satz und Kendra stieß ein kehliges Gackern aus. Ich konnte sehen, dass Anna zögerte. Anscheinend konnte Kendra das auch, denn der Greif stieß ein ohrenbetäubendes Gebrüll aus. Zu den anderen Greifen gesellte sich der Drache, und plötzlich wurde es in der ganzen Stadt um uns herum ganz still.

Es dauerte einen Moment. Die Gegend war nicht still, ich war nur teilweise taub. Anna setzte ihren Helm auf und sandte ein Signal an die anderen.

"Du kannst nicht mit mir fliegen, solange wir nicht verheiratet sind, und ich glaube nicht, dass das in den nächsten zehn Minuten passiert", sagte Anna.

Ich wäre fast damit herausgeplatzt - warum denn nicht?

Sie stieg in den Sattel, und die Ritter, die mit diesem mutigen Abenteuer betraut waren, eilten herbei, um die Sättel auf die Motten und die Greifen zu setzen und die Vorräte reisefertig zu machen. Als sie der Kutsche zum Abschied winkte, wusste ich, dass wir in den Krieg ritten. Und als sie entschlossen auf eine große stinkende Motte zeigte, ließ ich den Kopf hängen.

Eine Motte wäre immer noch ein Fortschritt gegenüber einem Wagen. Ich musste nur hoffen, dass die Kämpfe an der Grenze reibungslos verliefen, damit ich schnell zu meiner wahren Bestimmung zurückkehren konnte.

## KAPITEL DREIUNDZWANZIG

### LONGFELLOW

"Willkommen im Fjord", sagte die schlanke Gastgeberin. Ihr Outfit war bemerkenswert sauber, und obwohl ich dieses Lokal schon einmal besucht hatte, erkannte ich sie nicht wieder. Ich tat mein Bestes, um mich auf ihre Augen zu konzentrieren, auch wenn ihr üppiges Dekolleté in voller Pracht zu sehen war.

Sie begrüßte uns in dem größten Gasthaus der Stadt Fjord. Die kleine Stadt war die letzte Station auf einer viertägigen Reise für unsere Truppe. Amor schenkte mir einen schönen Jagdbogen, feines Leder und eine Campingausrüstung für einen Adligen. Zweifelsohne war diese Operation mindestens ein paar Tage vor ihrem Start geplant worden.

Nach drei Nächten, in denen sie nur ein paar Stunden pro Nacht in Zelten geschlafen hatten, beschlossen die Adligen, außerhalb einer Stadt zu landen und in einem Bett zu schlafen. Ehrlich gesagt, konnte ich es ihnen nicht verdenken. Es war ja nicht so, dass Onno ein magisches Resort hatte, in dem sie verschwenderisch leben konnten.

Das Fjord Inn war überfüllt, und es gab kaum einen leeren Platz. Für einen Bauern war die untergehende Sonne eine wunderbare Zeit, um in der Stadt eine Mahlzeit zu bekommen. Unser Eintritt brachte die Menge zum Schweigen, hielt den jungen Mann mit seiner Flöte auf und ließ die Wirtin verwirrt zurück.

"Ich bin Graf Amor, im Auftrag des Königs. Wir müssen Ihr Gebäude buchen. Das ganze Gebäude, von oben bis unten", sagte Amor so laut, dass es jeder hören konnte. Er hatte es nicht nötig zu schreien, denn alle blieben wie erstarrt vor unserer plötzlichen Ankunft stehen. Es war nicht alltäglich, dass Ritter in diese für den Krieg geschmückte Bar kamen. "Ihr werdet gut dafür entschädigt, dass ihr eure Zimmer überlassen habt, einschließlich einiger Münzen für diese feinen Leute, weil ihr so kurzfristig gegangen seid. Ihr habt mein Mitgefühl für eine unterbrochene Mahlzeit."

Natürlich beäugte uns der überfüllte Speisesaal, der mit normalen Berufstätigen gefüllt war, als wären wir verrückt. Die arme Gastgeberin quietschte, hob kurz den Finger und erstarrte dann.

"Äh, wie viel?", fragte sie.

"Zehn Gold für das Gasthaus zur freien Verfügung, fünf Silber pro Gast, zwanzig für diejenigen, die bereits ein Zimmer haben", sagte Amor und klimperte mit dem Geldbeutel.

Die Gäste standen mit halb aufgegessenen Tellern da und liefen hinüber, um die Münzen zu holen, bevor das Angebot ablief. Ich konnte es ihnen nicht verdenken, denn ein Zimmer kostete ein Silberstück und das Essen ein paar Bronzemünzen. Eine Wache teilte Münzen aus, als die

Leute aus dem Gasthaus strömten. Einer nach dem anderen ging, und der Kellner begann an die Türen zu klopfen, um die Leute aus ihren Zimmern zu holen.

Ich ging auf die Küche zu, da ich mich im Gebäude auskannte. Lonny - der Besitzer - schob sich an mir vorbei, ein verwirrter Gesichtsausdruck auf seinem Gesicht eingebrannt. Er hielt mich wohl für einen einheimischen Gast oder erkannte mich einfach nicht. Er konzentrierte sich ganz auf Amor und die Münzen, die verteilt wurden. Adlige kamen nicht oft zu Besuch, und er war eindeutig noch nicht bereit für uns.

Während ich sie die letzten Details klären ließ, ging ich in die Küche und sah die Köche an den Vorbereitungstischen schwatzen.

"Meine Damen, machen wir uns an die Arbeit", sagte ich, hängte mein Gewand an den Bügel und zog mir eine Schürze an. "Fünfzig Adlige wollen das beste Festmahl, das sie je hatten."

"Ist das der Junge von Haron?", fragte die älteste Frau mit zusammengekniffenen Augen.

"Ja, Ma'am. Ich bin ein Begleiter der Adligen. Ich bin hier, um zu arbeiten, weil ich es satt habe, im Sattel zu sitzen und nichts zu tun", sagte ich und griff nach einem ausgenommenen und kopflosen Huhn, das kopfüber zum Ausbluten lag.

Ich ging hinüber zum Metzgertisch, um den Vogel für den Ofen vorzubereiten. Das Rupfen von Federn war nie ein Vergnügen, die Köche hassten es, aber es musste getan werden. Meine gesteigerte Geschicklichkeit würde in einer praktischen Anwendung einen anderen Nutzen haben.

*Gute, ehrliche Arbeit. Endlich.*

"Du bist größer geworden. Ich hätte nicht gedacht, dass das möglich ist. Wie viele Gäste sind haben wir denn?", fragte sie.

"Matilda, richtig?" fragte ich und sie nickte. "Siebenundfünfzig und dann noch eine ganze Menge fleischfressender Schlachtrösser. Kann eine von euch Damen die örtlichen Bauern mit überschüssigem Fleisch holen? Es gibt einen Käufer, der wahrscheinlich das Doppelte zahlt."

Die Jüngste der Truppe knickste. "Ausgezeichnete Neuigkeiten, Mylord."

"Immer noch nur ein Bauernjunge, meine Damen."

Ich dachte über die Reise nach, während ich meine Arbeit fortsetzte und wieder ein Gefühl der Zielgerichtetheit fand. Der Flug hierher war ereignislos verlaufen. Wir flogen über die Hauptstraßen, damit die Menschen in Ilisia unsere Anwesenheit sehen konnten. Je weiter wir nach Süden kamen, desto weniger Menschen sahen wir und keine Anzeichen von Minotauren.

Jede Nacht schlief ich in meinem kleinen Zelt mit Suzie am Rande des Lagers. Ich war ein Ausgestoßener, anders als die anderen und mit meinem Status im Leben völlig zufrieden. Die Ausnahme war das Oxa-Spiel mit Amor. Der Mann brachte eine ganze Truhe Gold mit und lieh mir hundert Münzen, um meinen Schuldschein zu decken. Ich glaube, er dachte über Reichtum genauso wie ich - das Festhalten an seinem Vermögen verfaulte die Seele.

Wir legten die Münzen in seine Truhe zurück, jeweils ein Gold pro Spiel. Gegen einen geschickten Gegner zu verlieren, gehörte zum Lernen dazu. Manche kippen das Brett um, bevor sie in einem Wutanfall aufschreien. Ich nicht.

Jeden Morgen war ich gezwungen, gegen Kendras Willen auf einer Motte zu reiten. Es war ein Machtspiel, aber das war mir wiederum egal. Ich fand mich in dem Wissen wieder, Onno helfen zu können, schluckte meinen Stolz herunter und setzte mich in einen anderen Sattel, wo ich ein schönes Buch über den Turm genießen konnte.

Nach dem ersten Huhn stürzte ich mich auf eine Ente. Jedes Mal, wenn die Tür aufschwang, erfüllte das Gebrüll einer glücklichen Menschenmenge die geschäftige Küche. Die drückende Hitze des Ofens fühlte sich gut an, und ich nahm mir die Zeit, aus einem großen Krug Wasser zu trinken, wenn ich konnte.

Fünf Enten später fuhr ein Finger über meinen Rücken, was mich zu der Befürchtung veranlasste, dass mir eine frühere Liebschaft einen Besuch abstattete. Ich warf einen Blick über meine Schulter und sah Anna.

"Ja?" fragte ich.

Ihre haselnussbraunen Augen musterten mich neugierig. "Warum bist du in der Küche?"

"Man kommt ins Fjord und erwartet, dass das Essen sofort hinten rauskommt. Das braucht Zeit, und ich will essen. Noch wichtiger ist, dass ich nicht will, dass die Adligen den letzten Rest von Zivilisation, den sie erleben, zerstören. Wenn man sie hier glücklich macht, ist das ein Segen für die Gemeinschaft und könnte zu Urlauben, Sommerhäusern oder Handelsniederlassungen führen. Außerdem gibt es in Onno keine Köche, nur Bauern, die kochen, um zu essen", sagte ich.

"Das kann ich verstehen. Ich weiß die Mühe zu schätzen, und ich war neugierig, wohin du verschwunden bist. Ich habe mir Sorgen gemacht, dass du auf die Jagd gehst." Ich wedelte mit einem halb gerupften Tier vor ihr herum. Sie starrte auf die Ente, schaute mich an und dann wieder auf die Ente. "Du ziehst einfach die Federn aus."

"Ja. Das ist so einfach, dass ein Kind es machen kann. Ich habe im Laufe der Jahre Tausende von Vögeln gerupft. Man wird ein bisschen gefühllos dafür. Diese sind bereits ausgenommen und ausgeblutet. Nichts wird verschwendet, und alles, was anfängt zu faulen, landet im Fluss", sagte ich.

"Darfst du denn hier sein?", fragte sie und sah die anderen in der Küche an.

Ich bemerkte, dass sie sich die Hände nicht schmutzig machte und sie stattdessen in die Hüften steckte. "Äh, ja. Ich bin ein Bauer. Matilda und die Damen werden noch ein halbes Dutzend Frauen mitbringen, darunter auch junge... äh, wartende Damen, und es wird ein bisschen schwierig sein, sich zu bewegen. Das Wichtigste ist, den Kreislauf in Gang zu bringen. Sobald mich die Profis rausschmeißen, werde ich mich waschen und Jeffs Laden besuchen. Fjord hat meine Lieblingsbuchhandlung."

"Ich würde gerne mit Ihnen zu Abend essen, Mylord", sagte Anna, und ich erstarrte. Langsam wandte ich meinen Blick von meiner Arbeit ab und sah, wie sie die Hände vor ihren Oberschenkeln faltete. Meine Worte hatten offensichtlich etwas verändert. Sie sah aus wie eine Adlige mit ihrem schönen Kleid und ihrem perfekten sandblonden Haar, selbst nach einem Tag, an dem uns der Wind um die Ohren peitschte. "Nur wir beide auf der Balkonsuite."

"Äh ..." Ich war sprachlos.

"Ja. Er sagt ja, Mylady", sagte Matilda für mich. "Wenn ihre Augen auf den Boden gerichtet sind, ist es ein zögerndes Ja. Du scheinst mehr als fähig zu sein, ihn dahin zu bringen, wo du ihn brauchst. Er ist interessiert."

"Hey!", platzte ich heraus. "Ich dachte -?"

Sie hielt einen Finger hoch. "Mach diese Ente fertig, bereite sie für uns zu und bring sie in die Königssuite im dritten Stock."

Anna drehte sich und verließ die Küche, wobei sich die ersten Schweißperlen auf ihrer Stirn bildeten. Ich verbeugte mich nicht, sondern nickte nur. Ich kehrte zu meiner Arbeit zurück und Matilda sagte: "Raus damit. Was ist denn hier los?"

"Einige der schärfsten Köpfe von Ilisia sind an der Grenze angekommen. Wir sind im Schneckentempo mit mehr Gegenständen hierher geflogen, als ich mir je vorstellen konnte. Der Norden ist in einer Pattsituation, die Grenze bereitet sich auf einen Krieg vor oder vielleicht auch nur auf eine Adelsumbildung. Ich... irgendetwas stimmt nicht, und ich sollte nicht hier sein. Ich sollte im Turm sein", sagte ich mit einem Kopfschütteln.

"Oh... Bist du jetzt ein Turmjunge?", fragte eine junge Frauenstimme, als sie die Küche betrat.

Darcy zwinkerte mir ein Lächeln zu. Ich hatte die Angewohnheit, mit dem Kopf über dem Herzen zu denken und nicht mit meinem Penis. Gleichzeitig war ich keine Jungfrau mehr. Es gab Zeiten, in denen ich mit Fjord tauschte. Darcy war eines der Mädchen, mit denen ich mich gerne für einen Abend wegschlich, um... zu campen. Der Spaß war immer am nächsten Morgen vorbei, und manchmal besuchte ich sie, und sie war mit einem anderen Freier zusammen, was bedeutete, dass wir uns nicht vergnügten. Jetzt war ihr Bauch von einem Kind angeschwollen, ganz sicher nicht von meinem.

"Darcy, du bist so schön wie immer", sagte ich und meinte es auch so.

Sie gab mir einen Klaps auf den Arm und schob ihre Hüfte in meine, um meinen Platz einzunehmen. "Immer der Charmeur Tem. Freut mich, dich wiederzusehen. Wie geht's Palina?"

"Geflüchteter Onno. Ich versuche, sie in ein gutes Zuhause zu bringen, bevor ich auf irgendeiner Suche verschwinde oder auf den Turmetagen sterbe. Das ist das Mindeste, was ich tun kann", sagte ich.

Es war kein Geheimnis, dass mein bester Freund eine Frau war. Manche fanden das seltsam, auch Darcy. Irgendwann wurde es zur Gewohnheit, mich nach ihr zu fragen, und die Geschichte war immer ziemlich fade. Dieses Mal war es anders, und ich erzählte ihr alles, was ich wusste.

"So dunkel. Hoffnung, Tem. Hab immer Hoffnung und Vertrauen in den Großen Geist. Jetzt gib mir den Vogel, während ich rede", sagte Darcy auf positive Weise.

"Äh, auf Befehl der Nichte des Königs kann ich nicht. Ich sagte: "Ich mache uns Abendessen.

Darcy spottete. "Sag das noch einmal." Ich tat es und fügte hinzu, dass ein einzelner Adliger hier war, der ein Team suchte, das ihm beim Aufbau eines Anwesens in Onno half.

"Da wir gerade von Timing sprechen. Ich werde trotzdem sehen, ob er mich mit Kind und Kegel aufnimmt."

"Amor ist nicht so. Er würde wohl eher Familien bevorzugen als jemanden, der ihn auf Knien befriedigen will. Das heißt nicht, dass er nicht auf Frauen steht, aber der Mann denkt in Oxa-Begriffen. Das heißt, eine Familie ist ein Teil, das er manipulieren kann, damit es ihm ein Leben lang dient, indem er sich um die Kinder kümmert, indem er sie anständig mit Essen und Arbeit versorgt", sagte ich.

"Es ist eine Woche bis Onno. Er sollte hier seinen Nachlass machen", mischte sich Matilda ein.

"Vielleicht. Es gibt für ihn viel zu lernen. Gleichzeitig ist Onno zentral und gleichzeitig unterentwickelt. Ich habe empfohlen, dass wir früh aufhören und hier übernachten und -"

Suzie tauchte hinter einer Bedienung auf. Sie schlang sich um meinen Hals, bevor sie sich auf meine linke Schulter setzte. Eine Frau kreischte und beruhigte sich, als niemand sonst in Panik geriet.

"Erstaunlich", sagte Darcy und warf Suzie ein Stück Halsfleisch zu, das sie zurechtgeschnitten hatte. Der Vielfraß verschlang es mit einem fröhlichen Zähnefletschen. "Sie ist so schön."

"Suzie, das ist Darcy, Darcy, Suzie. Sie ist eine alte Bekannte, über die ich nie etwas Schlechtes sagen kann. Suzie ist ein frecher Pixie, ohne den ich nicht leben könnte", sagte ich.

"Eine Elfe, das ist erstaunlich", sagte Darcy.

Ich lachte halbherzig und sah, wie Suzie mit den Wimpern klimperte. Ich beendete das Rupfen der Ente und fuhr mit einer Klinge über die Haut, um sie glatter zu bekommen. Ente neigte dazu, fettig zu werden, also beschloss ich, sie kurz anzubraten. Das Äußere würde verbrannt sein, aber wenn man in das Innere der Ente eintaucht, wäre das Fleisch saftig. Während ich arbeitete, beantwortete ich einige grundlegende Fragen und übersetzte für Suzie.

Ich kochte Kartoffeln, butterte Erbsen und bereitete alles für ein wunderbares Essen vor. Als ich das übergroße Tablett in den dritten Stock tragen wollte, räusperte sich Matilda.

"Stellen Sie sich über den Rost, mein Herr", sagte sie mit der Autorität eines Küchenchefs. "Du stinkst und bist nicht geeignet für eine gute Gesellschaft."

"Ich bin nur Tem."

"Jetzt nicht mehr", sagte Darcy grinsend. "Und jetzt geh und bleib da stehen, während die Damen eine Show abziehen."

Ich seufzte, hängte meine Schürze an den Haken und stellte mich über den Rost. Während das Personal weiter hereinströmte, wurde ich angestarrt. Ich trug nur ein paar kurze Unterhosen und wurde von drei Eimern kühlen Flusswassers durchnässt. Ich schlüpfte aus meiner Unterwäsche, zog mein Gewand an und wrang meine Kleidung in einem Waschfass aus. Später würden sie besser gewaschen werden müssen, aber das hier war in Ordnung.

Ich eilte mit dem herrlich duftenden Essen aus der Küche, bevor ich wieder zu schwitzen begann. Als ich die Küche verließ, blieb Suzie zurück und schrieb mit Kreide an eine Tafel, um ihre Worte zu übermitteln. Nur Matilda und

Darcy konnten sie lesen, aber ich wusste, dass sie in guter Gesellschaft war.

Der Weg in den dritten Stock war beängstigend, denn der Wein drohte zu verschütten. Bart war vor einem der Zimmer postiert und stieß die Tür auf, als ich mich näherte.

"Und er kocht sogar", sagte Bart mit einem echten Lächeln. "Wenn sie nur einmal schreit dann ich komme rein, um zu töten, danach werden Fragen gestellt."

"Ich bin kein Unhold, Bart. Aber ich verstehe", sagte ich und hoffte, den Mann zu beschwichtigen.

Er nickte mir zu, und ich ging um die Ecke, um die Schwelle zu überschreiten. Als er die Tür schloss, holte ich tief Luft und schritt in den langen Flur. Die flackernde Kerze sorgte für eine heitere Stimmung. Jeder Schritt hallte in dem engen Raum mit den Holzwänden wider.

Ein Fenster am Ende war vergittert, und das fehlende Sonnenlicht sagte mir, dass ich meinen Lieblingsteil des Tages verpasst hatte, während ich in der Küche festsaß - den Sonnenuntergang. Ich bog in ein Wohnzimmer ein, das doppelt so groß war wie mein altes Zuhause. Eine Rüstung lag auf der Couch, und das leise Lachen zweier Frauen ließ mich verwirrt den Kopf schief legen.

Ich hätte beinahe das Tablett fallen lassen. Nur meine raschen Bewegungen retteten mein schlecht funktionierendes Gehirn.

*Das sollte nicht möglich sein.*

Sie war noch einen Tagesflug entfernt. Dann erinnerte ich mich an einen einzelnen Greif, der die Motten gleich nach dem Start überholte. Wir flogen langsam, und eine Stunde später war er ein Punkt am Horizont. Um zwei Uhr war er verschwunden.

"Palina!" rief ich schockiert.

"Tem!"

Ein Stuhl auf dem Balkon kippte nach hinten und stürzte über den Holzbelag. Palina schoss ins Zimmer, um mich zu umarmen und sah, dass ich ein Tablett für zwei Personen trug. Sie folgerte daraus, was ich gefolgert hatte: Wir waren reingelegt worden. Glücklicherweise erholten wir uns schnell.

Palina trug ein einfaches Sommerkleid in einem hellen Blauton. Ihr kastanienbraunes Haar, ihre Sommersprossen und ihre braunen Augen waren ein einladender Anblick. Meine Freundin drehte sich hinter mich und umarmte mich trotzdem. "Du stinkst sogar noch genauso!", rief sie freudig aus.

Anna lehnte an der Tür und beobachtete uns lächelnd. Ihr sandblondes Haar hing frei herab und ihre haselnussbraunen Augen funkelten wie die eines Raubtiers, das seine Beute gefangen hat.

Ich erwiderte ihr Lächeln und sagte: "Was für eine schöne Überraschung. Ich habe das wundervollste Essen für euch gekocht, ich muss nur noch meinen eigenen Teller holen und bin gleich wieder da.

"Ich habe gegessen!" sagte Palina. Ich ging weiter auf den Balkon. Ich stellte das Tablett auf dem Tisch ab und ließ mich auf den Sitz plumpsen. "Ich bin auf einem Greifen geritten! Er hat mich heute Morgen abgeholt und mich vor dem Abendessen hierher geflogen."

Die Damen setzten sich wieder an den Tisch, und ich schenkte mir aus naheliegenden Gründen so viel Wein ein, wie ich konnte. Ich verstand nicht, was das sollte und warum das geschah.

"Interessant. Es ist wunderbar, dich zu sehen. Ich habe einen Zettel für dich", sagte ich und kramte in meinen Roben, um ihn ihr zu geben. "Äh, es könnte auch stinken."

Palina öffnete den Brief langsam. Ihre trüben Augen verrieten mir, dass sie nicht viel geschlafen hatte. Ich musste hoffen, dass ich ihr vielleicht helfen konnte, was auch immer sie plagte.

"Du siehst beschissen aus", sagte ich.

Anna schnappte nach Luft. "Ein Verehrer sollte nicht so reden. Hab doch etwas Anstand!"

Palina zog die Brauen zusammen, öffnete den Mund und schloss ihn wieder. Sie setzte sich aufrecht hin und schenkte Anna ihre volle Aufmerksamkeit. Ich konnte sehen, dass sie sich bemühte, ohne den Slang der Grenze zu sprechen. "Nein, da hat er recht. Ich sollte zu Hause sein, nicht auf den Beinen und gut ausgeruht. Lass mich zuerst gehen. Erinnerst du dich an Tarlin?" fragte Palina.

"Der Sohn des Schmieds, der die Schmiedekunst hasst, aus Jebbi. Ja, er hat dich immer mit Sehnsucht und mich mit Verachtung betrachtet. Er konnte sich nie damit abfinden, dass wir nur Freunde sind."

"Nun, als ich in Jebbi auftauchte, mit der Nachricht, dass du weg bist, machte er seinen Vorschlag. Ich - ich - ich akzeptierte. Ich verbrachte eine Woche auf seiner Farm, bevor ich nach Hause ging. Eine Woche voller... Spaß. Als ich ihn am nächsten Spirit Day besuchte, hörte er auf, mit mir zu reden, weil er mit einem neuen Mädchen zusammen war. Ich habe meine Periode verpasst, habe Anfälle von morgendlichem Erbrechen und bin mit ziemlicher Sicherheit schwanger. Die Chancen sind groß, aber wahrscheinlich. Ich habe es ihm noch nicht gesagt, aber ich bin mir nicht sicher, ob ich es tun sollte. Das andere Mädchen ist noch nicht weg, und ich glaube, ich war der Spaß und sie ist die Ernsthafte."

"Oh je", stöhnte ich.

"Dad hat mich beschimpft, weil ich morgens gekotzt habe und krank war, anstatt mitzuhelfen. Er sagte mir, ich solle aufhören, wegen dir Trübsal zu blasen. Ich bin ausgerastet und habe vielleicht ein paar Dinge gesagt, die ich bereue. Anstatt die Situation zu klären, bin ich geflohen", gab Palina zu. "Tut mir leid, dass ich nicht mehr geschrieben habe."

Ich streichelte ihre Schulter und tröstete sie, so gut ich konnte. Ich lehnte mich in meinem Stuhl zurück und wusste nicht, was ich sagen sollte. Anstatt mit Palina zu sprechen, wandte ich mich an Anna. "Warum ist sie hier? Keine Spielchen."

Anna warf die Hände in die Luft und lehnte sich immer noch an den Türrahmen zum Hauptraum. "Ich schütze mich mit Loyalisten. Du bist ein neuer Adliger in der Masse und ich suche in gewisser Hinsicht nach einem Partner. In deinem Fall habe ich etwas Dunkles und Unangenehmes entdeckt, als ich in deiner Vergangenheit gegraben habe. Bevor ich darauf eingehe. möchte ich sehen, was für ein Mann du bist."

"Ich bin ein Bauernjunge, der sein Wort hält und sagt, was ihm durch den Kopf geht. Tief im Inneren bin ich kompliziert und zielstrebig, aber an der Oberfläche bin ich einfach. Wenn ich ein Ziel habe, verfolge ich dieses Ziel über alles und lasse mich nur selten vom Leben unterbrechen", sagte ich.

Palina spottete. "Der Mann ist so engagiert und vertrauenswürdig wie nur möglich."

Ich lächelte meine Freundin an und fragte Anna: "Was hast du entdeckt?"

Anna blickte Palina an. "Würdest du dein Leben auf seinen Charakter schwören?"

"Natürlich", sagte Palina und zögerte nicht im Geringsten. "Aber wir sind nur Freunde. Obwohl ich Tem mein Leben anvertraue, möchte ich nicht zum Spielball eines Adligen werden. Und... ich bin nicht gerade in der Lage, viel zu helfen."

"Es wird schon gut gehen", sagte ich ihr.

Anna zögerte. Ich konnte sehen, dass sie etwas Wichtiges berechnete. "Du bist kein Perin. Du bist ein Parethianer. Wie der Handelsriese, der vor über zwei Jahrzehnten von der Landkarte verschwunden ist. Die Frage, warum du hier bist, besteht aus zwei Teilen. Es gibt Gerüchte über Zwerge, die sich im Grenzland herumtreiben. Daher die schnelle Eingreiftruppe. Zweitens bilde ich euch aus, und ein Teil dieser Mission ist es, euch zu testen", sagte Anna.

"Tem? Was gibt es da zu testen? Er ist so zuverlässig wie ein Stein. Hast du das gelesen?" fragte Palina und winkte mit dem Brief.

"Ich dachte mir, dass du verliebt bist und um das Thema herumtanzt", sagte Anna und nippte an ihrem Wein. "Ich musste wissen, wie sehr er ein Spieler ist. Ist. Ich finde ihn zwar süß, aber meine Sehnsüchte und Realitäten lassen selten Glück zu. Nein, ich musste herausfinden, was ich mit ihm machen sollte. Zuerst musste ich beurteilen, was für ein Mann er ist."

"Die Art, die sich nicht darüber aufregt, dass ich gerade den größten Fehler meines Lebens gemacht habe, indem ich gegen einen seiner Grundsätze verstoßen habe. Sei immer vorsichtig und überschreite nie die Freundschaftsgrenze, wenn du nicht bereit bist, die Konsequenzen zu tragen. Das hat er tausendmal gesagt, und ich habe versagt. Gräfin Annabell, ich vertraue ihm mehr als meinem Vater", sagte Palina.

Ich sprudelte über meine Lippen. "Danke, Palina. Ich glaube, du solltest auch etwas hören. Ich habe im siebten Stockwerk dutzende Male dem Tod ins Auge geblickt. Inzwischen habe ich in vier Tagen über fünfeinhalbtausend Gold verdient."

Palina spuckte ihren Wein auf das schöne Essen. Ich beschloss, dass dies der perfekte Zeitpunkt war, um mit dem Essen zu beginnen. "Ist das der Grund, warum sie sich für dich interessiert?" fragte Palina. "Sie scheint so in sich gekehrt zu sein."

"Mach die Krallen weg", sagte ich mit dem Essen im Mund.

Anna lehnte sich in ihrer Machtposition weiter an den Türrahmen. "Ich hatte keine Ahnung. Der Drachenturm stößt bei den meisten Kletterern an eine Gefahrengrenze. Sie brechen ihren Aufstieg ab, anstatt zu sterben. Oder sie erreichen ein Ziel, von dem sie gut leben können. Nur wenige schaffen Tausende in ein paar Tagen. Obwohl das schön zu hören ist, bin ich besorgt, Tem. Sind dir deine leiblichen Eltern egal?" fragte Anna.

"Natürlich steht es schon seit Ewigkeiten auf meiner Liste der zu lösenden Rätsel. Aber mir einen Namen zu geben, über den ich nichts weiß, ohne einen Zusammenhang zu haben, ist ein bisschen enttäuschend und schwer zu ertragen", sagte ich ihr.

Ich stöhnte von der köstlichen Ente. Anna schnaubte. "Musst du mit Essen im Mund reden?"

"Ich habe Hunger und das Abendessen läuft nicht wie geplant. Mein bester Freund, die ja auch eine Frau sein kann, mit der ich nicht schlafe, macht eine schwere Zeit durch. Ich bin froh, wenn ich Palina Vorräte oder ein schönes Haus hier in Fjord kaufen kann, damit sie wieder glücklich wird. Der Große Geist weiß, dass ich außer Pa niemanden habe, den ich verwöhnen kann, und er wird die Hilfe nicht annehmen."

"Ich... ich kann das nicht annehmen", sagte Palina.

Anna ballte die Fäuste und ließ sie wieder los. "Du kannst und du wirst, auf Befehl des Königs. Das Letzte, was dein bester Freund gebrauchen kann, ist, sich um dich zu sorgen, während er die meisten Gewinne im ganzen Königreich macht. Eröffne das nächste Mal mit 'Ich habe fünftausend Essenzen gemacht', Tem. Meine Spione sagten, du wärst in einem Kerkerszenario gefangen."

"Ich habe gelogen, um mich zu schützen. Ein ungewöhnlicher Akt für mich. Ich schulde Fremden nichts und ich dachte, du würdest bemerken, dass diese Roben legendär sind", sagte ich und strich mit den Händen über den feinen Stoff.

Palina beäugte mich mit einer hochgezogenen Augenbraue, da sie wusste, dass Roben normalerweise nicht mein Stil waren.

"Woher soll ich wissen, dass das nicht nur schicke Roben sind?" fragte Anna.

Palina räusperte sich. "Das war eindeutig ein sehr gutes Abendessen. Ich - ich - ich würde gerne wissen, wer Tem wirklich ist, bitte. Ich werde mich Euren Wünschen beugen. Ein Haus in Fjord mit Enten wäre ein schönes Leben und nur ein kurzer Flug, um Onkel Tem zu besuchen."

"Danke", sagte ich und trank den letzten Schluck meines Weins aus. "Anna, das ist ein köstliches Essen. Entspann dich, meine Küche ist sicher."

"Die Parethianer waren die reichsten Magnaten von Ilisia. Sie leiteten ein Unternehmen namens Emporium", sagte Anna mit verkniffenem Gesicht.

"Ah, ich weiß Bescheid über die Firma." Ich setzte die Entenkeule ab und wedelte mit dem Finger. "Die Wachen, die bei dem Minotaurenangriff ums Leben kamen, waren vom Emporium. Willst du damit sagen, dass ich ein Teil davon war?" fragte ich.

"Nicht nur ein Teil von ihr. Du warst es. Der Enkel von Viscount Parentian. Dein Vater war der jüngste Sohn und er fiel als erster. Während seine Brüder nach ihm suchten, verschwanden sie. Schließlich blieb nur noch das Familienoberhaupt übrig, das man tot in seinem Bett fand. Ich bin mir fast sicher, dass mein Vater deine Eltern sabotiert hat, um die Leitung des Emporiums zu erhalten", sagte Anna schmerzhaft.

Während sie sich anspannte, bereit zu fliehen, aß ich unbeeindruckt weiter. Ich wusste, dass mich das beunruhigen musste, aber die Sünden des Vaters ruhten nicht auf seinen Kindern. Die Tatsache, dass Anna mir das so offen sagte, bedeutete, dass ich den Test, den sie hatte, bestanden hatte. Oder ich war im Begriff, an Gift zu sterben.

*Das wird die Zeit zeigen.*

"Danke, dass du es mir gesagt hast. Bitte, setzen Sie sich an meinen Tisch, ich heiße dich willkommen und würde mich freuen, wenn du dich zu Palina und mir setzen würden. Die Ente ist etwas saftig, aber das lässt sich nicht ändern", sagte ich mit einem aufrichtigen Lächeln.

"Wie kannst du so ruhig sein?", fragte sie, als sie sich endlich einen Teller nahm und mir gegenübersaß.

Palina kicherte. "Dein Spiel mit dem Drama ist ihm egal. Tem wird zu einem entschlossenen, zielstrebigen Mann, wenn er ein Ziel hat. Im Moment will er gewinnen. Klingt so, als würde er es schaffen. Ich bin stolz auf dich, Tem."

"Danke, Palina."

"Diese große Enthüllung macht nur noch deutlicher, dass ich mich im Turm verstecken muss. Wie viele Informationen hast du?" fragte ich.

"Hörensagen und Gerüchte. Wollt ihr handfeste Beweise?" fragte Anna und sprach mit dem Essen im Mund. Ich konnte sehen, dass sie versuchte, sich anzupassen und damit zu kämpfen hatte.

"Nö. Nicht, bevor ich nicht ein oder zwei Drachen an meiner Seite habe", sagte ich. "Dein Vater ist der Bruder des Königs. Wenn ich ihn aufgrund von Hörensagen und Gerüchten angreife, bin ich tot. Verdammt, selbst mit den Fakten würde ich wahrscheinlich verlieren. Nein, ich danke dir. Baron oder Sir Perin ist mir völlig recht. Ich habe so viel zu tun, dass ich mit der Rache für meine Eltern warten muss. Außerdem, was würde dann aus uns werden?"

"Ich - ich - ich weiß nicht", sagte Anna und ließ die Schultern hängen. "Neunundneunzig Prozent der Zeit bin ich super selbstbewusst und durchsetzungsfähig. Du hast nichts falsch gemacht und bist ein guter Mann, Tem. Ich würde gerne glauben, dass du etwas Besseres verdient hast, als das, was deiner Familie passiert ist."

"Wie läuft es mit der Pflege?" fragte Palina.

"Er wird im Turm verschwinden, und ich werde ihn vielleicht nie wieder sehen. Daher bin ich bereit, Fett an meinem Kinn heruntertropfen zu lassen, um Zeit mit Tem zu verbringen. Ich finde dich faszinierend und erfrischend. Ich erwarte ein verbales Sparring und es ist immer so einfach", sagte Anna und kicherte.

Ich grinste. "Ich bin ein einfacher Bauernjunge, und das hier ist ein köstliches Essen und der perfekte Wein. Sag mir, Anna, was wolltest du werden, als du aufgewachsen bist? Eine Königin? Eine Drachenreiterin?"

"Fragst du nach meinen Träumen als kleines Mädchen oder nach denen, die ich jetzt als junge Frau habe?"

Palina und ich sahen uns an und grinsten uns an. Unisono sagten wir: "Beides."

"Als ich aufwuchs, wollte ich einen Greif haben und Greifenreiterin werden", sagte Anna.

Ich konnte mein Kichern unterdrücken.

Palina stahl meinen Holzlöffel und aß etwas von dem Kartoffelpüree. "Und? Bist du es geworden?"

"Sie ist eine Greifenreiterin", antwortete ich. "Und deine Erwachsenenträume seit deiner Kindheit sind wahr geworden?"

"Eine Zeit lang ging es darum, den richtigen Jungen zu finden. Dann sagte der König, ich würde wahrscheinlich ein diplomatisches Werkzeug werden, genau wie seine Tochter. Seitdem träume ich davon, frei zu sein und das zu sein, was ich sein möchte. Mein Hobby ist das Schreiben. Ich schreibe männliche Romane mit Sex drin und gebe vor, für einen Bibliothekar zu veröffentlichen, den ich als Schriftsteller angestellt habe", sagte Anna mit einem Schnauben. "Die Art Wunscherfüllung. Das verkauft sich gut und gibt mir ein Gefühl der Erfüllung, weil ich etwas auf eigene Faust tun kann. Hat mir kürzlich auch in einer Situation geholfen."

Ich musste langsam kichern. "Pa liest die. Er versteckt sie in seiner Schublade."

"Ich werde nicht lügen. Ich mag das Privileg. Kendra ist fantastisch, und ohne das Emporium könnten wir nie einen Greifenstall haben", sagte Anna, und ihre haselnussbraunen Augen blickten mich traurig an.

"Und das Drama am Obersten Gerichtshof?" fragte ich.

"Es ist schwer, ihm zu entkommen. Das ist es wirklich", antwortete Anna.

Palina runzelte die Stirn. "Arrangierte Ehen sind böse."

"Das meiste im Leben ist böse. Krieg ist böse. Arrangierte Ehen sind ein Teil der Friedenssicherung. Wenn ein entfernter Handelspartner seine Handelsvereinbarungen festigen will, hilft eine Heirat. Wie auch immer, der König hat noch nicht einmal Freier mitgebracht, so dass ich einem solchen Schicksal entgehen könnte. Vielleicht wird mir aufgetragen, einen Drachenreiter kennen zu lernen und ihn in der Nähe des Königs zu halten", sagte Anna. "Oder mir wird ein solches Schicksal zuteil, und ich kann sagen, dass ich in der Nähe des bestverdienenden Turmwettbewerbers bin, der die höchsten Steuern zahlt."

Palina stieß ein langes "Ah" aus. "Es gibt schlimmere Männer, um die man sich kümmern muss. Du scheinst der unabhängige Typ zu sein."

"Wow, wow, wow. Ich kann die Steuern senken lassen!" sagte ich.

"Ich kann fragen."

"Zurück zu dir, der Tem benutzt, um vielleicht aus einer arrangierten Ehe herauszukommen. Warum nicht einen dieser Söhne von einem anderen Adligen?" fragte Palina.

"Warum Tem in der Tat. Okay, gut, vielleicht denke ich, er ist süß, charmant, klug, ehrlich, wenn er es sein muss, trügerisch, wenn er es sein sollte, und ein anständiger Koch. Jetzt müssen wir nur noch sehen, ob wir ihm helfen können, zu überleben", sagte Anna direkt zu Palina, als ob ich nicht dabei gewesen wäre.

"Und das bedeutet, dass ich einen ruhigen Ort finde, ein anständiges Leben führe und mich in einem sicheren Haus für Tem einrichte", sagte Palina. "Vielleicht kann ich einen Mann finden, der eine Wand repariert und ihn so belohnen, dass er nicht mehr weggeht. Ihn dazu bringen, der Vater zu sein!"

"Palina!" rief ich und sie kicherte wie verrückt.

"In der Tat", sagte Anna.

"Ich scherze nur", sagte Palina und wischte sich mit dem Unterarm die Träne unter dem Auge weg.

Anna hielt einen Entenknochen hoch, ihr Gesicht verzog sich etwas nachdenklich. "Wie kommt es, dass ihr zwei nie ... ihr wisst schon."

"Willst du ihr die Geschichte mit dem Baumfällen erzählen?" fragte Palina mit einem Grinsen.

Ich rollte mit den Augen. "Nicht wirklich."

"Irgendwie muss ich das jetzt. Tem war alt genug, um zu heiraten, und mein Vater und meine Mutter dachten offenbar das Gleiche für mich. Stellen Sie sich meine Überraschung vor, als ich mit Tem und etwa einem Dutzend anderer alleinstehender Männer auf eine Handelsreise nach Fjord geschickt wurde. Ich fand in seiner Gegenwart Zuflucht. Viele der anderen alleinstehenden und verheirateten Männer boten mir an, ein Zelt mit mir zu teilen. Ich kannte Tem, und in unserer kleinen Kommune war es schwer, ihm aus dem Weg zu gehen", sagte sie und lächelte bei der Erinnerung daran.

"Sie ist hübsch und alleinstehend, ein Rezept für eine Katastrophe. Jeder Mann mit einem moralisch grauen Kompass oder ehrlichen Absichten hat sie belästigt. Ich nicht. Ich wusste, dass der Tag kommen würde, an dem ich frei von

Verantwortung sein musste. Es ist schwer, sich an der Front oder auf See um Kinder zu kümmern. Zu meiner Überraschung begann sie, ein Zelt mit mir zu teilen. Natürlich dachte ich, dass ich so Ruhe und Frieden mit einem respektablen Mann finden würde", sagte ich kichernd.

"Was! Das war es. Wie auch immer, bei der zweiten Fahrt habe ich zugeschlagen. In der Dunkelheit der Nacht drückte ich ihn fest an mich. Wir küssten uns, es wurde hitzig, und er stürmte kurz vor dem guten Teil hinaus. Er sagte kein einziges Wort. Mitten in der Nacht fing er einfach an, einen Baum zu fällen. Schmatzen, schmatzen, schmatzen. Die Karawane hat ihn natürlich angeschrien, er solle aufhören, aber er hat es durchgezogen, bis der arme Baum gefällt war", sagte Palina, und ich errötete.

"Oh wow. Ich glaube nicht, dass ich jemals so eine Geschichte gehört habe. Weiblicher Angreifer und männlicher Angsthase. Igitt", sagte Anna und zwinkerte mir zu.

"Das ist es nicht. Ich hatte schon Partner, mit denen ich das Geschäft abgeschlossen habe. Ich schätze Palina einfach als mehr als ein Sexobjekt. Andere Frauen... Ich war zumindest immer direkt. Palina und ich haben uns inzwischen auch auf andere Weise angenähert. Die Hauptsache ist, dass ich vor den Ätherischen mit einer reinen Weste dastehen wollte. Das habe ich erreicht. Ich habe eindeutig keine Zeit für eine Familie, und das ist es, worauf dieser Abend hinauslaufen sollte", sagte ich verlegen.

"Du hast deine Chance auf Liebe für deine Chance im Drachenturm geopfert. Ob es ein törichtes oder ein edles Opfer war, wird die Zeit zeigen, aber es war auf jeden Fall ein Opfer", sagte Anna wie eine Weise.

"Ich sorge mich um Palina, aber auf einer freundschaftlichen Ebene. Danke, daß du sie hergebracht hast. Jetzt würde ich gerne mehr über diese Berichte in der Gegend hören", sagte ich.

Sie nickte und verschlang den letzten Rest des Kartoffelpürees und der Erbsen. "So gut. In einer Stunde findet unten ein Treffen statt. Da wird unser Ziel besprochen. Vorausgesetzt, ihr wollt kämpfen. Ich kann dich heute Abend zurück in den Turm schicken, wenn du willst."

"Kann ich jetzt, da ich deinen Test bestanden habe, nach Hause gehen?" fragte ich.

"Wir werden eine Woche lang auskundschaften und scharmützeln, bevor wir unser Ziel angreifen", sagte Anna und hielt inne. "Heute Abend oder morgen früh. Je nach dem?"

Palina kicherte. "Heute Abend, schätze ich."

"Heute Abend, ganz sicher. Wie würde ich nach Ilisia fliegen?"

"Astro. Er ist im Auftrag des Towers hier. Er ist aufgetaucht und spielt den Netten. Diese Drachen sagen sehr wenig, geben fast nichts zu und sind niemandem Rechenschaft schuldig. Ich vermute, er war die ganze Zeit wegen dir hier", sagte Anna.

"Was! Verdammt, ja, ich werde auf einem Drachen reiten", rief ich und umarmte Palina ganz schnell. "Hör auf Anna und -"

"Gräfin Annabell, nicht Anna. Außerdem, Tem, sei vorsichtig, was du dir wünschst", sagte Anna.

Ich grinste von Ohr zu Ohr. "Ich hole Suzie und eile zum Sammelplatz vor Fjord."

"Schreib!" sagte Palina und Anna hielt kaum Schritt, als ich zur Tür rannte.

Was auch immer sie mir sagte, ich solle vorsichtig sein, ich war nicht im Geringsten beunruhigt. Wenn ich im Nachhinein nur gewusst hätte, was sie meinte, hätte ich die schreckliche Situation, die dann passierte, vielleicht vermeiden können.

## KAPITEL VIERUNDZWANZIG

### BEDAUERN

"Ich will nicht darüber reden", sagte ich zu Suzie.

Suzie kicherte vor Vergnügen. Der Kobold in ihr genoss meine Notlage. "Ich habe dir gesagt, dass es eine schlechte Idee ist."

"Gut, du hattest Recht!" gab ich zu.

Astro flog mich zurück nach Ilisia - in einem an seine Pfote gebundenen Sack. Es war mehr als furchtbar, peinlich und so ziemlich die schlimmste Art, von einem Drachen mitgenommen zu werden. Er schnitt uns außerhalb des Turms los und verschwand. Die Wachen belästigten mich mit einem Karren und einer Rechnung von Manny, die außerhalb des Turms warteten.

Eines der Arschlöcher versuchte, mich am Einlass zu hindern, und ich übergab ihm den Brief von Anna. Das hat gewirkt. Offenbar hatte es Vorteile, sie zu kennen. Ich ging in den Drachen Shop, hob genau so viel ab, wie ich brauchte, um Manny nach Abzug der Steuern mit meinem hohen Zinssatz auszuzahlen, und schleppte dann meine Sachen in das Foyer, eine Ladung nach der anderen.

Es überrascht nicht, dass die Punktzahl auch mit den jüngsten Ergänzungen wieder im Keller war. Die Stimmung im Drachenturm war düster und es dauerte nicht lange, bis man herausfand, dass die neue Quote die Konkurrenten umbrachte. Ich persönlich war bereit, einen neuen Zauber freizuschalten und mit gutem Farming in ein anderes Stockwerk vorzustoßen.

"Gut gemacht, Bauernjunge. Gib am besten zu, dass ich immer recht habe. Also, in den siebten Stock zum Power Farming oder in den achten?" fragte Suzie.

Ich überprüfte meine Ausrüstung. Ich zog die schicke Robe an, wählte den besten von fünf Bögen aus, rüstete das schicke Elfen-Kurzschwert aus und wuchtete den schweren Rucksack auf meinen Rücken. Ich öffnete die Tür zum achten Stockwerk und trat ein.

"Es ist der achte Stock", sagte Suzie.

Auf der anderen Seite der Tür war es stockdunkel. Im achten Stockwerk angekommen, warf ich meine Tasche hinunter und griff in die Tasche, in der sich mein Feueranzünder befand. Ich zog die Fackel heraus und setzte sie ab, bevor ich das Ende anzündete.

Der Funke verwandelte sich in eine Flamme, und wir fanden uns in einem kleinen Raum mit einem einzigen Ausgang neben der Möglichkeit, in die Eingangshalle zurückzukehren. Kregor ruhte in der Nähe, immer noch eine hölzerne Statue, und ich fand schnell den Grund heraus - der Raum war zu klein für ihn.

. . .

***Verhindern Sie die Zerstörung der Kirche. Zeitschaltuhr 2:00. Zeitschaltuhr 1:59:59. Zeitschaltuhr 1:59:58. Die Ausgangstür wird in diesem Gebäude bleiben. Nach Ablauf des Timers wird die Tür zum neunten Stockwerk in der Kirche erscheinen. Wenn die Kirche zerstört ist, gehen Sie zurück zum siebten Stockwerk.***

"Eine Verteidigung?" grummelte ich und hob Kregors Statue vom Boden auf.

Ich ließ meinen Rucksack zurück und öffnete die Tür, um nach draußen zu gehen. Am Horizont braute sich ein Gewitter zusammen, und in der Ferne hörte ich Donnergrollen. Der nächtliche Himmel führte zu einer Sichtweite von fast Null. Kregor materialisierte sich neben mir, und wir drei fanden uns vor einem kleinen, mit Brettern vernagelten Laden an einer Kreuzung wieder.

Um uns herum waren Lagerhallen, die mir sagten, dass wir uns in einem Lagerbereich der Stadt befanden, wenn ich raten müsste. Ich konnte noch nicht erkennen, wen wir beschützen sollten. Kregor schnupperte an der Luft, hob ein Bein auf den nächstgelegenen Pfahl und ließ es krachen.

"Hey Kumpel", sagte ich und reichte ihm freundlich die Hand.

Er grummelte und holte seine Haustiere ab. Diesmal hat er mir wohl verziehen. Suzie flog los und schoss direkt nach oben, um einen Aufklärungsflug zu machen.

"Zu den Waffen! Die Armee!", brüllte ein Zwerg.

Die Stimme näherte sich, als eine Glocke in der ganzen Stadt laut läutete. Ich hielt einen Pfeil bereit und scannte die Umgebung. An der Mauerkante reflektierte ein Metallhaken das rote Flackern einer nahen Fackel. Ein menschlicher Kopf kletterte über die Lippe und ich stöhnte beschwerlich auf.

Suzie sauste hinunter und landete auf meiner Schulter. "Wir verteidigen Zwerge gegen Menschen. Die Etage ist offensichtlich -"

***Schnapp!***

Etwas schlug mir so hart in den Rücken, dass ich mindestens ein halbes Dutzend Schritte taumelte. Ein Armbrustbolzen prallte an den Pflastersteinen vor mir ab. Mein Verstand erfasste, dass ich von hinten angeschossen worden war. Ich umklammerte meine Eingeweide, während das Blut herausquoll.

Eine grüne Aura umgab mich, und ich drehte mich um und sah einen knurrenden Zwerg.

Ich sagte: "Die Schlinge der Reben".

"Hier! Hier ist einer von den Räubern!", rief der Zwerg.

"Oh, Scheiße", sagte ich und flüchtete in eine nahe gelegene Gasse.

***Vertraute Suzie hat Heilung angewandt. +3 Gesundheit.***

***Vertraute Suzie hat Heilung angewandt. +3 Gesundheit.***

***Vertraute Suzie hat Heilung angewandt. +3 Gesundheit.***

***Vertraute Suzie hat Heilung angewandt. +3 Gesundheit.***

***Vertraute Suzie hat Heilung angewandt. +3 Gesundheit.***

***Vertraute Suzie hat Heilung angewandt. +3 Gesundheit.***

***Vertraute Suzie hat Heilung angewandt. +3 Gesundheit.***

***Vertraute Suzie hat Heilung angewandt. +3 Gesundheit.***

***Vertraute Suzie hat Heilung angewandt. +3 Gesundheit.***

***Vertraute Suzie hat Heilung angewandt. +3 Gesundheit.***

***Vertraute Suzie hat Heilung angewandt. +3 Gesundheit.***

***Sie sind vollständig geheilt.***

"Heilige Scheiße", sagte Suzie und landete auf meiner Schulter. "Ich bin fast an Mana-Erschöpfung gestorben."

Ich begann sofort zu rennen, verunsichert durch die Enthüllung, was die achte Etage war. Das war eine Falle.

"Wohin gehst du?" fragte Suzie.

"Weg von den Kämpfen um -"

***Kregor hat einen Zwergenverteidiger getötet. 0,0 Essenz erhalten.***

"Kregor!" rief ich und nahm den vollen Sprint auf. "Komm!"

"Das ist scheiße", sagte Suzie, als ich die Gasse hinunter raste. Ich überquerte eine belebte Straße und schlich mich in ein Lagerhaus. Die schweren Fußstapfen von Kregor waren nicht weit entfernt. "Du kannst die Tür schließen. War nur so dahingesagt."

Kregor passte kaum hinein, und es war klar, dass das große Biest bei allen Einsätzen schwer zu ertragen sein würde. Ich ließ ihn herein und schloss die Tür so leise wie möglich. Ich hatte meine Taschenlampe fallen lassen, nachdem ich angeschossen worden war, und das war wohl auch besser so, denn der dunkle Raum stank nach Heu.

Der Regen prasselte mit einer Wut auf das Dach, als würde der Große Geist weinen. Das ständige Trommeln übertönte die meisten Rufe der Zwerge, und ich versuchte angestrengt zu hören, was vor sich ging, jetzt, da wir in Sicherheit waren. Ich hörte ein paar Rufe, um die Eindringlinge abzuwehren, und fasste einen Plan.

"Wir müssen Zwerge retten, die uns töten wollen, und wir müssen verhindern, dass Banditen die Kirche niederbrennen, die wir brauchen. Die Etage will mich zwischen zwei schlechten Entscheidungen hin- und herschieben", sagte ich.

Suzie flog auf meine Schulter und sagte: "Ich brauche zehn Minuten Ruhe."

"Ich habe so etwas wie einen Plan. Ich werde ein wenig auskundschaften, ob er funktionieren kann, bleib hier", sagte ich.

Langsam verließ ich die Tür des Lagerhauses. Der Lärm der Schlacht war viel näher, als ich erwartet hatte. Ich behielt meinen Bogen auf dem Rücken und näherte mich einer Reihe von Kisten, die bequem an der Seite des Gebäudes gestapelt waren. Ein paar Sprünge später hockte ich auf dem Dach.

Ein Blitz schlug in der Nähe ein. Zwerge eilten zu einem Teil der Stadt, wo die Menschen überliefen. Das Knacken der Armbrüste der Zwerge ließ Bolzen in die Menschen schießen, die von der Mauer stürzten, auf der sie Halt gefunden hatten. Zurückkommende Pfeile regneten auf die Verteidiger nieder.

Obwohl die erste Salve zu Gunsten der Zwerge ausfiel, war der Kampf nach meinen voreiligen Annahmen für die Verteidiger verloren. Die Menschen brachten ihre schwer gepanzerte Infanterie in Stellung, und die Bogenschützen und Magier kamen hinter ihnen. Sie waren gut organisiert, während die Zwerge zahlenmäßig unterlegen waren und versuchten, mit langsamen Nachladezeiten ihrer Armbrüste eine zusammenhängende Verteidigung aufzubauen.

Ein zweiter Blitz zeigte menschliche Magier, die eine Rampe hinaufkamen und Zaubersprüche um ihre Körper wirbelten, während sie sich zum Wirken bereit machten. Ihr Blickwinkel ließ sie größtenteils im Schatten der Zwerge verschwinden, die sich beeilten, ihre Häuser zu verteidigen.

Ich hob den Bogen von meinem Rücken und spannte einen Pfeil ein.

Als ich mit meinem Ziel sicher war, ließ ich die Sehne von meinen Fingerspitzen gleiten.

*Peng!*

Der Pfeil wackelte, bevor er in eine enge Drehung geriet. Ich spießte einen zweiten Pfeil auf, zog zu meinem Ankerpunkt, zielte auf den ersten Magier und wartete.

Der Schuss ging daneben und traf den Knappenmagier hinter dem Meister, der mit roten Flammen um sich schlug. Der Jüngling fiel von der Rampe und lebte noch, da ich keine Benachrichtigung erhielt. Der Meister suchte die Dächer und andere hoch gelegene Stellen ab, um mich zu finden.

Ich richtete mein Ziel aus und ließ los.

Angesichts des Regens, der Entfernung und des Chaos erwartete ich, einen dritten oder vierten Pfeil zu benötigen. Der Feuermagier trat mit einem Grinsen vor, als er mich entdeckte. Seine Einstellung wurde ihm zum Verhängnis. Der Pfeil traf ihn mitten im Wurf in die Brust und brach hinten heraus.

Seine Hände griffen nach dem Loch zwischen seinen Rippen.

Die Magie, die um ihn herumwirbelte, drang in seine Brust ein. Die Orange- und Rottöne leuchteten flackernd auf. Der Magier warf seinen Kopf zurück und schrie vor Schmerz zum Himmel. Die Magie erstarrte und wurde vom Wirbel zur Bewegungslosigkeit.

In einem blendenden Blitz saugte sich alles an einem zentralen Punkt fest.

*Ka-Bumm!*

Eine Explosion erschütterte die kleine Stadt. Durch den plötzlichen Lichtblitz wurde die Nacht zum Tag.

***Du hast einen menschlichen Feuermagier erschlagen. 37 Essenz erhalten.***

***Du hast 7 menschliche Eindringlinge erschlagen. 68.221 Essenz erhalten.***

Der menschliche Kommandant sah zu, wie sein Magier einen ganzen Trupp seiner eigenen Leute tötete. Er zögerte und war kurz davor, sich zum Rückzug zu entschließen. Der zweite Magier wirbelte blaue Magie und sprach einen Gefrierzauber.

Ein halbes Dutzend Zwerge, die sich auf die menschlichen Angreifer stürzten, wurden fixiert. Die Menschen verschwendeten keine Zeit und hackten das Eis an den Halslinien durch, um die Köpfe abzutrennen. Einer nach dem anderen fiel, und die Menschen übernahmen wieder die Initiative.

"Für das Reich!", rief der Kommandant.

Ich schlug einen Pfeil ein, zog zu meinem Ankerpunkt, richtete mein Ziel aus und ließ los. Der Pfeil flog durch den fallenden Regen und schlug in seine Schulter ein. Der Aufprall ließ ihn von der Wand fallen. Ohne eine Todesnachricht zu erhalten, murrte ich, dass ich einen weiteren Treffer gelandet hatte.

Der Kampf ging in die heiße Phase über, und immer mehr Zwerge stürzten sich mit allem, was sie mitbringen konnten, in den Kampf. Das Ablenkungsmanöver stand fest, und der Kampf befand sich in einer Art Patt-Situation. Ich ließ meinen Blick über die Stadt schweifen und sah die Kirche nur ein paar hundert Schritte entfernt.

Das letzte, was ich sah, bevor ich floh, war der Eismagier, der von zwergischer Infanterie zu Tode geknüppelt wurde. Ich eilte vom Dach und stieg in die Gasse zwischen den Lagerhäusern hinab. Als ich eintrat, schlief Suzie und Kregor wachte über sie. Der Mammuthund hatte aufgrund seiner Größe Mühe, einen Ruheplatz zu finden.

Anstatt in die Kirche zu eilen, ließ ich Suzie schlafen. Ich kämpfte darum, dass die Kirche stehen bleiben würde. Während wir warteten, gab ich Kregor die Art von Kratzern, die er liebte. Zehn Minuten später gähnte Suzie, als sie wach wurde.

"Jetzt wird nicht mehr geschossen, Farmerjunge", sagte Suzie und streckte sich wach. "Der Bolzen hat eine Menge inneren Schaden angerichtet."

"Danke für die Heilung", sagte ich. "Der Kampf rückt näher, das heißt, wir sollten uns wohl weiter zurückziehen."

"Willst du das Ergebnis nicht ändern oder in die Kirche fliehen?" fragte Suzie.

"Es ist noch viel Zeit übrig. Ich möchte nur nicht umzingelt werden und nicht zu weit weg sein, falls die Zwerge gewinnen", sagte ich seufzend. "Die Situation ist ungewiss. Lass uns weiter von den Kämpfen weg und hinter die Kirche gehen, solange alle abgelenkt sind. Folgt mir."

Ich verließ das Lagerhaus und tauchte tiefer in die Stadt ein, weg von den Kämpfen.

"In die Schule! Die Kleinen müssen in die Schule gehen", rief eine Zwergenfrau.

Ich ließ uns um das Gebiet herumlaufen, in das sich die Kinder zurückgezogen hatten, und direkt auf die Kirche zu. Kregor stürzte sich auf einen menschlichen Attentäter oder Schurken, der uns hinter einigen Kisten beobachtete. Der schrille Schrei des Mannes wurde von einem langen Kriegshorn übertönt, das einen Vorstoß der Zwerge forderte.

***Kregor hat einen menschlichen Schurken getötet. 21 Essenzen erhalten.***

"Wir haben sie, Jungs! Drängt sie zurück!", sagte ein zwergischer Kommandant rechts von mir.

Ich spannte einen Pfeil und sprintete durch eine Öffnung in Richtung Kirche. Eine Zwergenfrau bemerkte Kregor und versuchte, vor ihm wegzulaufen.

Einen Augenblick später erhielt ich die Nachricht von ihrem Ableben. Ich fühlte mich zwar schlecht, weil ich Unschuldige getötet hatte, aber sie hätte uns auf andere hinweisen können, und ihr Tod war notwendig.

Wir erreichten die Rückseite der Kirche und ich stürmte in das Gebäude. Es war keine Gemeinde versammelt, und an der Spitze der Kirche stand ein Metallhammer als göttliche Macht. Kregor trat schnell ein, sein Maul triefte vor Blut.

Da die Hintertür versiegelt war, verbarrikadierte ich sowohl die Vorder- als auch die Hintertür. Es war Nacht, es regnete, und die Zwerge vereitelten die Invasion vorerst. Wenn ich raten müsste, würden sie andere Sorgen haben als die Kirche.

"Was jetzt?" sagte Suzie und flog auf einem Dachsparren zur Ruhe.

Ich lächelte fröhlich. "Wir haben die Mission beendet. Die Kirche bleibt, die Zwerge wissen nicht, dass wir hier sind, und jetzt warten wir. Lasst uns nach Schätzen graben, die Kirchen scheinen sich immer damit zu brüsten, arm zu sein, während sie Reichtümer horten", sagte ich.

Die nächsten zwei Stunden verbrachten wir mit der Suche in der Kirche. Jemand versuchte einmal, die Tür zu öffnen, gab aber kurz darauf auf. Wir fanden drei Schätze, die mehr als hundert Essenzen ausmachten.

Als die Tür auftauchte, trat ich hindurch.

***Ding! Du hast die neunte Etage erreicht. 8 Essenzen erhalten.***

***Du hast ausgewählt, Geschicklichkeit von 13 -} 14 zu erhöhen. Bestätigst du, dass du einen Punkt in Geschicklichkeit investieren möchtest? JA - NEIN. Ja gewählt.***

. . .

***Tem Onno.***

***Klasse: Bogenschütze***

***Höchste fertiggestellte Etage: 8***

***Intelligenz: 19 + 19 Intelligenz = 38***

***Weisheit: 12 + 19 Weisheit = 31***

***Stärke: 8***

***Geschicklichkeit: 14 + 30 Geschicklichkeit = 44***

***Durchhaltevermögen: 9 + 19 Durchhaltevermögen = 28***

***Mana: 31 + Boni = 69***

***Charisma: 9***

***Glück: 6***

***Gesundheit: 30 + Boni = 79***

***Arkan: Naturmagie.***

***Entsperrte Zauber: Schlinge der Reben. Wachstum beschwören.***

***Besondere Fähigkeit: Durchdringender Pfeil.***

***Vertrauter: Suzie der Wyvern.***

***Reittier/Begleiter: Kregor der Mammutwolf***

Bei unserer Ankunft im Foyer gab es einige Veränderungen. Kregor wurde zu einer Statue in einem Fach, und ich stellte fest, dass jemand in meiner Tasche gewühlt hatte. Das verräterische Zeichen war das riesige Durcheinander, das überall auf den Fliesen des Foyers verstreut war. Wahrscheinlich hatten sie alles geplündert, aber ich fand alles in einem chaotischen Durcheinander wieder. Suzie legte sich in ihr Nest und machte es sich bequem.

"Diese Etage war seltsam", sagte sie.

Ich kniete mich neben meine Sachen und stopfte sie in die Tasche. "Noch ein paar davon und ich kann meinen Beutel mit den Sachen holen. Und ja, die Etage war interessant. Ein Dilemma, bei dem man die Nadel einfädeln oder einfach alle töten muss. Ich muss mir überlegen, wie ich dieses Loch reparieren kann." Ich steckte einen Finger in meine Robe, wo der Bolzen durchging.

"Der Drachen Shop kann das gegen eine Gebühr machen", sagte Suzie. "Die Stat-Boni sollten immer noch gelten."

"Hoffen wir, dass es billig ist."

Ich ging die Gegenstände durch und ordnete sie so gut ich konnte, damit sie jederzeit entnommen werden konnten. Die Wundertüte würde dieses Problem lösen, aber ich musste mich damit abfinden.

"Bist du bereit, darüber zu reden?" fragte Suzie.

Ich blickte auf und sah, dass noch neun Minuten übrig waren. "Die Tatsache, dass Kregor mir verziehen hat? Oder willst du darüber reden, dass er für manche Missionen zu groß ist? Oder redest du über das Mädchen-Drama?"

"Äh, das Mädchen-Drama. Ich mag sie beide", sagte Suzie.

"Wir hätten dieses Gespräch auch führen können, als ich in einen Sack gestopft war."

"So macht es weniger Spaß. Ich habe es genossen, auf Astros Horn zu reiten und mit ihm zu reden. Außerdem hast du es ja irgendwie verdient. Man sagt einem mächtigen und starken Wesen nicht, wie sehr man sich freut, auf ihm zu reiten", sagte Suzie.

"Ja, ja, ich verstehe dich. Ich bin nur froh, dass Anna mich hat gehen lassen. Ich denke, man wird sagen, dass sie und ich zusammenarbeiten, und damit habe ich kein Problem", sagte ich und stopfte den Kochtopf in die Tasche. "Solange sie die Einzige ist, mit der ich zu tun habe."

"Was ist mit deinem Preis?" fragte Suzie. Ich hob eine Augenbraue. "Der von Amors Eltern, weil sie ihre Tochter gerettet haben."

"Ich denke, ich werde später mehr darüber erfahren. Aber ich mache mir Sorgen um Palina. Zweifellos ist sie verwundbar, wenn ich die falschen Leute verärgere", sagte ich.

"Alle deine Freunde sind es, nur vermeide es, die Leute zu verärgern", sagte Suzie. "Weißt du, sei weniger der dumme Bauernjunge und mehr der Adlige, der du eigentlich bist."

"Ich habe einen Haufen Gold in die Krone gesteckt, also scheint es, dass sie vorerst zufrieden sind. Wenn ich hier drin bleibe, wette ich, dass ich die Zahl der Nennungen meines Namens deutlich reduzieren kann. Ich habe mich gefreut, Palina wiederzusehen", gab ich zu.

"Und was empfindest du für Anna ... in romantischer Hinsicht?" fragte Suzie.

Ich rollte mit den Augen. "Sie ist süß, fähig, und ich bin interessiert. Aber sie wird längst weg sein, wenn ich nicht mehr mit Verpflichtungen belastet bin."

"Dann kannst du Kinder großziehen?" Suzie stichelte.

"Äh, vielleicht. Das ist noch weit weg, und falls du es noch nicht bemerkt hast, überstürze ich solche Entscheidungen nicht. Ich fand die Reise sehr entspannend und bin traurig, dass ich Pa verpasst habe. Es war gut, vom Turm weg zu sein, aber ich bin bereit, weiter aufzusteigen. Ich kann sagen..." grunzte ich und schob mein Bettzeug hinein. Suzie hüpfte vom Nest, damit ich es einpacken konnte. "Ich bin froh, eine Weile aus dem Rampenlicht zu sein."

"Ich fürchte, die Politik wird dich einholen. Wenn sie es herausfindet, kann es auch ihr Vater", warnte Suzie, landete auf meiner linken Schulter und wirbelte herum, bis sie auf der rechten Schulter saß.

"Wir brauchen mehr Reittiere und Haustiere", sagte ich und hob einen zerbrochenen Pfeil auf. "Und ich brauche Vorräte. Oh, und ich möchte immer noch etwas Training haben."

"Das ist sehr anspruchsvoll. Wie wär's, wenn wir Level zehn beenden und dann eine andere Farm suchen", sagte Suzie.

Ich nickte. "Ich würde lieber nicht wieder acht machen, aber wir können runtergehen, wenn es sein muss", gab ich zu und verschloss die Tasche.

Ich steckte Kregor in eine Tasche und öffnete die Tür zum neunten Stock. Was ich sah, war nicht das, was ich erwartet hatte.

## KAPITEL FÜNFUNDZWANZIG

### BANANEN

Ich trat in den feinen weißen Sand. Mein übermäßiges Gewicht ließ mich im Sand versinken und ich ließ den schweren Rucksack schnell fallen. Wir kamen auf einer üppigen, einsamen Insel an. Das ständige sanfte Klatschen der Wellen gegen den Sand war beruhigend. Das Meer um die Inselherum wies weiße Kappen auf, je weiter ich hinausschaute.

*Ich habe es getan, Pa. Ich war an einem tropischen Ort. Nicht wie der Ort in meinen Büchern, aber ich bin immer noch hier.*

Er hat mich immer gefragt: "Was willst du werden? Die Antwort war natürlich Drachenreiterin und nicht der Sack unter den Drachenarten. Das führte dazu, dass er mich fragte, wohin ich gehen würde, wenn ich erst einmal in der Welt herumfliegen könnte. Ich antwortete mit allen möglichen Orten, einer davon war eine schöne tropische Insel.

Eine Reihe von Riffen brach die Wellen in der mittleren Entfernung, und in der Ferne lehnte eine Tür zum zehnten

Stockwerk am Horizont. Die ruhige Bucht hielt nur so lange an, bis die echten Wellen mit ihren weißen Kappen zum Problem wurden.

Das Wetter war ruhig, die Sonne strahlend und die Temperatur warm. Ein schwerer Salzgeruch mischte sich mit der Dschungelvegetation. In der Mitte der Insel machte es das dichte Blattwerk schwer zu erkennen, was sich in seinen Tiefen befand. Ich seufzte und betrachtete die Tür hinter mir.

Mir gefiel zwar die Idee eines Rückzugsortes auf einer Insel, aber nicht die Vorstellung, in die Tiefe zu gehen, um eine Tür zu erreichen. Wenn ich den Boden zurücksetze, erreiche ich vielleicht eine nähere Tür, vielleicht aber auch eine weitere. Ich beschloss, mich der Herausforderung zu stellen.

"Wenigstens hast du ein zusätzliches Seil mitgebracht", stichelte Suzie.

"Kletterseil. Das Zelt eignet sich aber hervorragend als schwimmender Sack. Entweder liegt das Risiko im Dschungel, wo ich ein Floß bauen muss, oder es liegt im Wasser, oder beides.

"Lass den Hund los, um deine Antwort zu bekommen", sagte Suzie. Ich warf ihr einen grinsenden Blick zu. "Ich kenne diesen Blick. Ich werde nicht in diesen dichten Dschungel gehen. Nein, das wird nicht passieren. Ich gehe drüber, aber nicht hinein."

Ich wollte, dass sie für uns spioniert. Wir waren an dem Punkt angelangt, an dem unausgesprochene Blicke eine Bedeutung hatten.

"Nur nicht landen", sagte ich.

Sie schoss von meiner Schulter und murmelte etwas vor sich hin, und ich hörte nur noch den Begriff "Bauernjunge". Ich brachte Kregor hervor, indem ich ihn aus meiner Tasche auf den Sand warf. Wenn etwas aus den Bäumen kam, war das Letzte, was ich wollte, das er eine Statue war.

Die magische Verwandlung erfolgte plötzlich und ohne Aufsehen. Der große Wolf grinste fröhlich, und fast hätte ich ihn mit Wachstum beschworen. Ich sparte mein Mana für den Moment. Kregor plätscherte ins Wasser, bis er die tieferen Bereiche fand, in denen sich die Fische tummelten, und tauchte ab. Er schüttelte so heftig den Kopf, dass das Wasser in einer gewaltigen Gischt um ihn herumspritzte. Kregor tänzelte stolz mit einem Fisch in seinem Maul.

Als er den Sand erreichte, legte er sich zum Fressen hin. Eine goldene Kugel schoss von dem Fisch zu ihm und schließlich zu mir.

***Kregor hat einen Kugelfisch getötet. 0,035 Essenz erhalten.***

Ich stellte mich in die Nähe des heranwachsenden Mammutwolfs und packte alles aus, was mir beim Schwimmen helfen würde. Nachdem ich die Tasche dutzende Male ein- und ausgepackt hatte, war es mir zur zweiten Natur geworden. Der kleine Fisch war verschlungen, noch bevor ich meine Ausrüstung sortieren konnte.

Als Kregor in das ruhige Wasser eintauchte, hielt ich an, um einen Pfeil vorzubereiten.

*Wenn ich ein Bösewicht wäre, wäre jetzt der richtige Zeitpunkt für einen Angriff.*

Ich suchte die Bäume ab und sah hauptsächlich Bananen in der Nähe hängen und nicht viel anderes als dichtes Laub. Kregor planschte herum und hatte nicht mehr so viel Glück, da die Fische merkten, dass ein Raubtier von oben angriff. Die leichte Brise rüttelte an der übrigen Vegetation, und ich beobachtete sie aufmerksam, konnte aber keine Anzeichen einer Bedrohung erkennen.

Ein grollendes Knurren ließ die Härchen auf meinen Armen aufsteigen. Ich spannte mich an und suchte das Gebüsch ab. Das Laub bebte und Kregor pirschte sich an meine Seite. Ein Schatten von oben erregte meine Aufmerksamkeit. Suzie flog im Sturzflug nach unten.

"Sie kommen!", rief sie.

Kregor spannte sich an und senkte den Kopf mit gefletschten Zähnen. Was auch immer kommen mochte, auch er spürte es. Froschmänner brachen aus den Bäumen hervor und blieben stehen, sobald sie uns sahen. Sie waren kleiner als ein Mann, hatten gekrümmte Köpfe, glatte grünblaue Haut und glänzende schwarze Augen. Ihre Hände umklammerten grobe Speere, und sie trugen einfache Kleidung, als kämen sie von einem lockeren zweiten Frühstück.

"Wer sind Sie?", fragte der größte der sieben Froschmänner in perfektem Ilisisch.

*Interessant. Moment, das ist nur die Schöpfung des Dämonenlords, keine Entdeckung, die man bewundern kann.*

Ich stützte mich mit den Füßen ab, richtete mein Ziel aus und hielt den Schuss.

*Sieben gegen zwei, nicht gerade die besten Aussichten.*

Ich begrüßte die Idee einer taktvollen Diplomatie. Dieser Gedanke wurde jedoch über den Haufen geworfen, als Kregor nach vorne stürmte und den Sand hinter sich mit Wut aufwirbelte. Der Mammutwolf nahm keinerlei Rücksicht auf die Froschmänner oder ihre Speere.

Die Sehne rollte von meinen Fingern.

***Twang.***

Der Pfeil flog in einer engen Drehung vorwärts. Kregor griff den feindlichen Anführer an, der einen Fuß auf seinen Speer stellte, um ihn im Sand zu verankern. Die anderen hielten ihre Speere bereit und zögerten.

Kregor fletschte die Zähne und bellte, bevor er zubiss.

Mein Pfeil schlug in die Stirn des Hauptfroschmannes ein und riss seinen Kopf zurück. Er taumelte, aber er fiel nicht und starb auch nicht, wie er es hätte tun sollen. Drei der Soldaten brachen ab und griffen mich an, anstatt gegen Kregor zu kämpfen.

Ich habe meinen Bogen weggeworfen, weil ich wusste, dass ich eher im Nahkampf sein würde, als dass ich drei auf Distanz töten könnte.

"Schlinge der Ranken!" Der Glibber plumpste aus meiner Handfläche in den Sand.

Ich riss das Schwert aus der Scheide, hielt meine linke Hand frei und die Klinge zwischen mir und dem Feind. Ein

Speer flog aus den Händen des Gegners, als seine Beine gerade erstarrten.

Ich rollte mich ab und spürte einen stechenden Schmerz an der Spitze meines linken Fußes. Eine grüne Aura schoss aus Suzie heraus und durchtränkte Kregor, als er mit Speeren auf den Feind geschlagen wurde, die seine Haut durchbohrten. Ich hatte meine eigenen Probleme, und abgesehen davon, dass das goldene Leuchten von ihm einen bestätigten Abschuss bedeutete, war ich gezwungen, auf das Beste zu hoffen.

Als ich meine Rolle verließ, stürzten zwei Froschmänner auf mich zu, während der dritte von Ranken, die aus dem Sand ragten, festgehalten wurde. Ich drehte mich und flüchtete ins Wasser, wo der Speer hinter mir liegen blieb. Das Salzwasser brannte in der Wunde an meinem Fuß, und ich zuckte zusammen, als ich den schwimmenden Speer von der Wasseroberfläche auffing.

Das Platschen der Schritte hinter mir kam näher. Ich holte die zweite Waffe mit einer Drehbewegung. Ich zielte mit dem Speer so gut ich konnte auf den Hauptgegner und sah, wie seine schwarzen Augen überrascht aufflackerten, als es darum ging, wer die größere Reichweite hatte. Die Spitze des Speers bohrte sich in sein weiches Fleisch und stieß mich zurück.

Größer zu sein und lange Arme zu haben, hatte seine Vorteile, und dieser Moment war einer davon. Doch der Aufprall ließ mich auf den Hintern fallen und ihn zu Boden stürzen. Seine Augen waren starr und er hauchte sein Leben aus. Gezwungen, den Speer loszulassen, hob ich mein Elfenschwert.

Der nächste Froschmann brüllte einen unbeholfenen Kriegsschrei, als er den Abstand verringerte und mir seinen Speer ins Gesicht rammte. Ich fiel auf den Rücken, drehte mich und schlug auf einen Knöchel ein.

Die feine Klinge durchtrennte Fleisch und weiche Knochen gleichermaßen. Der Feind taumelte und ich ließ die Klinge geschickt nach oben gleiten. Das Schwert hackte die Hand, die den Speer hielt, mit Leichtigkeit ab. Mein Feind schrie auf und starrte geschockt auf seinen Armstumpf. Mit nur noch einem Bein und einer Hand holte ich zum Schlag aus. Ein letzter Schnitt riss einen gewaltigen Riss in seinen Hals.

Es kostete mich viel, den zweiten Froschmann auszuschalten. Ein vierter Angreifer schälte sich ohne mein Zutun aus dem Staub. Sein Speer schlug mit einer solchen Wucht in meine Rippen, dass mir der Atem stockte. Instinktiv stieß ich mein Schwert vor, und die scharfe Spitze traf das Herz des Froschmannes. Wir standen beide da, die Waffen in der Brust des jeweils anderen.

Ich ergriff seinen Speer mit meiner freien Hand und zog meine Klinge zurück. Er löste seinen Griff und hob seine Hände, um meine Klinge abzuwehren. Ich trennte die Hände ab und stieß meine Klinge in seine Stirn.

"Verdammt!" grummelte ich und hielt den Speer in meiner Brust.

Ich stolperte vorwärts und verringerte den Abstand zu dem Froschmann, der die Ranken bekämpfte. Jeder Schritt fühlte sich wie eine Ewigkeit an. Ich erreichte den Feind nie, denn meine strauchelnden Schritte wurden immer schlimmer. Ich sackte auf ein einziges Knie zusammen und fiel auf den Rücken.

Als ich hustete, füllte sich mein Mund mit Blut. Eine goldene Aura erfüllte mich, während mich Qualen durchzuckten.

***Du hast zwei Frex erschlagen. 31.339 Essenz verliehen.***

***Kregor hat fünf Frex erschlagen. 77.229 Essenz erhalten.***

Ich stöhnte und wünschte mir die grüne Heilung, die aber nicht kam. Suzie summte einen Moment später an mein Ohr. "Was ist passiert?"

Ich antwortete: "Ich habe einen verpasst. Wo ist Kregor?"

"So schwer verwundet wie du, und ich habe kein Mana mehr. Die Frex waren grausame Kämpfer. Ziemlich beängstigend. Weißt du, Bauernjunge, verwundet zu werden ist schlecht und sollte vermieden werden. Der Tipp ist kostenlos, aber von einem Profi. Jawohl, du hast es von der großen Suzie gehört, ein Speer in der Brust ist schlecht!"

"Ja, ja, ja, ich habe vor, ein paar Schwertlektionen zu nehmen", sagte ich hustend.

"Eine Lederjacke unter dem Gewand wäre schön. Ich kann euch beide retten oder Kregor sterben lassen, und du kommst früher auf die Beine. Die schlechte Nachricht ist, dass die Frex Verstärkung haben, wenn auch nur minimale", sagte Suzie.

Ich zuckte zusammen. Der Speer ragte immer noch aus meiner Brust heraus. Mein Zögern bezog sich darauf, dass ich den Blutabfluss nicht verstärken wollte, auch wenn mein Verstand mir zurief, die Waffe herauszuziehen.

Meine Worte waren wegen der Schmerzen langsam und undeutlich. "Können Sie mir sagen, wie lange ich habe?" fragte ich.

"Ja, da ich Heilerin bin, können Sie mir einen Gesundheitsbalken zeigen. Im Moment zeigt sie siebenundvierzig von neunundsiebzig an. Es ist eine Blutung aufgetragen, die den Schaden abtickt, eine Gesundheit alle vier Minuten. Deshalb sollten Sie es vermeiden, einen Speer in die Brust zu bekommen. Die Blutung verhindert deine natürliche Regeneration. Wenn wir einen anderen Menschen hier hätten, könnten wir deinen Magen flicken und die Blutung stoppen. Dann würde sich deine Gesundheit ganz langsam wieder erholen", sagte Suzie.

"Und dein Mana?" Ich grunzte.

"Eine Stunde und ich kann die Blutung stoppen. Zwei Stunden, um Kregor zu retten und dann deine Blutung zu stoppen", sagte Suzie.

"Rette Kregor, ich kann leiden, damit er lebt", sagte ich.

Sie spottete. "Eine Schande. Bist du sicher? Obwohl er stinkt, mag ich den großen Kerl irgendwie."

Ich nickte, schloss meine Augen und versuchte, einen glücklichen Ort zu finden. Es war ein echter Kampf, etwa zehn Minuten lang, bis sich mein Geist beruhigte und ich an einen See in den Bergen dachte.

Statt des herrlichen Frühlingswetters, wie ich es mir vorgestellt hatte, als ich Anna von meinen Wünschen erzählte, war es schneebedeckt. Diesmal gab es eine Scheune, die groß genug war, um zwei riesige Drachen zu beherbergen, die sich unter das Dach quetschten. Sie waren so eng eingepfercht, dass es fast schon komisch war.

Der See war zugefroren und in der Mitte befand sich eine einzige Hütte. Mein Blick zoomte durch die Wand und fand mich selbst beim Angeln aus einem Ausschnitt heraus. Ich war allein, saß auf einem Baumstumpf und kümmerte mich um nichts in der Welt. Ich lächelte, als ich einen Fisch gefangen hatte, aber als ich zu meiner Hütte zurückkehrte, um ihn zu kochen, wurde ich traurig. Was auch immer mich bedrückte, ich konnte es nur erahnen.

Nachdem ich einen fischreichen Eintopf gekocht hatte, las ich ein Buch. Auffallend abwesend waren Kinder, Suzie, Kregor oder irgendjemand außer den Drachen. Dies sollte mein glücklicher Ort sein, und ich wusste nicht, ob die anhaltende Wunde ihn in Dunkelheit verwandelt hatte oder ob dies eine Prophezeiung war.

Mir war völlig klar, dass ich mich für den Drachenturm stark engagieren würde.

*Würde meine Hingabe so intensiv sein, dass ich am Ende traurig und allein bin? Nein. Ich... Nein.*

Die Zeit verschmolz, und schließlich strömte die erste Welle grüner Heilung durch meine Adern. Obwohl ich noch nicht vollständig wiederhergestellt war, fühlte ich mich unendlich besser, und der Schleier über meinem Geist lichtete sich.

"Okay, das bringt einiges in Ordnung. Die Frex zogen sich zurück, als ich einen Sack mit Augäpfeln fallen ließ. In weiteren zwei Stunden sollten wir in der Lage sein, die Tiefen im Dunkeln zu erforschen", sagte Suzie.

"Passt. Wir werden auf den Morgen warten. Hey Suzie", sagte ich.

"Ja, Bauernjunge."

"Danke."

"Kein Problem, nimm den Speer aus der Brust, das wird helfen, und ich kann noch etwas reparieren. Ich habe Feuerholz gesammelt und du kannst ein Feuer machen, sobald -" Ich riss den Speer heraus. Das saugende Geräusch unterbrach sie zusammen mit meinem gedämpften Schmerzensschrei. Mehr grüne Energie strömte in mich hinein. Die Aufforderung ihrer Heilung erschien und ich ignorierte sie. "Na, sieh mal an, die Blutung hat aufgehört."

"Es fühlt sich immer noch an, als hätte mich ein Pferd getreten, und ich weiß, dass ich mir keinen Speer in die Brust rammen sollte. Ich muss mich fragen, was ich hätte anders machen können. Würde mir ein Expertentraining helfen?" fragte ich.

"Wahrscheinlich nicht. Wenn du Leder anziehst, werden Sie langsamer. Wenn du ein Expertentraining erhältst, wirbelst du in letzter Sekunde. Meiner Meinung nach brauchst du einen Angriffszauber. Hör zu, Tem, ich weiß, ich bin hart zu dir, aber vielleicht sollten wir uns Hilfe von außen holen", sagte Suzie.

"Wozu?"

"Kendra. Denk mal drüber nach. Ein Greif kann fliegen, töten und wüten. Wenn wir sie hier hätten, wären wir im Handumdrehen an der Tür. Wir können wahrscheinlich dreißig Stockwerke überspringen und müssen nur die machen, die Labyrinthe oder Verteidigungsanlagen oder was auch immer erfordern", sagte Suzie und schlug angeregt mit den Flügeln, während sie sprach.

Ich merkte, dass sie es ernst meinte, und ich ließ ihre Worte auf mich wirken.

"Kein hartes Ja, aber vielleicht ist es genau das, was ich brauche. Etwas Hilfe wäre wunderbar. Vorausgesetzt, sie kommen bei ihrer Mission gut voran."

"Besser als du, das steht fest. Dummer Bauernjunge, lass die Speere aus deinem Körper", stichelte Suzie.

Ich rollte mit den Augen. Ich blutete zwar nicht mehr, aber ich hatte immer noch ein klaffendes Loch in der Brust. Ich stemmte mich mit einem heruntergefallenen Speer hoch und schaffte es gerade noch, die Sammlung von Ästen und Zweigen zu erreichen, die Suzie neben dem verschütteten Inhalt meiner Tasche gesammelt hatte.

Ich brauchte ein paar Versuche, aber es gelang mir, ein Feuer zu machen. Kregor schlief am Strand, seine Brust hob und senkte sich kaum. Suzie plätscherte ins Wasser und kam mit einem Fisch zurück, den sie auf die Flammen legte. Sie drehte ihr Nest um und legte sich hin, um sich auszuruhen.

"Ich weiß nicht, ob ich in dem Maße, wie du es sagst, Hilfe von außen annehmen sollte. Ich werde Anna fragen, ob sie mir etwas Gold leiht, damit ich mir draußen eine schöne Ausrüstung für den Drachenturm kaufen kann. Was die Verwendung eines Greifs angeht, so habe ich das Gefühl, dass die Aufnahme von etwas so Teurem Eindruck machen wird. Es ist fast so, als wollten die Eliten von Ilisia mich töten", sagte ich.

Sie musterte mich eine Weile, bevor sie antwortete. "Warum? Hast du die Berichte über diese Adligen nicht bekommen?"

"Ja, der verschmähte Graf und der Herzog. Sie haben beide einige Informationen über mich gesammelt und sie dann fallen gelassen. Jedenfalls soweit ich das beurteilen kann. Der königliche Magistrat hat zu ihren Gunsten entschieden und mir eine hohe Steuer auferlegt. Vielleicht hätte ein Besuch auf dem Ball geholfen, einige Probleme zu begraben", sagte ich säuerlich.

"Einsicht ist eine Schlampe", sagte Suzie, und wir kicherten gemeinsam.

Das Gespräch verlagerte sich auf die Diskussion darüber, wie hässlich die Frex für den größten Teil des Abends waren. Sobald ich vollständig geheilt war, wurde Kregor zur nächsten Priorität und im Laufe der Stunden wurde er wieder gesund. Sobald er wieder auf den Beinen war, beschwor ich das Wachstum.

Grüne Magie umhüllte Kregor, tauchte in seinen Körper ein und strömte aus ihm heraus. Der Körper des Mammutwolfs knackte, und er heulte in einer Mischung aus Vergnügen und Schmerz, als er wuchs. Der Zauber endete so schnell, wie er begonnen hatte, und die Verwandlung ließ ihn über einen Kopf größer werden als mich. Der große

Kerl hat die Magie nie gehasst und kam danach sofort zu mir, um sich streicheln zu lassen.

"Du... du kannst nicht auf jede Mission mitkommen", sagte ich ihm traurig.

Er drückte sich nur noch fester an meine Brust. Ich seufzte und schenkte ihm viel Aufmerksamkeit. Die Sonne war vor ein paar Stunden untergegangen und Suzie schlief in ihrem Nest, so dass ich ein Floß bauen musste. Eine kühle Brise verursachte eine Gänsehaut auf meinen Armen, und Kregor nahm den Geruch von etwas wahr.

In einem Moment suchte er Liebe, im nächsten hüpfte er davon, um den Tod zu bringen. Ich saß da und baute ein Floß, während mir die goldene Essenz der toten Frex in die Brust schoss. Ich hörte mir ihre Schreie des Schreckens an, ohne mich darum zu kümmern. Als das Gemetzel aufhörte, stellte ich mein Floß fertig, das nichts weiter war als ein paar an einen Luftsack gebundene Stöcke. Es wäre beschissen und eine Todesfalle, wenn es da draußen ein riesiges Meeresraubtier gäbe.

Als ich zurücktrat, um einen zweiten Blick darauf zu werfen, hasste ich es und wusste, dass ich einige ernsthafte Verbesserungen vornehmen musste. Ich war zuversichtlich, dass Kregor die Bedrohung beendet hatte, und schritt durch den dunklen Dschungel auf das Lager der Frexe zu.

Als ich ankam, lagen überall Tote und Kregor aß die Eingeweide einer Leiche. Zu meiner Überraschung lag mitten im Dorf ein Kanu. Ich murrte über die verschwendete Zeit auf meinem schrecklichen Floß und grinste über den Fund.

*Wo es einen Schatz gibt, gibt es bestimmt noch mehr! Beute! Keine Beute zurücklassen. Das sollte mein Motto sein.*

Ich habe Kojen umgeworfen, Truhen umgestoßen und ein paar hundert Essenzen geplündert. Ich war ein Mann auf einer Mission, entschlossen, all die wunderbare zusätzliche Beute zu finden, die ich finden konnte. Suzie erholte sich von ihrer Mana-Erschöpfung und landete auf meiner Schulter, während ich unermüdlich arbeitete.

"Es scheint so einfach zu sein, Essenz zu verdienen", sagte ich.

"Ein Greif kostet Millionen. Nur weil man in ein paar Monaten die richtige Ausrüstung hat, heißt das noch lange nicht, dass man mit dem Schleifen fertig ist. Das ist der Punkt, wenn ich raten müsste. Je länger du bleibst, desto unwahrscheinlicher ist es, dass du dem Großen Geist Lon hilfst, und desto wahrscheinlicher ist es, dass der Dämonenfürst Inor eine weitere Seele fordert", sagte Suzie.

Ich nickte und ging durch den Wald, während ich ein Kanu hinter mir herschleppte. "Das Rätsel hier bestand eindeutig darin, die Frex zu töten, ihr Boot zu stehlen und mit Leichtigkeit zur Tür zu gelangen. Ich bin nur verdammt neugierig, warum die anderen sich so schwer tun, Essenz zu verdienen."

"Nun, vielleicht fehlt ihnen der gleiche innere Antrieb. So wie ich darüber denke, würde sich Amor jetzt gut machen. Die unerprobte Version, der es an Kampferfahrung mangelt, nicht so sehr. Und selbst dann, warum sollte er nach mehr Essenz streben? Seine Eltern würden ihm einen Hengst, einen Greif und so viel mehr schenken. Er würde einfach losrennen und dann entweder siegen oder versagen", sagte Suzie.

"Ich denke schon, und das hat etwas mit gesundem Menschenverstand zu tun. Wenn nur reiche Leute mitmachen, ist die Gefahr, fünf Essenzen mehr zu verdienen, gebannt." Ich warf einen letzten Blick auf das Lager. "Wenigstens können wir jetzt etwas schlafen", sagte ich.

Suzie lächelte und erwiderte: "Ich stimme zu. Ein paar Stunden werden Wunder bewirken. Dann kannst du aufhören, dir Sorgen zu machen und einfach das Beste aus deiner Situation machen."

Ich stöhnte, das Schleppen des Kanus war sehr anstrengend und ich spürte, wie sich meine Muskeln anspannten. Es würde mich nicht überraschen, wenn ich dadurch etwas an Kraft gewinnen würde.

Als wir das Feuer erreichten, baute ich mein Floß ab und das Zelt auf. Nachdem ich mich in die Öffnung gelegt hatte, beeilte ich mich, den dringend benötigten Schlaf nachzuholen. Vorausgesetzt, dass die Reise zur Tür reibungslos verlief, hatte ich noch eine Etage vor mir, bevor ich mir die nächste Freischaltung verdienen konnte, und ich war gespannt, welchen wunderbaren Zauber ich in Zukunft anwenden konnte.

## KAPITEL SECHSUNDZWANZIG

### GRÜNE FLÄSCHCHEN DER NIEDERTRACHT

"Nun, das war einfach", sagte ich und streckte mich im Foyer. Mit dem Kanu erreichten wir die Tür mit Leichtigkeit. Ich fügte der Geschicklichkeit einen Punkt hinzu und fühlte mich verjüngt und bereit, die nächste Etage zu betreten. "Zum Teufel, die Tasche ist ausnahmsweise sogar gepackt."

"Willst du einkaufen gehen oder weiterfahren?" fragte Suzie.

Mit einem energischen Hüpfer ließ ich mich auf den Rücken fallen. "So kurz davor, einen neuen Zauberspruch zu verdienen. Noch ein Stockwerk. Ich bin bereit, du bist bereit, und Kregor ist ... eine Statue."

"Ich mag ihn am liebsten, wenn er so ist", sagte Suzie, und ich musste grinsen. Ihr seltsamer Humor brachte mich immer wieder zum Lächeln. "Er hat sich auf der Insel gut geschlagen, das gebe ich zu."

Ich holte ihn aus einem Fach und steckte ihn in eine Tasche. Ich hievte die Tasche auf meinen Rücken, wartete, bis sie auf meine Schulter sprang, und öffnete die Tür.

Diesmal war die Sicht nicht klar, die Öffnung war dunstig wie ein dichter Nebel. Ich betrat die zehnte Etage und der Übergang war dramatisch. Ich verstand sofort, warum es versteckt war, als das Gebrüll von Tausenden von Menschen an meine Ohren drang. Ich befand mich plötzlich mitten in einer Wüstenstadt. Sonnensegel spannten sich über die Gasse, in der ich ankam, und nur zwanzig Meter vor mir stand ein Dutzend Wachen mit gebogenen Klingen. Ihre glänzende Kleidung reflektierte das helle Sonnenlicht, und einen Moment lang fragte ich mich, was sie wohl vorhatten.

Das änderte sich, als sie sich umdrehten und mich schockiert anstarrten.

"Da ist der Mörder! Fangt ihn!", rief der kleinste der Gruppe.

Ich ließ den Rucksack fallen und rannte durch die Tür und die Gasse hinunter. Suzie sauste von meiner Schulter und gewann an Höhe. Mein Schritt wurde länger und ich beschleunigte schnell.

"Rechts abbiegen, dann links, dann geradeaus", sagte Suzie und kehrte zurück, um ein paar Meter über mich zu fliegen.

Mit meiner erhöhten Geschwindigkeit lief ich schneller als je zuvor. Da die Gasse zu einer unscharfen Fläche wurde, brauchte ich mir keine Sorgen um die Wachen zu machen, und ich konnte nicht anders, als die Geschwindigkeit ein wenig zu drosseln. Ein Stolpern oder ein Umknicken des Knöchels und ich würde wahrscheinlich sterben. Ich holte auf die Soldaten auf, bis ich sie auf der Geraden abhängte. Mit ihrer Rüstung konnten sie nicht mithalten, und mir wurde sofort klar, was das für eine Etage war.

Das Brett für die zehnte Etage war eine Falle für schwere Rüstungen. Sobald man dort ankommt, wird man gejagt, und es ist leicht, zu entkommen. Hätte ich jedoch eine schwere Rüstung getragen, wäre ich gezwungen gewesen, das neunte Stockwerk zu wiederholen oder gegen eine große Überzahl zu kämpfen. In meinem Fall bin ich einfach schneller gerannt, als sie es konnten.

"Gehe los und biege dann rechts ab", sagte Suzie. "Hier passt du dich an."

Die Gassen waren leer gewesen, bis ich um die Kurve kam, die Suzie mir gezeigt hatte. Am Rande der Gasse stand ein Mann, der in einen Müllhaufen pisste. Suzie schwebte über dem Mann, und ich verstand, warum sie mich in diese Richtung führte. Der Mann trug ein schlichtes braunes Gewand, etwas sauber, etwas fleckig, und genau das, was ich brauchte, um meine verzierten Gewänder zu bedecken.

Während er pisste, zog ich Lucky aus meinem Stiefel. Falls er meine Annäherung hörte, reagierte er nicht. Mit der linken Hand hielt ich ihm den Mund zu und mit der rechten ließ ich den Dolch durch seine Kehle gleiten. Das Blut floss aus seinem Hals und durchtränkte sein Hemd, und zum Glück blieb das Gewand von Flecken verschont, da es offen war.

Während er darum kämpfte, das Blut im Körper zu behalten, stahl ich sein Gewand. Er ließ eine Weinblase fallen und brach eine Sekunde später mit heftigen Tritten zusammen. Ich benutzte den Wein, um einen Teil des Blutes vom

Gewand zu entfernen, das auf das Gewand gespritzt war. Als er starb, nahm ich ihm mit einem traurigen Seufzer den Geldbeutel vom Hals.

***Ihr habt einen Keatro-Bürger erschlagen. 7.991 Essenz erhalten.***

"Hm, die Münzen zählen nicht als Schatz", sagte ich und ging von der Leiche weg.

Ich hob die Kapuze an, um mein Gesicht zu verbergen, hielt den Wein für alle sichtbar in der Hand und tat so, als würde ich ein wenig stolpern, indem ich mich krumm machte. Suzie versteckte sich hinter meinem Hals, so dass ich wie ein Buckliger aussah. Zwei Kurven später befand ich mich auf einer belebten Straße voller Feiernder.

Ich bog nach rechts ab, direkt zurück in die Richtung, aus der ich gerannt war, aber diesmal auf der belebten Straße und in Verkleidung. Zwei Wachen rannten in unsere Richtung, während sie den Leuten zuriefen, sie sollten ihnen aus dem Weg gehen. Die Menge war gleichgültig, sie bewegte sich kaum, um den Soldaten vorbeizulassen. Ich warf ein paar Blicke darauf, wie sie die Gassen absuchten. Mir fiel auf, dass sie sich nicht einmal eine Sekunde Zeit nahmen, um den Hauptteil der Menschenmenge zu inspizieren.

In der Nähe der Ursprungsgasse lag der magische Schimmer der Ausgangstür neben dem Eingang zu einer Taverne.

*Wie interessant. Der Ausgang war genau hier.*

Die logische Schlussfolgerung war, dass man diese Tür nie sehen würde, es sei denn, man tötet ein Dutzend Wachen oder entkommt aus ihren Fängen.

Ich bahnte mir den Weg durch die belebte Straße und hielt neben der Tür inne. Ich fuhr mit einer Hand an der Holzwand entlang und ließ das Chaos der Stadt auf mich wirken. Es gab hier eine Gelegenheit. So viele Leute bei sieben oder so Essenzen pro Person wären ein verdammt guter Fang.

Einen Laden weiter sah ich einen Zaubertrankverkäufer. Eine Idee begann sich in meinem Kopf zu formen, und ich wich vom Ausgang der Etage aus. Mein nächster Zauberspruch konnte ein paar Minuten warten.

Suzie blieb ruhig, als ich die Tür zum Laden öffnete. Durch die Bewegung der Tür läutete eine Glocke und eine schlummernde junge Frau wurde wach.

"Ah, willkommen, Reisender. Ich bin Natasha, was kann ich für Sie tun?", fragte sie.

"Meine Frau... sie hat mich verlassen. Der Unhold, den ich meinen Freund nannte, verdient seine Belohnung für einen solchen Verrat. Wenn er nicht mehr da wäre, würde alles besser werden", sagte ich mit einem Hauch von Gift, der in Positivität umschlug.

Die hübsch gekleidete junge Frau lächelte mit meist geraden Zähnen. Sie faltete ihre Hände zu einem Ball und lehnte sich auf dem Tresen vor. "Wir verkaufen Krankheiten, um zu heilen und zu helfen, Schaden anzurichten, wäre gegen die Gesetze", sagte sie.

Ich nickte traurig. Ich leerte das Portemonnaie auf den Tresen. Die Münzen klapperten laut gegen die Marmorplatte. "Also etwas, das ihn krank macht. Sehr krank."

Sie beäugte mich, dann die Münzen. Ihre scharfen Züge, ihr schwarzes Haar und ihre dunklen Augen waren schön anzusehen, aber dafür war ich nicht hier. Und das war auch gut so, denn ein Mann, der wahrscheinlich ein Ehemann war, kam hinten heraus und sah sich die Münzen an. Er schob den Stapel mit einem Finger hin und her und grinste.

Er nahm zwei Flaschen aus den Regalen und sagte: "Diese Flasche verursacht Krämpfe und tötet ein ungewolltes Baby. Diese Flasche verursacht heftigen Durchfall. Pass auf, dass du sie nicht kombinierst. Wenn du das tust, können schlimme Dinge passieren, und du wirst wegen Mordes gehängt. Ich aber nicht. Ich habe dir nur einen Baby-Entferner und einen Rachetrank verkauft, die beide separat zu verwenden sind."

Ich nickte und bedankte mich für seine Zeit, bevor ich zurück auf die Straße schritt. Ich duckte mich in eine Gasse und mischte das Gebräu in meine Weinblase. Wieder einmal schlüpfte ich in die Rolle des armen Trunkenbolds, der zum nächsten Brunnen stolpert.

Die Wachen beobachteten die Gasse, wobei sie die Wasserquelle, die sie eigentlich schützen sollten, nur kurz überprüften. Ich stolperte über die Lippe und ließ die geöffnete Wasserschale unbemerkt in den Brunnen fallen, bis auf eine Mutter, die einen Eimer herbeischleppte.

Sie spottete, aber wahrscheinlich hielt sie mich für einen ungeschickten Betrunkenen. Ich zog mich in die nächstgelegene Gasse zurück und irrte eine halbe Stunde lang umher, bis ich mir ziemlich sicher war, dass niemand zusah. Ich kletterte eine Wand hinauf, indem ich die Einkerbung in der schlechten Konstruktion nutzte. Als ich einen Balkon im zweiten Stock erreichte, öffnete ich eine unverschlossene Balkontür, die in ein Büro führte, das für den Abend verlassen worden war.

"Äh, wie lautet der Plan?" fragte Suzie und schlüpfte aus ihrem Versteck hervor.

Die Tür des Einzelzimmers war ebenfalls unverschlossen, und was auch immer sich auf der anderen Seite befand, es war ruhig, genau so, wie ich es wollte. Mit einem Seufzer der Erleichterung ließ ich mich in den schönen Stuhl fallen. Auf dem Schreibtisch standen Fotos von der Familie eines Mannes, und die Versandberichte stapelten sich.

"Wir warten, bis das Gift wirkt", sagte ich.

"Ich glaube, du verpasst die Gelegenheit, wie sie sich dir bietet, Bauernjunge. Du hast das Gift nur so weit verdünnt, dass es wahrscheinlich nicht tötet", sagte Suzie.

murmelte ich vor mich hin. "Äh, Scheiße. Ja, ich bin nicht gut darin, Leute zu vergiften. Ich... hätte nie erwartet, in dieser Lage zu sein. Danke für den Tipp, das nächste Mal viel mehr zu kaufen."

Sie hat ausnahmsweise nicht frech geantwortet. "Viele der Gebäude sind aus Holz. Fast alle von ihnen."

Ich lehnte mich zurück und verschränkte die Arme, während ich über ihre Worte nachdachte. "Interessant. Nun, vielleicht auch nicht. Für eine Wüstenlandschaft ist vieles in dieser Stadt aus Holz. Daran habe ich nicht gedacht."

"Lass sie erst alle krank werden und dann ein Feuer legen", sagte Suzie mit einem bösen Gackern. "Was? Der Dämonenfürst hat es verdient."

"Es hat keinen Sinn, untätig zu sein, während wir warten, um zu sehen, wie stark die Verdünnung war. Lasst uns das Gebäude räumen und versuchen, einige Belohnungen zu finden."

Nach einer einstündigen Schatzsuche gingen Suzie und ich leer aus. In den Büroräumen befand sich außer Papierkram nichts von Wert. Den zerbrochenen Riegeln an den Türen nach zu urteilen, waren die Besitzer der Meinung, dass der Schlüssel zum Schutz vor Dieben darin bestand, die Wertsachen einfach woanders aufzubewahren und die Türen offen zu lassen. Das Gebäude verfügte jedoch über etwas, das ich brauchte: Holz.

Nachdem ich einem Stuhl die Beine gebrochen hatte, verließ ich den Raum durch die Hintertür und sah, wie die Sonne unter den Horizont fiel. Eine Glocke läutete und ein Ausrufer rief: "Benutzt den östlichen Brunnen. Kocht euer Wasser ab."

Das wiederholte sich oft, und nicht weit von meinem Weg durch die Gasse entfernt fand ich einen Mann, der sich heftig übergab. Ein paar schnelle Schläge mit Lucky auf seinen Rücken und er beruhigte sich und litt nicht mehr.

***Ihr habt einen Keatro-Bürger erschlagen. 6.791 Essenz erhalten.***

. . .

Ich raubte seine Münzen und drehte mich um, um zurück zur Straße mit der Tür zu gehen. Auf dem Weg dorthin begegnete ich einer ganzen Reihe von leidenden Menschen. Ich ging an ihnen vorbei, ohne ihnen zu helfen oder sie zu töten. Das Problem dabei war, dass es Zeugen geben würde, weil Schaulustige von den Balkonen aus das erbärmliche Schauspiel beobachten.

Ich kehrte auf die belebte Straße zurück und ging direkt auf einen Gemischtwarenhändler zu. Ich sagte kein Wort und eilte nur hinein, um drei Campingfackeln und einen Feueranzünder zu kaufen. Der Verkäufer war so höflich, mir das überschüssige Geld zurückzuschieben. Ich beschwerte mich nicht und verließ den Laden mit meinen neuen Errungenschaften, die ich mir unter den Arm klemmte.

Ich kehrte zu dem Bürogebäude zurück, von dem ich wusste, dass es unverschlossen war, und legte ein Feuer. Sobald die Flammen einen festen Halt gefunden hatten, verließ ich das Gebäude mit offenen Fenstern und Türen. Die beiden anderen Fackeln brannten und ich warf eine auf einen nahe gelegenen Müllhaufen und die andere in ein zufällig geöffnetes Fenster.

Da ich noch ein paar Münzen hatte, besuchte ich das Gasthaus am Eingang. Die meisten Gäste dort waren gesund und munter, ohne zu wissen, dass ihre Mitbürger in Keatro vergiftet wurden und die Stadt kurz vor einem großen Brand stand.

Als die Kellnerin kam, schob ich die schönste Münze über den Tisch und zeigte auf eine Flasche im Regal.

"Das ist zu viel", sagte sie.

"Behalten Sie es und bringen Sie mir bitte etwas Brot", sagte ich.

"Natürlich", antwortete sie und verschwand.

Zehn Minuten später, während ich an einem guten Bourbon nippte und an etwas altem Brot knabberte, stürmte ein Mann in das Gasthaus. Das Gasthaus drehte sich um, um den Aufruhr zu sehen. Hinter dem zerzausten Mann strömten die Menschen in Panik die Straße hinunter. Die kaum hörbaren Schreie der entfernten Bürger drangen nach innen, während der Mann nach Luft schnappte.

"Feuer! Feuer! Flieht aus der Stadt!", rief er, und seine Stimme hallte über das Geschnatter der Gäste hinweg.

Ich erhob mich von meinem Platz und eilte aus der Tür, bevor der Ansturm einen Stau verursachte. Die Geräusche der in Panik geratenen Menschen waren so laut wie der Rauch dick war. Ich wusste nicht, wohin ich gehen oder was ich tun sollte, also setzte ich mich an die Ausgangstür zum Foyer der elften Etage.

Suzie verließ ihren Platz unter meinem Gewand und flog hoch in die Luft. Einen Moment später kehrte sie zurück und verbarg sich außer Sichtweite.

"Die Flammen breiten sich schnell aus. Sie werden bald hier sein", warnte sie.

"Nun, es wird Zeit herauszufinden, ob die Türen brennen können. Ich habe einen Plan", sagte ich.

Ich ging in die Gasse und hob eine ältere Frau hoch, die sich neben einem Haufen Erbrochenem ausruhte. Niemand würde erwarten, dass es sich bei dem Übeltäter um eine der Personen handelt, die bei der Rettung der

Leute helfen. Ich trug die Frau zu der magischen Tür, durch die ich ursprünglich gekommen war, und setzte uns in der Nähe des Ortes ab, an dem alles begann. Eine Wache, die die Leute zur Flucht aufforderte, beobachtete uns, als wir die Gasse betraten, und schenkte uns keine große Beachtung.

Ich dachte, er würde dafür sorgen, dass man mich bei meiner Rückkehr erwischt, aber mit meiner tief heruntergezogenen Kapuze und der alten Dame, die mir bei meiner Verkleidung half, fielen wir nicht auf.

In den nächsten Stunden stöhnte und ächzte die alte Frau. Ich fütterte sie mit Wasser, das eine Passantin spendete. Währenddessen verbreitete der peitschende Wind die Flammen. Ich wartete auf die goldene Aura, in der Erwartung, irgendwann für die Gräueltat, die ich angerichtet hatte, bezahlt zu werden. Als das Gasthaus mit der Ausgangstür Feuer fing, wurde ich ungeduldig.

Die Nacht wurde buchstäblich zum Tag, denn die Flammen verzehrten einen Großteil der Stadt.

Ich ließ die alte Frau stehen, ging auf den Wachmann zu, der noch immer anderen half, und umging ihn. Er bemerkte nicht einmal die Klinge in meiner Hand und hatte keine Chance, als ich mich von hinten näherte. Mitten in der Menge schlitzte ich ihm die Kehle auf, und er fiel vor Schreck auf die Knie. Ein junger männlicher Zuschauer schrie mich an und zeigte auf mich.

Ich habe mit dem Messer in der Hand angegriffen.

Er stolperte, und sein schriller Schrei war kaum über die Schreie in der Stadt zu hören. Während er sich aufrappelte, um wieder auf die Beine zu kommen, zog ich mich in aller

Ruhe in eine Gasse zurück und nahm Fahrt auf. Der Wachmann war jetzt sicher tot, und mir schoss kein goldener Schimmer in die Brust.

An diesem Punkt machte ich mir Sorgen. Die alte Frau zu töten, wäre schlimmer gewesen, aber klüger. Ich musste mich davon verabschieden, dass diese Etage mehr als nur eine Herausforderung darstellte.

Schließlich hatte ich die Nase voll von dem Spiel und warf Kregor aus meiner Tasche.

"Tötet sie alle", sagte ich.

Er knurrte und sprang vorwärts.

Ich folgte ihm, als er in die Mitte von Hunderten von Schaulustigen stürmte, die das Feuer mit Sorge beobachteten. Ihre Besorgnis änderte sich schlagartig, als der zwei Meter große Wolf begann, Menschen zu beißen und aufzuschlitzen.

Ich trat hinter dem Gemetzel hervor und bemerkte, dass die Tür zum elften Stock noch stand, als das Gasthaus von den Flammen zerstört wurde. Teams von Männern und Frauen reichten sich gegenseitig Eimer, und es schien, als hätten die guten Bürger von Keatro in der Panik ihre Entschlossenheit gefunden.

Als Kregor die Bürger tötete, rannte ich zur Tür. Eine Wache warnte mich, während eine ganze Einheit von Soldaten die Straße hinunter auf den Mammutwolf zulief. Als ich mich dem Inferno näherte, ließen die Flammen die lose Wolle des Gewandes schrumpfen.

Zum Glück war der Griff kühl genug, um ihn zu drehen und die Tür aufzustemmen. Ich trat in das Foyer und ließ den Wahnsinn des zehnten Stocks hinter mir.

Ein paar Dinge passierten auf einmal. Mein Rucksack kehrte perfekt organisiert zurück, Kregor kehrte als Statue in sein Versteck zurück, Suzie verließ meine Schulter, um sich auf der Bank zu entspannen, und ich erhielt mehr als ein paar Benachrichtigungen.

***Ihr habt 1127 Keatro-Bürger getötet. 7112.098 Essenz verliehen.***

***Kregor hat 14 Keatro-Bürger erschlagen. 96.901 Essenz erhalten.***

***Ding! Du hast die elfte Etage erreicht. Du erhältst 10 Essenzen.***

***Du hast ausgewählt, Geschicklichkeit von 15 -} 16 zu erhöhen. Bestätigst du, dass du einen Punkt in Geschicklichkeit investieren möchtest? JA - NEIN. Ja gewählt.***

***Sie haben sechs Optionen für die Freischaltung Ihres Zaubers.***

. . .

***Durchdringender Pfeil 2: Alles, was Stufe eins macht. Er trifft jetzt härter, durchschlägt dickere Rüstungen und Knochen. Kostet 2 Mana weniger für 8 Mana pro Anwendung.***

***Schlinge der Ranken 2: Alles, was Stufe eins macht. Sie bewegt sich jetzt schneller, verheddert sich besser und kann zwei Feinde umschlingen. Kostet 2 Mana weniger für 8 Mana pro Anwendung.***

***Doppelschuss 1: Ein Pfeil wird doppelt so groß. Das sind nicht zwei Pfeile, sondern ein Schuss. Es ist ein größerer Pfeil mit viel mehr Kraft und Schwung. Kostet 10 Mana pro Einsatz.***

***Wachstum beschwören 2: Wird auf eine beliebige Pflanze, ein beliebiges Tier oder ein beliebiges Wesen gewirkt, um ihr volles Potenzial zu entfalten. Es gilt die natürliche Reife. Jeder Zauber beschleunigt das Wachstum des Ziels um zwanzig Prozent. Eine Anwendung pro Tag. Kostet 50 Mana pro Anwendung.***

***Trickshot 1: Der nie fehlende Pfeil. Stell fest, dass du als Bogenschütze schlecht bist. Vielleicht willst du einfach nur schießen, während du Angst hast. Dann ist dieser Zauber genau das Richtige für dich. Wenn das Ziel in deiner Reichweite ist, zielst du, sagst die Worte und lässt los. Er funktioniert sogar unter Wasser und kann in Verbindung mit anderen Zaubern verwendet werden. Er kostet 30 Mana pro***

***Anwendung und kann nur einmal am Tag eingesetzt werden.***

***Giftiger Dornenbolzen 1: Ein seltener Angriffszauber der Naturmagie. Wenn du deine Feinde bewegungsunfähig machen willst, ist dieser Zauber genau das Richtige. Hebe deine Handfläche, sprich die Worte, und heraus schießen hundert winzige Pfeile der Unbeweglichkeit. Wenn du nah dran bist und genügend Pfeile deinen Gegner durchbohren, kann das zu seinem Tod führen. In den meisten Fällen wird ein Pfeil das Ziel lähmen. Kostet 30 Mana pro Anwendung.***

"Beschwörungswachstum zwei ist scheiße. Der Pfeil könnte großartig sein, um große Ziele auszuschalten. Der Trick Schuss ist genial, weil ich wette, einige Etagen sind ein Kill der einzelnen Verteidiger Boss und dieser Zauber tut es ohne das Ziel zu verfehlen", sagte ich.

Suzie beäugte mich neugierig. "Ich spüre, dass du die nicht willst."

"Wir sind Bauern, Suzie. Wenn ich in ein Stockwerk zurückkehren muss, um endlos zu töten, dann schlachte ich lieber Tiere als Menschen. Es ist nur... Wie auch immer, als Landwirt hat die Fähigkeit, Hunderte von Zielen umzulegen, bis mir die vielen ausgehen, wunderbare Auswirkungen."

Anstatt die Angst aufkommen zu lassen, habe ich es einfach getan.

. . .

***Du hast ausgewählt, um den Zauberspruch freizuschalten: Stacheliger Giftstachel. Bestätigst du, dass du "Giftiger Stachel" freischalten möchtest? JA - NEIN. Ja ausgewählt.***

***Tem Onno.***

***Klasse: Bogenschütze***

***Höchste fertiggestellte Etage: 10***

***Intelligenz: 19 + 19 Intelligenz = 38***

***Weisheit: 12 + 19 Weisheit = 31***

***Stärke: 10***

***Geschicklichkeit: 16 + 30 Geschicklichkeit = 46***

***Durchhaltevermögen: 10 + 19 Durchhaltevermögen = 28***

***Mana: 31 + Boni = 69***

***Charisma: 10***

***Glück: 10***

***Gesundheit: 34 + Boni = 83***

***Arkan: Naturmagie.***

***Entsperrte Zauber: Schlinge der Reben. Wachstum beschwören. Giftiger Stachelbolzen.***

***Besondere Fähigkeit: Durchdringender Pfeil.***

***Vertrauter: Suzie der Wyvern.***

***Reittier/Begleiter: Kregor der Mammutwolf***

***Du hast in allen Kernstatistiken 10 erreicht. Herzlichen Glückwunsch!***

"Verdammt", sagte Suzie. "Ich hätte es besser machen können, aber nicht schlecht für einen Bauernjungen."

Ich rollte grinsend mit den Augen. "Fühlt sich gut an. Es gibt einen Zuwachs an Stärke, Charisma, Glück und Ausdauer. Verdammt, ja. Das ist einen richtigen Drink wert, während ich über Massenmord an Menschen statt an Tieren nachdenke. Stockwerk zehn war wie drei Durchgänge von Stockwerk sieben, aber ich werde den Spuk nicht los."

"Immer wenn ich als Kobold deprimiert war, ging ich einkaufen. Willst du eine Schildkröte als Haustier kaufen oder so?" fragte Suzie.

"Wozu das Ganze?"

"Offensichtliche Gründe. Ein Panzer."

Ich zuckte mit den Schultern. "Vielleicht. Ich muss wissen, wo die Grenzen liegen. Soweit ich weiß, kann eine Elfe als Reittier benutzt werden. Ich meine, ein Mensch kann mich tragen."

. . .

***Keine Menschen.***

"Wie wäre es mit einem Elfchen?" fragte Suzie. Als ich sah, wie der Turm antwortete, erschauderte ich.

***Ja. Pixies können ein Begleiter sein.***

"Oh", sagte Suzie und wurde still. Ich erwartete einen Ausbruch von ihr, aber sie wandte sich innerlich ab, um über die Folgen nachzudenken.

"Ein Zwerg?" fragte ich.

***Wenn es sich nicht um dieselbe Art wie der Konkurrent handelt, ist es erlaubt. Nicht alle Regelumgehungen waren ein Segen für Inor. In diesem Fall hat Lon etwas ausgelassen.***

"Interessant. Sehr interessant. Nun gut, das hat mir viel zu denken gegeben", sagte ich und verließ das Foyer, um im Drachenturm etwas zu trinken. Im Nachhinein betrachtet, hätte ich weiter klettern sollen.

# KAPITEL SIEBENUNDZWANZIG

## GESPENSTISCH GRUSELIGE SKELETTE

General Torg saß mit einem alten Mann an der Bar, die beiden waren die einzigen Gäste neben Lina, die hinter ihnen abwusch. Ich störte die unangenehme und ungewöhnliche Stille und nahm mir die Zeit, die beiden zu inspizieren.

Während der General ein militärisches Aussehen hatte, wirkte der andere Mann äußerst königlich. Er trug ein weißes Gewand mit violetten Verzierungen, das wahrscheinlich mehr kostete als Papas Farm. Sein dunkles Haar war mit Grautönen durchzogen und ordentlich gestutzt, und sein Bart war perfekt. Sogar seine Schuhe waren aus bestem Leder und mit exquisiten Nähten versehen.

Sie drehten sich zu mir um und sahen mich an, wobei sich beide auf ihren Sitzen drehten. General Torg lächelte, während der andere Mann mich neugierig musterte. Ich frage mich, ob er erwartet hat, dass ich größer, massiger oder schneidiger bin, denn ich fühlte mich von seinen Blicken taxiert.

"Baron Tem Perin, es ist mir eine Freude, Ihnen Herzog Winston, den Bruder von König Hori, vorzustellen", sagte General Torg und blieb auf seinem Platz sitzen.

Auf seine Stimme hin meldeten sich ein paar Wachen, die die Situation von der Tür aus beobachteten.

*Bleib ruhig. Bleib ruhig. Dies ist nicht der richtige Zeitpunkt, um zuzuschlagen.*

Herzog Winston starrte mich mit gerümpfter Nase an. "Warum bist du nicht bei Gräfin Annabell?"

"Astro hat mich nach Hause geflogen", antwortete ich mit einer respektvollen Verbeugung. Ich musste das richtig spielen, so dass ich der beeindruckte Bauernjunge in Anwesenheit von Adeligen wurde. "Es ist mir ein Vergnügen, Sie kennenzulernen, Euer Gnaden."

Herzog Winston rollte mit den Augen. "Euer Gnaden gehört zu meinem Bruder. Mylord, Sir, oder Herzog. Ich sage es Euch nicht noch einmal." Er machte eine Pause und nippte an seinem Getränk, als er beschloss, dass die Schelte genug war. "Der sagenumwobene Drache ist dein Freund. Wie war es, auf einem Drachen zu reiten?"

"Schrecklich", sagte ich entkräftet.

Meine Ausführungen erzielten den gewünschten Effekt, als General Torg kicherte. Alles, was dazu beitrug, dass ich als der harmlose Killer in der Mitte erschien, war das Beste. Ich ging fest davon aus, dass sie die Geschichte meiner Rückkehr kannten und mich nur testen wollten. Ich stand da und sagte nichts weiter. Als die Situation etwas unangenehm wurde, wippte ich auf meinen Füßen.

"Was hast du mit meiner Tochter vor?" fragte Duke Winston.

Ich gestikulierte mit den Handflächen nach oben. "Sie hat Pläne für mich. Sie hat in meiner Geschichte gegraben, herausgefunden, dass ich ein Perin bin, und mich dann nach Süden an die Grenze gebracht, wo ich ihrem Team bei der Integration in Fjord geholfen habe. Während sie sich im Süden herumtreibt, versuche ich, Ilisias Turm zu helfen."

Ich zeigte auf die Anzeigetafel in der Nähe der Umkleidekabinen und bemerkte, dass wir wieder abrutschten.

"General Torg sagt, Sie seien ungeschickt", sagte Duke Winston. Ich warf einen Blick auf den General, der sein Gesicht neutral hielt. "In Ihrem Fach steht Etage elf."

"Ich habe es heute erst freigeschaltet", sagte ich stolz. "Ungelernt heißt nicht unfähig. Ja, ungelernt ist besser als unfähig. Ich weiß, dass die scharfen Spitzen in die bösen Jungs gehen, und bis jetzt scheint es zu funktionieren." Ich blickte nach unten und steckte einen Finger in das Loch des Armbrustbolzens der Zwerge. "Zum größten Teil."

Sie spotteten beide. "Zum Glück hast du einen Heiler. Ich mag deine Roben, die Löcher sind... nicht ideal. Du lebst am Rande des Abgrunds, wie ich sehe", sagte General Torg. Ich stand unbeholfen da. Diese Männer waren nicht dumm, sie wussten, wie gefährlich der Drachenturm war. "Könnt ihr erraten, warum wir hier sind?"

General Torg warf einen Blick auf die Tafel und gab mir alle Hinweise, die ich brauchte. "Es gibt einen enormen Überschuss an Punkten, aber keinen Überschuss an Steuern", vermutete ich.

"Ich möchte immer noch wissen, was du von Gräfin Annabell hältst", sagte Duke Winston und trank einen Schnaps, den Lina schnell nachfüllte. Vor lauter Anspannung konnte man leicht vergessen, dass sie da war. "Aber bitte, erkläre uns, warum der Ilisia-Turm diesen Monat so gut läuft. Wir fragen jeden, der rauskommt, nach seinem Essenzwert. Diese Zahl und die Zahl, die sie uns geben, stimmen nicht überein. Außer bei dem Bauern, der im Turm schläft. Du bist seltsam."

"Es tut mir leid, Sie enttäuschen zu müssen, mein Herr."

Er lächelte und fuhr fort: "Der Durchschnitt liegt bei hundert Essenzen pro Stockwerk. Hast du das gewusst?"

"Äh, mehr oder weniger, wenn man alle Nebenquests auslässt und sein Verlangen unterdrückt, wie ein Bauer zu farmen", sagte ich abrupt.

"Ausführlich", sagte Duke Winston.

Ich ging zum nächstgelegenen Tisch und setzte mich auf meinen Rucksack, wobei ich meine Hände nicht aus den Augen ließ. Lina kam mit einem gekühlten Becher, gefüllt mit einem Lagerbier. Ich bedankte mich bei ihr und fischte eine Münze aus meinem Gewand.

"Wenn Sie zu Vaters Farm kämen, würden Sie sehen, dass die Hühner einen auslaufsicheren Futtertrog haben, dass ihre Ställe die perfekte Größe haben, dass die Schweine im Wechsel gehalten werden, und, na ja, ich könnte noch tagelang weiterreden. Der Punkt ist, dass nichts verschwendet wird, alles ist perfekt, und wir arbeiten von Sonnenaufgang bis Sonnenuntergang, sechseinhalb Tage die Woche. Die erste wirkliche Entspannung, die ich seit vielen Tagen hatte, war, als ich darauf wartete, die Ätherischen zu sehen", sagte ich und warf eine Hand in die Luft. Die Wachen bewegten sich, aber es kam nichts heraus. "Ich rede nur mit meinen Händen."

"Ignorieren Sie sie. Und was ist mit der Landwirtschaft?" fragte Duke Winston.

"Ich habe keine Probleme damit, in einem Baum zu schlafen, zu essen, was ich kann, und im Turm zu leben", sagte ich. "Es gibt weit mehr als hundert Essenzen pro Stockwerk. Ich glaube, mein Durchschnitt liegt bei über tausend Essenzen pro Stockwerk, aber dafür muss ich immer wieder Stockwerke bewirtschaften. Es ist gar nicht so schwer. Es ist nur zeitaufwendig und macht viel Arbeit."

"Sie waren es also?" fragte General Torg.

"Der Vorsprung, ja. Ich weiß es besser, als dass ich Sie anlügen würde. Einen unbekannten Typ in der Bar, klar. Ich werde ihn den ganzen Tag anlügen, weil ich es sollte. Aber ich habe zu viel Steuern gezahlt, und wenn überhaupt, dann schulde ich der Krone eine Rückgabe von Gold", sagte ich.

Herzog Winston gluckste. "Das wird nicht passieren, aber Gräfin Annabell hat erwähnt, dass Sie eine Steuerermäßigung bekommen sollten. Vorausgesetzt, wir verhaften Sie nicht wegen Unterstützung ihrer kleinen Rebellion. Bleiben Sie stehen. Wachen, durchsucht ihn."

*Kein Wunder, dass Annabell auf meiner Seite ist.*

Die Wachen strömten herein und schnappten sich meinen Rucksack. Sie inspizierten den Inhalt und General Torg ging in mein Foyer. Ich wusste, dass er mir gehörte, denn die überschüssige Ausrüstung hing immer noch dort. Wie er das machen konnte, wusste ich nicht, aber er konnte es. Ich wartete geduldig, da ich eine Ahnung hatte, was vor sich ging. Sie wollten sicherstellen, dass ich keine Gegenstände außerhalb des Turms weiterverkaufte.

"Ich schulde Graf Amor hundert Gold, aber ansonsten kaufe ich in Mannys Laden. Stichwort, kaufen. Nicht verkaufen. Ich bin blitzsauber und wurde für den Raubzug in den Süden entführt, und sobald ich freigelassen wurde, bin ich hierher zurückgekehrt. Was meinen Verdienst angeht. Der Rest meiner nicht umgewandelten und stark besteuerten Essenzen wird für den Kauf von Ausrüstung im Drachenladen verwendet, der meines Wissens nach nicht besteuert wird", sagte ich.

Herzog Winston wedelte mit dem Finger und sagte: "Richtig, aber es muss der Krone eine Erklärung vorgelegt werden. Es kann nicht sein, dass hunderttausend Essenzen unerklärt bleiben. König Hori ist unglaublich glücklich. Er will nur wissen, wohin die Essenz geht, und von jetzt an sagst du Loni, wenn du etwas Teures kaufst."

"Ein einfaches Mittel, und ich hätte es früher getan, wenn ich es gewusst hätte", sagte ich.

"Ich vergebe Euch Euer Vergehen nur einmal. Normalerweise betritt ein Adliger mit Eltern den Drachenturm und sie melden das Wesentliche. Du bist eine tickende Zeitbombe. Ich habe in deiner Vergangenheit gegraben. Banditen... Es ist seltsam, dass sie dich verschonten."

"Banditen, Woron hat mir den Tatort gezeigt. Ich befürchtete, dass einer der Täter mein Vater sein könnte", sagte ich.

"Was ich gefolgert hätte. Banditentum ist alltäglich, ein Kind zu retten ist zwar selten, kommt aber vor. Zum Teufel, ich habe neulich ein Kätzchen gefunden und es gerettet", sagte Duke Winston. General Tord kicherte vom Foyer aus, als er zuhörte. Duke Winston hob die Hände und fügte hinzu: "Genau! Ein Kätzchen. Was ist aus mir geworden? Zu weich."

Ich lächelte und bemerkte, dass er anscheinend keine Ahnung von meiner wahren Abstammung hatte.

General Torg trat ein und sagte: "Er ist sauber. Seine Geschichte stimmt auch. Was ist dein Plan, Tem?"

Bevor ich antworten konnte, meldete sich Duke Winston zu Wort. "Warum ist meine Tochter an Ihnen interessiert?"

Ich schaute die beiden an und beschloss, zu antworten, als die Fragen gestellt wurden. "Ich habe vor, mir das Drachenei zu verdienen, auch wenn ich Jahre dafür brauche. Das bedeutet mehr schicke Kleidung, die besten Gefährten und die bestmöglichen Waffen. Das sollte eigentlich das Ziel von jedem sein, aber ich bin nur für mich selbst verantwortlich."

Ein kurzer Schluck von meinem Bier gab ihnen die Möglichkeit zu reagieren, was keiner von ihnen tat.

Ich fuhr fort: "Was Ihre Tochter betrifft, so haben Sie eine Rebellion erwähnt. Ich... ich hatte den Eindruck, dass sie hilft und nicht in Schwierigkeiten steckt."

"Vielleicht habe ich das Problem überspitzt dargestellt, aber es gibt ein Problem", sagte er.

Ich ließ meine Finger über den klebrigen Tisch tanzen. "Hat sie einen Preis?"

Duke Winston kicherte, bevor er ein kehliges Lachen ausstieß. Das Konzept, die Liebe einer Frau zu kaufen, war mir völlig fremd, und für ihn war es lustig. Aber ich konnte nicht anders, als an Anna zu denken.

Ich fand sie zwar hübsch, aber ich schuldete ihr etwas, und ihr Vater deutete ihre Probleme an. Ich befürchtete, dass diese Anschaffungen für Anna katastrophal enden würden. Ein Vater bezeichnet seine Tochter nicht als Rebellin, wenn er nicht bereits eine Entscheidung getroffen hat.

*Ja, das war's.*

Sie brauchte mein Erbe nicht zu verheimlichen und ermöglichte mir dadurch einen Neuanfang, anstatt mir einen Dolch in den Rücken zu rammen oder Gift ins Essen zu mischen. Wenn der Preis nicht astronomisch hoch wäre, könnte ich eine Heirat arrangieren, sie mitnehmen und sie in einem anderen Reich oder einer anderen Welt Schriftstellerin werden lassen. Gleichzeitig könnte sie mich dafür hassen, dass ich es überhaupt versuche.

"Alle Töchter haben ihren Preis. Sie ist das mittlere von drei Mädchen und das ... rebellischste." Er spottete über das Wort rebellisch. Dass er es zweimal benutzte, war ein eindeutiges Indiz. "Ihr Machthunger hat mich in letzter Zeit in eine missliche Lage gegenüber dem König gebracht", sagte Duke Winston.

Ich verkniff mir das Gesicht, als ob mein Bier sauer wäre. "Ah, ich verstehe schon. Sie leitete eine Mission, die der König nicht guthieß, um der Grenze zu helfen. Der Prinz sieht gut aus, der König sieht..." Ich habe den Satz nicht zu Ende gesprochen.

"Sie schwört, dass eine Zwergenkarawane voll mit Gold ist, um den Minotaurenkönig zu bestechen, und dass nach ihrer Rückkehr alles wunderbar sein wird. Unsere Spione, Kundschafter und Informanten sagen etwas anderes. Sie wird in Schande zurückkehren, und ich würde sie lieber nicht in eine Zelle unter den Gärten stecken. Hunderttausend Gold sollten ausreichen, aber sie wird aller ihrer einstigen Abstammung beraubt werden", sagte Herzog Winston in rüpelhafter Manier.

Ich lächelte. "Betrachten Sie es als ein Geschäft, das zwei Dinge voraussetzt. Keine Steuer auf ihren Erwerb, da sie an die Krone geht, und Sie legen meinen Steuersatz so fest, dass er widerspiegelt, dass ich der Adlige bin, von dem dieser Marker sagt, ich sei es."

"Sie sind es", sagte General Torg. "Wir hatten ein Gespräch mit ihm, und er hat deine Herkunft bestätigt. Das mit deinen Eltern tut mir leid."

"An der Grenze geht es ums Überleben, wie Gräfin Annabell sicher gerade lernt", sagte ich.

Duke Winston rutschte von seinem Barhocker und ich stand auf. Der Mann schritt über den klebrigen Boden, bis wir uns Auge in Auge gegenüberstanden. Ich könnte ihn umbringen, genau hier und jetzt. Man würde mir nie verzeihen, und im besten Fall könnte ich ins Exil fliehen, wenn es mir gelänge, die Wachen in diesem Raum zu besiegen, was höchst unwahrscheinlich war. An den schlimmsten Fall wollte ich gar nicht erst denken.

*Nein. Ich habe zu viel, wofür es sich zu leben lohnt. Er wird zu gegebener Zeit seinen Anteil bekommen.*

"Ich werde den Papierkram in ein paar Stunden liefern lassen. Ich brauche eine Anzahlung bei der Unterzeichnung und den vollen Betrag bald danach. Andernfalls ist sie für uns beide tot. Ich weiß nicht, wer sie reingelegt hat, aber irgendjemand hat es getan, also sei dir bewusst, dass sie Feinde hat, und zwar jetzt deine Feinde. Wenn es meine waren, danke, dass du mir geholfen hast, mein Gesicht zu wahren", sagte Duke Winston, und wir verschränkten die Arme.

"Stell dir mein Glück vor, wenn sie mit dem Schatz zurückkommt", sagte ich.

"Nein, junger Tem. Du verstehst das falsch. Die beste Wahl ist, dass sie scheitert, während sie kämpft, um der Grenze zu helfen. Schade, dass du das nicht gesehen hast", sagte Duke Winston.

Ich runzelte die Stirn und tat so, als ob ich mich über mich selbst ärgern würde. War ich aber nicht. Wenn sie als Siegerin mit einer Horde Beute nach Hause zurückkehrt, kann der König sie nicht töten, und er sieht schwach aus. Kurzfristig wird sie die Gunst von König Hori verlieren. Langfristig verdient sie sich unglaubliche Gunst bei Prinz Hori.

"Sie geht Risiken ein, die sie nicht eingehen muss. Ich werde mit ihr reden und sie in Zukunft aus Schwierigkeiten heraushalten", sagte ich, und er brach in ein kehliges Lachen aus.

Der Herzog schüttelte den Kopf, beugte sich vor und schlug sich auf das Knie. Nachdem er sich eine Lachträne weggewischt hatte, sagte er: "Viel Glück! Sie ist ein höllischer

Freigeist. Wenn ich es nicht schaffe, kann es ein Einfaltspinsel auch nicht."

Ich ließ die Schultern sinken, als hätte ich eine Niederlage erlitten. Er kicherte, während er zur Tür hinausstolzierte. Als er ging, waren nur noch General Torg und ich übrig. Der General setzte sich an meinen Tisch und Lina setzte sich mit einem Krug zu uns.

"Du bist ein Narr", sagte General Torg mit einem enttäuschten Kopfschütteln.

Ich zuckte mit den Schultern. "Ich verstehe, warum du so denkst, und du könntest sehr wohl Recht haben. Es sind Dinge im Spiel, die du nicht verstehst."

General Torg gluckste. "Das ist mein Satz. Aber ich glaube, ich habe es verstanden. Hervorragende Arbeit im Drachenturm, Junge. Die anderen... Nun, sieh dir die Fächer an."

Ich blickte hinüber zu Suzie und Kregor, die wie Statuen dastanden. Selbst im elften Stockwerk war ich immer noch ganz unten. Alle neuen Jungs überholten mich, ein weiteres Dutzend war hinter mir.

"Als ich anfing, war es nur zu einem Viertel besetzt", sagte ich seufzend. "Jetzt ist es so weit, dass wir einen zweiten brauchen. Das heißt, fünfzig neue Kletterer, und die meisten davon haben mich überholt?"

"Ziemlich genau. Von hundert."

"Autsch", sagte ich. "Das ist eine hohe Fluktuationsrate."

"Es ist furchtbar traurig", fügte Lina hinzu. "Die Stadt ist in Trauer und der Adel ist in Aufruhr."

"Sie hatten alle eine formale Ausbildung. Apropos, ich halte meine Versprechen. Du kannst gerne zum Unterricht in die Kaserne kommen."

"Äh, dafür habe ich eigentlich einen Plan. Vorausgesetzt, du bist bereit zu helfen, nur nicht bei den Kasernen", sagte ich.

"Ich bin ganz Ohr", antwortete er.

Während ich meinen Plan erläuterte, konnte ich nicht umhin, mich zu fragen, wie es für Anna lief. Sie hatte noch fünf Tage Zeit, um ihr Ziel zu erreichen, und ich war hin- und hergerissen.

*Wollte ich, dass sie scheitert oder Erfolg hat? Ich weiß es ehrlich gesagt nicht.*

Nachdem er sich meinen Plan angehört hatte, sagte General Torg: "Ich kann helfen. Aber tut mir einen Gefallen. Die Dinge werden hässlich, wenn Ihr das Lösegeld für Baronin Annabell nicht aufbringt. Lass mich das klarstellen, wo ihr Vater es nicht war. Sieg oder Niederlage, sie kommt in den Kerker, wenn du ihr Schicksal nicht änderst. Der wahre Sieg besteht darin, König Hori einen plötzlichen Überschuss in seiner Schatzkammer zu verschaffen, den er dringend benötigt, und es hilft, den Glauben daran zu bewahren, dass er ein fähiger Anführer ist. Fürst Hori ist nicht derjenige, auf den man setzt, wenn der derzeitige Anführer noch in den besten Jahren ist."

"Ich - ich verstehe. Ich gehe zurück in den zehnten Stock. Ich werde ein paar vorbereitende Einkäufe machen, die Dokumente unterschreiben und den Spießrutenlauf machen, bis ich Gräfin Annabell vor einer Zelle bewahren kann."

"Baronin Annabell. Sie wird nie eine Gräfin sein, wenn König Hori lebt. Unter uns gesagt, sie tut das Richtige, hilft der Grenze und zeigt Stärke. Es ist nur nicht das politisch Richtige", sagte er.

Ich trank meinen Drink aus und ließ den Boden auf die Tischplatte fallen. "Finde ich auch. Hoffen wir, dass sie mich nicht erwürgt, während ich sie rette."

General Torg sagte: "Wie könnte sie das? Du bist ein edler Bauernjunge, der alles gibt, um sie zu retten."

Ich habe gekichert. "Offensichtlich kennst du die Frauen nicht."

Sowohl Lina als auch General Torg brachen in herzhaftes Gelächter aus. "Ich verrate dir ein Geheimnis, das mir mein alter Kommandant gesagt hat, als ich ein frischgebackener Rekrut war. 'Finde die am wenigsten verrückte Frau und halte dich an sie, denn sie sind alle verrückt und es gibt nicht die perfekte Frau.' Oder so ähnlich. Wenn du die Zahlung an die Krone abgeschlossen hast, kommst du zu mir und erzählst mir von deinem dummen Plan."

"Der Plan ist großartig", sagte ich.

General Torg stand auf und legte mir eine Hand auf die Schulter. "Fragwürdig, und sicherlich ungewöhnlich. Ich habe Hoffnung für dich, Tem. Viel Glück im Drachenturm."

# KAPITEL 27.5
## Annabell
## Ochsen.

Der Morgentau tropfte bei jedem Schritt durch das hohe Gras auf ihre Rüstung. Der Himmel über ihr war teilweise bewölkt und es wehte keine Brise, nach der sie sich sehnte. Die Sonne lugte kaum über den Horizont und tauchte die Szene in einen orangen Farbton, während sie die Nacht zurückschlug.

Annabell wünschte sich Regen, denn ihre Rüstung war durch die fünf Schichten drückend heiß. Die schwere Ausrüstung erwies sich als lästig, aber sie hielt den Kopf hoch, den Rücken gerade und machte weiter wie die Adlige, die sie war, ohne sich zu beschweren. Der unwillkommene Schweiß und die Ekelhaftigkeit, die an ihrem Körper klebten, würden ihr nicht diesen Moment rauben, der der Höhepunkt ihrer Planung war.

Die Mission war ein Erfolg, und sie erhielt das Privileg, das Schlachtfeld zu vermessen. Eine sexistische Entscheidung, die sie verabscheute. Ihre Bitte, kämpfen zu dürfen, war abgelehnt worden. Annabell war mit Schwert und Schild begabt und schlug die meisten Ritter, aber die Gesellschaft hielt die Frauen fest in ihrem Platz. Sie spottete über solchen Unsinn.

Egal, wie sehr sie in der letzten Woche mit dem Fuß aufgestampft oder die Hände in die Hüften gestemmt hat, sie hat das Streitgespräch verloren. Kein direkter Kampf für die Nichte des Königs. Selbst als sie alle daran erinnerte, dass sie nur eine von vielen war, interessierte das niemanden. Keiner ihrer Cousins und Cousinen war so politisch motiviert wie sie, um die Gemüter zu erregen.

Wie Amor es ausdrückte: "Sie würde eines Tages zu wertvoll sein, und es lohnte sich nicht, ihren Tod zu riskieren, um die Zwerge zu schlagen".

Und sie schlugen die Zwerge. Das kniehohe Gras, durch das sie ging, führte zu einer Szene des Gemetzels. Die Flammen von Astro züngelten von den zerstörten Leichen hunderter Zwerge. Zerstückelte Teile von Minotauren reichten bis an den Rand des Schlachtfelds, und sie trat über einen verkohlten Arm.

Die Karawane vor ihr lag größtenteils in Trümmern, und der nicht allzu weit entfernte Tunnel aus dem Berg lag in Trümmern. Die Expedition des Prinzen hatte einen durchschlagenden Erfolg. Die Zusammensetzung der Gesandten war genau so, wie es die Informanten vorausgesagt hatten. Sie war erleichtert, dass die Informationen echt waren.

Die Minotauren zu verärgern, konnte Folgen haben, aber das Töten von Zwergen wurde von vielen Bürgern Ilisias als Segen angesehen.

Amor schritt vor einem Dutzend Rittern heran, um sie zu begrüßen. Er behielt seinen Helm auf, obwohl der Kampf vorbei war, wie es bei Plünderungen üblich war.

"Ein wunderbarer Sieg, Gräfin", sagte Amor mit stolzgeschwellter Brust. Er befand sich wahrscheinlich in einem Hoch nach der Schlacht. "Der Feind ist bis auf den letzten Mann besiegt und der Eingang in den Süden, den die Zwerge benutzt haben, ist geschlossen. Wenn wir davon ausgehen, dass noch mehr kommen, dann werden sie gezwungen sein, einen neuen Weg zu finden."

"Ausgezeichnet. Ganz ausgezeichnet. Das übertrifft meine Erwartungen. Wenn sich die Karawane nur schon früher gezeigt hätte", sagte Annabell, ohne ihren Schritt zu verlangsamen, als sie sich dem einen Wagen näherte, der noch unberührt war.

"Es ist ziemlich gut verschlossen, und die Zwerge, die wahrscheinlich die Schlüssel hatten, sind... geschmolzen", sagte Amor und schloss sich ihr an.

"Kendra kann das in Ordnung bringen. Was hast du als Nächstes vor, während wir nach Hause fahren?", fragte Annabell.

Amor schmunzelte und sagte: "Wir säubern die Grenze von dem Eindringling. Ich fürchte, das ist erst der Anfang. Außerdem mag ich die Stadt Fjord. Ihr langsameres Tempo, ihre sauberen Straßen und ihr Gemeinschaftssinn sind geradezu perfekt."

"Du magst es, wenn es ein altes Anwesen gibt, das du umnutzen kannst, um etwas Luxus zu haben und die Hofpolitik zu vermeiden", antwortete Annabell, und er nickte grinsend. "Der Moment der Wahrheit."

Der größte Wagen war aus Metall und hatte drei Achsen, um das Gewicht zu tragen. Der dicke Rahmen, die zusätzliche Abschirmung und die versiegelten Türen waren zweifellos Zwergenkreationen, die mit Eisen geschmiedet wurden. Nichts würde verschwendet werden. Die gesamte geschmolzene Schlacke würde zu einer Schmiede geflogen werden. Die wenigen Ochsen würden als Nahrung dienen, und der Schatz in diesem Wagen würde dem Prinzen geschenkt werden, um ihn dem König zu übergeben.

Kendra landete in der Nähe der Rückseite, wo schwere Ketten den hinteren Eingang versperrten. Schnell schlug sie eine Klaue nach unten und zerriss die Kette. Dann rammte die Greifin ihre Klaue in ein Scharnier und ließ es mit einem scharfen Ruck aufspringen. Nach drei weiteren Knallgeräuschen wackelte die gesicherte Tür langsam, bis sie auf die unbefestigte Straße krachte.

Sie ging herum, um in den Laderaum zu schauen, und biss sich auf die Innenseite der Wange. Das war alles, was sie tun konnte, um den Schmerz zu lindern.

"Scheiße", rief Annabell aus. "Ich bin so am Arsch."

Amor keuchte. "Ich schwöre es. Das sollte bis oben hin mit Gold beladen sein. Meine Kontakte im Zwergenreich haben mir versichert, dass es einen Berg in Gold wert ist."

Im Inneren des Wagens waren in kleinen Käfigen mindestens zwanzig Elfenkinder untergebracht. Eine weibliche Elfe war an die Rückwand gekettet, ihr schwerer Brustkorb wogte, und sie konnte ihre Augen kaum offen halten. Sie war körperlich gefoltert worden und klammerte sich an das Leben, um den kleinen Kindern zu helfen, die durch die plötzliche Störung schrien.

Annabell stöhnte. Elfenkinder waren für Ilisia wertlos. Für die Minotauren bedeutete ein Elfenkind Wachstum für den Verschlinger des unsterblichen Geistes. Es war wahrlich eine Delikatesse, die einem König unter den gehörnten Wesen angemessen war.

Die Realität traf sie hart und machte ihr einen Knoten ins Herz. Keiner würde diese Kinder aufziehen wollen. Die alleinstehende Elfe war genauso nutzlos, höchstens ein paar Goldstücke wert, nicht dass Anna sich mit solchen Geschäften beschäftigte. Niemand wollte eine geschlagene und misshandelte Elfenfrau. Sie wäre eine anständige Amme für irgendeine Unterschicht -

"Ich werde in eine Zelle geworfen", fiel Annabell auf die Knie. "Du hast es mir versichert. Du warst dir so sicher."

Amor seufzte und sagte: "Ich habe dich gewarnt. Ich sagte, es könnte eine List sein, ein befreundeter Feind ist immer noch ein Feind, und um fair zu sein, weder er noch ich haben gelogen."

"Ich weiß, ich ... sogar auf dem Schreibtisch meines Vaters lag ein Bericht, in dem das Gleiche stand." Sie hielt inne und erhob sich. Als schwach angesehen zu werden, war keine Wahl. Sie hatte den Prinzen enttäuscht, und es war das Beste, sich auf die positiven Dinge zu konzentrieren. "Wir haben eine gute Sache getan. Das ist eine würdige Sache", sagte Annabell zu sich selbst.

*Zwanzig Babys davor zu bewahren, zu Essen zu werden, war etwas, wofür ich in einer Zelle verrotten kann.*

"Was wirst du tun?" fragte Astro.

Annabell wurde von seiner tiefen Stimme aufgeschreckt, und ihre Gedanken überschlugen sich. Sie ließ den Kopf hängen und sagte: "Ich werde sie retten. Ich werde sie bei Palina und ein paar Ammen lassen, bevor ich mich stelle. Ich kenne zwei Männer, die dafür sorgen werden, dass diese Kinder eine Zukunft haben. Tem und Amor werden nicht zulassen, dass sie zu Sklaven der Menschheit oder zu Nahrung für unsere Feinde werden."

Amor schüttelte den Kopf, die Handflächen nach oben gestreckt, und gab sich geschlagen. "Es wird auch für mich eine Strafe geben. Aber ich werde tun, was ich kann."

Astro legte seinen Kopf nur wenige Zentimeter von ihr entfernt nieder. Kendra wich zurück, und der Greif war verunsichert durch die Nähe des furchterregenden Fliegers.

"Wenn alle Hoffnung verloren ist, gibt es Licht. Ich bin aus einem bestimmten Grund hierher gekommen, junger Mensch. Bete im Namen des Großen Geistes und die Rettung wird dich finden", zwinkerte Astro.

Annabell faltete die Hände, legte den Kopf in den Nacken und sang ein Gebet. So schlimm das auch war, sie würde sich immer damit trösten, dass sie Kinder gerettet hatte. Sie musste nur hoffen, dass der König einen ungewöhnlichen Sinneswandel hatte und ihr Gnade gewähren würde, weil sie der Grenze geholfen hatte. Das oder ihr Vater würde sie vor der Gefangenschaft bewahren.

∞∞∞

Fünfzehn Tage nach ihrer Abreise aus Ilisia City und zwölf Tage, nachdem sie sich von Tem getrennt hatte, kehrte Annabell in die Hauptstadt zurück. Auf dem Paradeplatz tummelten sich die Wachen des Königs, einfache Soldaten und einige Schaulustige. Das Vorauskommando ließ die Stadt wissen, dass ihre kleine Truppe mit Dutzenden von Minotaurenköpfen und Trophäen zurückkehrte.

Der Ruhm, den ein Sieg im Süden einbrachte, spielte keine Rolle. Die Truppe wurde vom König nicht gebilligt, und seine Wachen zeigten deutlich seine Verachtung darüber, dass seine Autorität missachtet wurde.

Als sie landete, bewegte sich keine ihrer Wachen, um sie zu schützen. Sie würden sterben, wenn sie es täten, und die jahrelang erworbene Loyalität verschwand in einer flüchtigen Sekunde. Ihr Vater kam mit einer Schriftrolle in der Hand auf sie zu, unbeeindruckt von der Bedrohung durch die Menschen um sie herum.

"Gräfin Annabell hat eine Mission gegen den Willen des Königs durchgeführt. Ihre Titel werden hiermit aberkannt und ihr Schicksal ist der Kerker. Es soll bekannt sein, dass es nur einen König Hori gibt, und der sitzt derzeit auf dem Thron. Den tapferen Rittern, den tapferen Greifen und dem wunderbaren Hilfspersonal sei gesagt, dass ihr ohne Strafe freigestellt seid und das eure Taten dem Königreich geholfen haben", sagte ihr Vater. "Der König ist verärgert, aber er wirft euch nicht vor, dass ihr die Bürger von Ilisia beschützt habt."

Annabell spürte, wie Kendra sich zusammenzog, als sie sich zum Angriff bereit machte. "Ruhig, Mädchen. Du brauchst nicht im Pfeilhagel unterzugehen. Ich schaffe das schon."

Astro landete neben ihr. Das ganze Feld hielt den Atem an. Astro gehorchte niemandem, und seine Hilfe war für alle eine Überraschung. Er knurrte, wenige Zentimeter von ihrem Vater entfernt, und sagte: "Seid vorsichtig, Mensch. Der Große Geist sieht es nicht gern, wenn seine Champions weggesperrt werden. Könige verblassen, aber der Beschützer ruht nie."

Der riesige Drache brach mit einem gewaltigen Brüllen in die Flucht. Zum ersten Mal in ihrem Leben sah Annabell, wie ihr Vater Angst zeigte. Ihr gefiel, was sie sah, denn es erinnerte ihn daran, dass er nur in den Augen seiner Untertanen mächtig war. Die Mächtigen ließen ihre Autorität innerhalb der Mauern von Ilisia nur selten überprüfen.

Als sie aus dem Sattel stieg, erholte sich ihr Vater und reichte ihr eine Schriftrolle. "Das mit den Kerkern ist doch nicht dein Ernst?"

"Das Königreich liegt in Trümmern, die Kassen sind leer, und niemand, der etwas auf sich hält, will deine Hand zur Ehe. Ich habe in den letzten sechs Monaten versucht, dich zu verkaufen, als der Krieg sich verschlechterte. Du bist wertlos für das Königreich und ein Rebell. Unsere Handelspartner finden uns schwach, unsere Feinde finden uns am Rande des Abgrunds, und du wagst es, das Wenige, das uns geblieben ist, zu riskieren, um elfische Sklaven zu befreien? Erbärmlich. Ich erwartete, dass du deine Rolle kennst, Annabell. Wir machen keine Wohltätigkeit. Also ja. Die Kerker", sagte er abfällig.

"Ist das eine Notiz, in der Sie mir die Wahrheit sagen?", fragte sie ihn.

Er starrte sie hasserfüllt an, ein Blick, wie sie ihn nur bei Streitigkeiten mit ihrer Mutter gesehen hatte.

Herzog Winston grinste und sagte: "Das ist Teil meiner Abmachung mit einem Bauern. Stellt Euch vor, wie überrascht ich war, als ich erfuhr, dass ein armer Bauer von der Grenze sich so sehr in meine Tochter verliebt hat, dass er Himmel und Hölle in Bewegung setzen würde, um sie zu befreien. Jämmerlich und passend. Ihr habt euch gegenseitig verdient."

Annabell hätte fast eine Tirade auf ihn losgelassen. Er musste über Tem sprechen. Der junge Mann war vieles, aber in sie verliebt zu sein, gehörte nicht dazu. Sie wusste, dass er sie mit Interesse ansah, aber sie konnte keine lüsternen Blicke oder Begierden hinter seinen Blicken entdecken. Vielleicht dachte er, dass sie sein Geheimnis verraten würde. Vielleicht hatte er -

Anstatt zu raten, öffnete sie den Brief.

*Liebe Anna,*

*Ich schreibe Euch, nachdem ich zehntausend Gold für Eure Heirat hinterlegt habe. Obwohl unsere Romanze nur kurz war, kann ich nicht umhin, darüber nachzudenken, was du mir vor nicht allzu langer Zeit auf dem Balkon gesagt hast. Als sich mir die Gelegenheit bot, musste ich zuschlagen, denn ich wusste, dass unser Schicksal... unser Schicksal... äh, ihr versteht schon, miteinander verwoben ist. Ich habe dreißig Tage Zeit, um sage und schreibe einhunderttausend Goldmünzen aufzutreiben. Das sind drei, vielleicht vier Söhne, bevor du dich überhaupt beschweren kannst. Zum Glück finde ich dich so schön wie den Sonnenuntergang.*

*In Liebe, Baron Tem Perin*

*Geschrieben am 16. Tag des Monats Linerbary*

"Du Idiot", murmelte sie.

Ihr Vater spottete, bevor er kicherte. "Genau das dachte ich auch. Aber wenigstens hast du jemanden. Amor wurde vom Grafen zum Baron degradiert, seine Eltern haben eine saftige Strafe bezahlt, und was er an Vermögen bei sich hat, ist alles, was ihm geblieben ist. Und damit verschwinden auch die größten Verbündeten von Prinz Hori, die ihm helfen wollten, den rechtmäßigen Herrscher zu übertrumpfen. Wir haben über härtere Strafen gesprochen, aber das ist genug, und wie du siehst, ist selbst der Große Geist nicht übermäßig an deinem Leid interessiert."

"Das ist von vor elf Tagen", sagte Annabell seufzend.

"Anna? Ich bin überrascht, dass du ihn dich so nennen lässt. Du hast es gehasst, wenn ich dich so genannt habe."

"Du hast es benutzt, als du mich gezüchtigt hast. Du hast wirklich angeboten, mich zu verkaufen?", fragte sie bestürzt.

"Nein, ich habe dich eine Rebellin genannt. Ich konnte sehen, wie sich sein kleiner Verstand drehte, und innerhalb weniger Sekunden hielt er um deine Hand an, als wäre das ein goldenes Privileg." Er schnaubte vor Vergnügen bei diesem Gedanken. "Ich habe einen hohen Preis festgesetzt, mit dem sogar der König zufrieden sein wird. Weit mehr als du wert bist", sagte ihr Vater mit einem schelmischen Grinsen.

"Du hast wieder gewonnen." Sie schüttelte den Kopf und blickte sich in der Menge um. "Wo ist Tem?"

"Als wir ihn zuletzt sahen, ging er in den Drachenturm, um sein Leben für mein Gold zu riskieren. Sein Versteck ist noch aktiv, aber es befindet sich im elften Stock. Was auch immer er tut, es ist so traurig", sagte Duke Winston und schnippte mit den Fingern. "Oh, ich habe mit Marker gesprochen. Der Nachtelf war unverblümt. Er ließ sich nicht bestechen, das Zeichen deines Mannes zu ändern. Wie ich höre, wolltet Ihr ihn aus einer prominenteren Familie machen, nicht aus einer, die aus dem Land geflohen ist. Ihr enttäuscht mich. Aber leider ist es mit deiner politischen Einmischung vorbei, und du bist nur noch die Frau eines Bauern. Du warst schon immer zu ehrgeizig."

Annabell knurrte mit einem Knurren, das ihr so gar nicht ähnlich sah. Sie dachte sich, dass Wut statt Schock hier die beste Darstellung wäre. Tems Geheimnis war sicher, und damit konnte sie auch leben.

*Marker hat sein Wort gehalten, und mit der Zeit wird alles gut werden. Mein Stolz wird das nicht überleben, aber ich kannte die Risiken, die ich einging.*

"Bringen Sie mich in meine Zelle, Duke Winston", sagte Annabell und streckte ihre Hände aus.

"Auf meinem Anwesen haben wir die Schlösser ausgetauscht, die Wachen lassen dich nicht rein, und Kendra wird Züchterin. Das ist das einzig Wahre, Anna." Sie hielt ihre Wut im Zaum... gerade so. "Deine Mutter hat einen Anfall bekommen, aber ich habe ihr verboten, dir zu helfen. Es wird Zeit, dass du lernst, dass du ein Nichts bist", sagte er und schlug auf die Fesseln an ihren Handgelenken.

"Ich verstehe das sehr gut", sagte Annabell niedergeschlagen.

Sie ertrug den Gang der Schande zu den Gefängniszellen. Im Hinterkopf befürchtete sie, dass man sie in Markers Nähe stecken würde und er Tem umbringen lassen würde. Vielleicht mochte er ihre Bücher so sehr, dass er sie niemals verraten würde. Vielleicht würde er es tun.

Eine Sache war sicher. Je eher Tem sie befreien konnte, desto besser.

# KAPITEL ACHTUNDZWANZIG

## MÖRDER

"Wie lange sind wir schon weg?" fragte Suzie.

Ich lehnte mich etwas benebelt gegen den Baum. Ich starrte ausdruckslos über die Savanne und war geistig erschöpft. Körperlich ging es mir gut, aber ich war so bereit für eine Veränderung.

In der Ferne tötete Kregor zum tausendsten Mal Tiere. Nach reiflicher Überlegung entschied ich mich für die siebte statt der zehnten Etage. Während die zehn die Chance auf höhere Gewinne bot, konnte Kregor in der siebten Etage töten und töten und töten, was mein Leben so viel einfacher machte.

Der Clou war, dass die Belohnungen konstant bei etwa tausend Essenzen pro vollständiger Klärung lagen, was ich bis zu zehn pro Tag schaffen konnte, wenn wir uns beeilten. Ich schlief immer ein paar Stunden im Bett des Abenteurers und brauchte nie aus dem Drachenturm zu kommen. Das Gemetzel war endlos, und die Zeit verschwamm. Wir töteten, fanden den Schatz, gingen ins Foyer und begannen die siebte Etage von neuem.

Ich wollte nicht nur genug, um Anna zu befreien. Ich wollte einen Überschuss, um auch die nächsten Teile meiner Pläne zu bekommen. Das Wimmern einer außerirdischen Kuh ging zum einen Ohr rein und zum anderen wieder raus. Ich griff in meine Tasche, holte mein Tagebuch heraus und notierte die Markierungen, damit ich meinem Freund antworten konnte.

"Interessant. Wir sind raus aus Linerbery und drin in Iginbery. Wie die Zeit vergeht. Achtundzwanzig Tage drinnen. Äh... Ich muss morgen auf jeden Fall zurück. Beim letzten Besuch im Foyer hatten wir 122.000 Essenzen. Ja... hat sich irgendwie an mich herangeschlichen", sagte ich.

"Das wurde aber auch Zeit. Ich hungere nach etwas Wissen über die Außenwelt", sagte Suzie. Sie las mich wie ein Buch und fügte vorsorglich hinzu: "Nicht jeder ist damit zufrieden, isoliert und allein zu sein."

"Ich könnte mir keinen passenderen Gefängnispartner vorstellen als dich und Kregor", sagte ich mit einem aufrichtigen Lächeln.

Als der goldene Strahl in meinen Körper schoss, war das Gemetzel endlich vorbei.

***Du hast 373 Quibids erschlagen. 812.227 Essenz erhalten.***

***Kregor hat 84 Quibids erschlagen. 174.338 Essenz erhalten.***

. . .

"Dornige Giftpfeile gewinnt wieder", prahlte ich.

"Ja, wenn du deinen Zauber mitten in eine Herde feuerst, richtet das hervorragenden Schaden an. Wenn du nur lernen würdest, wie man ein Schwert richtig schwingt", sagte Suzie sarkastisch. Wieder unterbrach sie meine Antwort. "Ich weiß, ich weiß, du bist ein einfacher Bauernjunge, der einen Plan hat, um das zu ändern. Fangen wir an, ja?"

Ich ging zur Tür, während Kregor neben einem Kadaver lag und davon fraß. Der große Mammutwolf war durch das übermäßige Fressen ein bisschen dick geworden, und ich musste ständig die Etage verlassen, um ihn neu zu starten, sonst hätte er so viel gefressen, dass er sich übergeben musste. Ansonsten konnte ich mich nicht über ihn beschweren. Mein Freund hat mir sogar erlaubt, auf ihm in die Schlacht zu reiten, was auf offenem Feld einfach toll war.

Mit schnellen, ruckartigen Bewegungen nach links und rechts zuckte ich mit dem Nacken, bevor ich ins Foyer trat. Als ich eintrat, war alles fein säuberlich verstaut. Ich würde wieder neue Pfeile und Bögen brauchen, aber das meiste meiner Ausrüstung hatte dieses Mal überlebt, und zwei der Jagdbögen waren noch in gutem Zustand.

Als ich den Drachenturm betrat, herrschte dort reges Treiben. Lina steckte zwei Finger in ihren Mund und pfiff laut. Das brachte die Gäste zum Schweigen, nur die Kellner bewegten sich noch.

"Warst du gefangen?" fragte Lina. Ich ignorierte sie erst einmal und eilte zu meinem Versteck. Ich steckte Kregor und Suzie in meine Tasche und hasste es, dass sie für eine Weile dem Diebstahl ausgesetzt waren. Der andere junge Mann in seiner Kabine starrte mich an, als wäre ich verrückt, aber sie waren meine Partner. Ich nahm mir einen Moment Zeit, um die Veränderungen zu begutachten. Es gab drei neue komplette Abteilungen mit Abstellkammern. "Woron lässt Veteranen rein, die keine Adligen sind."

"Das wurde auch Zeit, und nein, ich war nicht gefangen", sagte ich.

Lina zeigte auf die Anzeigetafel. Wir waren auf dem zehnten Platz, weit weg vom Tabellenende. Ich wusste, dass das nicht nur an mir lag. Ich fand es seltsam, dass die Adligen die Militärveteranen ins Haus ließen. Es schien mir eine gute Möglichkeit zu sein, die Bedeutung ihrer Kinder zu vernichten, indem sie die Soldaten ein Vermögen verdienen ließen.

"Gute Arbeit", sagte Lina. "Wirst du sie retten?"

"Natürlich", antwortete ich mit einem Lächeln. "Was hat sich geändert, um den Adel zur Vernunft zu bringen, dass mehr und mehr zugelassen werden sollte?" fragte ich dreist.

Ein königlich aussehender Mann drehte sich um und sagte: "Zu viele unserer Söhne und Töchter starben plötzlich. Viel zu viele waren nicht bereit und wurden hereingelassen. Der... Der König verlangte mehr von ihnen, und ich sagte nein. Vicomte Onray, zu Euren Diensten, Sir Tem."

"Schön, Sie kennenzulernen, mein Herr. Ich freue mich, dass Sie gewonnen haben, und es ist schön zu hören, dass Sie hervorragende Arbeit geleistet haben. Eine kluge Einstellung, wenn ich das sagen darf."

"Es ist nicht klug von dir zu sagen, dass der König nicht klug ist", sagte ein anderer Mann, der viel jünger war.

Ich habe nicht nachgegeben. "Könige müssen nicht perfekt sein, sie sind Menschen, keine Götter. Veteranen und begabte Individuen in den Drachenturm zu lassen, ist der Weg, den Dunklen Lord zu besiegen."

"Willkommen zurück, ich will dich schon wieder weg haben", sagte Lina mit einem spielerischen Augenzwinkern.

"Mir soll's recht sein, ich habe eine Prinzessin zu retten, einen Zwerg anzuheuern und ein Drachenei zu gewinnen", sagte ich grinsend.

Derselbe junge Adlige antwortete: "Idiot".

"Ich bin nur ein einfacher Bauernjunge. Aber die Hälfte davon bin ich", sagte ich mit einem Augenzwinkern, bevor ich mich verabschiedete.

Ich überließ es jemand anderem, es ihm zu erklären, und betrat schnell den Drachenladen. Zu diesem Zeitpunkt war es mir egal, ob die Leute wussten, dass ich der seltsame Bauernjunge war, der im Drachenturm kampierte und ein Vermögen verdiente. Seit dem Steuerfiasko wäre es mehr als deutlich, dass ich es war. Ich hatte bereits für Aufsehen gesorgt, und es würde nicht reichen, sich zu zieren.

Ich wollte zwar ein paar Sachen einkaufen, aber ich habe die Gelegenheit nicht genutzt. Eine Freundin von mir verrottete in einem Gefängnis, und alle meine Missionen konnten nach ihrer Befreiung kommen. Ich bezahlte zehn Essenzen für die Reparatur meiner Gewänder, tauschte zweiundneunzigtausend Essenzen gegen hunderttausend

Gold, packte alles in meine Campingtasche und ging nach draußen.

Ein Oberwachtmeister mit einem Federbusch auf dem Helm kam auf mich zu. Seine dunklen Augen, seine scharfen Züge und seine Grimasse verrieten mir, dass er eine Art von Soldat war, der keinen Unsinn machte.

"Hallo Legat", sagte ich mit einem Lächeln.

"Ja, das ist er", sagte einer der Wachmänner, der mir mit meinen Sachen von Manny's geholfen hatte.

Der Oberwächter näherte sich mit einer Hand an seiner Waffe. "Ich bin Hauptmann Ostra. Kein Legat. Ich nehme an, dass der riesige Zeltsack, den Sie in der Hand halten, Herzog Winston gehört?"

"Meistens muss etwas mit meinem neuen fünfzehnprozentigen Steuersatz besteuert werden", sagte ich fröhlich.

Er brummte und führte mich in einen bestimmten Raum. Eine Stunde lang zählte er mit einem Dutzend anderer Soldaten Münzen. Nicht eine einzige Münze rollte vom Tisch oder schlüpfte in eine Tasche. Während ich wartete, beobachtete ich die Straße, denn ich hatte nicht viel zu tun.

Ein Greif landete direkt vor dem Turm und Herzog Winston selbst schritt hinein, Bart, Annas Wächter, den ich schon ein paar Mal getroffen hatte, direkt hinter ihm. Als sie eintraten, hörte Hauptmann Ostra mit dem Zählen auf. Die Zählung in seinen Büchern ergab über neunzigtausend.

"Ich dachte, du würdest sterben", sagte Duke Winston.

Ich zuckte mit den Schultern. "Stockwerk sieben ist einfach, es hat nur ein betäubendes Schleifen erfordert, bei dem ich weggetreten war. Zum Glück ging das meiste wie im Flug vorbei, anstatt sich in die Länge zu ziehen."

"Es ist alles da und noch etwas mehr", sagte Kapitän Ostra.

Bart kam mit ein paar leeren Taschen vorbei. Die Soldaten begannen, sie mit den neunzigtausend Goldstücken zu füllen, und Duke Winston überreichte mir eine Schriftrolle. Bevor ich sie öffnen konnte, holte Bart eine Tasche aus dem Greif und ließ ein Paket zu meinen Füßen fallen.

Duke Winston wartete, bis ich ihn direkt ansah, bevor er sprach. "Bei der Macht von König Hori selbst erkläre ich dich zum Ehemann von Annabell Perin. Wenn sie verwitwet oder geschieden ist, ist Perin ihr Name. Verstanden?"

Ich ließ den Ernst des Augenblicks auf mich wirken. Ich wollte nicht verheiratet sein, auch wenn ich Anna für ein tolles Mädchen hielt. "Verstanden."

"Sie haben sie in einer isolierten Box ohne Licht und Essen gehalten. Du hättest schon früher herauskommen sollen. Ihre sanfte Mutter hat mich gezwungen, dieses Bündel mit Kleidung und Essen abzuliefern. Es ist ihr offizieller Abschied von ihrer Tochter", sagte Duke Winston, als wäre er von der ganzen Tortur gelangweilt.

Ich verabscheute den Mann, und er würde seine gerechte Strafe bekommen, aber ich zügelte meine riesige Wut für den Moment. Wenn ich jetzt ausrastete, würde ich es vielleicht zurück in den Turm schaffen, aber es war glasklar, dass niemand außer mir Anna retten würde.

"Wie viel für Kendra?" fragte ich, hauptsächlich um meine Wut abzubauen.

Er schüttelte den Kopf. "Ich habe beschlossen, sie zu züchten. Sie ist unverkäuflich, vielleicht ziehe ich es nach ein oder zwei Würfen in Betracht. Außerdem hängt es davon ab, wie sehr du mir auf die Nerven gehst."

Und damit war er weg. Bart ließ ihn gehen und tat so, als ob ihn die Münzen belasteten - oder vielleicht belasteten sie ihn auch. Sie waren außerordentlich schwer.

"Sie ist eine gute Frau, die beste, die ich kenne. Viel Glück für dich, Baron Tem. Sei vorsichtig und bringe sie aus der Stadt, bevor sie wieder in Schwierigkeiten gerät", sagte Bart beiläufig.

Die Tür schloss sich und ich entrollte das Pergament. In meinen Händen hielt ich eine vom König ausgestellte Heiratsurkunde für eine Frau, die ich nicht liebte. Darin aufgerollt lagen meine offiziellen Adelsurkunden. Herzog Winston hatte sie selbst unterschrieben. Ich stieß einen frustrierten Seufzer aus. Ich hatte einen Monat meines Lebens für ihre Freiheit geopfert.

Duke Winston war so erpicht darauf, sich den kostenlosen Klumpen Münzen zu verdienen, dass er ein mächtiges Dokument für mich unterschrieb. Es war immer hilfreich, wenn deine Feinde dich unterschätzten. Ich sah zu, wie der Löwenanteil meiner Einkünfte verschwand, und ich wusste, dass das Königreich einen Teil dieser Münzen auf irgendeine Weise umverteilen würde. Der Handel würde zunehmen, neuer Stahl würde an die besten Soldaten gehen, Stein würde importiert werden und so weiter. Mein Gold würde Ilisia helfen und, was noch wichtiger war, eine Freundin befreien.

Als der Greif ein Fleck am Horizont wurde, reichte man mir einen deutlich leichteren und kleineren Beutel, der von Bart stammen musste. Ich stopfte das Säckchen mit den Münzen in meinen Rucksack und band es fest zu.

Hauptmann Ostra fragte: "Wie wollen Sie vermeiden, überfallen zu werden?"

"Ich bin ein Wettkämpfer in legendärer Ausrüstung mit vollem Mana, das Tage braucht, um zu verblassen. Die Straßen werden rot sein, wenn ich angegriffen werde", sagte ich grinsend.

"Sie werden nichts dergleichen tun. Die Straßen sind als Zufluchtsort für die guten Bürger gedacht, um darauf zu gehen. Töte ein oder zwei Diebe, und niemand zuckt mit der Wimper. Töte die ganze Bande und dann die Höhle ihres Chefs, und wir haben Probleme. Was deine Frau angeht, sie ist unter den königlichen Gärten. Biegen Sie links ab, gehen Sie durch drei Tore in Richtung des glänzenden Schlosses auf der Spitze des Hügels, und von dort aus werden sie Ihnen sagen, wohin Sie gehen müssen", sagte Hauptmann Ostra. "Töten Sie niemanden, das gibt bestenfalls Papierkram und schlimmstenfalls eine Strafe, wenn es nicht Notwehr ist."

Ich stieß die Tür auf und ließ Kregor spawnen. Als ich lässig auf den massigen Mammutwolf zuging, ließ er sich herab. Ich erwartete, dass die Wachen etwas sagen oder sich beschweren würden. Dann erinnerte ich mich daran, dass ich nicht nur der Sohn oder die Tochter irgendeines Adligen war.

Ich war ein Adliger. Mit offiziellen Papieren, um es zu beweisen, wenn ich es brauchte.

Ich habe auch nicht nur so getan, als ob, ich habe mit Herzögen Geschäfte gemacht und die Nichte des Königs geheiratet. Nachdem ich mich zwischen den pelzigen Schulterblättern niedergelassen hatte, erhob er sich, und mein großer Freund stolziert die Straße hinunter. Ich warf Suzie aus meiner Tasche, und sie landete auf meiner Schulter. Die Bürger von Ilisia staunten über Kregor. Ich hatte irgendwie das Gefühl, dass ausgewachsene Mammutwölfe in den Straßen selten waren.

Suzie richtete sich von meiner linken Schulter auf. Das Gefühl, dass sie sich um meinen Hals legte, war mir nicht mehr unangenehm. Wenn überhaupt, begrüßte ich es schließlich. Der eigentliche Trick würde darin bestehen, sie dazu zu bringen, nicht mehr frech zu sein, und wenn das gelänge, wäre ich wohl traurig.

"Wow, mutig. Was ist denn in dich gefahren, Bauernjunge?" fragte Suzie.

Ich schwankte mit Kregors Gangart. Wir waren mit Sicherheit ein Spektakel. Eine Frau fiel in der Nähe in Ohnmacht, und ihr Mann versuchte nicht einmal, sie aufzufangen. Während er gaffte, half eine andere Frau seiner Frau auf, und ich musste bei diesem Anblick kichern.

"Ich spiele die Rolle. Das muss ich. Der Versuch, sich anzupassen, wird nicht funktionieren. Ich meine, wenn ich Anna nicht retten wollte, sicher. Kregor, biege hier ab und lauf schneller, wenn wir durch die drei Tore sind", befahl ich.

Die Wachen hielten uns an jedem Kontrollpunkt auf, und ich wedelte mit dem Pergament, während ich verkündete, dass ich in offizieller Mission zu den königlichen Gärten unterwegs sei. Ich glaube, zwischen Suzies Schreien und Kregors selbstbewusstem Stolzieren überließen sie es jemand anderem, sich darum zu kümmern.

Das änderte sich natürlich am letzten Eingang zu den Gärten, als die Wachen uns nicht mehr einfach durchließen. Nach einer gründlichen Kontrolle meines Dokuments musste Kregor mit Suzie vor den königlichen Gärten warten, und mir wurde gesagt, ich könne mich auf dem Weg hinein verirren, aber alle Gefangenentransporte müssten schnell gehen.

Auch der Sack ihrer Mutter wurde inspiziert. Auch ich warf einen Blick auf den Inhalt, als er aufgerollt wurde. Darin befanden sich Geldscheine, Seife, ein paar Silbermünzen und zwei Kleidungsstücke. Eines war für eine Hochzeit gedacht, die nicht stattfand, und das andere sollte sie nach ihrer Entlassung anziehen. Ich atmete auf, ohne zu merken, dass ich die Luft angehalten hatte, als nichts Schändliches zum Vorschein kam und der liebliche Lavendelduft der Seife ein Lächeln der Wachen hervorrief. Ich durfte mit Waffen eintreten und bekam eine Wegbeschreibung.

Die Gärten erstrahlten in leuchtenden Farben und boten erstaunliche Blütenpracht aller Art. Ich pflanzte Pflanzen an, und neben den Sonnenblumen verwaltete wahrscheinlich ein Gärtner die Fläche. Der Umfang und der Luxus der Anlage verleiteten mich zum Entspannen.

Doch die Gelassenheit und der Frieden standen im Widerspruch zu dem ständigen Geräusch der Schlacht, das in meinem Kopf widerzuhallen schien. Der Tod verfolgte mich, und vielleicht hatte ich es mit dem Gemetzel übertrieben. Diese Pause... war eine willkommene Erholung.

Kinder kickten einen Ball vom Weg, bis er in einen See voller Gänse rollte. Sie riefen "Nicht doch", und ich trotzte den widerwärtigen Vögeln. Normalerweise waren Gänse ein absolutes Schreckgespenst, aber ich trug den schweren Gestank eines Mammutwolfs in mir, also ließen sie mich den Ball in Ruhe holen. Die Damen, die auf ihren Decken Wein schlürften, beäugten mich mit einer Mischung aus Abscheu und Neugier. Man muss ein Adliger sein, um in die Gärten zu gelangen. Ich trug ein schickes Gewand, aber mein Haar war zu einem Pferdeschwanz gebunden, mein Bart wuschelig vor Wildheit, und ich vermied den Blickkontakt mit allen außer dem kleinen Mädchen, das wie verrückt grinste, weil es den Ball ganz für sich allein hatte.

Während sie freudestrahlend davonlief, spürte ich, wie das Selbstvertrauen aus mir heraussickerte, weil mich alle beurteilten. Ich ließ es verblassen, ließ den Stolz auf meine Leistungen in den Vordergrund treten und beschleunigte das Tempo. Als ich in die kleine Hütte eintrat, wartete eine einzelne Wache hinter einem kleinen Schreibtisch.

Er sah mich fragend an. "Hast du dich verlaufen? Ich habe Sie noch nie gesehen", sagte er.

"Baron Tem aus dem Hause Perin. Hier für Baronin Annabell aus dem Hause Perin, ehemals Gräfin Annabell aus dem Hause Winston. Dies ist das Dokument, das Sie benötigen", sagte ich und reichte ihm das Pergament.

Er rollte es aus und ließ sich ungläubig auf seinen Sitz fallen. "Ein Haufen verdammter..."

"Schwachsinn. Ja, ich weiß. Ich bin nur hier, um sie zu befreien. Sie ist eine der Guten", sagte ich.

Er nickte. "Darauf kannst du deinen dünnen Arsch verwetten. Macht die Zwerge kaputt, bringt Minotaurusköpfe nach Hause, befreit Babys und sitzt im Knast. Nicht ein einziger verdammter Besucher. Das ist eine Ironie des Schicksals. Sie war Gastgeberin von Bällen, wurde von Freiern umworben, stand in der Gunst des Königs und des Prinzen. In dem Moment, in dem ihr Status verschwand, war sie für sie tot. Nicht einmal ihr Ehemann besuchte sie."

Ich rieb mir den Nacken. "Ich... ich war im Drachenturm und habe genug verdient, um das Dokument zu bekommen. Sie zu befreien war weder billig noch einfach", sagte ich und entschuldigte mich.

Er spottete. "Seit Wochen, als ob."

"Ich war es, und der Große Geist kann bestätigen, dass ich im Turm geschlafen habe, um ihre Freiheit Wirklichkeit werden zu lassen. Ich verstehe, dass du sie magst und um dich schlägst, aber du greifst die falsche Seite an. Ich bin im Team Anna."

Sein prüfendes Blicken geriet ins Stocken. "Chrin."

"Tem. Ich baue Wurzeln an. Habe selbst einen Minotaurus getötet."

"Oh, du bist der Konkurrent, über den alle eine Zeit lang gesprochen haben. Du hast sogar ein schickes Pferd und einen Vicomte-Titel verschmäht", sagte er.

Ich wedelte mit dem Finger. "Äh ja. Ich hab's kapiert. Wie wäre es, wenn wir Anna retten?"

"Annabell, sie hasst es, Anna genannt zu werden", sagte Chrin.

Ich grinste. "Ich weiß, und es ist toll, wenn sie ihre Hände in die Hüften stemmt und versucht, mich zum Aufhören zu bewegen. Vielleicht ist es aber auch an der Zeit, sie zu schonen", sagte ich.

"Wie geht es Amor?" Er schloss eine dreifach verriegelte Tür auf und führte mich eine Wendeltreppe hinunter.

"Ich habe den Kurier noch nicht besucht. Außerdem weiß ich, dass er auf derselben Mission war. Ich schulde ihm etwas Gold. Wenn Anna in Schwierigkeiten ist, ist er es sicher auch", sagte ich.

Der Mann nickte. "Sehen Sie, wir haben ihr etwas zu essen zugesteckt, aber die Spione sind zahlreich, und sie muss bei ihrem Abgang dünn erscheinen. In ein paar Wochen wird sie sich schnell wieder erholen."

"Befehle sind das halbe Problem. Ich muss sie nur an einen sicheren Ort bringen. Außerdem sagten Sie, dass sie Babys gerettet hat. Was für Babys?"

Er warf einen Blick über seine Schulter, bevor er sich auf die Treppe konzentrierte. "Ich schätze, ich lasse sie es dir sagen. Es würde mich nicht überraschen, wenn ich die Stadt auch bald verlasse. Der Mann, der mit den Schlüsseln zu den königlichen Kerkern klimpert, wird oft ausgetauscht, und ich bin der Schlinge schon eine Weile entgangen. Wenn es Krieg gibt, herrscht Frieden unter den Häusern. Wenn es Frieden gibt, gibt es Krieg."

"Ich fluche selten, weil ich es unschicklich finde und es dem Anstand widerspricht. Davon abgesehen, scheiß auf die Politik von Ilisia. Ich vermisse die Farm."

"Ja, es gibt eine Abwanderung von Veteranen an die Grenze. Kürzlich kam ein Farmer in die Stadt und flüsterte, dass die Bauernmädchen auf hart arbeitende Männer stehen. Ich weiß genau, dass Stadtmädchen sich nur um ihre Kleider kümmern und darum, in welchem Viertel sie wohnen."

Ich gluckste. "Sie wussten diese Dinge schon lange vor mir. Wahrscheinlich hat König Hori deshalb den Drachenturm für sie geöffnet. Behaltet sie in der Stadt. Wenn zu viele aus der Stadt fliehen und du ein Problem hast, sind sie nicht da, um sich auf sie zu stützen und es zu lösen.

Wir beendeten unseren Abstieg und kamen auf eine belebte Etage mit Frauen, die ihre Unschuld beteuerten. Es dauerte nicht lange, bis wir feststellten, dass dies eine weibliche Etage mit Gefangenen war. Chrin blieb vor der ersten Tür auf der rechten Seite stehen.

Ich stand ängstlich da, nicht sicher, wie sie reagieren würde, wenn -

Die Tür schwang auf, und Anna stürzte sich in meine Arme. Ich fing sie auf und stolperte ein paar Schritte zurück, um den Aufprall abzufedern. Ich wusste nicht, was ich sagen oder tun sollte, also hielt ich sie einfach fest. Sie schluchzte in meine Brust. Ich warf einen Blick über ihre Schulter und bemerkte den grauenhaften Geruch.

Ihre Zelle war so klein, dass sie sich nicht hinlegen konnte. In der Mitte befand sich ein einziger Abfluss, auf dem sich die Scheiße auftürmte. Ihre Lumpen waren mit Dreck bedeckt und ihr leerer Wasserkrug verriet, dass sie nicht einmal ein bisschen für irgendetwas außer dem Überleben übrig hatte.

Chrin ging zu einer Tür hinter dem Schreibtisch für die Bodenwache und öffnete sie. Es war ein Waschraum und ein paar Eimer Wasser standen bereit. Anstatt zu reden, handelte ich. Anna war nicht schwach, und sie war kein zerbrechliches kleines Mädchen. Sie war eine starke Frau, die in einer dunklen Zeit Hilfe brauchte. Ich hob sie vom Boden auf, legte einen Arm unter ihre Oberschenkel und trug sie in den Waschraum.

"Keine faulen Tricks", sagte Chrin. Im Beisein des anderen Wächters war es, als müsse er anders handeln.

Ich setzte sie in den kleinen Raum mit dem Abfluss. Ich öffnete das Bündel, das ein Stück Seife enthielt, und reichte es der sehr verstörten jungen Frau, die sich an mich klammerte.

"Ich wusste, dass du kommen würdest", sagte sie, und ihre Lippen bebten. "Ich - ich - ich war so allein. Ich habe geschrien, bis ich meine Stimme verlor, und die einzige Person, die mit mir sprach, war mein Echo.

"Du bist jetzt in Sicherheit. Wir müssen jetzt los. Kregor ist auf der Straße, und wenn etwas passiert, gerate ich auch in die Klemme."

Sie nickte und roch an der Seife. "Meine Mutter?"

"Ja, dein Vater ist ein kontrollsüchtiges Arschloch, das sein Kind im Stich lässt und es dann aus der Familie ausschließt, weil es ihm hilft, mit seinem Bruder zurechtzukommen", brummte ich.

Als sie ihre Lumpen vom Körper riss, drehte ich mich nicht um. Ich tränkte einen Waschlappen und tropfte ihn in ihr

Haar. Das tat ich ein paar Mal, während sie ihren Körper reinigte.

"Vater ging es immer um die Macht, die er ergreifen kann und die sein Bruder zulässt. Ehrlich gesagt, bin ich überrascht, dass er nie versucht hat, ihn zu töten. Er wäre ein furchtbarer König", sagte Anna.

Ich schäumte ihr Haar ein und sie stöhnte auf.

"Es ist nur eine Kopfmassage", sagte ich.

"Bauernjunge... Ich - ich - danke dir. Ich bin überrascht, dass du dich angesichts meiner Nacktheit nicht abgewandt hast", sagte sie.

Ich schüttelte den Kopf. "Normalerweise würde ich das tun, aber das hilft uns beiden. Du wirst wieder eine Dame, wiedergeboren in den Eingeweiden eines Kerkers. Es tut mir leid, dass dir das passiert ist, und wir werden uns scheiden lassen, sobald wir können."

"Nicht, wenn du mir weiterhin so die Haare machst", sagte sie, und der Schmerz in ihrer Stimme wich einem Hauch von Normalität. "Das war das absolut Schlimmste."

"Entspann dich. Tief einatmen. Entspanne die Muskeln. Es ist vorbei und es tut mir leid, dass es so lange gedauert hat. Ich hätte eigentlich schon ein paar Tage früher kommen können, aber dann wäre ich pleite gewesen und hätte beim Übergang nicht helfen können", sagte ich.

"Übergang?", fragte sie.

Ich machte ihr Haar fertig und strich mit dem Lappen über den Schmutz auf ihrem Rücken. Ich runzelte die Stirn, als ich sah, wie viel Gewicht sie verloren hatte. Wahrscheinlich hatte sie bis zu dem Angriff oder auf dem Heimweg nicht gut gegessen, und dann das.

"Also, ich weiß nicht, was ich sagen soll", gab ich zu und beendete ihre Reinigung. Ich zog mein Unterhemd aus, das der Drachenturm für mich gereinigt hatte, und trocknete damit ihren Rücken ab, bevor ich ihr die Haare einwickelte. Nach ein paar Wringungen würde es fürs Erste genügen müssen. "Während ich... ich habe getan, was nötig war, um dich zu befreien, habe ich tausendmal überlegt, was ich sagen soll. Mir ist nie ein witziger Spruch eingefallen, der alles besser gemacht hätte. I -"

Sie drehte sich, umfasste mein Gesicht mit beiden Händen und zog mich zu einem langen Kuss herunter. Ich wusste nicht, wohin das führen würde, also ließ ich meine Hände in der Luft, anstatt sie fest an mich zu ziehen. Als sie mir an den Hintern fasste, grinste ich und umarmte sie.

"Danke, Bauernjunge. Ich habe diesen Schlamassel angerichtet, und du hättest mich nicht retten müssen." Sie zog mich weiter runter und flüsterte mir ins Ohr. "Ich werde dich nie verraten, auch wenn du das nicht getan hättest."

Ich küsste sie auf die Wange und sagte: "Deine Mutter hat dir ein Blumenkleid und ein Hochzeitskleid geschenkt. Wie wäre es, wenn wir uns letzteres für einen besseren Zeitpunkt aufheben?"

"Ich stimme zu. Ich habe mir keinen Plan ausgedacht, weil ich versucht habe, mich an den Plan anzupassen, den du dir ausgedacht hast. Ich dachte, dein Hauptziel wären die Babys", sagte Anna.

Ich starrte auf sie herab und wurde von ihrer Nacktheit abgelenkt. Ich reichte ihr das Kleid, sie seufzte und griff zuerst nach einer Unterhose und einem Brusttuch. Als sie angezogen war, klopfte es an der Tür, um uns mitzuteilen, dass unsere Zeit um war.

Mit unsicheren Beinen stolperte Anna. Ich griff ihr unter die Arme und unterstützte sie beim gehen. Chrin führte uns die Wendeltreppe hinauf, ohne ein Wort zu sagen.

"Welche Babys?" fragte ich.

"Chrin..." Anna wollte offenbar mit ihm reden, anstatt mir zu antworten. "Du bist scheiße."

"Ich mache meine Arbeit und überlasse die Politik den Adligen. Tut mir leid, dass du in meiner Obhut bleiben musstest", murmelte er, seine Stimme war kaum zu hören. Er wusste genau, wie laut sie sein musste, damit sie bei ihr ankam.

Anna akzeptierte dies und sagte: "Die ganze Mission an der Grenze bestand darin, einen riesigen Schatz zu bergen und Prinz Hori weise und entschlossen erscheinen zu lassen. Wenn das gelingt, wäre der König gezwungen, ihm zu gratulieren und das Geschenk mit allen Ehren anzunehmen. Das Reich würde jubeln, alles wäre gut, und ich würde in den Augen des neuen Königs eine der mächtigsten Frauen werden, wenn er an die Macht käme."

"Nur, dass es keinen Schatz gab", vermutete ich.

"Es war nur ein Schatz, über den sich nur ein Minotaurus oder ein Elf freuen würde. Elfen haben selten Kinder. Sie... sie sind biologisch anders und es heißt, dass sie wegen der Magie in ihrem Kern ewig leben. Ich öffnete einen Wagen, der mit Babies gefüllt war. Elfenbabys. Die Art, die Minotauren hilft, größer zu werden, wenn man sie roh isst. Wer zum Teufel tut so etwas?"

Ich stotterte vor mich hin, weil mir keine gute Antwort einfiel. Dann dämmerte es mir... "Äh, wo sind die Babys?"

"Bei Palina."

"Echt jetzt? Ihr behaltet die Babys im Süden?"

"Nicht, das meine Dienstmädchen sie mit nach Hause in ihre Wohnungen genommen hätten und Hallo sagen. Ich konnte sie nicht in meiner Zelle aufziehen. Palina hat sich nicht einmal beschwert, sie hat nur gesagt, sie würde Hilfe holen und die würden sich schon darum kümmern", sagte Anna.

Ich war begeistert. "Wow, das ist schlau. Fjord wird sich um diese Babys scharen. Die Grenze braucht kein Waisenhaus, denn die Babys und Kinder ohne Eltern finden ein Zuhause, oder es wird eines geschaffen, wenn sie alt genug sind, um es zu schaffen."

Wir erreichten das oberste Stockwerk und Chrin öffnete uns die Tür nach draußen. Anna zuckte vor dem blendenden Licht zurück, und ich trug sie ins Freie. Chrin verabschiedete sich nicht und ich verließ im Eiltempo den kleinen Außenposten.

Anna kuschelte sich in meinen Rücken, um sich zu verstecken. Ein brauner Fleck schoss aus dem Himmel und ich machte mir Sorgen, dass Kregor in Schwierigkeiten war.

"Gräfin Annabell, schön, Sie zu sehen", sagte Suzie und landete auf ihrer Schulter. Ich übermittelte die Nachricht.

"Danke, du reizende Elfe. Ich weiß es zu schätzen, dass du deinen Menschen dazu gebracht hast, mir zu helfen."

Ich hielt inne, drehte Anna zu mir nach vorne und setzte die Fahrt fort, wobei ich sie trug, wie eine Mutter ein müdes Kleinkind trägt. Suzie schmiegte sich an Anna, die sich an mich schmiegte.

"Das ist zwar reizend, aber ich habe die Briefe, die jemand geschickt hat, nie gelesen. Ich hatte vor, einen Zwerg zu befreien, den ich überreden konnte, mir im Drachenturm zu helfen. Wir haben gelernt, dass mein Reittier alles außer einem Menschen sein kann. Eine merkwürdige Regel, aber eine Regel. Ich schätze, ich muss ein paar Elfen finden, die ich befreien kann", sagte ich.

"Hm?" sagte Anna.

"Ich brauche Verbündete im Turm. Kregor wird in den Ruhestand versetzt und ich werde ihn durch einen neuen Welpen ersetzen. Er verdient es, sein Glück zu finden, und das wird er, indem er diejenigen beschützt, die ich Familie nenne", sagte ich mit einem Seufzer. "Dazu gehören offenbar auch einige Elfenkinder."

"Mehr über die Aufnahme von Elfen als Kämpfer. Was die Babys angeht, wird Amor helfen. Das hat er zweifelsohne schon getan."

Suzie nickte zustimmend.

Ich erreichte die Außenseite der Gärten, nahm den goldenen Beutel entgegen, den die Wachen für mich bereithielten, und schaffte es gerade noch, auf den Rücken eines sehr geduldigen Wolfs zu gelangen. Als er aufstand, gingen wir, als wäre es völlig normal, eine Gräfin einzusperren und sie zu zwingen, in Schande zu gehen. Doch jedes Mal, wenn ich auf Anna hinunterblickte, leuchteten ihre Augen vor Glück.

Was auch immer ihr Schicksal sein mochte, sie nahm es an, und das war etwas, das ich bewundern konnte. Zugleich war mein Herz mit Verantwortung beladen. Ich musste mich fragen, ob es mir zum Verhängnis werden würde, im Turm höher zu steigen und so viele bedürftige Menschen zu schützen.

Ich hielt an meiner Überzeugung fest, dass es die richtige Antwort war, den Dämonenfürsten immer wieder zu besiegen. Nur mit schierer Entschlossenheit konnten diejenigen, die den Großen Geist priesen, den Sieg erringen. Um diesen Sieg Wirklichkeit werden zu lassen, war ein kleiner Hausputz angesagt, damit ich mich auf den Aufstieg an die Spitze vorbereiten konnte.

# KAPITEL NEUNUNDZWANZIG

## KÖSTLICH!

Anna rülpste mir ins Gesicht. Ein herrlicher Hauch von Lammfleisch drang in meine Nasenlöcher, was unendlich viel besser war als der Gestank, mit dem sie mich geküsst hatte. Ihr Atem spielte keine Rolle, und sie stank immer noch, aber ich war für sie da.

Ich kannte diese Frau nicht wirklich gut, und Wirbelwind-Romanzen waren nicht gerade mein Ding. Ehrlich gesagt, war überhaupt keine Romanze mein Ding. Verpflichtungen und Ziele standen über allem, und diese Rollen waren im Moment voll ausgelastet. Außer...

"Für eine Frau, die gerade aus einer Kerkerzelle entkommen ist, scheint sie sehr glücklich zu sein", sagte Suzie.

"Was hat sie gesagt?" fragte Anna mit vollem Mund, bevor ich antworten konnte. Sie machte eine doppelte Faust mit Lammstäbchen und grünem Paprika. "So gut. Meine Mutter hat immer gesagt, dass Lammfleisch zu dick macht und dass ich nie einen Mann bekommen würde, wenn ich zunehme. Dummes Weib, dieses Lamm ist herrlich!"

"Du wirst kotzen", warnte ich, und sie lächelte schelmisch mit hochgezogenen Augenbrauen, als ob sich das lohnen würde. "Warne uns, wenn es nötig ist, und Suzie hat nur dein Glück kommentiert."

"Das wird vergehen. Ich habe keine Ahnung, wie man ein Baby großzieht, und ich habe das Gefühl, dass ich genau das tun werde", sagte Anna.

*Hmm... Wie soll man damit umgehen?*

"Wir besuchen den Markt für den Erwerb und den Austausch von Gefangenen in Ilisia", sagte ich. "Und dann, ja. Wir nehmen einen Kahn nach Fjord. Ich werde mein Bestes tun, um dich glücklich zu machen, egal wie du dich entscheidest. Ich möchte nur, dass du in Sicherheit bist, und ja, die Babys werden Hilfe brauchen, aber das heißt nicht, dass du das tun musst."

Sie schlemmte weiter an dem Lamm und überlegte, wie sie auf meine Worte reagieren sollte.

"Was war in dem Kurier?" fragte Suzie.

Ich seufzte frustriert, weil ich Nachrichten weiterleiten musste. Diese ganze Sache, dass Vertraute nicht direkt mit anderen sprechen konnten, war dumm und wahrscheinlich eine dumme Regel, die der Dämonenfürst aus Bosheit aufgestellt hatte, wenn ich raten sollte.

"Ich öffnete die Briefe, während Anna ihr Essen holte. Pa ist in Fjord bei Palinas Mutter. Amor hat ein paar Ammen eingestellt, die ihm helfen sollen, aber er hat mich gebeten, sein Darlehen zurückzuzahlen, weil er knapp bei Kasse ist. Er hat mit dem größten Teil seines Vermögens ein Anwesen gekauft und hat sich bereits ein wenig verschuldet, wofür er um Hilfe gebeten hat."

"Autsch, ja? "fragte Anna und sprach mit vollem Mund.

"Ich habe ein Monster erschaffen!" Ich stichelte.

Sie rollte mit den Augen. "Das ist so gut und ja, du hast es irgendwie geschafft. Wenn man eine Dame auf ihre Manieren loslässt, kratzt sie sich am Hintern und ich wage sogar zu sagen... furzt!"

Ich gluckste. "Mädchen furzen nicht."

"Das tun wir auch! Sehr viel und nur mit denen, denen wir vertrauen! Sieh dich vor", grinste sie und fügte noch hinzu: "Muhahaha".

Die Schaulustigen starrten auf den verrückten Anblick, den wir boten. Zwei Adlige auf einem Mammutwolf, die über das Furzen kichern.

"Hey, also zurück zu Amor und Palina. Wirst du ihnen helfen? Finanziell, meine ich, denn das ist eine große Verpflichtung", fragte Anna.

"Irgendwie muss ich das. Palina versinkt in der winzigen Behausung. In Papas letztem Brief stand, dass er gerade erst angekommen ist. Die elfische Amme liegt im Koma. In dem Moment, in dem sie die Kinder übergeben konnte, ist sie in einen Erholungszustand oder in den Tod gerutscht, ich weiß noch nicht genau, was davon. Sie hat gegen alle Widrigkeiten gekämpft, um diese Babys am Leben zu erhalten. Amor hilft, aber es scheint nicht genug zu sein. Ich...

ich hätte früher kommen sollen, aber es ist, wie es ist", sagte ich traurig.

Anna beendete ihre Mahlzeit und steckte die Stäbchen in den Ausschnitt ihres Kleides. Ich verurteilte sie nicht und sorgte stattdessen dafür, dass sie sich wohlfühlte.

Kregor führte uns hinunter zu den Docks, die immer dichter werdende Menschenmenge suchte sich anderswo einen Platz, um dem massigen Wolf auszuweichen. Rauch quoll aus den Schornsteinen, ein Sturm zeichnete sich am Horizont ab, und der Fluss war voll mit Booten, die aus dem Hafen von Ilisia ruderten, sowie mit Lastkähnen, die ins Landesinnere fuhren. Ich war noch nie hier gewesen, aber der schwere Geruch von Fisch hinterließ einen anhaltenden Geschmack in meinem Mund.

Hundert Gemischtwarenläden kämpften um den Platz zwischen den Gasthäusern und Bars. Das gemeine Volk arbeitete hier, und nur ein paar Adlige mischten sich unter das normale Volk. Ich fühlte mich fehl am Platz, aber mit dem riesigen Wolf, den ich ritt, war das nicht zu ändern.

Mit sanftem Zupfen an Kregors Fell wichen wir zu einem großen zweistöckigen Gebäude aus Sandstein aus. Jeder Ziegel war groß, und die glatte Oberfläche zeugte von einer Zeit der Magie, in der ein Steinmagier ein Gebäude errichtete, das wahrscheinlich einmal ein Gefängnis war. Ein halbes Dutzend Stufen führten zu einem gewölbten Eingang, an dem gelangweilte Wachen rasteten.

Diese saßen an einem Tisch und erwiesen sich eher als reaktive denn als proaktive Kraft. "Das mit dem Zwerg hast du doch nicht ernst gemeint, oder? Ich dachte, wir wollten einen Kahnkapitän anheuern."

"Anna... Ja. Ich kann jede Spezies außer Menschen als Gefährten nehmen. Ich *wollte* einen Zwerg befreien, sein Vertrauen gewinnen und ihn auf ein großes Abenteuer durch den Turm mitnehmen. Irgendwann würde ich helfen, ihn zu befreien und hoffen, dass er mich nicht tötet. Eigentlich wollte ich nur den Markt besuchen, um zu sehen, was ich tun kann. Suzie macht mir ständig das Leben schwer, weil ich erstochen wurde", sagte ich.

"Nun, um fair zu sein, sollte ich dir das nicht übel nehmen", sagte Suzie mit einem Kichern.

Ich wiederholte den Satz, Anna stimmte zu, und ich fuhr fort. "Aber jetzt habe ich einen Tauschchip. Baby-Elfen. Vorausgesetzt, sie haben auch Erwachsene zu verkaufen, sollte das gut funktionieren", sagte ich mit einem Lächeln.

"Sie dürfen nicht frei herumlaufen. Vier Höllen, sie können nicht einmal Wasser aus einem Brunnen holen, ohne dass eine Eskorte sie nutzlos macht. Selbst Elfenkinder müssen außerhalb ihrer Häuser mit Halsbändern gefesselt werden", sagte Anna bestürzt.

Meine Idee gefiel ihr eindeutig nicht. Um fair zu sein, General Torg sah das genauso.

"Ach, du weißt so wenig darüber, was an der Grenze vor sich geht. Mach dir keine Sorgen um meine hübsche Frau, die ein langes Bad mit Rosenblättern braucht", neckte ich.

"Äh, Tem. Ich meine es ernst. Du wirst Rückschläge erleiden, wenn du diesen Kindern hilfst, aber das ist zu erwarten. Wenn du Elfen in den Drachenturm bringst, um dir zu helfen, musst du dich nicht wundern, wenn du verhaftet wirst", sagte Anna.

Ich nickte, ohne meine Meinung zu ändern. "Mein Ziel war es immer, zu gewinnen. Der Große Geist hat seine Regeln, und nur weil andere keine Schlupflöcher finden, heißt das nicht, dass ich diese nicht ausnutzen werde, wenn ich sie finde. Wenn ich Krieger anstelle von Kregor herbringen kann, werde ich das tun. Er passt sowieso nicht in die Stadt oder in die Kerkerebenen. Nicht mehr."

Sie schnaufte und schürzte die Lippen, als sie merkte, dass ich stur war, was ich auch war. "Ich - ich - ich verstehe, Mylord."

Ich rollte so heftig mit den Augen, dass mein Kopf mitging. "Anna. Ich bin nicht dein Herr oder dein Ehemann. Ich lehne deine Wünsche, Bedürfnisse oder Ratschläge nicht ab. Ich höre dich, respektiere deine Meinung und werde die Konsequenzen meines Handelns tragen." Langsam verließ ich Kregors Rücken und landete mit einem dumpfen Aufprall auf den harten Pflastersteinen. "Ich werde alles tun, was in meiner Macht steht, damit deine Zukunft hell, wunderbar und erfolgreich ist. Dazu gehört auch, dich aus der Gefangenschaft bei mir zu befreien."

Sie verzog das Gesicht und biss sich auf die Lippe, um zu nicken. Eine Welle von Emotionen durchströmte sie, und sie reichte mir die Hand, um ihr herunterzuhelfen. Ihre Beine waren stabiler, und ich hielt ihren Arm, als wir gingen. Wenn sie etwas erwidern wollte, behielt sie es vorerst für sich.

"Ich bleibe hier, ihr zwei habt Spaß", sagte Suzie.

Ich nickte und führte uns in Richtung des Gebäudes. Kregor ließ sich hinlegen, und ein paar Sekunden später strömte der Hafenverkehr um ihn herum.

"Was wollen Sie?", fragte einer der Wächter vom Kartentisch auf der letzten Stufe der Treppe.

"Ich kaufe Sklaven... pardon, Kriegsgefangene für mein Anwesen in Fjord. Willst du meine Papiere sehen?" fragte ich.

"Nein, die schicken Gewänder und ein gezähmter Kriegshund sprechen Bände. Alle Gefangenen müssen ordnungsgemäß..."

"Außerhalb unseres Hauses sind wir gefesselt. Wir kennen die Gesetze und werden uns an sie halten", sagte Anna.

Der Wachmann grunzte, ohne sich durch die Unterbrechung stören zu lassen. Im Handumdrehen war er von seiner Arbeit zum Kartenspielen übergegangen. Wir gingen in ein Gebäude, in dem zwei Käfige übereinander gestapelt waren. Die Käfige ließen viel Luft und waren eng, aber etwas größer als die, in denen ich Anna fand. In jedem Käfig befand sich ein Insasse einer anderen intelligenten Spezies. Jedem der Insassen wurde jegliche Unterhaltung vorenthalten, obwohl er zum Glück bekleidet war.

Mürrische Zwerge starrten auf unsere Ankunft, meist mit Desinteresse. Ein paar Zentauren ruhten in einem Käfig in der Nähe, die Weibchen unterhielten sich. Bevor ich mich näher mit der Spezies befassen konnte, stupste mich Anna an, um auf ein Schild zu schauen.

Auf einem Schild am Eingang stand: *Warten auf Agent.*

*Darunter stand ein hilfreiches Zeichen: Wissenswertes - Empfindungsvermögen bedeutet die Fähigkeit, Dinge zu fühlen, die Fähigkeit, Dinge wahrzunehmen. Jedes Lebewesen, das ein gewisses Maß an Bewusstsein hat, ist empfin-*

*dungsfähig, einschließlich Insekten, Eidechsen, Hunde, Delfine und Menschen. Sapience bedeutet die Fähigkeit zu denken, die Fähigkeit zur Intelligenz, die Fähigkeit, Weisheit zu erlangen. Sapience beschreibt nur ein Lebewesen, das denken kann. Es sei darauf hingewiesen, dass der Begriff "Sensibilität" oft fälschlicherweise anstelle des Wortes "Sapience" verwendet wird.*

"Das ist von Bibliothekar Hidrig. Er hat einen wunderbaren Verstand und einige lieben seine lustigen Fakten, andere hassen es, sie zu sehen. Ich bin überrascht, dass er das hier aufgehängt hat", sagte Anna.

Während wir auf das Schild blickten, kam ein alter Mann, der unser Vertreter sein sollte. Er trug ein einfaches Gewand, bei dem die Kapuze heruntergezogen war, so dass der Scheitel nackter Haut mit Haaren am unteren Teil seines Kopfes zu sehen war. Ein aufrichtiges Lächeln umspielte seine Lippen, als er uns nach vorne winkte.

"Willkommen, willkommen. Ich bin Darryl. Ein paar Dinge. Kein Schaufensterbummel. Haben die Wachen geprüft, ob Sie Münzen haben?" fragte Darryl.

Der riesige Beutel mit Gold war unter Kregors Fell gebunden. Ich hatte ein paar Dutzend Goldmünzen um meinen Hals. Ich zeigte ihm den Beutel und er lächelte.

"Sie haben", log ich, um ihn glücklich zu machen und ein Problem zu vermeiden.

Er fragte: "Kennen Sie die Gesetze?"

"Das tue ich", sagte Anna, und er rollte sein Handgelenk, um sie zu hören. "Kriegs-, Scharmützel-, Konflikt- und Handelsgefangene haben das Recht, außerhalb einer

Kerkerzelle zu leben, solange sie friedlich sind, im Tausch gegen Leibeigenschaft. Wenn sie sich außerhalb eines Anwesens befinden, müssen sie gefesselt werden. Nach Ablauf ihres Vertrages können sie an einen anderen Ort verlegt werden, von wo aus sie unsere Ländereien verlassen und in die Freiheit reisen können, vorausgesetzt, die Papiere werden von einem Magistrat genehmigt."

"Und Kinder?" fragte Darryl.

"Erlaubt, wenn wir reine Babys züchten. Halbblüter sind nicht erlaubt. Geschlechtsverkehr ist zwar verpönt, aber nicht illegal, Halbblüter werden ohne zu zögern ausgerottet", sagte Anna, und ich zuckte zusammen.

Die Puritaner hatten eine lange Tradition der Machtausübung. An der Grenze traf ich einmal einen Mischling, der immer verbergen musste, was er war: halb Mensch, halb Zwerg. Die Folgen seiner Entdeckung wären erschreckend und jeder, der von seiner Herkunft wüsste, würde gehängt werden. Das fand ich natürlich weder passend noch richtig.

"Sehr gut. Sie kennen die Regeln, Sie haben die Münzen, und jetzt muss ich wissen, was Sie kaufen wollen", sagte er.

Ich räusperte mich und sah vor allem Zwerge in den Käfigen. Ich entdeckte ein paar Dryaden und eine seltene Mausfrau, die in ihrem Käfig kauerte. Sie sahen alle so erbärmlich aus.

"Gibt es Elfen?" fragte ich.

Er runzelte die Stirn und ärgerte sich. "Sie werden unten gehalten, weil sie so teuer sind. Mindestens zwanzig Gold. Pro. Wir sind hier nicht im Zoo."

"Ich kann es mir leisten. Wie viele sind da unten?" fragte ich.

"Ein Dutzend oder so. Sie sind eine neue Lieferung aus dem Ubin-Reich. Sie haben einen Kampf um eine illegale Dryaden-Siedlung verloren, so steht es zumindest in den Papieren. Ubin hat ihre Freiheit mit einem festen Preis und einer fünfzigjährigen Strafe belegt. Sie wären gezwungen, den Vertrag an Ihre Kinder weiterzugeben", warnte Darryl.

Ich wippte auf meinen Füßen und antwortete: "Ich denke nicht, dass das ein Problem sein wird. Ich bin ein Naturmagier und Verjüngung wird wahrscheinlich irgendwann ein angebotener Zauberspruch sein. Und ja, bevor du fragst, ich bin ein Konkurrent."

"Nächstes Mal fangen Sie damit das Gespräch an", sagte er spöttisch und führte uns in ein Hinterzimmer.

Wir stiegen eine Rampe hinunter, wobei die einzige Kerze gerade genug Licht spendete, um nicht zu fallen. Die glatte Konstruktion war wundervoll, und der gewölbte Tunnel hatte keinerlei Probleme mit der Verschmelzung. Natürlich war er kahl und hatte nur eine einzige Farbe.

"Wie viel für die Mäusefrau?" fragte ich.

"Miscee. Das ist ein Miscee. Ein halbes Gold, aber es gibt einen Haken. Sie hat noch ein Jahr Dienstzeit vor sich, und dann muss man sie ins Lindo-Königreich verschiffen lassen, was zehn Gold kostet, deshalb kauft sie niemand."

"Sie wäre ein fantastisches Kindermädchen", sagte Anna.

"Ja, viel besser als Kriegerelfen, die sich aufspielen", sagte Darryl zustimmend.

Am Fuß der Rampe ging der Boden in einen großen Raum über, der doppelt so groß war wie das oberste Stockwerk. In diesem Teil des Marktes befanden sich größere Zellen, die mit anderen einzigartigen Arten gefüllt waren. Einige von ihnen hatte ich noch nie zuvor gesehen, und es machte Sinn, diesen Laden weniger wie einen Zoo und mehr wie ein Geschäft zu führen.

Drei Bärenmänner knurrten, jeder kostete dreißig Gold. Das Schild bezeichnete sie als gute Arbeiter. Ein Käfig voller Baumhumanoiden unterhielt sich im Flüsterton. Sie wurden als Gärtner aufgeführt. Ein einzelner Minotaurus schnaubte eine Herausforderung. Auf seinem Schild stand - für die Arena, und ich seufzte. Neben seinem Käfig saßen elf Elfen in einem Kreis, in dessen Mitte ein jugendlicher männlicher Elf sang.

"Hey, du hast Besuch", rief Darryl.

Sie sangen weiter und ich ließ sie ausreden, denn sie schienen sehr angetan von dem Lied. Sie hatten alle lange Haare, sowohl Männer als auch Frauen, und trugen Pferdeschwänze. Sie trugen bäuerliche Gewänder und schienen eher dünn zu sein, wurden aber gefüttert. Die Zusammensetzung war überwiegend männlich, nur drei Frauen waren dabei. Nach ein paar Minuten hörte der Gesang auf, der Anführer öffnete die Augen.

Ich lehnte mich an ihr Gitter und sagte: "Das ist Lady Annabell. Sie kämpfte kürzlich gegen Zwerge und Minotauren und tötete eine Handelsdelegation."

"Ich bin nicht beeindruckt", sagte die Elfe in der Mitte.

Anna trat an das Gitter und ich änderte meinen Blickwinkel. Ich war immer noch bereit zu töten und voller Magie.

"Wenn du ihn hättest ausreden lassen, wärst du es vielleicht gewesen. Ich habe einen Überfall auf eine Karawane angeführt, die die Zwerge zum Minotaurenkönig im Süden gebracht haben. Ich bin mir nicht sicher, wer derzeit regiert, es ändert sich so viel mit den Herausforderungen an den König."

"König Joa und er werden diese erbärmliche Stadt jeden Tag vernichten", sagte der Minotaurus einen Käfig weiter mit Hass in seiner Stimme.

Anna schnippte mit den Fingern, bevor sie auf den Minotaurus zeigte, als ob sie Dankbarkeit vortäuschen wollte. Sie fuhr fort: "Ja, dieser Kerl. Das Geschenk waren zwanzig Elfenbabys für ein Wachstumsopfer. Grauenhaftes Zeug und zum Glück gestoppt. Die schlechte Nachricht ist, dass sie sich in meinem Anwesen befinden und gut versorgt werden müssen. Natürlich bin ich hierher gekommen, um Hilfe zu holen."

"Würden Sie es wagen zu lügen?", fragte der Anführer.

Ich zuckte mit den Schultern. "Wir könnten, und ich tue es von Zeit zu Zeit. Aber wozu? Das ist doch keine echte Verhandlung. Die Sache ist die, ich brauche einen Gefallen als Gegenleistung für den Schutz Ihrer Kinder."

"Es ist immer das Gleiche mit euch Menschen. Du, du, du. Niemals die Welt um euch herum."

"Äh ... falsch", sagte ich und deutete auf einen der Elfen mit einem Arm in einer Schlinge. Ich hielt mir die Hand vor den Mund und rief: "Suzie!"

Das dröhnende Echo wiederholte sich ein Dutzend Mal und brachte mir Blicke von jedem Gefangenen ein. Als sie durch einen Luftschacht kam, war sie auch nicht gerade erfreut.

"Was ist das? Wo ist die Bedrohung?", fragte sie. Ich deutete mit einem Kopfnicken auf die verwundete Elfe. "Elfen! Meine verwandten Geister."

Grüne Energie schoss aus ihr heraus. Die Ranken der Magie umhüllten jeden der Elfen, einen nach dem anderen, und diejenigen, die gealtert waren, wurden wieder jung. Es war, als ob die Magie eingenommen und nicht als Heilung verwendet wurde.

"Beim großen Geist, Magie!", verkündete der Elf.

Ich winkte alle von ihrer Aufregung herunter und Suzie flog in den Käfig und sprach schnell, aber die Elfen verstanden kein einziges Wort.

Anna nickte. "Er ist anders, sogar die Drachen haben König Hori gesagt, er solle sich in Tems Nähe vorsehen."

"Wirklich? Dieser Bastard hat mich in einem Sack reiten lassen", brummte ich.

"Er hat dich getragen?", fragte der Anführer.

"Ja, und er hat geholfen, die Kinder der Elfen zu befreien", sagte Anna. "Ich glaube, sie waren der wahre Grund, warum er dort war."

Bevor er antwortete, sagte ich: "Hören Sie. Ich halte nicht viel von dieser ganzen Scharade, dass Gefangene keine Sklaven sind. In der Nähe meines Anwesens gibt es eine großartige Buchhandlung, und ich verspreche, dass ich versuchen werde, Euren Aufenthalt so gastfreundlich wie möglich zu gestalten. Ich brauche allerdings Hilfe, und zwar keine, die ich hier offen verkünden würde, außer dass ich damit keine Gesetze brechen würde."

"Menschliche Bücher sind Schwachsinn. Aber fünfzig Jahre sind für uns nichts, und Kinder sind eine Seltenheit. Die Zwerge müssen ihre eigenen Sklaven züchten. Ich bin Phore, und wir werden euch mit ehrenhaftem Verhalten helfen, vorausgesetzt, eure Worte sind wahr", sagte Phore.

" Phore wie die Nummer vier?"

"Ausgesprochen, ja. Die Bedeutung, nein. Für die Elfen bedeutet es 'Träger von' und findet sich in vielen Namen der Natur", sagte er.

"Klingt wunderbar", antwortete ich und warf Darryl meine Tasche zu. "Nimm ihr Honorar und die Mausfrau gratis dazu."

"Miscee", wiederholte Darryl.

"Ja. Gib ihr das Gold und schicke sie nach Hause. Und nimm eine Goldmünze mit, die sie bei ihrer Ankunft bekommen soll, und auch eine für deine Mühen. Zusätzlich zu deinem Auftrag erwarte ich Briefe von ihr, sobald sie frei ist, sonst komme ich wieder. Mach es möglich", sagte ich.

Anna hatte einen kleinen Schwächeanfall und zitterte. Ich stabilisierte sie. "Tut mir leid, ich muss Schlaf nachholen und wieder etwas essen."

Ich hob sie hoch und sagte: "Darryl. Wir treffen uns an den Docks. Ich buche einen Kahn nach Fjord. Such den Mammutwolf mit dem braunen Fell. Er ist der Einzige."

"Ein Mammutwolf?" fragte Phore.

"Ja."

"Und wer ist der Wyvern?" fragte Phore.

"Oh, das ist Suzie. Sie ist nicht wirklich ein Wyvern. Sie ist eine Elfe, also sei höflich, denn ihr Bellen hat Biss. Nun, das tun sie beide. Sei also mit deinen Taten genauso vorsichtig wie mit deinen Worten", mahnte ich und trug Anna in Richtung der Docks.

Sie kuschelte sich an meinen Hals und sagte: "Tut mir leid. Ich bin normalerweise -"

"Stark und unabhängig. Ich weiß. Du hast die Verhandlungen wie ein Champion gemeistert. Manchmal werden wir krank, verletzen uns, oder haben einfach Pech. In solchen Momenten kommt es darauf an, für wen man da ist. Im Moment werde ich helfen. Aber Anna", sagte ich.

"Ja, Tem."

"Mir Elfenbabys zu schenken, war nicht das, was ich in meinem Brief meinte. Das weißt du doch", sagte ich kichernd.

Sie kicherte leicht und tippte mit ihrem Finger auf meine Nase. "Wir werden das Beste daraus machen."

"Auf jeden Fall. Ich muss nur hoffen, dass das Anwesen groß genug für uns alle ist", sagte ich.

"Darüber... Nun, du wirst es sehen. Und Tem, danke, dass du der Held bist, von dem ich nie wusste, dass ich ihn brauche", sagte Anna.

"Äh, jetzt machst du mir Sorgen. Wie klein ist er?"

Als sie nur noch mehr kicherte und hustete, ließ ich es bleiben. Ich hatte das Gefühl, sie würde sich nur schwer erholen und mehr liebevolle Pflege brauchen, bevor es ihr besser gehen würde. Egal, welche Hindernisse sich mir in den Weg stellten, ich würde sie niederreißen, meine Freunde in Sicherheit bringen und dann zu meiner Aufgabe im Drachenturm zurückkehren.

## KAPITEL DREISSIG

### ERSCHAUERN

Alle romantischen Vorstellungen von meinem nachehelichen Glück wurden über den Haufen geworfen, als Anna Fieber bekam, noch bevor wir die Docks verlassen hatten. Das Verlassen des Hafens war allerdings ein Kampf für sich. Alle hielten mich für einen Betrüger, selbst mit den offiziellen Papieren.

Das schicke Gewand, der dressierte Wolf. Die meisten hielten mich einfach für einen entlaufenen Landarbeiter, und dass Anna ihre Worte lallte, war auch nicht gerade hilfreich. Überraschenderweise führte mich Darryl in eine Kloake von einer Bar, wo ich Kapitän Urot anheuerte, der die Fairfox steuerte. Die zwanzigköpfige Besatzung des Kahns würde uns auf der zehntägigen Reise in den Süden begleiten. Ihre Ruderer würden die zwölftägige Reise abkürzen.

Das Schiff hatte alles, was wir brauchten: ständige Bewegung, sichere Fahrspuren, freien Platz für die Elfen und Platz für Kregor. Obwohl ich unglaublich froh war, sie für eine sofortige Abreise zu sichern, zwangen mich die Elfen, den Kapitän des Kahns extra zu bezahlen, um zu warten. Ich heuerte seine Mannschaft an, um die Grundausstattung für die Behandlung von Anna, zusätzliches Essen und Kindersachen für die Elfenbabys zu besorgen. Als die Mannschaft mit genau dem zurückkam, was sie verlangt hatten, hörten Phore und seine Gruppe auf zu fragen, ob ich lügen würde.

Warum sollte ich ein Dutzend Babydecken und eine Reihe von Babyartikeln kaufen, wenn ich lügen würde? Das habe ich natürlich nicht getan, aber das hat sie mir vom Hals geschafft.

Die Elfen schliefen auf dem Deck und teilten sich in den ersten vier Nächten zwei Zelte. Sie waren nicht harmlos, ganz im Gegenteil, aber sie benahmen sich angemessen. Schließlich entspannte sich Kapitän Urot und ließ sie ohne Fesseln gehen.

Ich beschloss, vorerst nicht in der Vergangenheit zu wühlen, sondern die Zeit zu nutzen, um mit Taten statt mit Worten Vertrauen aufzubauen. Wir übten den Nahkampf, und sogar die Besatzung nahm an den Lektionen teil. Es fiel mir nicht schwer, mit ihren schnellen Reflexen mitzuhalten, aber die flüssigen Bewegungen kannte ich natürlich nicht.

Im Vergleich zu den anderen Menschen bewegte ich mich anmutig und mit einer Geschwindigkeit, die über das hinausging, was ein Mensch haben sollte. Dies nahm ab, als das Mana schwand, bevor es ganz aus meinem Körper verschwand. Ich war immer noch schnell, aber deutlich langsamer als die Turmversion von mir selbst.

In jeder freien Minute, in der ich nicht trainierte, las ich Anna vor, während sie zitterte und mit den Zähnen klapperte, weil sie Fieber hatte. Die ständige Brühe und die Kräuter, die die Elfen ihr zu trinken gaben, halfen, und am fünften Tag hatte sie sich nicht nur erholt, sondern auch wieder etwas zugenommen und lächelte.

Die Gezeiten des Flusses und die Rudermannschaft halfen uns, um gut voranzukommen. Es war schneller als eine Kutsche und langsamer als ein Vogelflug, aber die Plätze, an denen ich einen Flug buchen konnte, wollten die Elfen nicht mitnehmen. Daher die lange Reise, und ich musste mir eingestehen, dass ich gerne Zeit mit Anna verbrachte.

Mir wurde klar, dass sie es gewohnt war, allein zu sein. Sicher, ein Dienstmädchen erledigte wahrscheinlich die Aufgaben, die ich jetzt erledigte, aber sie taten es aus Pflichtgefühl. Ich erfuhr auch, dass Anna ein Kuscheltier war und dass es ihr vor einem Tag vielleicht noch gut genug ging und sie ihre Krankheit gemolken hatte, um Zeit damit zu verbringen, herauszufinden, wie sehr ich die Landwirtschaft liebte.

Es war an diesem fünften Morgen, als unsere Routine unterbrochen wurde. Treehold, die letzte Stadt vor Fjord, sollte jetzt jede Stunde erreicht werden. Ich schlief aus, nachdem ich lange aufgeblieben war, um sicherzustellen, dass Annas Fieber wirklich sank und sie mitten in der Nacht voller Energie aufwachte. Jetzt, da es ihr besser ging, tätschelte ich einen leeren Platz im Bett, während die Sonne in mein kleines Zimmer auf dem Kahn fiel.

Ich hatte noch nie mehr als eine Nacht mit jemandem verbracht. Anna war die erste Frau neben Palina, die ich an meine verletzliche Seite heranließ. Ich stand in dem winzigen Raum und streckte mich, als Anna die Tür mit dampfendem Tee öffnete.

"Guten Morgen", sagte ich.

Sie starrte auf das Morgenzelt, das meine Unterhose kaum verbarg. Ich versteckte mich nicht vor ihr, und sie errötete. "Ich würde ja sagen, heb es dir auf, bis wir verheiratet sind, aber das funktioniert hier nicht, oder?"

"Nein, tut es nicht. Ich freue mich, dass es dir besser geht", sagte ich, nahm meinen Drink entgegen und küsste sie auf die Wange. "Du hast mich einen Moment lang erschreckt."

"Du machst mir Angst mit dem Ding. Kannst du es wegstecken ... Hey! Das ist mein Oberschenkel." Sie kicherte, während ich ihr Bein unsachgemäß stupste. "Du bist ein sehr dummer Bauernjunge. Offensichtlich ein Bauernjunge."

Während sie ihren Kopf wie ein neugieriges Hündchen neigte, rollte ich einen Finger nach oben, damit sie ihren Blick abwandte. "Meine Augen sind hier oben, hübsche kleine Dame."

"Sicher, das sind sie. Wie wäre es, wenn du dich hinlegst und ich mich um dich kümmere für -"

Ein leises Klopfen an der Tür ließ sie vor Überraschung herumfahren. "Treehold fliegt im roten Bereich. Raider sind in der Gegend. Sollen wir anhalten oder weitermachen?" sagte Kapitän Urot.

Ich zog Anna an mich heran und küsste sie am Hals. Sie drehte sich um und drückte ihre Lippen auf meine, und ich sagte laut: "Wir hören auf. Ich bin gleich wieder draußen."

Anna machte einen falschen Schmollmund und ich kicherte. Wir gaben uns einen kurzen Kuss und ich beeilte mich, mich anzuziehen. Als sich seine Schritte völlig zurückzogen, hatte ich bereits meine Roben an.

"Anna. Ich möchte, dass du weißt, dass du eine erstaunliche Frau bist", sagte ich.

Sie stemmte die Hände in die Hüften. "Ich spüre, dass ein Aber kommt."

"Nun, ja, natürlich", antwortete ich. "Du hast vielleicht ein wenig Gewissensbisse als Überlebender oder wie die Bibliothekare es nennen. Außerdem bin ich nicht gerade an einem guten Punkt in meinem Leben, um für dich da zu sein."

Anna umarmte mich innig. Ich küsste ihr sandfarbenes blondes Haar. "Ich verstehe. Wer sagt denn, dass ich nicht einfach ein bisschen Spaß haben will?"

"Dann pflüge ich dein Feld eben später", sagte ich grinsend.

Sie keuchte, drückte sich zurück und schielte mit ihren haselnussbraunen Augen zu mir. "Hast du gerade ein landwirtschaftliches Sex-Wortspiel gemacht!"

Ich habe gekichert wie ein kleiner Junge. "Vielleicht."

"Igitt, Männer. Vielleicht habe ich ein schlechtes Gewissen, aber es ist ein schlechtes Gewissen, weil ich gerettet wurde. Ich stehe doppelt in deiner Schuld, weißt du. Du zahlst buchstäblich ein königliches Lösegeld und kümmerst euch dann um mich, während du die Elfen kennenlernen könntest", sprudelte es über ihre Lippen.

Ich öffnete die Tür und schoss in den Korridor. Nach einem kurzen bösen Gackern der Freude sagte ich: "Drei, du schuldest mir mindestens drei Mal etwas. Stiche, Überfall,

Treffen mit deinem Vater, Verspätung im Drachenturm. Alles wird mit schmutzigen Fußmassagen zurückgezahlt."

"Das wagst du nicht!", sagte sie spielerisch und stemmte die Hände in die Hüften. Ich flitzte aus dem Flur, und sie war mir dicht auf den Fersen. "Komm zurück, Tem Perin!"

Als ich das offene Deck erreichte, kam ich ins Schleudern und blieb stehen. Am Ufer des Flusses sah ich Wachen auf der Mauer und Minotauren am Ufer außerhalb der Reichweite des Bugs. Die beiden Seiten beobachteten sich gegenseitig und vor allem uns. Anna stieß mich in die Seite und packte mich mit brachialer Gewalt.

Ich stürzte zu Boden und Suzie beobachtete uns mit leichtem Interesse. "Sie hat dich gut erwischt, Bauernjunge", sagte Suze.

Ich stöhnte auf und Anna schlug mir zur Sicherheit auf den Arm. "Verdammt Anna, das war ein guter Angriff, aber sieh mal." Ich zeigte auf den Feind, der uns lässig beobachtete.

"Klar, ich spiele und Minotauren ruinieren es." Anna schoss auf die Beine. "Das ist nicht gut."

Ich setzte mich auf und rieb mir die Schulter. "Hey Anna. Sagen wir, ich bin Imperator Shid von den Zwergen. Ich versuche, von Norden her einzumarschieren, aber die Berge im Westen und das Meer im Osten zwingen mich in die Enge. Ich denke mir, dass der Krieg mit zwergenhaftem Einfallsreichtum und schierer Hammerstärke gewonnen werden kann. Sie gewinnen für eine Weile, aber hören auf, große Fortschritte zu machen, wenn sich die Engpässe verengen. Ich schicke dem Minotaurenkönig ein Bestechungsgeschenk, damit er kein Chaos anrichtet, während ich mich neu formiere. Die Menschen glauben, dass der

Krieg zu Ende ist. Ich mache einen großen Bogen und nutze die Berge, um vom offenen Süden aus anzugreifen. In der Zwischenzeit besteche ich die Minotauren, meine Zwerge nicht anzugreifen, während ich mit, sagen wir, Elfenbabys durch ihre Ländereien marschiere."

"Die Minotauren und die Zwerge führen schon seit -"

Phore mischte sich ein und sagte: "Das ist es, was hier geschieht. Elfenbabys sind nichts, was man einem Minotaurus leichtfertig schenkt. Ihr Alphatier wird gewaltig wachsen, die Herden werden dadurch stark anwachsen, und ihre Macht wird erheblich zunehmen. Das bedeutet, dass sie zu einer größeren Bedrohung werden als ihr Menschen. Es sei denn, ihr verbündet euch mit ihnen, und das ist der einzige Weg, um zu klären, wer das Alphatier bleiben wird, *und euch* auf ihre Seite zu ziehen."

"Amor wird alle Hände voll zu tun haben, um die Grenze zu verteidigen", murmelte ich. "Noch fahren die Schiffe frei. Vielleicht fahren sie bald nicht mehr so frei nach Fjord. Ich muss an die Grenze denken und damit an meinen Pa und ein paar Kinder." Ich verschränkte die Arme und fuhr mir mit den Fingern über den Bizeps, während ich mir einen schnellen Plan zurechtlegte. "Wir kaufen, was wir können. Wir sind Monate von der kühleren Jahreszeit entfernt. Ich kann mich des Gefühls nicht erwehren, dass das gut investiertes Gold sein wird."

Kapitän Urot hörte aus der Nähe zu und nickte. "Eine letzte Fahrt für uns. Der König wird uns sowieso für die Nachricht belohnen." Sein Tonfall war lässig, als ob er sich nicht viel aus Krieg oder Tod machte, sondern nur aus seinem Profit.

*Sollte ich mehr wie er sein? Kann ich das sein? Nein, jeder ist wichtig, sogar die Elfen. Vorräte können sehr wohl den Unterschied zwischen Verhungern und Überleben in einem harten Winter ausmachen.*

"Ich werde diesen Kahn beladen. Der Fjord ist einer der letzten Orte, an denen ein großer Kahn ankommen kann", sagte ich.

Er schüttelte den Kopf und spottete verärgert. "Du bist ein armer Baron mit einer neuen Frau, der ein einziges Kleidungsstück gehört, und du hast ein paar elfische Sklaven. Ich habe dich aus Mitleid aufgenommen und weil die Burschen den Wolf mochten."

Ich hob eine Augenbraue und sagte nichts. Ich ging zu Kregor hinüber und löste mein Gold aus seinem Fell. Das bestgehütete Banksystem, das die Menschheit kennt.

Ich murmelte: "Es wird ein wenig Feilschen erfordern, aber da der Handel mit Ilisia City noch offen ist, sollte ich in der Lage sein, mit schierer Kaufkraft ein paar Geschäfte zu machen." Suzie landete auf meiner Schulter und schlängelte sich um meinen Hals.

"Ich mag die Elfen. Danke, dass du mir dein Tagebuch und deinen Bleistift gegeben hast", sagte sie.

"Du bist meine Partnerin Suzie. Diese Gegenstände kann ich dir nicht vorenthalten. Du hast sie verdient und noch so viel mehr."

"Der diplomatische Bauer, wer hätte das gedacht", sagte Suzie, und wir lachten gemeinsam.

Anna legte einen Arm um meine Hüfte, als wir uns den Docks näherten. Was wir sahen, ließ mir den Magen umfallen. Hunderte von Menschen drängten sich, begierig nach einem Ausweg. Soldaten in Rüstungen bewachten die eigentlichen Anlegestellen. Dutzende von Schiffen und Lastkähnen lagen untätig herum, als hätten die Besatzungen Angst, abzudrängen. Ein Mann mit strengem Gesicht trat hinter den Barrikaden hervor, um uns zu begrüßen. Seine schweren Schritte trampelten über die Docks, als wir uns näherten.

"Ilisia City! Ich zahle hundert Gold!", rief ein Mann hinter den Wachen.

Ein anderer rief. "Zweihundert!"

"So schlimm kann es noch nicht sein, und der König wird sich aufmachen", sagte Anna in einer Lautstärke, die nur wir hören konnten.

"Ja, aber wie lange noch und wird er einen Krieg gewinnen, wenn sich die Zwerge wirklich mit den Minos verbünden", sagte Hauptmann Urot, der sich zu uns gesellte.

Ich blickte ihn an. "Willst du unsere Abmachung brechen, nach Fjord zu reisen?"

"Nein. Wenn ich in zwei Wochen zurückkomme, werden sie mir tausend Münzen pro Familie geben. Ich werde nur die Hälfte verlangen und mich besser fühlen, und sie werden mir dankbar sein. Aber der Tarif im Süden ist gerade gestiegen."

"Hundert Gold", bot ich an.

"Als ob du das übrig hättest, nachdem du diese Elfen gekauft hast. Darryl hat mich überredet, dir den Gildenzins zu geben, was ich kaum getan habe. Ich mache keine Kredite."

Ich zuckte mit den Schultern. "Kann ich dreißig machen?"

"Abgemacht", sagte er. Ich griff in mein Gewand, holte einen Hunderter heraus und warf ihn ihm in die Hand. "Was in vier Höllen?"

"Nicht alles ist so, wie es auf den ersten Blick scheint".

"Ich hätte mehr verlangen sollen", brummte Hauptmann Urot und kramte mit einem Finger in der Geldbörse.

"Gib sie zurück, wenn du versuchen willst, diejenigen anzuklagen, die im Süden Zuflucht suchen, dann reiten sie auf meiner Münze, oder ich gehe mit ihr", sagte ich mit strenger Stimme.

Er beäugte mich eine gute Minute lang, während seine Ruderer uns zum Steg führten. Schließlich atmete er stürmisch aus, wobei er auch ein wenig mit den Lippen stotterte.

"Die Grenze ist arm, und wir könnten einige Leben retten und dabei noch gutes Geld verdienen. Junger Baron Tem, ich möchte mich ganz klar ausdrücken. Meine Männer sind keine Kämpfer", sagte er.

Anna drückte mich fest an sich und erwiderte: "Wenn es einen Streit gibt, überlasst ihn uns."

Er nickte. "Abgemacht."

Die Docks näherten sich, und die Besatzung warf den wartenden Decksleuten die Taue zu. Die Ruder wurden eingeholt, und der Kahn glitt mit einem dumpfen Aufprall in eine Rinne, als er zum Stehen kam. Braunes Flusswasser durchnässte die Vorderseite des Bootes, und der Nachhall des Aufpralls hörte nach ein paar Sekunden auf.

Der Mann mit dem strengen Gesicht und dem schicken schwarz-goldenen Zweiteiler winkte Urot zu, der auf mich zeigte. Der Mann verschränkte seinen Arm und starrte mich an.

"Ich bin Hafenmeister Berro, was wollen Sie?", fragte er.

Ich hielt den Kapitän inne. "Fjord, so viele an Bord wie möglich, und ich bin hier, um so viele Vorräte zu kaufen, wie die Händler bereit sind, zu einem fairen Preis abzugeben."

Berro runzelte die Stirn. "Die Belagerung ist keine Belagerung. Das ist nur der Major, der Angst hat. Die Linien sind leicht zu durchbrechen, und vor jedem Kampf, den wir ihnen liefern wollen, laufen sie davon."

"Es wird nicht -"

Der Hafenmeister blinzelte, dann hüpfte er hoch wie ein vergnügtes Kind.

"Gräfin Annabell! Die Heldin der Grenze!" rief Berro aus. "Ich habe dich bei der Ritterschlagung meines Vaters gesehen. Damals noch ein kleines Mädchen, aber du bist es, ich schwöre es."

Die Menge und sogar die Wachen, die sie zurückhielten, reagierten sofort. Eine Stille legte sich über die Docks, und die einzigen Geräusche waren das gelegentliche Klacken eines Schmiedehammers in der Ferne und entfernte Kriegstrommeln.

"Ich war eine Gräfin. Seitdem bin ich für Vergehen gegen die Krone bestraft worden. Ich habe meine Strafe verbüßt und mein Mann hat mich unter großen Opfern befreit", verkündete Anna. Die Menge buhte heftig, zweifellos aufgewühlt durch ihre Worte. "An die guten Menschen von Treehold. Der Fairfox bringt die Leute nach Süden, mich eingeschlossen. Ein Veteran von der Front leitet die Kriegsanstrengungen, und wir finanzieren das Unterfangen persönlich. Ich weiß, es ist nicht Ilisia City, aber Fjord wird nicht fallen."

"Willkommen in Treehold, wie wäre es, wenn wir euch ein paar Waren besorgen und einigen dieser Leute helfen, nach Hause zu kommen", sagte Hafenmeister Berro. "Die Heldin der Grenze hat unsere Unterstützung und wird helfen, indem sie ihren Kahn mit den Bedürftigen füllt."

Ein lauter, anerkennender Beifall brach aus, und ich konnte nicht anders, als über die Hoffnung in ihren Gesichtern zu lächeln. Anna hielt meine Hand und nannte mich ihren Mann. Ich war zwar nett zu ihr gewesen, aber sie schien mich nicht wegzustoßen, wie ich erwartet hatte.

Der morgige Tag könnte einfach besser sein als der heutige.

## KAPITEL EINUNDDREISSIG

### WIE UNHÖFLICH

Die Fairfox lag wegen der vielen Vorräte und des Personals tief im Wasser. Ein Teil von mir fragte sich, was passieren würde, wenn ich einen Beutel mit Vorräten kaufte, all diese lebenswichtigen Dinge hineinpackte und dann mein Mana verlor.

*Wenn ich das nächste Mal mit Woron sprechen könnte, müsste ich ihn fragen.*

Die dicht gedrängte Masse der Grenzbewohner war dankbar für die kostenlose Fahrt. Sie dankten uns ausgiebig für die Möglichkeit, in ihre Heimat zurückzukehren und dort einen Schutz zu genießen, den die meisten einfach nicht hatten. Und obwohl sie auch froh waren, dass die Heldin der Grenze frei war, waren sie nicht dumm. Der Krieg stand der Grenze nicht bevor; er war bereits da.

Ich studierte jeden Bericht, den ich in die Finger bekam, während wir einen Tag lang einkauften und das Floß organisierten. Minotauren bevölkerten das Land in Scharen. Das war zwar schlimm, aber ich konnte weder ein Muster noch eine große Strategie erkennen. Die logische Schlussfolgerung, die ich zog, war, dass sie einfach nur Karawanen überfallen und Zwietracht säen wollten.

Zwar wurden in einigen Berichten Zwerge gesichtet, aber nur in geringer Zahl... bis jetzt. Aus der Lektüre über den Krieg während meiner Zeit in Onno wusste ich, dass Zwerge dazu neigten, in Kompanien von etwa zwanzig Mann zu kämpfen. Sie bewegten sich nur langsam, aber wenn sie sich aufgestellt hatten, waren sie schwer zu töten. Ihre Schmiedekunst war der der Menschen um einiges voraus und ihre Rüstungen waren schwer zu durchdringen. Wo die Minotauren nicht kämpften, kämpften die Zwerge, und bis jetzt hatten sie die Nase vorn, was die Zahl der Toten anging.

All diese Berichte waren besorgniserregend, und ich stimmte dem Bürgermeister gegenüber dem Hafenmeister zu, dass man in Zukunft Vorsicht walten lassen sollte. Wenn ich das Sagen hätte, würde ich die Vorräte aufstocken, die Felder früh ernten und die äußeren Dörfer einberufen. Viele Leute stimmten dieser Meinung zu, was dazu führte, dass die Händler und Adligen von Treehold einen höheren Preis für Waren verlangten. Ich habe mich nicht dagegen gewehrt, sie mussten ihre Vorräte aufstocken, bevor der wahre Krieg ausbrach.

Die Straßen waren befahrbar, man musste nur mit einer anständigen Kampftruppe für die Minotauren reisen, um Konflikte zu vermeiden, was Gold kostete. Wenn sich der Handel auf den Straßen verlangsamte, wurde der Transport von Waren auf dem Fluss teurer, und so schwand der Kreislauf des Kaufs von Grundversorgungsgütern in Kriegszeiten. Als ich mir all die gestapelten Vorräte auf dem Kahn ansah, musste ich mich fragen, wie viele Händler es wohl bereuen würden, in diesem Winter an mich zu verkaufen.

Das Krächzen einer Krähe riss mich aus meinen Gedanken, und ich drehte mich um, um dem Geräusch nachzugehen. Eine frühe Morgenbrise ließ die Bäume am Ufer sanft schwanken. Die Ufer haben sich nie sehr verändert. Gelegentlich besaß ein Bauernhof einen Angelsteg, um seine Lebensgrundlage zu erweitern. Abgesehen davon blieb der Fluss ungezähmte Wildnis. Treehold war wirklich die letzte Stadt, und alles, was südlich davon lag, wurde als Grenzgebiet betrachtet.

Der Jubel eines Trios junger Kinder, die einen Ball rollen ließen, um Schuhe umzuwerfen, brachte mich zum Schmunzeln. Wo sie den Platz zum Spielen fanden, war eine Überraschung, wenn man bedenkt, wie voll das Deck war. Ich saß in der hinteren rechten Ecke und lehnte mich aus zwei Richtungen gegen das Geländer. Die letzten vier Nächte waren hart gewesen, weil der Kahn so überfüllt war.

Das Deck war so voll, dass ich mir Sorgen machte, ein ungestümes Kind könnte über Bord fallen oder so. Anna kuschelte sich nachts auf meinen Schoß und mischte sich tagsüber unter die Leute. Ich überließ unser Zimmer den Müttern mit Kleinkindern und nutzte meine freie Zeit, um mit den Elfen zu reden und mein Nahkampftraining fortzusetzen.

Phore kam auf mich zu und streckte sich mit einem Lächeln. Ich rutschte rüber, und er ließ sich neben mich plumpsen. Unsere Schultern berührten sich, und das war etwas an den Elfen, das ich nicht erwartet hatte. Sie waren nicht so ängstlich, wenn es um ihren persönlichen Raum ging wie die Menschen. Ich neigte dazu, Körperkontakt mit anderen zu hassen, außer mit denen, mit denen ich intim war. Die Elfen waren in dieser Hinsicht anders.

"Sie sollten wirklich nicht gegen das Gesetz verstoßen", sagte der Elf und sein Lächeln verwandelte sich in ein Grinsen. "Und dennoch, danke."

Die Elfen blieben oben auf den gestapelten Kisten, die alles von Seife über Garn bis hin zu Werkzeugen enthielten. Ihre Abgeschiedenheit auf ihrer Sitzstange genügte den Reisenden. Sie waren unbewaffnet, freundlich und hilfsbereit.

"Wir verstoßen nicht gegen das Gesetz. Das ist unser derzeitiger Wohnsitz, und du verwaltest -", begann ich zu sagen, und Anna klopfte mir auf den Oberschenkel.

"Er weiß es. Er wiederholt, was ihm gesagt wird", sagte Anna und entschied sich, aufrecht zu sitzen, anstatt sich an mich zu lehnen.

"Meine Heizung!" murrte ich.

Sie rollte spielerisch mit den Augen. "Was führt dich in unsere Schmoll-Ecke, Phore?"

"Eher eine romantische Ecke, ihr beide unterhaltet euch ständig kichernd und lächelnd", sagte der Elf. Er flocht sein langes Haar zu einem festen Zopf. "Junip hat die besten Augen von uns. Eine Stunde flussabwärts sieht sie eine Art von Blockade. Wir werden einige Zeit brauchen, um herauszufinden, was genau passiert ist. Wenn es der Feind ist, sitzen wir Elfen in der Klemme."

"Ah, gegen Minotauren kann man nicht kämpfen, es sei denn, man verteidigt sich selbst, und man sollte keine Waffe haben, mit der man sich verteidigen kann", sagte Anna.

Ich stöhnte über die Dummheit des Gesetzes. "Es gibt Bögen und -"

"Wir haben die richtigen Kisten bereits geöffnet." Er gestikulierte in Richtung des Stapels mit Waffen, auf dem der Ausguck-Elf saß.

Ich verschränkte die Arme und ließ meine rechten Finger auf meinem linken Bizeps tanzen. "Er denkt nach, das ist ein Spruch von ihm", sagte Anna grinsend.

"Ich finde es beruhigend. Sehen Sie, Phore, Sie haben bei Ihrer Übergabe den Bedingungen zugestimmt, und um nach Hause zu kommen, müssen Sie sich darauf verlassen können, dass die Richter Ihre Frist nicht weiter verlängern, weil Sie sich schlecht benommen haben, und das haben Sie akzeptiert. Gleichzeitig bringt Ihnen die Verteidigung Ihres Vorgesetzten weniger Zeit ein. Ich muss mir überlegen, wie viel Ärger ich mir leisten kann." Ich runzelte die Stirn, weil ich auf Anhieb keine gute Antwort fand. "Willst du überhaupt mit mir kämpfen?"

"Ich... Du hast den Großen Geist gesehen?" fragte Phore.

Anna schaute mich mit zusammengezogenen Augenbrauen an. Ich versuchte, Suzie zu finden, und es dauerte eine Minute, bis ich sie gefunden hatte. Sie hockte auf der Schulter eines Elfen. Pixies und Elfen waren in vielerlei Hinsicht eine Symbiose, und sie war fast untrennbar mit der Gruppe verbunden, während Anna und ich die Reise in den Süden nutzten, um uns aneinander zu binden.

"Ich erzähle diese Geschichte nicht oft. Sie sollte verändert oder aus meinem Gedächtnis gelöscht werden, und das ist wahrscheinlich der Grund", sagte ich zögernd. "Wenn ich etwas fürchte, dann ist es, diejenigen zu verärgern, die mich derzeit unterstützen. Ich habe Angst, mehr zu sagen. Gleichzeitig leugne ich nicht, was Ihnen gegen meinen Willen gesagt wurde."

Phore lächelte und wippte vergnügt mit den Brauen. "Du hast meine Unterstützung, junger Tem. Ich hatte erwartet, dass du mich dazu bringen würdest, dir im Turm zu helfen, indem du die Babys erpresst. Offensichtlich gehörst du nicht zu den blutrünstigen Menschen, die wir kennengelernt haben."

Ich zuckte schuldbewusst mit den Schultern. "Pa sagt gerne: 'Verwechsle meine Freundlichkeit nicht mit Schwäche.' Für die meisten Wettbewerber geht es im Drachenturm darum, die Spitze zu erreichen. Ich benutze ihn, um die Wette unter den Göttern zu gewinnen und Gewinne zu erzielen, um Dinge wie diese zu tun. Das bringt mehr Blut mit sich, als dieser Fluss fassen kann." Ich winkte mit einer Hand über die etwa hundert Leute und die Vorräte im Wert von dreitausend Gold.

"Ich verstehe. Wenn ich dir helfe, hilft das den Waisen, dem Großen Geist, und du bist ein Mann, der sein Wort hält", sagte Phore. Wieder zuckte ich schuldbewusst mit den Schultern. "Hast du mich angelogen?"

"Für Sie? Nein. Tue ich das gelegentlich? Ja. Äh, Phore, wenn du dich uns anschließt, kann ich nicht für deine Sicherheit garantieren. Alles, was ich garantieren kann, sind Kämpfe und Tod, vielleicht unseren", sagte ich.

"Wenn es kein Risiko gäbe, was wäre dann der Sinn? Das ist das Leben auf den Punkt gebracht. Verstehst du das? Man muss die Schale knacken. Warum mache ich mir manchmal die Mühe? Die Menschen verstehen den Humor der Elfen nicht." Anna und ich warfen uns Blicke zu, ohne es zu verstehen. Er seufzte mit einem rüpelhaften Blick und fuhr fort: "Leider kann ich vorerst in deinem Schatten wandeln. Die Sache ist gerecht", sagte er mit Überzeugung.

Anna beugte sich vor und küsste mich auf die Wange. "Er ist einer der Guten. Ich nehme an, wir sollten uns auf das vorbereiten, was uns auf diesem Fluss erwartet." Anna blieb auf mich fixiert. "Du weißt, dass ich ein erfahrener Schwertkämpfer bin, oder?"

Ich zögerte nicht, denn ich wusste, dass ich auf die Probe gestellt wurde. "Ich werde dich nicht vom Kämpfen abhalten." Sie grinste voller Stolz. "Kregor wird dafür sorgen, dass du nicht stirbst, wenn es zu knapp wird."

"Ich denke, damit kann ich leben", sagte Anna mit einem Lächeln. "Ich werde Kapitän Urot sagen, dass es eine Blockade geben könnte oder auch nicht. Wenn sie eine Stunde entfernt ist, haben wir Zeit, uns vorzubereiten und Waffen auszugeben."

Wir standen auf, und sie steuerte das enge Deck zum Quartier des Kapitäns.

"Schauen wir mal, worum es geht", bot Phore an.

Unsere frühmorgendlichen Bewegungen veranlassten Teile des Schiffes zu neugierigen Blicken. Wir schlängelten uns zwischen den Familien hindurch, die ihre eigenen kleinen Mini-Häuser an Bord des Schiffes errichtet hatten. Die meisten brachten Zelte mit, die sie bei Sonnenaufgang abbauten, um Platz für später am Tag zu schaffen.

Suzie flog nach unten, schlang sich um meinen Hals und setzte sich auf meine Schulter. Ich wusste es besser, als sie zu kratzen oder zu streicheln, und schenkte ihr stattdessen ein Lächeln. Wir näherten uns Junip, die auf dem vordersten Kistenstapel nahe dem Bug hockte.

"Was siehst du?" fragte Phore.

Junip seufzte. "Sechs Zwerge, vier Seile über den Fluss und drei gekaperte Fischerboote. Die Boote sind klein, die Zwerge sind in voller Kampfmontur, als würden sie gegen eine Armee kämpfen, und ich sehe Aktivität auf beiden Seiten des Flusses, als gäbe es zwei Lager, um auf die andere Seite zu gelangen, wenn eines in Gefahr ist. Sie gehen klug und sicher vor."

Ich kletterte auf den Warenstapel und spähte flussabwärts. Ich konnte nichts Nennenswertes sehen und schürzte frustriert die Lippen. Sechs Zwerge waren kein Problem für so viele Leute. Wahrscheinlich waren noch mehr am Ufer, aber sie blieben dort, um zu verhindern, dass wir ein Schiff rammten und die ganze Einheit ins Flussbett stürzte. Ein Zwerg in schwerer Rüstung würde sich nicht nur abmühen, um zu schwimmen, in dem Moment, in dem er ins Wasser ging, war er tot.

Wir diskutierten über Ergebnisse und Wahrscheinlichkeiten, während wir den Abstand verringerten. Kapitän Urot schlängelte sich schließlich hinüber, als sogar menschliche Augen die wartende Falle sehen konnten.

Er schien nicht übermäßig besorgt zu sein. "Wir sind schwer. Man bräuchte eine Kette, um uns aufzuhalten. Aber ich habe dich gewarnt, Baron Tem, wir sind keine Kämpfer", sagte Captain Urot.

"Mit Kregor und Annabell werde ich allein mit sechs von ihnen fertig. Nimm einfach so viel Geschwindigkeit auf, wie du kannst", sagte ich.

"Ich wette, die laufen sowieso weg, wir sind keine drei Fischer", sagte Kapitän Urot. Er schlug sich die Hände vor den Mund und rief. "Ruderer, volle Kraft voraus. Passagiere, geht von den Rändern weg und sucht euch einen Platz, wo ihr euch hinhocken könnt."

Anna wartete, bis er geendet hatte, und rief: "Bogenschützen an die Front. Wenn du einen Bogen und Pfeile brauchst, wir haben welche zum Verteilen."

Die Ruderer stimmten eine Kadenz an und schmetterten ihr Lied, um das Tempo zu kontrollieren. Der Adrenalinstoß schoss durch meine Adern. Um uns herum blickten die nervösen Menschen einander an und einige den Fluss hinunter.

Ich verließ die Elfen, schlängelte mich durch die Schaulustigen und klopfte leise an die Tür, an der die neuen Mütter schliefen. Als hätte die junge Frau meine Gedanken gelesen, wurden mir von drinnen mein Bogen und meine Pfeile gereicht. Sie kam mit meinem Schwert zurück, das ich mir schnell um die Hüfte schnallte.

"Möge der Große Geist uns leiten", sagte sie.

"Im Namen des Großen Geistes werden die Unschuldigen einen neuen Tag erleben", antwortete ich.

Sie lächelte nicht und schloss stattdessen leise die Tür. Während ich die Sehne aufspannte, hörte ich, wie sie ihrem Sohn ein Lied über die Wertschätzung des Lebens vorsang.

Ich... ich hielt inne. Instinktiv legte ich eine Handfläche gegen das Holz.

*Ich kämpfe nicht aus einer Sehnsucht nach dem Tod, sondern um das Leben zu schützen. Ich bin kein Ungeheuer, aber ich lasse das Ungeheuer frei, wenn es nötig ist.*

Ich warf den Köcher über meinen Rücken und ging mit gestählter Entschlossenheit zum vorderen Teil des Schiffes.

Die vier Seile blieben über den Fluss gespannt. Anstelle eines halben Dutzend Zwerge stieg ein weiteres Dutzend von links und rechts aus. Die drei Gruppen von Zwergen standen auf separaten Fischerbooten, deren Bug auf unseren Kahn gerichtet war.

Ihr Plan war einfach und doch effektiv. Sie würden sich unserem Kahn zuwenden, Armbrustbolzen abfeuern und versuchen, das Deck zu entern, wenn das Seil es schaffte, uns zu verlangsamen. Die Ruderer erhöhten das Tempo, und wir wurden von den einfachen Männern, die unsere Geschwindigkeit unterstützten, vorwärts gerüttelt.

Als ich mich auf den Bogen stellte, standen nur zehn Bogenschützen bei mir, die Elfen hinter mir nicht mitgerechnet. Es war mir nicht entgangen, dass sie alle Bögen mit Köchern auf dem Rücken trugen.

Kregor erhob sich und streckte sich zitternd. Das war das erste Zeichen, dass die Zwerge zögerten. Sie zeigten auf ihn und fingen an, hin und her zu schreien. Kregor konnte leicht auf eines ihrer Schiffe springen und es umkippen. Er würde wahrscheinlich Selbstmord begehen, indem er seine Feinde tötete, aber es war eine echte Bedrohung, und sie waren eindeutig aufgeregt.

Suzie schoss in die Luft, bevor sie schnell zurückkehrte.

"Ich habe in den Bäumen nachgesehen und niemanden gesehen. Es gibt zwei kleine Rauchspuren von kürzlich erloschenen Feuern. Soweit ich das beurteilen kann, gibt es nur siebzehn Zwerge", sagte Suzie.

"Ein kompletter Spähtrupp und sie sind schwer gepanzert. Sieh dir an, wie sie die Boote aus dem Weg räumen. Sie wollen uns aus dem Weg räumen, wenn wir vorbeikommen, mit viel Platz zwischen uns, keine schlechte Strategie. So vermeiden sie, dass sie ertrinken, wenn Kregor angreift, die Seile halten vielleicht, und ein paar tote Menschen sind besser, als uns einfach durchzulassen", sagte ich.

Anna kam in einer schlecht sitzenden Rüstung, einem Schild und einem Schwert an meine Seite. Sie deutete mit der Spitze ihrer Klinge auf die Seiten des Flusses. "Sie lassen die Seile herunter und wollen sie retten."

Ich grummelte. "Ich hasse die Flüsse, verdammt."

"Was hast du gesagt?" fragte Anna.

"Sie haben uns ausmanövriert. Die Stadt Fjord muss offen bleiben. Dieser Fluss kann nicht blockiert werden. Sie haben mich durch logische und kluge Entscheidungen in Zugzwang gebracht. Im Nachhinein werden sie es bereuen. Ich brauche Sie, um diese Menschen zu schützen", sagte ich.

Ich küsste Annas Wange, packte Kregors Fell und sprang auf den Rücken des Tieres in drei Metern Höhe. "Bleib am Leben."

"Was!" sagte Anna bestürzt.

"Elfen, bewaffnet euch und folgt mir", befahl ich und drehte Kregor nach rechts. "Tut mir leid, mein Freund, aber ich brauche dich, um den Kahn flussabwärts zu schlagen."

Kregor warf einen Blick auf mich, dann auf die Zwerge, fand seine Überzeugung und knurrte mit einem vibrierenden Knurren. Ich erschauderte bei dem, was jetzt kam. Wir sprangen über die Kante und direkt auf den Fluss zu.

Suzie krächzte erschrocken und sagte: "Heute nicht, Bauernjunge."

Der Mammutwolf sank wie ein Stein auf das Wasser.

*Platsch!*

Der kühle Fluss raubte mir den Atem, während ich um meinen Halt kämpfte und mich kaum festhalten konnte. So schnell wie wir abgetaucht waren, kamen wir auch wieder an die Oberfläche und ich sog die Luft ein. Ich hielt an der irrigen Vorstellung fest, dass Kregor langsam sein würde, und ich wurde eines Besseren belehrt, als er mit schnellen Zügen ans Ufer schoss. Der Mammutwolf war fest entschlossen, diese Zwerge zu erreichen.

Sobald seine Füße den Boden berührten, sprangen wir mit einem Sprung aus dem Wasser. Als wir im Wald waren, warf ich einen Blick über meine Schulter. Alle Elfen eilten uns hinterher, aber sie schwammen nicht so schnell wie Kregor. Ich konnte warten, beschloss aber, dass der beste Zeitpunkt für einen Angriff wäre, während sich die Zwerge auf den Kahn konzentrierten.

Ich ließ mich fest auf Kregors Rücken sinken und versuchte so gut es ging, den zappelnden Gliedmaßen auszuweichen, durch die er schwamm. Wir überholten den Kahn, und ehe ich mich versah, hörte ich einen schrillen, blökenden Schrei, gefolgt von einem lauten Schnappen der zugedrückten Kiefer.

Als ich mein Gesicht aus seinem flauschigen Haar hob, sah ich, dass wir uns in einem Waldlager befanden. Kregor schnappte immer wieder zu, als er Widder tötete, die nur ein Viertel so groß waren wie er. Die armen Tiere hatten keine Chance, denn sie waren an den Bäumen festgebunden, damit sie nicht weglaufen konnten.

Kregor packte einen der größten Schafböcke genau in der Mitte und schüttelte ihn, als wäre er ein Spielzeug. Der blökende Widder strampelte vergeblich, und während er um sein Leben kämpfte, schwang Kregor ihn näher an den Wald heran. Der Kopf knallte gegen einen Baumstamm und brach das Genick.

Er spuckte den Bock aus und ging zum nächsten Ziel. Ich spannte einen Pfeil ein und sah kein einziges Ziel, auf das ich schießen konnte, während sich das Gemetzel entfaltete.

"Das Lager!", rief ein Zwerg.

Ein anderer Zwerg befahl: "Bleib auf dem Wasser! Ruhig. Lass sie zu uns kommen."

Ich murrte und wünschte, meine Feinde wären hirnlose Idioten und keine denkenden Späher. Kregor tötete den letzten Widder und ging auf das Ufer zu. Ein Armbrustbolzen prallte von einem Baum ab und verfehlte uns beide nur knapp. Als er sich zurückzog, rutschte ich von seinen Schultern und freute mich über den Waldboden unter meinen Füßen.

Die Armbrüste der Zwerge brauchten ein oder zwei Minuten, um nachzuladen, was bedeutete, dass jeder Schuss, der auf uns abgefeuert wurde, ein Schuss weniger für den ankommenden Kahn war. Der Nachteil, wenn man sie zum Feuern brachte, war, dass sie leicht zu treffen waren. Das Überleben würde sich als schwierig erweisen, bis sie gezwungen waren, nachzuladen.

"Teezor! Bring die Jungs hierher!", rief der Kommandant der Zwerge.

Das Pfeifen der Pfeile vom Kahn gab uns den nötigen Vorsprung. Kregor sprang ans Ufer, bevor er wieder in Deckung ging.

Drei Armbrüste feuerten auf ihn, und der Kommandant züchtigte seine Truppen. Ich schlich mich in ein Gebüsch und sah, wie die Zwerge auf den Kahn oder Kregor fixiert waren. Ein Pfeil zischte von links aus dem Wald und fand den Schlitz zwischen Helm und Brustpanzer.

"Unten an der Küste!", rief der Kommandant.

Der taumelnde Zwerg fiel mit einem schäumenden Plätschern in den Fluss. Vom Kahn aus regnete es meist harmlose Pfeile mit minimalen Auswirkungen. Ein Zwerg brach nach einem unglücklichen Pfeil im Nacken zusammen, und ein anderer wurde mit dem Fuß an das Schiff geklemmt, auf dem er stand.

Ich zog mich zu meinem Ankerpunkt zurück, wartete auf den richtigen Moment und feuerte auf den Zwerg, der für Ordnung sorgte.

Mein Pfeil brach aus dem Blattwerk hervor, überquerte das Wasser und schlug in die Aussparung für das Ohr des Steuermanns ein. Der feindliche Kommandant stürzte augenblicklich mit Zuckungen zu Boden. Die Zwerge hoben gemeinsam ihre Armbrüste und feuerten zu meinem Entsetzen auf die überfüllten Decks des Kahns.

Das Einschlagen von mehr als einem Dutzend Bolzen jagte mir einen Schauer über den Rücken. Ich rannte nach vorne und ins Freie, während sie nachluden. Schreckliche Schmerzensschreie ertönten, als die Bolzen unter den kauernden Passagieren landeten.

Auf der anderen Seite des Flusses schlossen sich die Ruderer Anna an und steuerten das Floß auf die andere Seite des Flusses. Ein schallendes Krachen breitete sich über die Gegend aus, als die Holzboote zusammenstießen. Die Zwerge hielten ihre Stellung, denn sie wussten, dass ein Rückzug den Tod bedeutete. Anna wich einem Hammerschlag aus und ließ ihre Klinge geschickt in den Hals eines Zwerges gleiten. Das halbe Dutzend Zwerge fiel schnell unter den zwanzig Männern.

Das Floß verlangsamte sich und begann zu treiben, was Anna und die tapferen Soldaten zurück auf das hintere Ende des Floßes zwang, bevor sie vollständig getrennt wurden. Auf meiner Seite des Flusses begannen wir einen Fernkampf, bei dem das Nachladen unendlich viel schneller ging.

Die Elfen schlossen sich mir an, und wir stürzten uns auf die Zwerge. Ein Feind nach dem anderen brach tot oder tödlich verletzt zusammen, bis nur noch zwei auf unserer Seite des Flusses standen. Ich warf einen Blick auf den Kahn, als die letzten beiden sich ergaben.

Anna hatte keine Gelegenheit, zu winken oder etwas zu sagen, als sie den Fluss hinunterfuhren. Sie behandelten Verletzungen auf dem Kahn und waren offensichtlich beschäftigt. Ich wünschte ihnen alles Gute, während ich meine Gefangenen ans Ufer winkte.

Ich war kein Soldat, und zu diesem Zeitpunkt meines Lebens mochte ich den König und seine Methoden nicht. Sollte die Grenze rebellieren, würde ich mich auf die Seite meines Volkes stellen und nicht auf die der Adligen in den hochmütigen Türmen. Aus diesem Grund befand ich mich in einer Zwangslage.

Es gab ein langjähriges Abkommen zwischen dem Zwergenreich Bargg und dem Königreich Ilisia. Gefangene wurden entweder gehandelt oder verkauft, aber nicht getötet, wenn sie sich ergaben. Ehrlich gesagt, wenn ich mich ihnen ergeben würde, würde ich auf Gnade und eine Chance auf Freiheit hoffen. Diese Gedanken gingen mir durch den Kopf, als ich das Seil fand, das ihr Fischerboot mit dem Ufer verband, und es zu mir zog.

Die schweren Schritte von Kregor hinter mir verrieten mir, dass mein Freund den Kampf überlebt hatte. Die Elfen kamen gerade an, als ich das Fischerboot, in dem die beiden Zwerge saßen, ans Ufer zog.

"Wir ergeben uns", sagte der erste, der das Ufer betrat.

Seine Rüstung klirrte, und den losen Riemen nach zu urteilen, legte er sie eilig an. Wenn sie vorgeschobene Ausgucke hatten, was wahrscheinlich war, waren sie nicht rechtzeitig und mit ausreichender Vorwarnung in die Lager zurückgekehrt. Während ich mit ihnen sprach, war ich auf der Hut.

"Werft eure Waffen ans Ufer", befahl ich.

Widerstrebend willigten sie ein, und ich winkte sie in den Wald zu ihrem Lager.

"Wie viele von euch haben den Süden durchquert?" fragte ich.

"Ich muss es nicht sagen", sagte der Redner der beiden. "Du musst das -"

Wir waren tief genug im Wald, um den Kahn nicht zu sehen. "Kregor, töte den hier."

Der Wolf stürzte sich auf ihn und riss ihm den Kopf sauber ab. Der enthauptete Körper fiel auf die Knie und Blut spritzte aus dem Hals. Der Mammutwolf spuckte den behelmten Kopf aus und wir sahen zu, wie er neben der Feuergrube zum Stillstand kam. Ich drehte mich zu dem anderen Zwerg um, der wegen des plötzlichen Endes seines Verbündeten bebte.

"In diesem Moment bin ich kein Iliser. Oder ist es in diesem Moment? Im... Ja, im Moment, aber ich kann mir nicht helfen, aber 'im' gefällt mir besser. Wie dem auch sei, das Geschäft zwischen Königen und Kaisern ist angesichts des Kampfes zwischen dem Großen Geist und dem Dämonenlord überflüssig. Euer Kampf für die Dunkelheit und eure Methoden sind des Mitgefühls nicht würdig. Die größte Ironie ist, dass ihr, wenn ihr Zwerge gewinnt, nur euren Tod beschleunigt."

Der Zwerg legte verwirrt den Kopf schief. In seinen langen roten Bart mischten sich Grautöne. "Wovon redest du, verrückter Mensch? Beri hat etwas Besseres verdient. Du hast Unrecht mit dem, was du getan hast."

"Ich würde auch gerne mehr wissen", fügte Phore hinzu, während die Elfen die Beute sortierten.

Einstimmig nickten sie zustimmend. Ich sah zu, wie sie die Zelte zusammenpackten und die toten Widderkörper auf den einzigen Handkarren stapelten. Junip fesselte die Hand des Gefangenen, und ich versuchte zu helfen, indem ich eines der anderen Boote mit toten Zwergen hineinzog. Der Gefangene folgte mir, aber ich sagte nichts.

Nachdem wir vier schwere Körper auf den Campingplatz geschleppt hatten, fuhr ich weiter.

"Wir stehen auf einem Planeten. Dieser Planet kann zwischen den Sternen bewegt werden. Wir alle kennen die Geschichte, dass Sterne himmlische Drachen sind. Wenn die Sonne schwindet, zerbricht das Ei und der Himmelsdrache schlüpft. Was zurückbleibt, ist eine wirbelnde Leere der Zerstörung. Wo Licht ist, da ist auch Dunkelheit. Zufällig glaube ich das jetzt."

Der Zwerg spottete. "Eher verrückt. Ein Märchen für dumme Menschen."

Ich habe seine herabsetzenden Bemerkungen nicht an mich herangelassen. "Man hat mir erklärt, dass zwei Seiten einen Wettbewerb statt eines Krieges ausgemacht haben. Ihre Regeln deckten das meiste ab, aber es gab einige Schlupflöcher. Die Rebellion der Zwerge gegen ihren eigenen Drachenturm ist eine davon. Wenn dieser Planet durch ein Portal namens Schwarzes Loch geht, werden alle Seelen eingesammelt. Um dies zu vermeiden, müssen die Anhänger des Großen Geistes im Drachenturm Essenzen sammeln. Da unsere Bemühungen durch Verrat und Müdigkeit weltweit nachgelassen haben, ist die Magie nicht nur verblasst, sondern auch verschwunden, weil wir uns in der Nähe dieses Portals befinden."

Der Zwerg kippte einen Joint und spuckte auf die Stiefel meines Vaters. "Die Magie hat das Gehirn geschmolzen!"

"Und wenn du gewinnst, stirbst du. Aber das wisst ihr ja nicht. Ihr habt nur das bekommen, was eure Anführer euch gesagt haben, und um ehrlich zu sein, könnte ich auch getäuscht worden sein", gab ich zu.

"Du hast dich nicht getäuscht", sagte Phore voller Überzeugung. "Der große Krieg steht uns wieder bevor. In uralten Zeiten, die so lange zurückliegen, dass selbst meine Vorfahren nur Aufzeichnungen von ihren Vorfahren hatten, gab es eine große Schlacht zwischen den Lakaien des Dämonenfürsten und den Schöpfungen des Großen Geistes. Damals herrschten die Elfen, die Zwerge kauerten in den Bergen, und die Menschen lebten in kleinen Siedlungen und klammerten sich an das Leben. Die große Schlacht wurde vom Geist gewonnen, der zum Großen Geist wurde. So geht die Legende."

"Sie haben sich also vorher gestritten", sagte ich.

"Wahrscheinlich. An den meisten Geschichten ist etwas Wahres dran. Unsere Bevölkerung ist zu klein, um zu rechtfertigen, welche Herrschaft die Rechte an einem Drachenturm auslöste. Ich war noch nie drinnen und habe nur in aufgedeckten Büchern oder durch Wissen aus zweiter Hand davon gelesen", sagte Phore. "In der Tat, das ist eine Tatsache." Die Elfen lachten. Ich nicht. "Ach, was soll's... Jedenfalls bist du der erste lebende Konkurrent, dem ich begegne."

Jupin fragte: "Was hast du mit dem Zwerg vor?"

Ich schaute mich um und stellte fest, dass wir bereit waren, loszufahren. Der Wagen war hoch aufgestapelt, zwei Elfen waren bereit, die Bremsen zu lösen, und zwei weitere standen zum Schieben bereit. Kregor legte sich hin und aß ein Stück Widder, das für ihn zurückgelassen worden war.

Ich wandte mich an den Zwerg. "Gut... Äh, irgendwelche letzten Worte?" fragte ich.

"Wartet, ich sage euch, was ihr wissen wollt", flehte der Zwerg.

"Gut, aber du wirst harte Arbeit und beschissene Bedingungen bekommen. Deine beste Hoffnung ist, dass die Stadt irgendwann überrannt wird und du befreit wirst", sagte ich ihm.

"Sie wird fallen. Ich weiß es nicht. Das ganze Reich marschiert im Süden herum", sagte er.

Ich kniff mir in den Nasenrücken.

"Wie erwartet", sagte Phore, ohne zu helfen.

"König Hori wird darauf nicht vorbereitet sein. Und wenn man bedenkt, dass Anna geholfen hat, die Invasion aufzuhalten, nur um dann in eine Zelle geworfen zu werden", brummte ich. Der Zwerg folgte uns, als wir begannen, zur Straße nach Fjord zu marschieren. Er beäugte mich verwirrt, und ich fügte hinzu: "Wir haben ein Geschenk von Elfenbabys abgefangen."

"Du weißt nicht zufällig, wo sie sein könnten?", fragte er.

Ein kurzer Blick in den Wald verriet, dass er vielleicht wusste, wo sich ein anderer Zwerg versteckte. Ich seufzte und log laut: "Die Elfenbabys wurden als Geschenk an

König Hori übergeben. Er schickte sie über das Meer, wo sie weit weg von der Gefahr waren. Als Gegenleistung für ihre Rettung kämpfen diese Elfen jetzt für den Großen Geist."

"Das ist nicht wahr, das glaube ich nicht. Sonst würden wir gegen Minos kämpfen", sagte der Zwerg.

Ich zuckte mit den Schultern und antwortete: "Hören Sie, wir sind keine Freunde, und ich werde Sie knebeln. Ich glaube, es gab mehr als einen Wagen." Seine Augen leuchteten auf. "Siehst du, danke für die Bestätigung. Ihr seid mit den Minos verbündet, weil euer Kaiser klug genug war, mehr als einen Abgesandten zu schicken. Diejenigen, die wir erwischt haben, sind weg und damit basta."

An diesem Punkt war er still. Kregor behielt ihn genau im Auge, während wir nach Fjord reisten. Ich musste nur hoffen, dass niemand die Nachricht verbreitete, dass sich die wertvollen Elfenkinder in der kleinen Stadt befanden, sonst würden sich sowohl die Armeen der Minotauren als auch die der Zwerge auf den Ort stürzen und wir stünden vor einer schweren Entscheidung.

# KAPITEL ZWEIUNDDREISSIG

## FJORD MEINT ES ERNST

Ich sah zu, wie der Körper des Zwerges am Ende einer Schlinge schwankte. Das war nicht das Ergebnis, das ich wollte, aber für den Zwerg war es eine Endlösung.

*Ich habe nicht einmal seinen Namen erfahren.*

Als wir am Stadttor ankamen, verlangte der Mob aus Fjord Rache für zwei tote Kinder, die durch Armbrustbolzen ums Leben gekommen waren. Einen Moment lang versuchte ich, sie zu beruhigen und zur Vernunft zu bringen. Der Zwerg konnte helfen, Gräben auszuheben, Scheunen zu misten, Felder zu ernten, und nur wenn er nicht half, sollte er entsorgt werden. Ich war allein und meine Stimme wurde übertönt. Kregor gesellte sich zu Amor und beide traten zur Seite.

Der Zwerg starb mit einem kurzen Sturz, einem plötzlichen Halt und dem Jubel der Menge. Ich seufzte und fühlte mich machtlos gegen ihren gerechten Zorn. Nach der Hinrichtung des Ersten konnte ich nicht mehr sprechen.

"Gut, dass wir ihn los sind", schimpfte ein Anwohner.

Ich seufzte. Ich hatte vor, ihn durch eine List entkommen zu lassen, in der Hoffnung, dass er den Feind mit falschen Informationen füttern würde. Die einzige Bedingung für seinen Tod war, dass er keine Chance hatte, die Wahrheit herauszufinden und die Nachricht zu verbreiten, dass wir die Elfenbabys tatsächlich hatten. Wenn einige Zwerge unseren Angriff überlebten und unsere Worte mitbekamen, dann soll es so sein.

Ich erreichte die Stadt einen halben Tag nach der Barke mit weiteren Waren aus einem kaputten Wagen, den wir verlassen an der Hauptstraße gefunden hatten. Ich nutzte die Zeit, um mich mit den Elfen zu unterhalten und stellte fest, dass unsere Differenzen größtenteils missverstanden wurden. Der andere Teil war, dass die Menschen übergriffige Arschlöcher waren, eine Tatsache, der ich nichts entgegensetzen konnte.

Ich war traurig, dass Anna und Palina bei unserer Ankunft nicht dabei waren. Es war lästig, aber wahrscheinlich gerechtfertigt. Amor näherte sich, als sich die Menge zerstreute. Er trug ein weißes Gewand mit gelben Verzierungen, war frisch rasiert und wirkte erfrischt. Wenn ich raten müsste, wurde er nicht von einem Haus voller Babys auf Trab gehalten.

Der bedeckte Himmel trug zu meiner düsteren Stimmung bei. Ein zufälliges Donnergrollen ging einem leichten Regen voraus, der langsam meine Kleider durchnässte.

"Willkommen in Fjord", sagte Amor mit einem breiten Grinsen. Ich verschränkte die Unterarme mit ihm. "Ich bin überrascht, dass du hier bist, wenn man bedenkt, wie engagiert du bist."

"Ich werde in Kürze zurückkehren. Daran gibt es keinen Zweifel. Ich habe große Fortschritte gemacht und muss einige Upgrades kaufen, sobald ich zurück bin. Aber ja, es ist interessant. So sehr ich mich auch bemühe, mein Zuhause braucht mich genauso wie der Planet. Manchmal wünschte ich, es gäbe einen Verdoppelungszauber, mit dem ich an zwei Orten gleichzeitig sein kann", sagte ich, während wir in die Stadt gingen.

Am Ortseingang von Fjord hielten sich viele Menschen auf, die Kregor bei seiner Jagd beobachtet hatten. Suzie gesellte sich zu ihnen, und ich inspizierte meinerseits die Stadt. Die Brüstung war reparaturbedürftig, und an einigen der Rampen, die zur Mauer hinaufführten, fehlten Teile.

In der Stadt selbst standen die steinernen Gebäude starr da, während die hölzernen sich meist anlehnten. Einige der Veranden waren reparaturbedürftig. Ein verlassener Laden an der Ecke war niedergebrannt. Die Stadt war ein wenig zu groß, um sich bei jedem kleinen Problem zusammenzuschließen. Hoffentlich konnten diese Kleinigkeiten mit einer angemessenen Führung in neuem Glanz erstrahlen.

Ich verschränkte die Hände hinter dem Rücken und fragte: "Wie läuft's denn so?"

"Verdammt furchtbar. Meine Familie hat mich nicht verstoßen, aber ich habe alles verloren. Ich habe einen Bruder, dem es ähnlich erging, und ich glaube, meine Eltern erkannten, dass König Hori sie zurückhielt, nicht mich. Sie zahlten eine Strafe und ich wurde vom Grafen zum Baron. Nicht das

Schlimmste, nehme ich an. Wie dem auch sei, mein Adelsstatus hat mir erlaubt, Schulden zu machen, um die Lage zu verbessern, aber ich habe kein Gold mehr. Apropos, hast du...?"

"Ich habe Tausende mitgebracht. Du kannst dir etwas leihen, um den guten Menschen an der Grenze zu helfen, aber sei versichert, dass es kein Spielgeld ist. Der Rest geht an Anna und Palina, die damit die Babys versorgen können", sagte ich ihm.

"Beim großen Geist, du bist das Geschenk, das immer weitergibt. Danke, dass du ihr aus der Patsche geholfen hast", sagte er freudig. "Die Vorräte sind auch himmlisch."

"Sie ist eine reizende junge Frau, die mich fast zum Lächeln bringt", gab ich zu.

Er drehte sich um und starrte mich länger als gewöhnlich an. "Ach wirklich..." Ich sah ihm zu, wie er über meine Worte nachdachte. Er grinste ernst und kommentierte: "Schön für euch beide."

"Verdammt, Amor, ich habe nichts gesagt. Aber ich nehme an, ich habe es getan, ohne es zu leugnen. Es ist kompliziert und wie bei den meisten Dingen, gehe ich es langsam an. Sie... sie ist eine Löwin, die zum ersten Mal aus ihrem Käfig gelassen wird, und der Hunger in ihren Augen ist beängstigend."

Er stieß ein herzhaftes Lachen aus. "Erschreckend reizvoll. Es ist natürlich, und sie ist eine selbstbewusste Frau. Ich würde sie nicht zu sehr bekämpfen, sonst könntest du sie verlieren."

Ich hörte einen Hauch von Traurigkeit in seiner Stimme. "Und die lokalen Bedrohungen?" fragte ich, um das Thema zu wechseln.

"Sieh mal, die Handelsstraßen sind stillgelegt, aber die Farmen sind weitgehend unberührt. Sie machen aggressiv Jagd auf Karawanen. Sie umgehen alles andere, und wir haben Berichte über einige, die sich in der Gegend herumtreiben. Man muss kein Genie sein, um herauszufinden, dass sie die Babys zurückhaben wollen. Wenn ich raten müsste, dann wissen sie, dass die Babys in Fjord sind."

Ich schürzte die Lippen, denn ich war nicht erfreut über diese Nachricht. "Wenigstens haben wir es mit einer Kompanie Zwerge weniger zu tun, mehr oder weniger. Ich rechne in Zukunft mit mehr Angriffen. Sehr viel mehr", sagte ich und wandte mich dem Marktviertel zu.

"Wohin gehst du? Palina und Annabell sind in dem einzigen Anwesen der Stadt", sagte Amor. "Du willst sie doch sehen, oder? Ich weiß, dass diese Elfen das wollen."

Phore hob sein Hemd, zeigte seine Bauchmuskeln und sagte: "Bauchmuskeln... sehr gut."

Die übermütigen Elfen brachen in Gelächter aus. Ich stöhnte und kniff mir in den Nasenrücken. Amor öffnete und schloss den Mund, unfähig, die Bemerkung mit einer Antwort zu würdigen.

"Danke für die Klarstellung, Phore. Zeig mir den Weg, Amor. Ich mache mir nur Sorgen. Du weißt, dass noch vor dem Winter Hunderte, wenn nicht Tausende von Flüchtlingen kommen werden und es keinen Platz gibt?" fragte ich.

Er schaute mich an und dann seine Schuhe. "Ja, das tue ich. Aber ich bin pleite, arm und kann so gut wie nichts tun. Außerdem bin ich ein Außenseiter mit wenig Einfluss. Wenn ich mich heute gegen den Mob gestellt hätte, hätten sie mich verprügelt. Ich kann Gefallen einfordern, Veteranen Arbeit anbieten und versuchen, eine Miliz zusammenzustellen, um mein Ansehen zu verbessern, und das werde ich auch tun, aber das alles kostet Zeit und eine Menge Münzen."

"Ihr habt die Heldin der Grenze, die auf ihrem Mammutwolf hergeritten ist und Gold übrig hat. Sie wird wahrscheinlich den Bau weiterer Verteidigungsanlagen in Auftrag geben und sogar für die Arbeit bezahlen", sagte ich mit einem Augenzwinkern.

"Und du willst heute bei strömendem Regen und nur wenige Minuten nach Ihrer Ankunft losfahren?" sagte Amor.

"Besser heute als morgen", antwortete Phore. "Wir würden auch gerne das Anwesen besichtigen, Lord Tem. Bitte halten Sie uns nicht auf."

Amor musterte den schlaksigen Elfen. "Lord Tem?"

Junip schlich sich zwischen Amor und mich. "Er ist ein Baron, nicht wahr?"

"Ich bin ein Baron. Ist das das Haus?" fragte ich Amor.

Wir hielten an einem alten Anwesen am Rande der Stadt an. Die hölzerne Fassade hatte schon bessere Tage gesehen, die Hälfte der Balkone war heruntergefallen oder verrottet. Das Strohdach wies Anzeichen einer kürzlichen Reparatur auf, wobei noch weitere Arbeiten erforderlich waren. Ich bemerkte eine neue Tür in den Angeln und eine junge Mutter, die mit einem Baby im Arm aus einem offenen Fenster winkte.

Das Haus war riesig und bot genug Platz für Dutzende von Menschen. Ich konnte mir nur vorstellen, wie viel Arbeit im Inneren nötig war, wenn das Äußere so aussah. Während ich das Gebäude anstarrte, wurde mir klar, dass meine Auszeit mit Babys in häuslicher Umgebung mich von meiner Rückkehr zum Drachenturm abhalten könnte.

Amor räusperte sich, um auf sich aufmerksam zu machen. "Beim großen Geist, nein. Das ist das schreiende Haus der Babies. Ein treffender Name, wenn ihr mich fragt. Das ist euer Haus, in dem sogar mehr Mütter leben, als nötig sind, um zu helfen. Die Neuzugänge waren besonders hungrig."

Ich räusperte mich und zögerte mit der Frage. "Was ist mit der Elfin, die die Babys beschützt hat?"

"Sie hat es leider nicht geschafft." Die Elfen um uns herum ließen die Schultern sinken. "Sie hat sich davongemacht, weil sie wusste, dass sie ihren Teil getan hat. Sie haben ihr schreckliche Dinge angetan. Einfach das Schlimmste..." Er stieß einen missmutigen Seufzer aus. "Der letzte Zwerg hat verdient, was er bekommen hat. Ich mag das Gesetz der Grenze lieber als die Erlasse des Königs." Amor hielt inne und musterte mich eingehend. "Willst du wirklich den Adligen spielen?"

Ich wollte die Elfen gerade ins Haus lassen, als ich Anna aus einer Seitenstraße kommen sah. Sie trug ein neues Sommerkleid, das ihren normalerweise verborgenen Busen freilegte. Ihre Beine waren oberhalb des Knies zu sehen, und ich hob meine Kinnlade an. Ihr sandblondes Haar war nass von einer Reinigung und einem Schnitt. Der ordentliche Zopf ruhte über ihrer linken Schulter. Auf dem Rücken trug sie einen Rucksack, und in ihren Armen wiegte sie ein gebündeltes Baby.

Als ihre haselnussbraunen Augen auf die meinen trafen, lächelte sie, und ich kam mir vor wie der glücklichste Mann der Welt. Sie winkte Amor mit dem Finger zu, als sie die Frage nach meinem Adel hörte.

"Er ist ein Bauer, der sein Volk beschützen will", sagte Anna und verringerte eifrig den Abstand. Sie umarmte mich mit ihrem freien Arm. Ich öffnete vorsichtig das Tuch und sah ein winziges Elfenbaby.

"Junip", sagte ich und winkte sie zu mir. "Komm, nimm diesen kleinen Liebling ein bisschen mit in dein neues Zuhause."

Die Elfe nahm das Bündel entgegen, und Tränen stiegen ihr in die Augen, als sie keuchte.

"Und jetzt hast du einen Freund fürs Leben gewonnen, liebes Baby, und ihre Betreuer. Ich hoffte nur, dass es keine List war. Bitte, wir müssen die anderen sehen", mühte sich Junip zu sagen.

Amor klopfte mir auf die Schulter. "Wenn du deinen Vater besuchen willst, kann ich dich dorthin führen, wo er die Bäume für den Kampf und den Winter rodet. Wenn nicht, miete ich ein Zimmer im Fjordgasthof, während ich mir ein neues bescheidenes Heim baue. Ihr könnt mich später dort antreffen und wir können über weitere Geschäfte sprechen. Ich brauche allerdings ein paar Münzen für dieses Anwesen."

"Danke, Amor", sagte ich und sah ihm nach, wie er die Seitenstraße hinunterging. "Ich bezahle meine Schulden, auch die unerfüllten."

Die Elfen umschwärmten Junip und das Baby, während Anna sich an mich klammerte.

"Wo sind Suzie und Kregor?" fragte Anna.

Ich streichelte ihren Rücken und küsste sie auf die Stirn. "Auf der Jagd. Sie haben versprochen, nicht zu weit zu gehen."

"Ausgezeichnet." Ihr verschmitzter Blick ließ mich die Stirn runzeln. "Geht alle rein. Schließt das Tor ab, wenn ihr der Letzte seid."

Sie nahm mich an der Hand und führte mich in das Anwesen. Bei dem Tempo, das sie vorlegte, wurde ich verwirrt und sah mich um, ohne zu wissen, wohin wir wollten. Als wir eine Treppe hinaufgingen, wurde ich hellhörig.

Schließlich brach ich zusammen und fragte: "Wohin gehen wir?"

"Mein Feld muss gepflügt werden, ich nehme an, du kannst dir denken, was das bedeutet", sagte Anna mit einem Schmunzeln.

Ich öffnete und schloss meinen Mund, als wir das Gebäude erreichten. Eine Treppe führte direkt in den zweiten Stock hinauf. Die Elfen blieben in der ersten Etage, wo mehr als ein Dutzend Kinderbetten neben Wippen standen. Die Babys ruhten in Stubenwagen, und wir gingen die Treppe hinauf, bevor ich sie überhaupt betrachten konnte.

"Ja, ja, das kann ich, Mylady."

Während sie mich in ein privates Zimmer zerrte, musste ich die ganze Zeit lächeln. Sie riss die Tür auf und öffnete meinen Gürtel mit einer geschickten Bewegung ihrer Finger.

"Beeindruckend." Der Aufprall des Schwertes und das Aufschlagen meiner Hose auf den Holzdielen wurde durch das Läuten einer Glocke übertönt. Die Stadt wurde angegriffen.

"Verfluchte Unterbrechungen!" sagte Anna und stampfte mit dem Fuß auf. "Hilf mir, in die Rüstung zu kommen."

"Glaubst du nicht, dass sie damit umgehen können?" fragte ich traurig und wollte den Raum genauso betreten, wie sie es getan hatte. "Und warte, lässt du den Sex für den Kampf sausen? Interessant."

"Ha! Wir haben möglicherweise ein ganzes Leben zusammen, das kann warten. Endlich darf ich kämpfen!"

"Aber ich möchte..."

Sie küsste mich heftig, gab mir einen Klaps auf den Hintern und ließ mich eine Sekunde später knutschend in der Luft stehen. "Beeil dich, Bauernjunge, ich will die Schlacht nicht verpassen."

Das Geräusch laufender Schritte auf der Treppe ließ mich aufhorchen. Ich sah Darnius in ein Zimmer eilen. Palina war ihm dicht auf den Fersen.

"Netter Hintern", sagte Darnius. Er stupste Palina an, die ihm von hinten zuwinkte. "Ich habe ein verdammt gutes Grenzgänger-Mädchen gefunden. Ich bete sie an.

"Zieh deine Hose an, Tem. Die Minotauren kommen aus der Waldgrenze und dein Vater war da draußen", sagte Palina.

Mein Magen fiel mir aus dem Körper und ich murmelte: "Vier Höllen".

Ich beeilte mich, meinen Gürtel wieder anzulegen und Anna beim Anlegen ihrer Ausrüstung zu helfen. Ich musste nur hoffen, dass wir nicht zu spät kamen.

# KAPITEL DREIUNDDREISSIG

## OH MANN

Wir standen auf der Brüstung der wackeligen Mauer. Ich befürchtete, dass das Fundament aus Vernachlässigung zusammenbrechen würde, da immer mehr Menschen dem Ruf folgten, ihr Heim zu verteidigen. Ich lehnte mich an den senkrechten Teil, wo sich die Bogenschützen versteckten, um in Deckung zu gehen, wenn sie beschossen wurden.

Der Anblick, der sich mir bot, war eine schreckliche Szene, die mich für immer verfolgen würde. Das Leben hat eine seltsame Art, einem ins Gesicht zu treten, wenn man es am wenigsten erwartet.

*Hätte ich nur beschlossen, Pa vor dem Nachlass zu besuchen, wäre ich für ihn da gewesen.*

Pa war an einen Baum gefesselt, etwa sechshundert Meter von der Lichtung entfernt. Sein eigenes Schwert steckte in seinen Eingeweiden und fixierte ihn sicherheitshalber. Da es im Laufe der Generationen keine Überfälle gegeben hatte, war der Wald an einigen Stellen immer näher an die Mauern herangerückt. Es war nicht schlimm, aber es war etwas, das man vor einer möglichen Belagerung in Ordnung bringen musste.

Auf der anderen Seite des Feldes sah ich ein halbes Dutzend kürzlich umgestürzter Bäume, deren Wurzeln hoch in die Luft ragten. Nicht weit von den Kiefern entfernt zerstörten Hufspuren von Ochsen den Boden. Die umgestürzten Kiefern zeichneten ein klares Bild von dem, was Pa getan hatte: Er hatte Bäume umgerissen, um Platz für Verteidigungsanlagen zu schaffen.

Irgendwann griffen die Minotauren an und erwischten ihn auf offener Straße. Die Tatsache, dass sie ihn am Leben ließen, war aufschlussreich, und wenn ich raten müsste, ging es um Erpressung.

Ich war völlig verzweifelt, denn es bestand nur eine geringe Chance, ihn lebend zurückzubekommen. Minotauren sind keine taktvollen Verhandlungspartner und halten Gefangene nicht gerne fest.

Ich schaute die Reihe an der Wand auf und ab und sah Darnius und Palina, die sich leise unterhielten. Anna stand mit Phore und den anderen Elfen an meiner Seite. Hunderte von Bewohnern standen bereit, um mit Bogen und Speeren auf den fernen Feind zu zielen. Sie würden nie die Gelegenheit haben, sie zu benutzen.

Die etwa dreißig Minotauren würden nicht versuchen, die Mauer zu stürmen. Das wäre Selbstmord, und das wussten sie. Ich blieb bei meiner Hypothese, weil ich dachte, dass sie entweder etwas beweisen oder tauschen wollten. Ich untersuchte sie alle, einen nach dem anderen. Beim zweiten Durchgang dämmerte es mir.

Der zweitgrößte Minotaurus hatte drei Totenköpfe als Tätowierung unter seinem Auge. Dies war mein Feind. Derjenige, der mir nach dem ersten Minotaurus, den ich vor all den Monaten getötet hatte, den Garaus machen wollte. Er war stolz unter seinen Brüdern, weil er meinen Vater überrumpelt hatte.

Ich grinste und dachte mir einen Plan aus. Es war kein großartiger Plan, aber es war etwas. Ich schnappte mir eine Strickleiter und warf sie hinunter.

"Oh was machen Sie?", fragte der Bürgermeister.

Bürgermeister Parnbalm war kein Adliger. So weit von der Hauptstadt entfernt gab es nicht viele Adlige. Er konnte mich herumkommandieren, denn seine Macht kam aus dem Volk. Ich könnte ihn herumkommandieren, weil ich die Macht der Krone habe. Es würde nur einen Haufen Kopfschütteln geben, wenn ich seine Autorität ignorieren würde.

"Das ist mein Pa. Ich habe einen Plan", sagte ich selbstbewusst.

Anna hob eine Augenbraue zu mir. "Wie lautet der Plan?"

Ich zuckte zusammen. "Versprichst du, dass du Suzie nichts erzählst, wenn sie zurückkommt?"

"Warum sollte ich das tun?" fragte Anna. Ich benutzte die quietschende Strickleiter, um hinunterzusteigen, und murmelte etwas vor mich hin. "Ich konnte dich nicht *hören*."

"Weil sie auf mir herumhacken wird, weil es ein dummer Plan ist", sagte ich in einem mürrischen Ton.

"Und, ist der Plan dumm?" fragte Amor, der mit einiger Verspätung an der Mauer ankam.

Ich stotterte mit den Lippen, anstatt zu antworten. Es war wohl das Beste, meinen Plan für sich zu behalten, anstatt ihn nach seinen Vorzügen beurteilen zu lassen. Meine Füße knirschten im Gras, und ich marschierte durch die Öffnung zwischen den beiden Seiten. Ich überprüfte leicht die Spannung meines Bogens, vergewisserte mich, dass mein Gürtel fest saß, und machte ein paar einfache Dehnübungen, während ich die Strecke überquerte.

"Halt, oder er stirbt", forderte der Alpha-Minotaurus.

Ich hörte auf zu laufen und setzte meine Dehnübungen fort. Pa starrte mich nur entsetzt an und hasste es, dass ich es war, der zu den Verhandlungen kam. Ich schnippte mit den Fingern, als ob ich mich plötzlich an etwas erinnern würde. Die dreißig Minotauren waren über mein lässiges Auftreten nicht amüsiert.

"Drei Totenköpfe unter dem Auge. Ich erkenne dich. Ich weiß, dass wir Menschen wahrscheinlich alle gleich aussehen, also lass mich mich vorstellen. Ich habe deinen Kumpel vor ein paar Monaten auf der Straße getötet. Dolch ins Knie, Schwert in den Nacken. Das hat mir viel Lob und Respekt eingebracht", sagte ich stolz.

Der größte Minotaurus stupste meinen Erzfeind an, und sie unterhielten sich leise und unter vier Augen. Wenn ich raten müsste, würde er mir erklären, wie ich entkommen konnte, weil der Alpha vor Frustration schrie. Ich hatte erwartet, dass er auf Pa losgehen würde, aber es gab hier eine traurige Realität.

Pa kam in fast jedem Szenario nicht von diesem Baum herunter. Je eher ich mich damit abfinde, dass seine Gefangennahme sein Ende bedeutet, desto eher kann ich mich rächen. Es gab Hoffnung, aber es war eine Situation, in der man nur verlieren konnte, wenn ich seinen Tod nicht als unausweichliche Tatsache betrachtete.

"Wir wollen die Babys", rief ein dritter Minotaurus.

"Die, die deine Frau für mich gezeugt hat, oder die, die deine Mutter gezeugt hat?" Ich stichelte.

"Ich bringe dich um für..."

Das Alphatier stürmte zu dem Großmaul und stellte sich ihm in den Weg. Während er abgelenkt war, griff mich ein vierter Minotaurus an. Ich winkte ihn nach vorne, ohne mich um diesen potenziellen Angriff zu kümmern.

*Alles Teil des Plans.*

"Interessant, dass du dein eigenes Rudel nicht kontrollieren kannst. Ist es ein Rudel oder ein wilder Haufen?" fragte ich und streckte mich weiter. Als der grimmige Minotaurus, der doppelt so groß war wie ich, über die Lücke zwischen uns stürmte, tat ich so, als würde er nicht existieren.

Eine verschwommene Bewegung von der Baumgrenze aus verriet mir, dass ich richtig geraten hatte. Eine doppelköpfige Axt wirbelte durch die Luft und schlug in den Rücken des kühnen Minotaurus ein.

"Das hat ja lange genug gedauert", rief ich, und der tote Minotaurus rutschte auf halbem Weg zu mir zum Stehen. Minotauren waren sehr gewalttätig zueinander, wenn sie ihrem Alpha nicht gehorchten. Ich wusste genug über ihre Gesellschaft, um zu wissen, dass eine Verhöhnung dazu führen würde, dass sie aus der Reihe tanzen und der Alpha gezwungen wäre, seine Dominanz durchzusetzen. "Wie viele der anderen respektieren dich nicht genug, um dich reden zu lassen?"

Der große Minotaurus stapfte über das grasbewachsene Feld zu dem Verbündeten, den er getötet hatte. Der Körper zuckte, und ich konnte nicht anders, als mich an seinem Todeskampf zu erfreuen.

"Absolut wunderbar", sagte ich zu mir selbst.

"Warum bist du hier draußen, Mensch?", fragte der große Minotaurus.

Ich streckte meine Waden und sagte: "Ich habe das Sagen." Der Minotaurus schnaubte daraufhin, als wäre es ein Witz. "Nein, ich meine es wirklich ernst. Ich bin nicht nur der Alpha, sondern auch der Ranghöchste. Selbst Amor hat einen geringeren Status als ich. Er ist der Legat an der Wand. Im Ruhestand. Glaubst du, Minotauren gehen in Rente?"

Ich dachte über diese Frage nach und kam zu dem Schluss, dass sie wahrscheinlich starben, bevor sie ein hohes Alter erreichten.

"Ich tausche die Elfenbabys gegen den Mann, und die Raubzüge hören bis zum nächsten Frühjahr auf", sagte der Alpha.

"Weißt du, ich kann gar nicht fassen, wie hervorragend deine Worte sind. Es ist fast magisch", sagte ich.

"Das ist es. Der Herr der Wunder schenkt uns die Magie der Sprache gegenüber minderwertigen Rassen", prahlte er.

Mir dämmerte, dass der Wunderlord seine Interpretation des Dämonenlords war. Was für den einen ein Aufständischer ist, ist für den anderen ein Freiheitskämpfer, so habe ich gelesen.

"Interessant und, ich wage zu sagen, beeindruckend", sagte ich, und der Minotaurus spottete, ohne sich um meine Plattitüden zu kümmern.

Er griff nach seiner großen Axt, schnappte sich den langen Griff und riss die Klinge aus dem Rücken seines ehemaligen Verbündeten. Das Blut tropfte von der geschliffenen Schneide, und er trat den toten Minotaurus zur Sicherheit noch einmal.

"Ich brauche die Kinder, und der Handel ist fair. Ich bin kein Narr, der alte Mann ist das Leben eines Babys nicht wert, aber der Raubzug schon", sagte er mit Baritonstimme. "Der König wird sich an die Abmachung halten, und die Zwerge werden als Verlierer dastehen."

"Greift die Zwerge an, vernichtet ihre Armee und übergebt mir den Kopf des Zwergenkaisers, dann werde ich euch persönlich die drei Babys übergeben", sagte ich.

"Es sind Dutzende, nicht drei. Ihr Menschen, ihr seid immer die -" Ich war mir nicht ganz sicher, was ihn dazu brachte, endlich anzugreifen, aber seine Hüften verrieten es. Mit blitzschnellen Reflexen schleuderte er seine große Axt nach mir.

*Wenigstens hat er aufgehört zu reden.*

Ich tat so, als ob ich mich strecken würde, und spürte, wie das Rauschen der schweren Waffe mit einem Luftzug über mich hinwegfegte.

"Wow, das war knapp. Gut, dass du es nicht versucht hast", sagte ich.

*Mist!*

Die große Axt schlug mit solcher Wucht gegen die Wand, dass der Aufprall widerhallte.

"Du musst das für mich holen", sagte der Minotaurus und deutete auf die Wand.

Ich wagte nicht, meinen Blick von ihm abzuwenden. "Kämpfen wir jetzt oder hast du Angst? Hmm ... Was ist eine gute Beleidigung für Minotauren?" fragte ich.

"Sag ihm, dass sein Arsch pelzig ist!" rief Phore.

Die Elfen lachten hysterisch, und das hat gewirkt. Der Alpha brüllte: "Elfen sind nie lustig!"

Der Minotaurus verringerte den Abstand und holte einen Dolch aus seinem Gürtel. Ich zog vorsichtig mein Schwert heraus, stützte meine Beine ab und hielt die Waffe, als würde ich Stockball spielen. Ich konnte es in den blutunterlaufenen Augen des Minotaurus sehen. Er hatte mich unterschätzt. Jeder seiner langen Schläge brachte ihn meinem Untergang näher, und seine Zuversicht war absolut.

In letzter Sekunde wich ich zur Seite aus und stieß nach oben. Ich bewegte mich schneller, als er es je erwartet hatte oder es menschlich möglich sein sollte. Im einen Moment rannte er mit mörderischer Freude, im nächsten schoss mein Schwert hoch und unter sein Kinn.

Ich rammte ihm die Klinge in den Kopf, und es rüttelte an meinem Griff, als die Spitze gegen die Innenseite seines Schädels prallte. Der Schwung seines Körpers riss meine Hand von der Klinge los und seine Augen fixierten mich in völligem Schock.

Er fiel mit dem Gesicht voran und blieb plötzlich stehen. Eine Stille legte sich über die Gegend. Die Minotauren, die ihrem Alpha zugejubelt hatten, waren verwirrt. Ich schritt zu seiner letzten Ruhestätte und hatte Mühe, ihn umzudrehen, denn der Bastard wog eine Tonne.

"Was isst du denn? Na ja, außer Babys, du Perversling", grummelte ich.

Es gelang mir, ihn so weit vom Gras zu heben, dass ich meine Klinge losreißen konnte. Unter ihm bildete sich eine Blutlache und ich könnte nicht glücklicher sein.

Ich wischte die Blutspuren an der Klinge mit seinem Outfit ab, streckte mich weiter und forderte: "Wer ist der Nächste?"

"Warte, ist das dein Plan?" rief Anna, als sie es herausfand. "Dein Plan ist es, sie alle nacheinander zu töten. Oh verdammt, nein."

Amor brachte sie zum Schweigen, und ich warf zögernd einen Blick über meine Schulter zu Anna.

*Verflucht. Sie hat die Hände auf die Hüften gestemmt. Ich stecke so was von in Schwierigkeiten.*

"Du hast Glück gehabt", brüllten drei Tattoos. "Krix, Zestor, greift diesen erbärmlichen Menschen an oder sterbt bei dem Versuch."

Ich hob meinen Bogen vom Boden auf, spannte geschickt einen Pfeil und schoss. Der Pfeil spaltete die beiden Angreifer und traf einen Zuschauer, der sich mit einem Kumpel unterhielt, in die Stirn. Der Minotaurus begriff nicht, dass er gestorben war, und taumelte ein gutes Dutzend Schritte, bevor er mit einem dumpfen Aufprall auf den Rücken kippte.

"Das sollte der Punkt sein, an dem ihr flieht", rief ich. "Ich bin der Vorbote derer, die den Dämonenfürsten anbeten. Ich werde mich nicht von einfachen Minotauren aufhalten lassen. Ich werde mich nicht in einen Käfig sperren lassen, den wir den Drachenturm nennen. Ich bin Tem Perin, Champion des Großen Geistes, und ihr alle ... werdet ... meinen Zorn spüren!"

Ich warf den Bogen beiseite und griff frontal an. Ein Speer eines anderen Minotaurus ragte aus den Bäumen und die Waffe schlug auf dem Boden auf, auf dem ich gestanden hatte. Die beiden Feinde vor mir wurden weder langsamer noch kümmerten sie sich um meine Prahlerei. Sie regten sich jedoch auf, als ich in einem Winkel beschleunigte, mit dem sie nicht mithalten konnten.

Wenn sie schwer schwenkten, um sich anzupassen, tat ich das Gleiche, aber unendlich viel schneller und mit viel mehr Beweglichkeit. Ihr mangelndes Gleichgewicht wurde ihnen zum Verhängnis.

Meine Klinge durchschlug den Oberschenkel des linken Minotaurus, und der Minotaurus auf der rechten Seite geriet ins Taumeln. Ich jagte ihn zu Boden und stieß mein Schwert in seinen Rücken, bevor er sich erholen konnte. Die Klinge glitt durch das Fleisch, durchbohrte das Herz und ich zog sie mit übermenschlicher Geschwindigkeit heraus.

"Feiglinge. Jämmerlich. Kommt und kämpft gegen mich!" rief ich, wobei mir die Spucke aus dem Mund flog. "Seid ihr mächtige Krieger oder seid ihr feige Jungtiere?"

Ein dämonischer Zauber flog von dem kleinsten der Minotauren auf mich zu. Ich wich aus und rollte mich ab und konnte dem Zauber gerade noch ausweichen. Ein Teil meines Gewandes franste durch die Restwirkung des Zaubers aus. Ich konnte nicht anhalten und den Schaden begutachten, sondern kam schnell wieder auf die Beine.

Der verwundete Minotaurus humpelte mit seiner durchtrennten Schlagader. Als er merkte, dass er in wenigen Minuten tot sein würde, brüllte er eine Herausforderung und versuchte, mich einzuholen. Ein Pfeil schlug in seinen Hinterkopf ein und einen Sekundenbruchteil später kreuzten sich seine Augen und fixierten die Spitze, die vorne aus seinem Schädel ragte.

Ich stemmte meine Beine in die Höhe und verringerte den Abstand. Mein Ziel war nicht der Magier oder mein Erzfeind, sondern Pa. Das war der schwierige Teil - ihn gegen fünfundzwanzig Minotauren am Leben zu erhalten. Ich konnte nur zum Großen Geist beten, dass es mir gelingen würde.

Pa's Baum stand etwa hundert Schritte entfernt, und bei meinem jetzigen Tempo könnte ich gerade -

"Der erbärmliche alte Mensch stirbt für deine Unverschämtheit!" Ein Speer zischte aus der Hand des dreifach tätowierten Minotaurus. Das Ziel war Pa, und ich würde ihn niemals rechtzeitig erreichen.

"Nein!" rief ich.

Pa lächelte und sah mich liebevoll an. "Du hast mich so..."

Ein Fleck mit zotteligem, dunkelbraunem Fell schoss aus dem Wald. Kregor fing den Speer mitten im Flug in seinem Maul auf. Er rettete Pa, wo ich es nicht konnte, und ich musste daran denken, dass ich nicht allein war.

"Attacke!" rief Anna.

Während ich kämpfte, verließ der Rest der Fjordverteidiger die sicheren Mauern und verließ das Gras. Die Masse der Menschen stürmte über das Feld, um mir und Kregor zu helfen. Suzie landete auf meiner Schulter und zischte den magischen Minotaurus an.

Zu meiner Überraschung erkannte der kleine Minotaurus die Situation als das, was sie war: ein Rückzugszeitpunkt. Er drehte sich und floh weiter in den Wald. Die anderen waren hartnäckige Krieger, die sich auf den Kampf stürzten. Kregor ließ sich von einem Minotaurus von Pa wegjagen, während ich auf seine Fesseln einhackte.

"Was machst du da?" fragte Pa.

"Dich zu retten, weil..."

"Hinter dir! ", rief Suzie.

Ich wirbelte herum und sah mich meinem Erzfeind gegenüber. Er schlug mit seiner großen Axt nach meinem Mittelteil, während er den Abstand verringerte. Ich sprang zurück, prallte gegen Pa und wich nur knapp der Klingenspitze aus. Ein anderer Minotaurus wollte mich mit einem Speerstoß töten, doch ein Pfeil schlug seitlich in seinen Kopf ein.

Als der zweite Minotaurus starb, passte er seinen Stoß an, und die Spitze riss einen Riss in die linke Seite meines Beins.

"Arrgggg!" Ich schrie auf.

Ich humpelte auf einem Fuß zurück. Mein Erzfeind grinste, denn er wusste, dass meine größte Fähigkeit - meine Schnelligkeit - soeben beseitigt worden war und ich nun ein humpelnder Champion war. Er könnte Pa töten oder mich auslöschen.

Er holte zu einem Überkopfhieb aus, das Rot in seinen Augen war erfüllt von Freude über meinen bevorstehenden Untergang. Ich schleuderte meine Klinge und riskierte alles mit einem einzigen Wurf.

Die Klinge drang in seine Eingeweide ein. Es war kein tödlicher Schuss, aber er hielt mich am Leben. Er taumelte mit hoch erhobener Waffe. Ich zog Lucky aus meinem Stiefel und stürzte mich auf ihn.

Die Klinge durchbohrte seinen inneren Oberschenkel und traf die Arterie, genau wie ich es wollte. Der Minotaurus hustete Blut, ließ seine Axt hinter sich fallen und riss meinen Dolch heraus.

Er hätte versuchen können, mich damit zu erstechen, als letzte Geste. Als er stattdessen grinste, klangen seine blutgetränkten Backenzähne böse. Er schleuderte die Klinge nach Pa.

Lucky schlug auf das Seil, wurde nach unten abgelenkt und bohrte sich in Pa's Stiefel. Pa schrie, ich jubelte, der gemeine Minotaurus stöhnte, und aus der Nähe rief jemand einen Schlachtruf.

Der verwundete Minotaurus brüllte auf, als Pa überlebte. Er stürzte sich auf mich. Sein Schlag mit der Rückhand krachte gegen meinen Kiefer. Dieser Minotaurus würde nicht untergehen, ohne -

Ein Blitz aus Stahl schwang kraftvoll zur Seite. Die Klinge durchtrennte den Hals und schlug dem dreifach tätowierten Minotaurus den Kopf ab. Annabell stieß den Körper nach vorne und rannte los, um die nächste Bedrohung zu bekämpfen, noch bevor der Kopf den Boden berührte.

Ich spuckte einen Schwall Blut aus und ein Zahn glänzte in dem Haufen. "Wenigstens hast du deinen Kopf", sagte Suzie und kehrte an meine Seite zurück.

Ich schaffte es, auf die Beine zu kommen, obwohl die Sterne und der Schwindel mir sagten, ich solle mich hinlegen. Die Kämpfe in der Nähe intensivierten sich, als der Rest der Menschen auf die zahlenmäßig weit unterlegenen Minotauren stürzte.

In der Ferne, so schwor ich, sah ich den Minotaurenmagier, der mich mit einem Zauberspruch verfluchte. Als ich ihn während meines Stolperns zu Pa fixierte, blieb er stehen. So schnell wie ich ihn gesehen hatte, war er auch wieder verschwunden. Ich schrieb es dem Schlag auf den Kopf zu und beeilte mich, meine Klinge zu holen, bevor ich die Seile durchtrennte, die Pa fesselten.

"Das war... töricht von dir", sagte er mit einem Grunzen. "Sohn, du musst zuerst das Schwert herausziehen... Das Seil ist..."

Ich riss das Schwert heraus und warf es ins Gras. Ich legte ihn schnell auf den Boden, ließ aber Lucky in seinem Stiefel. Ich lächelte auf ihn herab und sagte: "Es wird alles gut. Wenn wir schnell nach Ilisia City reiten, kann ich dich heilen. Nun, Suzie kann es."

"Sohn, wo hast du gelernt, so zu kämpfen? Ich habe noch nie... eine solche Wut gesehen", sagte er zwischen Husten.

"Der Drachenturm. So werde ich dich retten", sagte ich und steckte mir zwei Finger in den Mund. Nach einem langen Pfiff sprang Kregor herbei. "Leg dich hin, Kregor."

"Keine Chance... Ich schaffe es nicht. Lasst mich... in Frieden sterben", bat er.

Es gab etwas darüber zu sagen, wie ein guter Sohn seinem Pa seinen letzten Wunsch erfüllen würde. Ich war der Meinung, dass er lieber auf Kregors Rücken leiden würde, wenn er eine Chance hätte zu leben, als einen langsamen Tod mit Fieber in einem Bett. Die Wunde würde sauer werden, und er würde zweifellos sterben. Die einzige Chance, die er hatte, war, dass wir ihn in einem Wettlauf gegen die Zeit in die Nähe des Drachenturms brachten.

Ich riss mein Unterhemd herunter, stieß es in das Loch in seinen Eingeweiden und löste den Gürtel meines Schwertes. Anna rannte herbei, während ich mein Bestes tat, um die Blutung zu stoppen, indem ich den Verband festzog.

"Wir können ihn in ein Bett legen und ihm etwas geben, das die Schmerzen lindert", sagte Anna.

"Ja!" Pa stöhnte auf.

"Das passiert nicht. Dein Busenwickel, ich brauche ihn. Sofort!" befahl ich. "Pa, das ist meine Frau. Anna, das ist Pa."

"Schrei sie nicht an... auch wenn du es gut meinst."

"Tut mir leid, Anna, der Stresspegel geht durch die Decke", sagte ich und nahm das Tuch entgegen, das sie mir reichte. Ich erhob mich und küsste sie tief. "Schick Phore mit einer Wache oder so. Pass auf dich auf und ich besuche dich bald."

"Das solltest du auch, und wenn du das tust, hindert nichts den Hahn daran, in den Hühnerstall zu kommen", sagte Anna.

Pa gluckste und hustete Blut. "Bauernhof-Wortspiele... hier zu sterben... ist es wert."

Ich rollte mit den Augen über Pa und hob den kleineren Mann hoch, um ihn wie ein Baby zu wiegen. Ich hievte ihn, so gut es ging, auf Kregors Rücken, und der Mammutwolf stürmte nach Norden. Sehnsüchtig sah ich Anna über meine Schulter hinweg verschwinden.

"Ich komme wieder", sagte Suzie und eilte zu Fjord zurück.

Ich hielt sie nicht auf und hielt mich an Kregor fest. Wir hatten kein Essen, keine Campingausrüstung und kein Wasser. Das spielte keine Rolle, denn jede Sekunde würde zählen, so schwer war er verletzt. Kregor kämpfte sich durch das Unterholz, und ich war gezwungen, mich zu ducken, bis wir eine Straße erreichten.

Nach einer Stunde des Laufs wurde Pa ohnmächtig. Er ächzte und stöhnte, aber er atmete weiter. Pa war ein Kämpfer und ich musste die Hoffnung nicht aufgeben.

Suzie kehrte zurück und fand uns gerade noch vor Einbruch der Dunkelheit. Ich fürchtete, wir würden nicht schnell genug sein. Als sie auf meiner Schulter landete, glitt sie hinunter und schlief auf Pa.

Ich ließ sie sich erholen, bevor ich sie belästigte.

"Das war knapp. Ein Glück, dass ich dich spüre. Die Elfen gaben mir Kräuter, um ihn am Leben zu erhalten. Sie sagten, ich solle ihnen nicht die Schuld geben, wenn er erbricht und stirbt. Vielleicht helfen sie, vielleicht auch nicht, das hängt von seinem Geisttier oder so etwas ab. Elfen sind seltsam", sagte Suzie.

"Ich fühle mich schrecklich für ihn", sagte ich.

"Ja, ich auch. Hey Tem, du hast das Richtige getan. Kregor und ich nahmen ihre Fährte auf und versuchten, die Kriegsbande zu finden, als sie deinen Vater erwischten. Wir haben auf den richtigen Zeitpunkt gewartet, um uns zu offenbaren", sagte Suzie.

Ich beugte mich hinunter und schmiegte meinen Kopf an ihren. "Ihr ward wunderbar", sagte ich zu beiden.

"Danke, gar nicht so schlecht für einen Bauernjungen. Ich bin überrascht, dass der Große Geist dich nicht umsonst geschlagen hat, weil du dich seinen Champion nennst."

Ich habe gekichert. "Nein, ich bin sein Champion. So klar wie ein wolkenloser Nachthimmel. Er muss sich an seinen Namen erinnern. Seine Kirchen schrumpfen, die Völker wenden sich von ihm ab, und der Große Geist will nur, dass alle am Leben bleiben."

"Hoffentlich sind alle dabei, auch dein Vater", sagte Suzie aufrichtig.

Ich seufzte und beobachtete, wie sich seine Brust hob und senkte. "Das wird die Zeit zeigen. Wenigstens habe ich mein Gold für die anderen zurückgelassen."

"Deine Hingabe an die, die dir etwas bedeuten, ist bewundernswert. Vor allem, weil diese Babys hässlich waren", sagte Suzie.

Ich schnaubte. "Der süßeste, gib's zu."

"Nein, ein Elfchen ist am süßesten."

"Ah, Eifersucht", stichelte ich, und sie ignorierte mich. "Bist du bereit, zurück in den Drachenturm zu gehen?"

"Zu welchem Zweck?" fragte Suzie unglücklich.

Ich rückte Pa vorsichtig zurecht, was aber nicht weiter schlimm war, da der Schritt des Wolfes uns alle durcheinanderbrachte. "Ich kann neue Ausrüstung kaufen, aufsteigen, neue Zaubersprüche freischalten und der Krieger werden, den meine Feinde fürchten."

"Mir gefällt der Gedanke, in einer versteckten Höhle zu entspannen."

"Ich... ich verstehe, aber ich werde mich nicht abschrecken lassen. Wir haben einen langen Weg vor uns und ein Zuhause, in das wir zurückkehren müssen. Als ich mich auf diese Mission begab, wollte ich nur beurteilt und für würdig befunden werden. Jetzt muss ich beweisen, dass ich würdig bin, und zwar nicht nur vor dem Großen Geist. Ich will der

Held für das Volk von Ilisia sein, für diejenigen, die meine Hilfe brauchen, und für den Planeten."

"Vorausgesetzt, dieser Magier bringt dich nicht um", fügte Suzie hinzu, und ich runzelte die Stirn. "Oder Duke Winston." Mein Stirnrunzeln vertiefte sich. "Oder König Hori."

"Was habe ich ihm angetan?"

"Du hast die Grenze gerettet, anscheinend hasst er das", sagte Suzie.

"Verstehe. Ich wette, wir könnten den Minotaurenkönig und den Zwergenkaiser auf die Liste setzen", brummte ich.

Suzie hob den Kopf und starrte mich an: "Siehst du, jetzt denkst du mit dem richtigen Gedankengang. Natürlich kannst du sie alle besiegen."

"Der Aufstieg auf die Spitze des Turms ist jetzt noch wichtiger geworden. Als ob der Einsatz nicht schon hoch genug wäre. Nichts wird sich mir in den Weg stellen, und wir werden den Drachenturm Stockwerk für Stockwerk erobern und dabei an Macht gewinnen", sagte ich.

"Das ist der positive Geist. Heb dir etwas davon für deinen Vater auf, denn er scheint wirklich großartig zu sein und wir haben noch einen langen Weg vor uns", sagte Suzie.

Pa stöhnte vor Schmerz. Kregor drückte fester und spürte meine Angst. Ich machte mir Sorgen, was mit meiner geistigen Stabilität passieren würde, wenn ich Pa durch den Verrat der Minotauren verlieren würde. Vielleicht ist es das, was der Dämonenfürst wollte - dass die Meister des Großen Geistes in die Dunkelheit abgleiten.

*Nein, das würde ich nicht zulassen. Ich würde seinen Turm immer und immer wieder zertrümmern und diesen Planeten vor seinem Untergang bewahren, und nichts kann mich aufhalten.*

Fortsetzung folgt...

# NACHWORT

Danke fürs Lesen. Buch 2 ist in vollem Gange und für die meisten von euch ist es bereits erschienen. Es hat mir Spaß gemacht, Tems Geschichte zu schreiben, und ich mochte das Konzept des Turmbesteigers. Es wird noch viel mehr kommen, und ich hoffe, ihr bleibt die ganze Serie über dabei.

Das Hörbuch soll im Februar 2022 in Produktion gehen und im März/April erscheinen.

Wenn Ihnen dieses Buch gefallen hat und Sie mich unterstützen wollen, können Sie ein paar Dinge tun. Folgen Sie meiner Autorenseite auf Amazon. Ich habe dort ein paar tolle Serien veröffentlicht. Hinterlassen Sie eine Rezension. Auch Sterne ohne Worte helfen. Und schließlich: Holen Sie sich Buch 2.

Ihr wärt überrascht, wie sehr das Durchlesen und gutes Feedback einem Autor helfen. Ich wünsche Ihnen alles Gute, danke nochmals fürs Lesen und bleiben Sie stilvoll.

Han

Möchten Sie weitere großartige LitRPG-Inhalte finden?

https://www.facebook.com/groups/deutsche.litrpg

https://www.facebook.com/groups/LitRPG.books

https://www.facebook.com/groups/litrpgforum

https://www.reddit.com/r/litrpg/

www.royalguardpublishing.com

https://www.facebook.com/RoyalGuard2020

https://www.facebook.com/han.yang.79069323